ヘンリー・ジェイムズの作品における異文化対立と道徳

Cultural and Moral Conflicts
in Henry James' Novels

阿出川祐子
Adegawa Yuko

国書刊行会

ジェイムズ兄弟（1901年頃）本文第一章、第四章参照。

ヘンリー・ジェイムズ自筆の手紙の一部。
ジェイムズは海外からしばしば家族と手紙のやりとりをした。
本文28頁、383頁（Letters）参照。

ノートルダム寺院
『使者たち』の中でこの建物の中と外の空気が、ラテン文化とアングロサクソン文化との比較を通して描写される。本文277-78頁参照。

ヴェニス
『鳩の翼』の主な舞台となったヴェニスとゴンドラの風景。
ヴェニスは主として本文269-74頁、280-82頁。
ゴンドラは本文275-76頁参照。

　　　　　　目　次

序　論 …………………………………………………………………… 5

第一章『ある婦人の肖像』——運命との対峙—— ………………… 60
　　1．オズモンドとの対立要因　63
　　2．ローマの廃墟とイザベルの位置　85
　　3．「オズモンドに戻る」説の問題点　98
　　4．「碾き臼」の意味と「認識の転換点」　103
　　5．運命に対峙する（ゲームを拒否する）　117

第二章『ポイントンの収集品』——精神的な美の評価—— ………… 143
　　1．ゲレス夫人及び収集品との出会い　146
　　2．オーエンとの会見　154
　　3．ポイントンの屋敷の火事　167

第三章『メイジーの知った事』——不毛の浜辺の播種—— ………… 191
　　1．物語が真実である年頃　192
　　2．ミセス・ウィックスとメイジー　211
　　3．メイジーの最終的判断　225

第四章『鳩の翼』——現世と死後の世界—— ……………………… 252
　　1．現実と幻想の共存　258
　　2．ヴェニスと鳩　269
　　3．ミリーの赦しと、翼を広げる行為　292

第五章『黄金の盃』——悟性による選択——……………………………… 323
 1．マギーを取り巻く状況　324
 2．ゴミ入れのダイヤモンドと黄金の盃　337
 3．マギーの選択　344

結　　論 ……………………………………………………………………… 371

引用文献表　383
あとがき　391
索引　395

ヘンリー・ジェイムズの作品における異文化対立と道徳

序　論

"… Your moral sense works by steam — it sends you up like a rocket. Ours is slow and steep and unlighted, with so many of the steps missing that — well, that it's as short in almost any case to turn round and come down again." (James, *The Golden Bowl*, XXIII : 31)

　本稿は、19世紀から20世紀にかけて活躍した小説家にして批評家でもあったヘンリー・ジェイムズ（Henry James）の小説についての論考である。
　ジェイムズの作品群は、21編の長編小説と約110編の中・短編小説そして数編の戯曲の他、多数の作家論、作品論、旅行記、自伝等を含むが、その小説の主要テーマに異文化対立があることはよく知られている。そして、ジェイムズが生涯を通して、生まれ故郷のアメリカと、イギリス、フランス、イタリア等を中心とするヨーロッパ大陸の間を行き来した自身の体験がこのようなテーマに反映されていることも周知の事実である。この異文化対立のテーマは、アメリカとヨーロッパの国々の風俗や社会通念をベースにしたストーリーの中に、当時の知識階級の間で盛んであった道徳や審美及び芸術に関する論議[1]を人物の会話や語りと共に織り込む形で表されている。本稿においては、このような異文化対立のテーマにみられる描写の中でも特に道徳の様相というものに焦点を当てて考察しようとするものである。なぜならジェイムズの小説に描かれる異文化対立の描写は異なる文化的背景をもつ人物同志の道徳感覚あるいは道徳に対する考え方の対立によって表されることが多いからである。

またジェイムズの小説には、実にしばしば「道徳（moral, morality）」という語が他の抽象的な語である「自由（freedom）」や「審美的な（aesthetic）」と共に現れ、[2] それに関する描写にはジェイムズが小説論や「序」などで述べている人間の精神のあり方についての信念が写し出されているからである。

　ところで「異文化対立」という現象は、人間が初めて社会的集団というものを形作り、自分たち以外の集団と関わって以来、現在に至るまで常に存在して来たものであり、それはそれぞれの集団の文明の発達状況と深く関連しているものである。[3] しかし「異文化対立」の問題は、そのような長い歴史を持つにもかかわらず、研究対象として本格的に取り上げられるようになったのは20世紀になってからだと言われている。[4] そして異文化の問題に関して使用される cross-cultural（もしくは intercultural）という形容詞が一般化したのは20世紀も後半になってからであると言われている。それ以前には international という語が cross-cultural（もしくは intercultural）の意味を包括していたと考えられる。[5] しかし、個人のレベルで異文化対立の記録や批評が人々の注目を集めたのは近代以降、交通手段の発達により異文化との接触の機会が急増してからである。この時代はちょうどヘンリー・ジェイムズが生きた時代であり、彼の一世代前のフランス人トクヴィル（Alexis de Tocqueville）の著書『アメリカの民主政治』（*Democracy in America*, 1835）は、異文化接触による新しい考え方を紹介するものとして当時の欧米知識人の耳目を惹くものであった。ヘンリー・ジェイムズの小説は異文化対立に関する限り、トクヴィルのエッセイに見られる題材に共通する米欧社会の人々の行動や考え方の比較を取り上げており、鋭い文明批評の質をも備えているのである。その上、ジェイムズの没後に盛んになった主要な異文化研究に表される分析的論点は、ジェイムズの作品に表された異文化対立の特徴にかなり一致するものなのである。

　本論の主目的は、作者ジェイムズが小説の中で何を描き、何を訴えようと

しているかを探るものであり、異文化に関する研究者たちの観点がいかにジェイムズの描写に一致するかを調べるものではない。しかし、ジェイムズの没後に様々な分野においてなされた異文化研究による分析がジェイムズの主眼とする描写に一致することの意味をここで最低限の範囲で指摘することは、ジェイムズの文学の理解に大いに資するところとなろう。とりわけ、それぞれの文化を文化たらしめているものの根本に「物事に対する判断基準」というものが深く係わっているという点を吟味することは、ジェイムズが異文化を描く際に道徳を問題にした理由を考える上で大いに参考になると思われる。このような理由で、ここでは、本論で扱う異文化対立と道徳に関するものに範囲を限定し、いわゆる異文化研究によって説明されている異文化の様相を考察することとする。ただし、これを始める前にもうひとつ確認しておかねばならないのは、文化という語としばしば併せて使用される文明という言葉である。

『文化とは何か』（*The Idea of Culture*, 2000）の著者テリー・イーグルトン（Terry Eagleton）はその著書の中で、「文化」という語が「自然」から発生した概念であるというところから説き起こし、レイモンド・ウイリアムズ（Raymond Williams）の概念をも紹介し、「文化という語は18世紀になると、文明（civilization）とほぼ同義語となり、行儀作法・道徳を含む意となったが、18世紀末に文化は文明の反意語となり、19世紀の末には文化と文明の葛藤は伝統的なものと近代化されたものとの間の全面的な争いとなった」と言う（9-11）。

一方、『文明の衝突』（*The Clash of Civilizations and the Remaking of World Order*, 1996）の著者サミュエル・ハンチントン（Samuel Huntington）は、「19世紀においてドイツの思想家は文化と文明を明確に区別し、文明は物質的な要素に関連する機械や科学技術等を指し、文化は人々の精神的な要素に関わる価値観や理想そして高度に知的な芸術的なもの、あるいは道徳的なものを

指すとしたが、この区別はドイツの思想界にしか受容されなかった」と言う（41）。しかし、現在、世界各地でそのような区別をする考え方も依然として存在するのである。[6]

　ハンチントンはまた、文化と文明の関係について「文明は文化的なものの総体である（a civilization is a cultural entity.）」とし、「文明は文化を拡大したもの（a civilization is a culture writ large.）」と定義している（41）。つまり、文化も文明も共に人間生活の様式一般に関するものを指し、双方とも「人間の価値観、規範、社会制度、あるいはそれぞれの固有の社会で何世代にも渡って重視されて来た思考形式」を含んでいるが、文明は「人々の文化的な分類の中の最上位（the highest cultural grouping of people）に置かれるもの」と見ているのである（43）。

　『ヘンリー・ジェイムズの小説に見られる文化と行動』（*Culture and Conduct in the Novels of Henry James*, 1981）の著者 アルウィン・バーランド（Alwyn Berland）はしばしば civilization as culture という表現を用いてジェイムズの小説に表される文化を論ずる。また本稿の後に取り上げるジェイムズの晩年のエッセイ「長い病棟」（"The Long Wards"）の中でジェイムズは、「文化を守ることこそが自分の道徳である 」と第一次大戦に関連して発言している（176）。[7] この場合にジェイムズが使用している「文化（culture）」という語は 小説の中でしばしば描かれる、いわゆるアメリカ文化対ヨーロッパ文化の対立に見られる狭い意味の文化とは異なる。[8] これは第一次大戦におけるドイツ、オーストリア、トルコ等同盟国側対イギリス、フランス等連合国側の対立に関する文脈の中で使用されたものであり、文明を個々の文化の総体として捉え、文化を文明の定義のほぼすべてに共通するテーマと捉えている様子が窺える。バーランドにしろ、世界大戦についてのエッセイに見られるジェイムズの使用法にしろ、ここで文化と文明が表すものは、ハンチントンの言う「文明とは、人が自分たちを『我々』と呼び、その中で文化的に心

地好さを感じることができ、その外にいる『彼ら』すべてとは異なるもののまとまりである」(43) という説明にあてはまるものなのである。[9] このような文化と文明の言葉の意味を考慮に入れ、次にジェイムズの異文化対立の本質解明に参考になると思われる二つの主な異文化研究を取り上げ、いくつかの異文化の様相について最小限の範囲に限りその要点を見てみよう。

　まず初めに見るのは文化を表層的な文化と深層的な文化に分けて考える E. C. スチュワート (Edward C. Stewart) の議論である。

　スチュワートは、『アメリカ人の文化的思考法』(*American Cultural Patterns : A Cross - Cultural Perspective,* 1972) の中で、海外に居住するアメリカ人が異文化に接した場合を例に挙げ、文化を外からの観察が可能な言語、習慣、儀式などの表層的なものと、外部からは観察しにくい人間の内面に染み込んでいる世界観や価値観、考え方などを含む深いレベルの文化の二種類に分けて論じている (17)。[10]

　ジェイムズの小説にはスチュワートの言う表層的な文化と深層的な文化の両方が描き出される。特に表層的な文化に関するものについて、ヨーロッパ各国の人々の風俗や行動とアメリカ人のそれとの比較がほとんどの小説に数多く扱われる。そして、初期の作品には表層的な文化が多く扱われるのに対し、後期に進むにつれ、深層的な文化が多く加えられている。例えばジェイムズ初期の小説「国際エピソード」("An International Episode", 1879) や中期の「手紙の束」("A Bundle of Letters", 1880)、「視点」("The Point of View", 1883) 等の小説には外から見て容易に観察できる異文化現象の比較が、小説の中の語りや会話文あるいは手紙文の形で表されている。また、ジェイムズ自身、ヨーロッパの美術品や建造物に造詣が深く、それをかなりのスペースを割いて詳細に描き出し、その部分のみを取り出しても芸術品の一般的解説書を思わせる面も見られる。本論においては、例えば第三章においてヒロイン、メイジーがフランスの海岸や通りの店で遭遇した異文化に対する新鮮な

印象と衝撃を受ける様子を描き出した場面、あるいは第四章でヒロイン、ミリーの宮殿についての伝統的建築物とヨーロッパの大気の組み合わせを写し出した一節など、視覚描写を重視したジェイムズ独特の芸術的色彩の濃い描写例をいくつか取り扱う。また『黄金の盃』(The Golden Bowl, 1904)のアメリーゴの次の言葉に表されるように一見非論理的に見える表層的な文化と深層的な文化の混合した様相もジェイムズの表現の特徴を示す一例となる。アメリーゴは「イギリス人はお茶を飲めば飲むほど道徳的になる」(XXIII：32)と小説中で語る。このアメリーゴの表現は、また、小説が異文化研究のジャンルと相違する事を我々に思い出させる好例でもある。アメリーゴはイタリア人である自分の道徳感覚と話し相手のイギリス人であるアシンガム夫人の道徳感覚が非常に違っていることを意識し、その事に不安を感じている様子が小説に描かれる。そして、彼はその気持ちの延長としてイギリス人のお茶を飲む習慣を話題にするが、これは実証的な資料や分析による確かな論拠を伴わないものである。しかし、ここには文化と道徳の関係についてのアメリーゴと彼を制作した作者の豊かな想像力と鋭い感性と洞察力が示されているのである。ジェイムズの小説はスチュワートの言う表層的な文化を表現するものと深層的な文化を表現するもの、更にはそのどちらにもまたがっているものを重層的に内包していること、そして、本論の主眼は表層的な文化よりもむしろ外部から容易に観察しにくい人物たちの心の奥に染み込んでいる道徳感覚あるいは道徳に対する考え方に置くことであり、ジェイムズの小説においてスチュワートの言う表層的な文化は、深層的な文化により厚みを加える役割を果たしているということをあえてここに強調しておく。

　次にスチュワートの分類のように文化の様相を層やレベルで区別することに対し、「時制態における相違」により分類をするE. T. ホール (E. T. Hall) の異文化の観点を見てみよう。ホールは『沈黙の言葉』(The Silent Language, 1959) の中で、世界に存在する各文化と過去・現在・未来という三態

における重点の関係を論じている。つまり、これら過去や現在・未来のうちどの態に重点を置いているかを問題にしているものである。これによると、伝統主義を固持するイギリスでは過去志向が強いが、未来を常に良きもの、新しきものと見て「行動する」ことを重視するアメリカは将来の変化・進歩を高く評価する文化であるという。そしてこれらの両極端の中間に、現在という視点から物事を考え「今」と「ここ」を大切にするナヴァホ・インディアンに代表される文化があるという（1-19）。

　ホールのこの分類は、現在のように異文化に関する認識が一般に高まっている時点から見ると格別に珍しくもないようにも思えるが、異文化研究の初期にあっては、画期的、かつ理解しやすく示唆的なものであった。ジェイムズの作品に描かれるアメリカ人とイギリス人の比較には、このパターンに属するものがしばしば表される。例えば『ある婦人の肖像』（*The Portrait of a Lady,* 1881）のヒロイン、イザベルが財力も地位も名誉もあるイギリス貴族のウォーバトン卿から結婚を申し込まれ、断る場面に見られる次の会話はその典型例であると言えよう。

「僕と結婚をすることが諦めになると言われるのですか？」
「普通、世間の方々がおっしゃる意味で、そう申しているのではございません。世間の考え方からすれば、むしろ私はたくさんのものを——たくさんのものを手に入れることになるでしょう。でもこれは、ほかのチャンスを諦めることになるのです」
「ほかの何のチャンスですって？」

'Do you call marrying *me* giving up?'
'Not in the usual sense. It's getting – getting – getting a great deal. But it's giving up other chances.'

'Other chances for what?' (III : 186)

　この描写はイザベルの生き方と深く関係するもので本論の第一章でもそのことについては詳しく論ずるが、[11] ここではホールの言う伝統主義を固持する傾向にあるイギリス人の過去志向と、未来を常に良き新しきものと見て行動を重視するアメリカ人の傾向の比較の例として、少し説明をしておこう。
　イザベルに心を惹かれ、結婚を申し込んだウォーバトンは貴族の称号と複数の広大な屋敷と城を保有し、議会にも議席を持つイギリス人である。彼は謙虚な人柄であるが、自分の保持するこれらのものがなぜイザベルにとって強い魅力となり得ないのか理解出来ない。これらの財力や名誉はイギリスの長い伝統の上に築かれたものであり、ウォーバトンならずともそれは誇りと高い評価の対象となるべきもののはずである。
　一方、イザベルはイギリスの伝統や貴族の称号に無関心であるわけでもなく、また侮蔑しているわけでもない。しかし、彼女の人生設計においては、このようなもの以上に興味をそそられ、かつ、優先させたい事柄があった。彼女は未だ見ぬ世界の国々を訪れ様々なものを見てみたいと思っていた。彼女にはそのようなものを諦めウォーバトンとの限られた世界に自分を閉じ込めてしまいたくないという強い希望があった。ここに表される会話にはウォーバトンの伝統を固持する傾向と、イザベルの未来の新しいものに向かって行動する傾向が、個人の対比というより、イギリス人とアメリカ人の文化的思考の対比という形で象徴的に表されているのである。
　またジェイムズの作品には同じヨーロッパでも、フランス、イタリア、ドイツ、イギリス等それぞれに関して更に詳しい差異が扱われている。ジェイムズに描かれるイタリア人の幾人かは、ホールの分類に従えば、イギリス型とナヴァホ型の混合と思われる面を併せ持つ。「デイジー・ミラー」("Daisy Miller", 1878) に出てくるジョバネリやユージェニオ、あるいは『鳩の翼』

(*The Wings of the Dove*, 1902) に出てくる執事や船頭等はその例と言えよう。

このようにジェイムズが描き出す異文化描写の主な場面は、彼の没後以降に盛んになった異文化研究の要点と非常によく一致する。これはとりもなおさず、ジェイムズの小説が異文化の本質を良く捉えている事実を示すものである。このようなスチュワートやホールによって示される異文化の様相の他に、異文化研究の分野でしばしば取り上げられる「デラシネ（déraciné）」と「コスモポリタン（cosmopolitan）」という言葉を考えてみよう。ジェイムズの小説にはアメリカ人でありながらヨーロッパに長く滞在し、ヨーロッパ化した人物が多く描かれる。このような自文化を超えて異文化に入っていく現象はジェイムズの異文化の様相を考える上で重要であると思われる。この自文化から異文化への移動の現象のひとつ「デラシネ」については、ジェイムズの小説にそのような人物が少なからず登場する。かつては日本ばかりでなく世界においてもジェイムズ自身を「デラシネ」と呼ぶ研究者が多かった。[12] しかし「デラシネ」が故郷喪失者あるいは根なし草を意味し、固有の文化あるいはそれに基づくアイデンティティを持たないという意味であれば、これほどジェイムズにあてはまらない言葉は無いであろう。「ジェイムズがイギリスに長く滞在し、更にはイギリスの市民権を得て、彼の地で死亡したために彼をイギリス人と呼ぶ者もあるが、彼がアメリカに生まれ、幼児期、青年期をそこで過ごしたためアメリカ人だと言う者もいる」と『ヘンリー・ジェイムズと文化』(*Henry James on Culture*, 2004) の編者ピエール・ウォーカー（Pierre A. Walker）は述べている（xxvii）。しかし、ジェイムズのアイデンティティの根は生涯アメリカに——即ち、ピューリタニズムの伝統をひくキリスト教の影響の濃い19世紀後半のアメリカ東部の社会で見られた文化的価値観に——深く繋がっていたのであって、彼は「デラシネ」ではなかったのである。この事情は、本稿の後半にも言及するが、本論においても重要な議論の一つとなる。[13]

また「コスモポリタン」という語は、自文化や自民族を批判し、開かれた国際性を主張する面を持つ。1900年代に、自国を出てパリに生活する一群の人々を「コスモポリタン」と呼び、ヘミングウェイ（Ernest Hemingway, 1899-1961）等いわゆるロスト・ジェネレーションの作家達は「コスモポリタン」と呼ばれた。「コスモポリタン」の一般的な定義は「国境や国籍にとらわれず、世界を股にかける人、国際人」の意であろう。ジェイムズの場合、「国境にとらわれず、世界を股にかける人」という部分と、「自文化や自民族を批判する」という点ではこの定義に当てはまると考えられ、開かれた国際性に好意を抱いていたという点においても「コスモポリタン」と呼ばれ得る。[14] しかし、「国籍にとらわれず」という点に関しては微妙な事情がジェイムズにはあった。つまり、彼はイギリスの市民権を取ったが、これはこの時代の戦争という特殊事情と関係しており、ある意味では成り行き上取得することとなったという面もある。[15] また「コスモポリタン」には「どこに行っても生活が出来ない人」という否定的なニュアンスが含まれていることを考えると、彼は必ずしも「コスモポリタン」の範疇に入らないと思われる。[16] 結局ジェイムズはヨーロッパに長く滞在したが、その信条、生活様式、彼の作品に表れた価値観の表明のどれを取っても、アメリカ人のアイデンティティを捨てていなかったと言わざるを得ない。

　ところで異文化との接触はいつも必ず対立を生むとは限らない。異文化に対する憧れや積極的な関心、あるいは好奇心というものは常に存在する。ジェイムズがヨーロッパに永住したのも、そもそもは憧れから始まったことであった。ここで周知の事実ではあるが、最小限の程度に限って、ジェイムズがヨーロッパに永住した事情を振り返ってみよう。ジェイムズの青年時代のアメリカには、いつまでもヨーロッパに目を向けるのではなく自国の新しい文化を創り出そうと提唱する動きがある一方、[17] まだまだヨーロッパを手本にする傾向や、ヨーロッパ文化に対する憧れがあった。ジェイムズの一家は、

ジェイムズの誕生後、両親と子供の他に家庭教師や女中を加えた総勢で度々ヨーロッパへ大旅行を行っていた。その結果はジェイムズのヨーロッパへの憧れを増長させるものとなり、彼が32才の時に本格的な作家を目指し、ヨーロッパに移住する決心をしてフランスに渡る。当時の、ジェイムズが文学的土壌としてのアメリカをどのように見ていたかを示すひとつの資料として『ホーソン伝』(*Hawthorne*, 1879) があるが、その中の「アメリカに無いものリスト」の一節はあまりにも有名である。[18] ジェイムズは自らの目指す作家活動はヨーロッパにおいてのみ実現出来ると考えて渡仏し、始めのうちこそ憧れの実現に酔いしれていたものの、やがてフランス文壇人やフランス人の考え方に違和感を覚え、わずか1年余でイギリスに移住するのであり、この間の事情もすでに良く知られているところである。このような異文化に対する憧れは、やがては異文化に対する嫌悪の遠因となり得るのであり、異文化に対する憧れと嫌悪は容易にその位置を換える性質を持つ。ジェイムズの実体験にはこのような異文化の遭遇に関する憧れと嫌悪が顕著に見られたばかりでなく、ジェイムズの作品にもそのような対比が見られる。そしてそのような対比のうち、特にアメリカとヨーロッパの異文化対立の様相には、先に見たイザベルとウォーバトンの会話に映し出されるようなアメリカ文化とイギリス文化の対立が多く描かれるが、その他にも、アメリカ・イギリス文化とフランス・イタリア文化の対立、つまり、アメリカン・ピューリタニズムあるいはイギリス国教会等の流れを組むアングロサクソン文化と、フランスやイタリアを中心とするラテン文化の対立も詳細に描かれる。ジェイムズの小説に描かれるこのような対立について一般によく知られているのは、アメリカ人の人物を innocent という特質で表し、ヨーロッパ人に sophisticated という特質を付していることである。[19] もっともこの innocent 対 sophisticated という対立を「アメリカ人の特質」対「ヨーロッパ人の特質」という図式で、すべてのジェイムズの小説にあてはめることが出来ないことは言うまでもな

い。ここで一番問題になるのは sophisticated を表すヨーロッパ人にイギリス人を含むか否かである。この点については興味深いことにジェイムズのそれぞれの小説によって一定では無い。つまり、イギリス人が sophisticated を表すヨーロッパ人の特質をもって表される場合と、必ずしも innocent に対立する sophisticated の質をもって表されない場合がある。『鳩の翼』のケイトやデンシャーやマーク卿は前者のイギリス人の典型であり、『黄金の盃』のアシンガム夫人は後者の例である。アシンガム夫人は必ずしも innocent なアメリカ人マギーと対立するイギリス人として描かれてはいない。この小説で innocent なアメリカ人マギーと対立して描かれているのはイタリア人アメリーゴである。このようなイギリス人についての描き方はアメリカ人として長くイギリスに滞在したジェイムズのイギリス観を一部反映していると思われる。ジェイムズの小説に出て来る他のラテン系のヨーロッパ人や、アメリカ人の人物についてはこのような二面性はめったに表されない。

　またこのような人物と国籍とその特質に関連して見られる描写で注目すべきことは、ジェイムズの小説に多く表されるヨーロッパ化した元アメリカ人たちの存在である。マール夫人、オズモンド、シャーロット、コステロ夫人等はその典型であり、彼らは総じて sophisticated を表す特質をもって描かれ、彼らが innocent の特質をもって表されることは無い。

　また人物と国籍と特質について言及することとなると、ドイツ人の人物についても最低限触れなければならないであろう。ドイツ人は人種的にアングロサクソンに属するのであるが、ジェイムズの小説にはアメリカ人、イギリス人、イタリア人、フランス人等に比してドイツ人が主要人物として登場することは圧倒的に少ない。[20] 従ってジェイムズの小説におけるラテン文化対アングロサクソン文化を論ずる場合、ドイツ人の人物たちはほとんどその圏外におかれると考えるべきであろう。

　ところで、本論で扱う異文化対立には、このような米欧の文化対立の他に、

同じ国の中の階層間に題材を設定したものや、大人社会と子供社会の対立を描いたものもあるのだが、ここではその異文化対立のうち特に注目すべき特徴をもつアングロサクソン文化対ラテン文化の対立というものについて見ておきたい。

　先に見たようにジェイムズがフランスからイギリスに移住した理由にも、アングロサクソン文化対ラテン文化の対立に関する意識が要因としてあり、自国のアングロサクソン文化に通ずるイギリスに、より親近感を憶えたという事情があった。そしてこのような体験から芽生えたと思われるアングロサクソン文化対ラテン文化についての批評的意識は彼の作品の随所に表されている。『使者たち』(The Ambassadors, 1903) に見られる主人公ストレザーがノートルダム寺院に立ち寄った時の描写はその一例である。ここにはアングロサクソンの国から来た男がラテンの国に染み込んでいる物事の善悪についてしみじみ考える場面が描き出される。ここにはスチュワートの言う表層的文化であるノートルダムの寺院とその薄暗い内部の回廊と灯明と人々の動き、そして教会の外の強い光に満ちた大気の様相の描写が、いわゆる深層的文化であるラテンの人々の善悪の考え方の特質を明確にする描写と組み合わされ、視覚的かつ象徴的な文明批評の一節を紡ぎ出している。[21]

　このようなラテン文化とアングロサクソン文化の対立を、それぞれの固有の文化が有する建造物を素材に取り込み、その表層的文化のもつ芸術的特徴を浮かび上がらせ、同時に人々の内面にある深層的文化の反映を対立的に視覚描写を駆使しつつ描く名場面は、ノートルダム寺院の描写に止まらず、ジェイムズの小説には数多く見られる。本論においては、『黄金の盃』のローマの石の階段とイギリスのエレベーターの比較の他に、『ある婦人の肖像』のフォロ・ロマーノの廃墟の場面、あるいはオズモンドの屋敷の描写等数多く扱う。

　このようなジェイムズの小説に表されるアングロサクソン文化とラテン文

化の対立について、先に言及したバーランドはヘブライズムとヘレニズムの対立と関連付けて論じている (30-31)。バーランドの議論は、マシュー・アーノルド (Matthew Arnold, 1822-88) が西洋文化の理想として、ヘブライズムとヘレニズムの統合を主張したこと、及びジェイムズが20代の時期にアーノルドに傾倒したことを我々に思い起こさせるものである。[22] バーランドはジェイムズの小説に登場する人物たちの夢はヘブライズムとヘレニズムの統合であり、ジェイムズもこれを文化の理想と考えたと言う。そしてジェイムズのヒーロー達は、めったにこの理想を実現することは無かったが、ヒーロー達の作者ジェイムズはアーノルドと同様に両者の統合を望んでいたのだと言う。つまりジェイムズはこの両者のそれぞれの特質を主張することよりも、両者が一人の人間の中で折り合いをつける状態を模索していたのであり、その模索への奮闘が彼の小説を特徴づけているのだと言う。バーランドはジェイムズの描く人物の中でヘブライズムの特質を表す代表として『ヨーロッパ人』(*The Europeans*, 1878) のウェントワース氏と『使者たち』のウェイマーシュ氏を、またヘレニズムの代表としてフェリックスを挙げ、加えてパリとマダム・ド・ヴィオネに影響を受けた時のストレザーを名指しし、ヘブライズムにおける義務の重視とヘレニズムにおける美の重視を対比させている。[23]

更にバーランドは「純粋なヘブライズムは軽いヘレニズムより良い」というジェイムズの価値観が小説に表されているとし、ジェイムズの描く人物のうち、ヘレニズムの理想を実現出来ていない人物は「最も驚くべき悪漢 (most striking villains)」であるマダム・マールとオズモンドだと言う (31)。バーランドが「驚くべき」という形容詞を使用するのはごく当然のことである。なぜなら、ヘレニズムの理想を完璧に体現しているように表面的には見える人物が、実はその理想とは全く反対の悪漢に成り下がっているのであり、ジェイムズが描き出すその意外性は「驚くべき」という形容詞が最も適当なのである。マダム・マールやオズモンドを悪漢と見るのは、バーランドに限

ったことでは無く、本論で見るようにグレアム・グリーン（Graham Greene, 1904-91）も、シャーロットやケイト等、洗練さと美しさを持ち合わせてはいてもあくまで自己の利益を最優先させるヨーロッパの人物たちを悪漢と呼んでいるのである。そしてバーランドはこのようなヘレニズムに相対する形で提示されているヘブライズム型の人物でこの世に実存する人間としてエマスン（Emerson, 1803-82）を取り上げ、ジェイムズが彼に時代の限界性を感じつつ、その良心の働きに畏敬の念を抱いたと述べている。[24]

本論においては、バーランドの言うヘブライズムの価値観に必ずしも一致するとは限らないが、そのような傾向を持つイザベル、ミリー、マギー等のヒロイン達と、また必ずしもヘレニズムの価値観に限定されないが、それに近い価値観を理想としつつ、しかしそれに到達せずその贋者となり、更には悪漢に零落した人物たちオズモンド、デンシャー、ケイト、シャーロット、アメリーゴ等との対立の様相を人物たちの心の奥を写す行動と心理の描写を通じて見ようとするものである。そして、それを通して作者の道徳的価値観はどのように表されているかを知ろうとするものである。

ところで先に、ジェイムズのアイデンティティの根は生涯アメリカ人として19世紀後半のアメリカ東部の社会の文化的価値観と深くつながっていたと述べたが、彼がヨーロッパ渡航後交際した大方の人々は、ヨーロッパの上流、あるいは上層中産階級のフランス人かイギリス人か、または彼の同国人であるアメリカ人かであった。フランスやイギリスの貴族を含む上流、あるいは上層中産階級の人々との交際は必ずしもすっかり心を打ちあけるものとは限らなかった。その上、日常的な雑事に関して現地の普通の暮らしに入り込む必要もなかったという点で、彼はヨーロッパの社会に深く染み込んだ文化に接触することは少なかったと言えよう。このような事情は伝記に書かれた彼の日常生活にも垣間見ることが出来る。[25] また、『黄金の盃』のヴァーヴァー親子が面倒な社交界の雑事をヨーロッパ人の伴侶たちに任せようとする場面

の描写には異国に住む外国人の立場を容易に想像させるものがある。もちろんジェイムズの場合、芸術についての議論や芸術活動に関して自国では触れることの出来ない多くの機会をヨーロッパで得ることが出来た。しかし同時に、彼はアメリカに住んでいた両親、兄弟妹、そして友人等と総計にして膨大な数の書簡を取り交わし、特に兄のウィリアムとは互いの作品や業績が完成する度に意見交換と批評を行っていた。彼の作家としての存在はアメリカにも知れ渡っており、故国アメリカでは彼は「アメリカ人」と見られていた。

このようなジェイムズの実生活の跡をたどると、彼は生涯アメリカ人としての生活を続け、かつ常にアメリカの文化を背負っていたと言わざるをえない。そして、この面を最も顕著に表しているものの一つが彼の道徳感覚である。道徳感覚とは物事の善悪を判断する基準に対する感覚、あるいは事物に対する人間のあるべき態度についての感覚とも言えよう。「文化とは人間が物事の解釈や行動において拠り所となる『判断基準』である」(石井・他111)という定義もある。ある人間の判断基準はその人間が背負う文化の価値観を反映しているというのは一般的な考え方であろう。ジェイムズの研究家としても知られるリチャード・ポアリエ (Richard Poirier) が "Incommensurable Beliefs and Cultural Conflict" という最近の論文の中で、「人間は生まれ育った文化の枠によって考え方や行動に影響される度合がかなり強い」と述べているが、これも人と生まれ育った文化との深い絆を強調するものである。先にも言及したハンチントンは文化的特殊性の根本要因として宗教は重要な位置を占めると述べ、これはほとんど無意識に形成されるが、文化を構成している社会の人間の感情や行動にかなりの影響を及ぼすと述べている (42)。もしこれをヘンリー・ジェイムズの背負っている文化にあてはめるとすれば、彼の「判断基準」、特に善悪の判断基準となる道徳感覚と彼が生まれ育った社会の宗教的要因の間には何らかの関係があると考えられるのである。

それでは、ジェイムズの「善悪についての判断基準」、特に道徳感覚とはどのような質のものなのかを次に詳しく見てみよう。ジェイムズは自伝「少年と他の人々」("A Small Boy and Others", 1913) の中で自分の父は「甚だしい道徳（flagrant morality）」(40) を是としなかったと述べ、彼の祖父がキリスト教の教条的道徳主義者であった故に、彼の父も彼自身もそのようにならなかった事情を説明している。また、彼のいくつかの小説には教条的道徳主義者を揶揄する描写があり、本論においてもこれは作者の道徳感覚に関わる要素として取り上げる。[26] しかし、先に言及したように彼の小説や「序」あるいは評論、旅行記に至るものの中にまで、彼は実にしばしば、——現代人から見て甚だしいと思われるほどに——「道徳」という語を用いている。

　先に見た文化と文明の定義に関連して言及した晩年のエッセイの中においても、ジェイムズは文化と関連して道徳という語を使用している。彼は「フランス」("France") の中で、フランス文化は西洋文化の縮図であり、「戦争においてフランスを守ることが西洋文化を守ることだ」と述べている (148-49)。彼は、「フランス文化が20世紀の西洋の社会をリードしているが、これは古代ギリシャからイタリア・ルネサンスを経て、近代のフランス文化へ受け継がれた西洋文化の伝統の有り様を示しているのだ」と言う。[27]

　また先にも言及したエッセイ「長い病棟」には、ジェイムズが第一次大戦で傷ついたベルギー兵を病院に見舞う奉仕活動をした際の体験が記されている。ここでは、大戦に直接参加した兵士の悲惨さに対して微力ながら助力を続けるよう努力することが自分の道徳であり、そのような行動こそ自分たちが文化と信じているものなのだという考えが表されている (176) が、これは、ジェイムズが小説の中に表そうと熱望した道徳と文化の関係に類似した考え方である。即ち、彼が主として幼年時代にアメリカで得たものを基礎とする道徳感覚を保持しつつ、ヨーロッパの混乱という現実の中で常に文化とは何かを考えていること、そしてその道徳と文化の概念が分離しない状態を

理想としている様子が見られるのである。そして、これはイーグルトンの『文化とは何か』の中に書かれている言葉、「『文明化された』ということは、絨毯の上に唾を吐きかけたりしないことのみならず、戦争捕虜を斬罪の刑に処しないことをも意味した」(9)を思い起こさせるものでもある。つまり、ここに表される文化と道徳には、高い教養と知性を重視し、自己犠牲と他人への献身的抱擁力の実践を尊ぶ態度が表されている。

　しかしこのエッセイに表されたジェイムズの文化と道徳に関する考え方をそのまま彼の小説に表された文化と道徳の分析にあてはめることは出来ない。なぜなら、まず第一にこのエッセイはジェイムズがすべての主要な小説を書き終えた後に、ちょうど始まったばかりの第一次大戦に遭遇した時期に書かれたものであり、しかも戦争中という特殊な環境に置かれた状態で記されたものであるからである。これは次の点で特に小説に描かれたものとの相違点を持つ。つまりエッセイの中で述べられている文化と道徳は、先に見たようにジェイムズが第一次大戦時の連合国側に好意を持って行動する動機と理由になっているという点である。

　ジェイムズがこの時点で連合国側に好意を持ち、文化を守る戦争を正当化出来た理由についてウォーカーは、「人類がそれまで経験したことの無い大規模の世界大戦が勃発してわずか１年半後にジェイムズはこの世を去ってしまったために、彼の考えていた文化擁護というものが戦争参加によっては実現出来ないという現実を知ることは無かったからである」(xx)と述べている。ジェイムズには青年時代以来、健康上の理由で、南北戦争に参加出来なかったという負い目があった。当時彼の周りのほとんどすべての青年たちは正義のためと信じ南北戦争に参加したのだった。そのような長年の負い目故に彼はなお一層この大戦で文化を守る戦いに参加したいという希望を持ったのだった。ジェイムズの次の世代である、いわゆるロスト・ジェネレーションの作家達が、この戦争に参加した理由もジェイムズと同じように西洋文化

を守ることであった。しかし、彼らが戦争に参加したのは、ジェイムズの死後、アメリカが大戦に参戦してからであった。彼らはいよいよ激しさを増す戦いに実際に参加した時、大戦というものによって実は文化は守られないどころか、それは西洋文化を含めすべての物を破壊し無意味なものとすると、初めて知らされたのである。

ジェイムズの個人的な南北戦争にまつわる負い目、そしてアメリカ人としてヨーロッパに長く滞在したこと、及び第一次大戦の初期に遭遇したという時代性は現代から見れば彼の戦争に対する認識を誤らせたと言えるのであり、ジェイムズはこの点で時代の限界性を持っていたのである。しかし「エマスン程の天才でも時代の限界性を持つ」とジェイムズ自身が「エマスン論」("Emerson", 1887) で述べているように (95)、彼が時代の限界性を持つのも当然のことであろう。そのような限界を持つものの、ジェイムズの小説にもエッセイにも表される文化と道徳に対する信念は、「自己の利益追求のために他者の精神を殺してはならない」、あるいは「自己犠牲を厭わず、他人を欺かない」というものを根底に含むものである。

ジェイムズは連合国側に好意を持っていたが、彼自身は、本質的に好戦的な人間では無かった。第一次大戦勃発のニュースを聞き、それまで長い年月を経て発展して来たと見ていた文明に最悪の事が起きたことを嘆き、友人に宛てた手紙の中で「生きてこのようなことを見るとは悲劇である」と語っている (HJL, IV : 713)。

このようなジェイムズの道徳感覚について、特に小説に表された道徳感覚について批評家たちはどのように見ているのか、後にこの問題に関する先行研究を扱う箇所でも触れるが、ここではその代表者のみに言及しておこう。ジェイムズの研究において、古典的かつ不動的地位を占める F. O. マシーセン (F. O. Matthiessen) はその著『ヘンリー・ジェイムズ——円熟期の研究』(*Henry James : The Major Phase*, 以下を MP と示す。1944) の中でエディス・ウ

ォートン（Edith Wharton）の次の言葉を紹介する。「ジェイムズにとってあらゆる偉大な小説とは、まず第一に道徳的価値を深く意識し、それを基礎にするものでなければならない」。そしてマシーセン自身も同じ観点に立ったジェイムズ研究を目的とすることをここで表明している（xi）。これは、エディス・ウォートンと共にマシーセン自身も、ジェイムズの小説家としての最大の関心事は道徳であったと考えていることを示すものである。ジェイムズがこのように道徳を常に問題としていた点について、先にも言及したように彼の生まれた家庭と社会の環境が大いなる要因であると考えられるが、もうひとつのファクターとして、ジェイムズが道徳感覚に関して西洋史における大きな変換の時代に遭遇していたという事実を挙げることが出来よう。それは、先に晩年のエッセイで見た戦争の時代より少し前の、ジェイムズがまだ若かった時代の環境を指しているのである。

　それでは、そのような変換の時代とはどのような時代なのか、そしてそれは彼の道徳感覚とどのような関係があるかということについて次に考えてみよう。またそれと同時にそのような環境と彼の作品との間にどのような関連があるかをも見てみよう。

　先に文化の定義に関して言及したテリー・イーグルトンは、歴史上から見た文化と道徳の関係について、「マシュー・アーノルドが登場するまで、文化という語は、moral とか intellectual と言った形容詞と深く結び付いていたのだが、この時期にようやくそれとの縁を切り、ただの独立した culture という抽象概念となった」と述べている（1）。この記述は、アーノルドの20年後に生を受け、彼と面識もあったジェイムズの道徳の質を考える上で特に示唆的なものである。なぜならこれはジェイムズの作品がまさにそのような、文化と道徳の関係が特に問題にされた時代の産物であることに気付かせてくれるものだからである。そしてジェイムズのほとんどの作品は、先に見た第一次大戦が勃発する以前の、まだ戦争の直接的悲惨さを多くの人が体験

しない時代に制作されたものである。それ故、ジェイムズの作品には、「文化の対立物は、マシュー・アーノルドやその弟子たちから見れば、文明そのものが生み出した無秩序だった」と言うイーグルトンの言明に符合する状況を描き出したものも多い。18世紀半ばに英国に起こった産業革命は資本主義を生み、それは19世紀末に向かって帝国主義の色を濃くし、国内外で弱肉強食の状況や物質重視の生活を容認し (10-11)、国の政治の反動化、軍国主義、植民地主義、他民族支配等の現象を引き起こした。ジェイムズの『プリンセス・カサマシマ』(*The Princess Casamassima*, 1886) に描かれる主人公と革命家の交流の場面は、そのような状況を表すものの一つであるが、本論で扱う小説の中では、『メイジーの知った事』(*What Maisie Knew*, 1897) に描かれるメイジーの実の父母、義理の父母等、彼女の周りの大人たちの描写、あるいは『鳩の翼』のケイトの周りの親戚や『ポイントンの収集品』(*The Spoils of Poynton*, 1897) に出て来るモナとその母親などの描写がその例にあたる。イーグルトンは先に見た無秩序な社会について、「甚だしく物質主義的な社会は、粗野な怒れる反乱者を生み出す。しかし文化は、そのような反乱者たちを洗練化し、自らがそれまで軽蔑していた文明を救う方向に向かう」(11) と言う。ここで言う「甚だしく物質主義的な社会」とは先に言及した資本主義の発展とも関連するもので、産業革命後機械化が進みそれまでにない利便さや目新しいものが現われ、物が大量に生産され、一見豊かそうに見えるが、大きな内部矛盾を含む社会を指す。そして「その社会は粗野な怒れる反乱者を生み出す」とは、この時代に資本家に対立する形で現れた労働者階級——それは工場労働者に限らず、いわゆる無産階級の人々を含む——を指すと見てよいであろう。[28] そして、「しかし文化はそれまで軽蔑していた文明を救う方向に向かう」という一節は、18世紀末に現れた文化と文明の対立が19世紀になると、一方の文明が社会における機械化や個人の利益追求、そして物質的進歩への無批判な信仰に捉われていると見られたのに対し、文化は社会

全体を視野に入れ、有機的で自己目的で愛国的、民衆的であると見られたことを指す。そしてこのような文明によって生じた混乱を救うために文化的見地からの国家的、あるいは民衆的働きが当時多く見られていたことをも示唆している (11)。29

『ヘンリー・ジェイムズと現代的道徳生活』(*Henry James & Modern Moral Life*, 2000) の著者ロバート・B・ピピン (Robert B. Pippin) は、このような時期のヨーロッパの文化と文明の現象を人物の行動にからめて描いたジェイムズの作品として、特に『メイジーの知った事』と『やっかいな年頃』(*The Awkward Age*, 1899) を取り上げ、これらには「混乱した19世紀末のヨーロッパ社会の慣習、様式、倫理を背景とした新しい形の文明生活者である資本家や物質主義者の行く末が描き出されている」(33-34) と述べている。

しかし、ジェイムズの小説においては、このようなヨーロッパ社会やヨーロッパ人を描写したものが必ずしも中心テーマとは限らず、むしろ、これらと対照的な形で描かれるアメリカ社会及びアメリカ人の描写があり、この対照的描写が特徴となっている。このことについてはすでにアングロサクソン文化対ラテン文化の対立に関連して述べたところではあるが、ジェイムズが描くアメリカ社会の描写というものは、アーノルドが指摘するヨーロッパの状況とは幾分異なる状況下にあるアメリカの姿であり、それはジェイムズの幼年時代の社会を多分に反映したものでもある。そしてここにはアーノルドが述べた「文化という語が moral とか intellectual と縁を切った」状態にいまだ完全に至っていない状況が存在していた。それはジェイムズの自伝に描かれる社会でもあり、人々でもあった。例えば彼が少年時代を過ごしたオールバニー及びその周辺においては、一方に産業革命後、急激に台頭して来た資本主義があり、同時に鉄道、運河等の交通手段の整備拡大が見られ、それに続きそれまで支配的であったピューリタン派を始めとする、ユニテリアン派、長老派等のキリスト教の経済的社会的領域への影響に陰りが見え始めて

はいたものの依然として、これらのキリスト教各派の教えを基盤とする道徳が教育程度の高い指導者層と結び付き、知的という言葉の持つニュアンスと共に温存され、むしろ資本主義によって貯えられた豊かな富を基盤とする文化の特徴を示していた。この時代のこの地におけるジェイムズ自身の個人的体験を示す四つの自伝のうち、特に「少年と他の人々」と「息子・弟としての覚書」("Notes of a Son and Brother", 1914) には、プロテスタント派の説く道徳がこの地方の文化と一体となって人々の日常生活に深く浸透している様子が描き出されているが、これは言い換えれば、ロバート・フォーク（Robert Falk）の定義によるアメリカン・ヴィクトリアニズムの価値観に基づくものと言ってもよい。つまり、これはアメリカ東部のピューリタニズムとジェンティーリズムの結合の産物という一面を持ち、その特質として自制、節制に加え、勤勉という価値観を合わせ持つものである。ジェイムズの「エマスン論」には、ジェイムズが青年時代にエマスンを中心とする超絶派の集会に出席して感銘を受けた事情が表され、父の友人でもあったエマスンの人格について「アメリカ人の良心が何世紀にも渡るたゆまぬ努力と洗練を積み、生み出したものの結果」であると述べられ、エマスンの時代が道徳の点から見て光り輝いていた時代であると説明され (69-70)、ジェイムズの一世代前のアメリカ社会は何世紀にも渡ってこの地方の知識層の社会生活を支配して来たキリスト教の道徳規範に則ったものであり、そこに伝統的文化が築かれていたこと、そしてジェイムズ自身の価値観の形成についてもその影響から免れることはなかった事情が示されている。

　ジョーゼフ・コンラッド（Joseph Conrad, 1857-1924) は、1905年に"The Historian of Fine Consciences"というエッセイの中で、「ジェイムズは称賛すべき良心を記した歴史家である」[32] と述べたが、ここに見られる「良心」という語は、コンラッドがジェイムズの作品に表された道徳感覚を、この作家の個人的意識の表出と見なして使った言葉だと考えられる。ここで注目す

べきは、"As is meet for a man of his descent and tradition," と述べているように (62)、コンラッドもジェイムズの「良心」という、いわば彼の基本的道徳感覚の礎が、19世紀中葉のアメリカ東部ニューイングランドにおける善悪の社会的判断基準、及びジェイムズ家の特質から成り立っていることを示唆したことである。ジェイムズの自伝や書簡集には、彼の祖父が厳格なキリスト教信者であったことや、身近かに接する親戚にも信仰の厚いキリスト教信者が多かったことが表され、あるいは友人や家族たちとの手紙のやりとりのはしばしに、神の守護に関する言及がなされる等はその一例である。

このようなジェイムズのもつアメリカ的側面は、彼の文学を特徴づけるもう一つの要素とも深く関連している。その要素とは兄ウィリアム (William James, 1842-1910) の哲学であり、世界観である。しかし兄の哲学とジェイムズ文学の関係全般の問題をここにおいても本論においても扱うことはあまりにも遠大過ぎるのであり、また、それは本論の目的からも逸れることである。ここではあくまで、本論で扱う小説の解釈上、必要最小限の範囲においてこれに言及するに止めざるを得ない。[33]

ジェイムズとわずか15か月しか年の違わぬ兄ウィリアムは言うまでもなくプラグマティズムの創始者の一人である。後にアメリカの代表的な哲学と言われるようになったプラグマティズムは、周知の如く「形而上学」を学ぼうとするオールバニー周辺の「形而上学クラブ」のメンバー数人の研究会が起源である。[34] この哲学が、オールバニーからそう遠くないコンコードの町で超絶派によって開かれた集りに象徴される個人主義的人生観に強い影響を受け、その揺籃期にエマスンを始め、ソロー (Henry David Thoreau, 1817-62)、オルコット (Louisa May Alcott, 1832-88) 等の影響を受けたことは、歴史上の必然とも言えよう。そしてプラグマティズムが清教徒文化の中心地において、清教徒の道徳的伝統を背景に誕生し、清教徒の子孫によって育てられたことはジェイムズの作品中に見られる文化と道徳の本質を考える上で重要なこと

と思われる。

　現代社会においては一般に、「プラグマティズムとは実用性を最優先するものである」とのイメージから、精神の働きや道徳性を重んじるという点に関して、ジェイムズの文学は兄の哲学と全く相反するものとの誤解を生みやすいのであるが、上に述べたようにプラグマティズムの根本には、清教徒の子孫による思想的伝統が脈打っているのである。本論の第一章の具体例に見るように、ジェイムズの作品にも、ウィリアムの著者にも「(我々) 新教徒」という言葉が見られる。[35] ジェイムズは兄の著書『プラグマティズム』(*Pragmatism*, 1907) が刊行された際、これを称賛し、「自分は長い間、無意識のうちにプラグマティズムの考え方を自己の中に会得していることに気付いた」と述べた。[36] これは単に、彼らが清教徒の伝統的影響の強い土地に青年時代を共に過ごしたという事実を示すにとどまらない。この兄弟はジェイムズのヨーロッパ永住後、欧米両大陸にそれぞれ別れて暮らしたのだが、兄の多元論的宇宙観が実証的思考から生まれながら、依然として宗教的色彩が濃いという特徴は、弟の考え方にも共通のものである。[37] なぜ多元論的宇宙観を持ちながら宗教性を保持出来るかと言えば、ウィリアムの創始した「プラグマティズム」においては、「神の存在が無いことを科学的に実証されるまでは、これを否定しない」(*Pragmatism* 62) という観点に立つからである。[38]

　マシーセンは、『ヘンリー・ジェイムズ——円熟期の研究』の中で、ジェイムズの幼なじみであり、ミリーやイザベルのモデルとも言われたジェイムズの従妹ミニー・テンプルが神を信じられず悩んだ時期があったことを記し、彼女がジェイムズに宛てた手紙の中で次のように述べていることを紹介している。「私たちの信念がどのようなものであろうと、神様は私たちの心の一番深いところにそれを授けて下さっているのですから、私たちはその信念をしっかりつかんでいることが最大の幸福につながるのだと思います」(48)。このような神に対する習慣的な思考形態と態度はジェイムズの少年時代に彼

の周りにいた大方の人々の日常生活に深く染み込んでいた信仰に対する思考形態や態度に共通している。当時のジェイムズを取り巻く環境は、科学技術発展と共に神の存在に対し、時に疑問を感じつつ、しかし依然として信仰心を持続しようと努める人が大勢存在するというものであった。

　本論で扱うすべてのヒロイン達、即ち、イザベル、フリーダ、メイジー、ミリー、マギー等は物語の最後で精神的艱難の末、新しい未来に向かって生きる道を選択する姿が描かれている。四人目のヒロイン、ミリーでさえ、死に逝く身でありながら裏切った友人たちを赦し、遺産を彼らに遺し、翼を広げる。このような積極的な方向性には、この兄の哲学が標榜する「信ずる意志」に通ずるものがある。もっともミリーの場合は他の小説と比べ、小説の最後では宗教的色彩が濃く、現実の世界と死後の世界についての区別が不明確であるという面を持ち合わせて描かれている。これについてラネイ・トゥルシー（Renée Tursi）は、ジェイムズが必ずしも神を信じていないにしても彼が幼・青年期にキリスト教の影響下で培われた無意識とも言える習慣の所産がこのように表されたという観点を示している。このようなトゥルシーの観点はジェイムズが晩年に書いた「死後の世界はあるか」（"Is There a Life After the Death?", 1910）の内容と共に、ジェイムズの小説に見られる宗教的側面を解説するものとして説得力をもつものである。

　そして、そのような習慣の所産でもあるキリスト教の色彩の濃い道徳感覚というものが、本論の小説の中で最も具体的な形で表されるのは「嘘をつく」ことに対する嫌悪感であり、「自己の利益追求の目的で他人を精神的な死に追いこむこと」への批判と非難であり、時には悲痛と思える程の自己抑制と自己犠牲を厭わないヒロインたちの姿である。「嘘をつく」ことに関しては、本論で扱うものはイザベルの「スカートの端をつまみたい程の不潔感」に例えられる場面を始めとして、親しい者による裏切りと虚偽の場面など数多くの描写が見られる。自己の利益追求、あるいは他人を精神的な死に

追いやることに関する道徳の問題は裏切りや虚偽とも関係するものであるが、このような表現についてはオズモンドやマダム・マールを始め、ケイトとデンシャー、シャーロットとアメリーゴの行動描写等枚挙にいとまが無い。特にケイトとデンシャーの場合は単に他人を精神的な死に追いやったばかりでなく、実際にミリーを死に至らしめたというプロットの中で道徳の問題が浮き彫りにされる。自己抑制と自己犠牲を通しての道徳表現は本論では主として、ミリーの恋心と、寛大で高潔な抱擁力、及びフリーダのオーエンに対する恋心と自己規制を扱う中で論じられるが、これらは教条主義で偽善的な道徳主義者との対比的描写によって作者の微妙な主張が明確にされるところである。そしてジェイムズの道徳感覚は、彼が幼・青年期に培われた習慣による、いわば無意識な宗教性を保持しつつ、エマスンの思想にも通ずる自己啓発による未来への積極的な態度によって成り立っているという事実と、彼の描く主人公たちは、「自己を信じて行動する意志」を持った姿によって書き表される点を本論は強調する。

　更に付け加えて、ジェイムズの小説に見られる異文化対立の描写における道徳の構成要素として、「審美的な」という言葉で表される描写表現もジェイムズの作品の理解には重要であることをここで述べておく。これはジェイムズが時として道徳の要素にオーバーラップさせる形で表現するものであり本稿の最初に言及したが、これと関連して小説の中で扱われる道徳について最小限の範囲で本論で扱うこととする。この「審美的な」という言葉はジェイムズが「ダヌンツィオ論」("Gabriele D'Annunzio", 1904) で言う「精神に対してばかりでなく、感覚に対しても訴える美」(266) に関するものであり、一般に美術用語で言う「人間の美に対する体験のうち、いわゆる直接的な感覚表出に関する体験と、理性を伴う知的精神的認識の深まりの中で体験するもの」[39] の両方に関するものなのである。

　ジェイムズは、彼の小説の中でしばしば「審美的な」、「美しい (beautiful)」、

「美（beauty）」等の言葉の意味を人物描写の際に詳細に説明し、[40] また作家論においても審美について自己の考えを主張している。[41] 更には「小説の芸術」（"The Art of Fiction", 1884）の中で、小説は芸術であるべきだという持論を展開し、同時代のフローベール（Gustave Flaubert, 1821-80）やダヌンツィオ（Gabriele D'Annunzio, 1863-1938）、あるいは唯美主義者たちに代表される「芸術と道徳は別物である」という考え方や「芸術は道徳に従属すべきではなく、芸術の美の神々にのみ奉仕すべきである」という当時の一般芸術家の間に支配的であった理念に反対の意を表した。これはジェイムズがヨーロッパで多くの芸術家や文化人との交流を通じて学んだ小説芸術観であり、道徳と芸術の不分離の信念である。[42] この信念がジェイムズの小説で表される例の典型は『ポイントンの収集品』である。この小説において、作者は、同じように「美しいもの」に憧れる人物、あるいは美を尊重することを装う人物たちを配し、小説の展開に伴う事件をきっかけに、これらの人々の美に対する真実の姿を描き、最後には美を備えている「物」を火事という事件によって消滅させ、それにより、真に美を評価する人間、つまり美を物質的にではなく精神的に評価する人間を明確にしている。

　ジェイムズは審美に対する考え方をこのように小説に写し出すと同時に、その理論を「小説の芸術」に表している。この「小説の芸術」については本論でジェイムズの道徳と審美の関係に関連して詳しく扱うが、ここではジェイムズが小説芸術家として道徳的感覚と芸術的感覚をほぼ不分離のものと考え、彼の芸術作品に自身の信念を投影することを心掛けていたと述べるにとどまることとする。[43]

　次に「異文化対立と道徳」という本論のテーマに関して、これまで使用した五十以上の先行研究のうち、特に重要と思われるものを八つ選び年代順にその概要を述べ、更にこれらと、本論で主張する論点との関連を確認したいと考える。

まず最初に取り上げるのは、F. O. マシーセンの『ヘンリー・ジェイムズ——円熟期の研究』である。この書については、すでにこれが、ジェイムズの研究書の中でも古典に属すということと、ジェイムズ文学の根本は深い道徳的価値の意識に基づくものであると述べられている点を見てきた。しかしここで注目すべきことは、近年「すべての研究はマシーセンに収斂される」という一般通念を超える現象が現れ、リチャード・ホックス（Richard Hocks）、ピエール・ウォーカー等によって、マシーセンの説のある部分は論破され、見直しを迫られているということである。これはジェイムズの研究が、常に一定の前進をしている事実を示すもので、マシーセンの書はそのような現象を見る際のいわば指標ともなろう。ここでこの書をあえて取り上げる理由は、これが部分的に不備があるとは言え依然として優れた示唆を与える名著であり、特にジェイムズの道徳感覚を重点的に論じているという点で本研究には必須の文献であるからである。マシーセンはこの著書の序文で当時ジェイムズを高く評価する著名文学者や研究者と、彼を厳しく非難する批評家の名を挙げ、その要点を論じているが、[44] その中で先に見たエディス・ウォートンの「ジェイムズにとってあらゆる偉大な小説とは、まず、第一に道徳的な価値について深い意識を基礎とするものである」という言葉はその代表的なものである。マシーセンはその道徳とは何であるのかの具体的な論議の例として『黄金の盃』の中で語られる「嘘をつかず、ごまかしもしない」という公爵のマギーへの言葉を挙げている。これはジェイムズの小説で繰り返されるテーマの重要性の質を鋭くとらえるものであり、道徳の内容を具体的かつ象徴的に表しているとも言えよう。

マシーセンは、ジェイムズの価値の尺度について、「高い知性よりも更に高い道徳というものがある」（95）と小説の中の人物の言葉を引き合いに出し、その価値観の質を説明している。[45] そこでは、道徳を測る基準は単に知性のみではなく、嘘をつくか、つかないかということだとしている。これは

キリスト教の教えにかなり近い価値観である。マシーセンはジェイムズがキリスト教信者ではないが、キリスト教の考え方の影響を全く免れていないことを示し、また同時にマシーセン自身もその点で同様であることをも示唆している。但し、マシーセンが、ジェイムズは兄とは違って、行動人でも思想家でもなく傍観者である、と断言している点は先に述べた「論破されたある部分」にあたるものであり、この断言は、ジェイムズの描く人物への分析の具体例が少ないこともあり、最近ではこれを否定する具体的で新しい見解も出され説得力の乏しいものとなってきている。しかし、マシーセンがこの著書の中でジェイムズの主要作品を綿密に検討することによってその時代の特質を明らかにし、この著書を作品論であると同時に文化史としていることは万人の認めるところであり、その審美的批評が鋭い社会批評となっている点も高く評価されている。そのような理由でこの著書が「異文化対立と道徳」を扱う本論文の先行文献として、最も適切なもののひとつであることは明らかであると思われる。

次に重要な先行研究として、リチャード ホックスの『ヘンリー・ジェイムズとプラグマティズム的思考』[46]（*Henry James and Pragmatistic Thought*, 1974）を取り上げる。本書は1974年に刊行されたにもかかわらず、我が国でこれについて十分に理解され、あるいは論議された形跡はない。[47] サブタイトル（*A Study in the Relationship between the Philosophy of William James and the Literary Art of Henry James*）から容易に察せられるように、ジェイムズの兄ウィリアムのプラグマティズムとジェイムズの文学の影響関係及び二人に共通するものについての考察である。全体を大きく三部に分け、その第一部はジェイムズと兄ウィリアムの兄弟関係について、それまでレオン・エデル（Leon Edel）によって定説となっていた「この兄弟の性格は正反対で二人は互いに反発し、双方の主張を自分の中に取り入れることはなかった」とする観点に疑義をはさみ、先に見たジェイムズが兄の『プラグマティズム』を称

賛した事実を重視し、この兄弟の哲学と文学に関する問題を再考察している。ホックスはエデルを始め、マシーセン、ラルフ・B・ペリー（Ralph B. Perry）、ドロシー・クルック（Dorothea Krook）、エリジオ・ヴィヴァス（Eliseo Vivas）等の先行研究を綿密に調査し、特にエデルとマシーセンが米国文学批評界で巨匠的存在であったためにジェイムズのプラグマティズム的な面が見落された事情を掘り起こし、新しい観点を提示している。

つまり、ヴィヴァスの『ケニヨン誌』（*The Kenyon Review*）に載った論文が目立たなかったために、その重要性が見落されたとして、プラグマティズム的な面を肯定するヴィヴァスを詳しく吟味し、この面を否定するマシーセンの論点を明らかにしているのである。

ホックスは、マシーセンが「意識の宗教」（"The Religion of Consciousness", 1944）で述べたジェイムズ兄弟の対立点を取り上げ、ヴィヴァスとマシーセンは道徳と意識の取り扱いを分けたという点で類似していると指摘した。先に見たように、マシーセンが、兄は行動家であるのに対し、弟は傍観者である、と述べ、更に、この二人の兄弟の道徳的立場はほとんど同じである、という観点を示したことについて、ホックスはヴィヴァスにするのと同様に、「ウィリアムとヘンリーの道徳と意識の論理を切り離すことは誤りである」という批判をした（36）。つまり、マシーセンとヴィヴァスは共にジェイムズの「道徳」と「意識」について部分的に正しく捉えながらも、プラグマティズムの根本思想である「道徳」と「意識」と「行動」は切り離せないものだという、いわゆるプラグマティズムにおける「意思の役割」に関する理解が欠けている点を指摘したのである。このようにして、ホックスはヴィヴァスとマシーセンが同じ過ちを犯している事を明確にし、そこにプラグマティズムの本質が関係している事をも示し、これをジェイムズの文学がウィリアムの哲学を映し出しているとする論述の出発点としたのである。更にこの著書の第二部、第三部において、ジェイムズの手紙やその作品──「ほんも

の」("The Real Thing", 1892)『ポイントンの収集品』『使者たち』『ジャングルの野獣』(*The Beast in the Jungle*, 1903)——に表されるこの兄弟の類似点と共通点を、プラグマティズムの「連続性の概念（Continuity）」や「信じて行動する意思（the will to believe）」等の特徴を例に挙げながら説明している。ホックスのこのような観点は、主として本論の第一章、第四章においてヒロインたちの最後の行動の意味を解釈する有益な援用となっている。

本稿ではすでにジェイムズの道徳についての考え方や感覚の基本に兄の世界観と共通するものがあるということを述べて来たが、ホックスの著書に多く取り上げられている二人の類似点の根源には、この兄弟が共に育ったアメリカ東部のキリスト教の影響の濃い社会と家庭環境があり、他の重要な要素として二人が共有した時代の大きな思潮があると考えられる。[49]

ジェイムズの文学に対するホックスのプラグマティズム的解釈は、プラグマティズムに対して無知であったなら決して気付くことのなかったと思われるジェイムズの文学が持つ様々な面を我々に認識させ、説き明かせてくれるのであり、この点でこの書は、ジェイムズ研究史上大きな貢献を果たしていると言えよう。しかし、ホックスのこの業績に更に加えることを望むとすれば、それは兄ウィリアムのプラグマティズムの宗教的倫理面に対する考察であろう。同じプラグマティストであっても、兄ウィリアムは、パース（Charles Sanders Peirce）や、デューイ（John Dewey）、ミード（George Herbert Mead）等と比して、宗教的倫理面が強いというのが定説である。[50] パースの論理性の勝ったプラグマティズムや、学説の面では精密さを持つが人生観の面でウィリアムに劣ると言われるデューイやミードとの比較に表されるウィリアムのこの特徴は、ジェイムズの文学を更に新しい角度から捉えることを可能にするであろう。

次にルイ・オーチンクロス（Louis Auchincloss）の『ヘンリー・ジェイムズを読む』(*Reading Henry James*, 1975)を見てみよう。オーチンクロスはジ

ェイムズの初期から後期までの小説の他、「創作ノート」や戯曲を含むジェイムズの文学全般について論じているが、後期の作品に表れた道徳感覚について「善良で道徳性の高い人間とそれ程道徳的でない人間の間で永遠に対立するものの中に、基本的原理をもたらす道徳的状況を作り出すことが作者の目的であった」と言う。そして、ジェイムズの作品に見られる善良で道徳性の高い人間と対立する立場で描かれる利己主義で徳の高くない人間の特徴は、後者の人間が人生で成功していないことであると言う。彼らは人間が持つべき深い誠意を持たず、想像力をも欠いていると言う。このような対立的状況において、主人公たちは、その愛によりこれを克服し、彼らの理想的思考に基づく行為により解決が図られるのだと言う。オーチンクロスはマギーやミリーが金持ちであり、彼女らの道徳美が金銭的に贅沢な背景の中で表されることについて、豊かで輝しい色で教会を飾るステンドグラスのようだと述べ、E. M. フォースター（E. M. Forster, 1879-1970）が、この外的美しさと内的美しさの組み合わせを独特の美的効果（unique aesthetic effect）だと指摘した事実を取り上げている（131）。このことは先に見た文化の表層的描写と深層的描写の関係を思い起こさせると同時に、ジェイムズの文学の独特な質を新たに提示するものでもある。オーチンクロスがジェイムズの富と徳を結び付ける点に着目している点はドナルド・マル（Donald Mull）の著書『ヘンリー・ジェイムズの「崇高なる経済」』（*Henry James's "Sublime Economy"*, 1973）との共通点を思い起こさせるものでもある。[51]

　次に取り上げるのはミリセント・ベル（Millicent Bell）の『ヘンリー・ジェイムズの文学における意味』（*Meaning in Henry James*, 1991）である。ベルはこの著書の最初の部分で、ジェイムズの文学を読み解く方法として、ニュークリティシズムから受け継いだテキストを精査する方法と、ポスト構造主義者による無限の解釈の可能性を信ずる態度を組み合わせる方法を取ったと述べている。彼女の研究対象は初期の「デイジー・ミラー」から後期の『鳩

の翼』、『使者たち』まで13編に及ぶが、その中で社会の文化的期待に抗して戦う主人公の自由な精神や自己の信念を実利益に優先させる人物、あるいは、人生を静かに距離を置いて見守る人物の態度等を特に問題にしている。ベルはこれらを作者ジェイムズの理想と深い同情心の表れであるという観点に立ち、更にジェイムズの異文化対立の表現法を統一と不統一の間の「遠心的なものと求心的なものの抗争（centrifugal-centripetal contest）」と見なし、ジェイムズの作品は最終的には結合へ促されると見ている（xi）。52 ベルは、ジェイムズが人間生活を描く時、一つの明解で単純なストーリーで表すことは不可能であるという事実をそれ程苦しまずに受け入れ、更に、物語の中のあるストーリーは現実世界の制約を受けるがそれは避けられないこと、あるいは時には必要なこととさえ認めていると言う。また、通常「現代人」が望みを持つ際にしばしば抱く不安や恐れをジェイムズ自身は滅多に感ずることなしに個々人の精神的切望の多くの可能性を受け入れ、同時に結局、人間というものはある一定の環境と予想される社会的枠組みの中で、一つの人生を送るのだと認めることが出来たと指摘する（xii）。このベルの指摘は本論で取り上げる一つ一つの作品にあてはまるが、特に『鳩の翼』のミリーの描写を理解する上で大きな助けとなるであろう。例えばミリーは病気という個人的制約を受け、一定の環境と社会的枠組みの中に設定されるが、彼女の大いなる精神的切望をいかにジェイムズが描き出したかを我々は容易に思い起こすことが出来る。

　またベルはジェイムズの審美観についても少なからず言及し、ジェイムズが物を尊重しつつ、作品の中でこれを審美主義と混同しないよう警戒していると言い、ジェイムズの観点は彼の時代に盛んであったウォルター・ペーター流の「美、それ自体が最終目的である」ものとは異なる点を強調している（205）。

　ベルは、社会的文化的背景の中で人物たちが遭遇する出来事の中に見られ

る自由や審美の意味を重視し、これを作品の本質と関連付けている。これは本論文が扱う作品、特に『ある婦人の肖像』や『ポイントンの収集品』を読む上で有益な示唆を与えるものである。

　次に取り上げるロバート・B・ピピンの『ヘンリー・ジェイムズと現代的道徳生活』については先に少し言及したが、ここでは彼がミリセント・ベルと同様にポスト構造主義的傾向をも持ち合わせ、ジェイムズの文学を現代の道徳感覚の面から分析している点に注目してみよう。ピピンはジェイムズの主要な小説がメロドラマティックで優雅で空想的な面を持ち、女主人公たちが欺かれる点で読者を惹き付けていると指摘した上で、しかし、重要なのは、この事実を通して作者が道徳上の問題を投げかけていることだと言う。そして、ジェイムズが描く人物たちの道徳上の反応と判断は新しい歴史的社会に属するもので、もはや伝統的形式に基礎をおいた理解や判断は通用しないように見えると言う。ジェイムズの描写の中でも特にアメリカ的なものは不確かなものに対する「不安」と「急進的な可能性と新しい間隙 (new vacancy as well as radical possibility)」を象徴するもので、ジェイムズの人物達は、前の時代であったなら存在したであろう習慣や前提に対する権威が失われ、何をなすべきかを判断する基準がほとんど無いと言う (4-7)。ジェイムズのアメリカ的描写に関するこのピピンの評は「前の時代に存在した習慣や前提の権威失墜」が混乱したヨーロッパばかりかアメリカにおいても起こっていると指摘している。ピピンはジェイムズの小説において道徳上の評価は個人の評価として表され、道徳問題は、「なぜ自分は他人の利益あるいはある客観的な善のために自分の利益追求を諦めねばならないか」という、自己と他者との緊張の経験を扱っているのだと言う (26-30)。ピピンがジェイムズの小説に見ているものは、人物たちの行動の意味や評価の問題を解く試みの中に現れる道徳の問題である。ピピンの考え方には西洋社会における現代化の結果生じた歴史的社会的文脈の中でジェイムズの小説を読むという点で、現象学

的観点からジェイムズの作品を解釈するポール・アームストロング（Paul Armstrong）やジェイムズの文学に無限の解釈の可能性を探ろうとするポスト構造主義を視野に入れたミリセント・ベルの態度とも共通するものがある。

次に取り上げるのは、ビル・ブラウン（Bill Brown）の「物の持つ意味——ヘンリー・ジェイムズの作品に見られる装飾芸術」（"A Thing about Things: The Art of Decoration in the Work of Henry James", 2002）である。

この論文はヘンリー・ジェイムズ・レヴュー（*The Henry James Review*）に掲載されたものであり、ジェイムズが『ポイントンの収集品』で問題にした「物（a thing）」という言葉を捉え、この小説における「物」の意味を解こうとするものである。ブラウンは小説の中でこの言葉が物質的な意味で使用される場合と形而上学的な意味で使用される場合において互いに相関関係を持つ点を強調し、ゲレス夫人とフリーダの「物」に対する態度が対照的に描かれることによりこれが表現されていると言う。

またブラウンは、当時のイギリスの装飾事情を詳しく調べ、芸術に関する美は物そのものにあるのではなくそれを使用した芸術的構成力にある点を指摘し、小説の中で描かれるゲレス夫人の芸術へのかかわり方は、収集品の獲得そのものに対してではなく、むしろそれらの構成美を創り出すことにあると言う。そして、ゲレス夫人の装飾的技術力は「物の列挙によるものではなく、暗示による示唆」という特徴を表していると述べ、この小説はジェイムズの時代に全盛であった写実主義の小説とは異なり、これ見よがしに並べ立てる代わりに物の醸し出すほのかな香りあるいは雰囲気といったものを物との接触を通して感ずる様を描き出しているとして、この作品へのいわば新しい鑑賞の仕方を提示している。特にブラウンがヴァーノン・リー（Vernon Lee）の「真に精神的な美の鑑賞という行為によって、審美的感情が、法的に架空な所有に代わり意味を持つようになる」（225）という言葉を引用しているのは、この小説を解釈する上で重要なものと思われる。小説の中で、主

人公フリーダは審美的感情をもって収集品を愛で、その美しさやそれが与える感動を自分のものとしているが、そのような感動の所有は法律上何の保証も無いばかりか、ほとんど何の関係性すらないものである。つまり、フリーダの所有している審美的感情は法律的に見れば、いわば実のない所有である。この小説には誰が収集品に関する法律上の所有者かについての問題も多少描かれていることから、リーはこのような表現をしたと思われるが、ここで重要なことは主人公が法律上認められる物質的保証より、審美的感情という精神上の所有を求めたことである。ブラウンはリーを援用することにより小説のヒロインが収集品の美の評価を精神的な行為において行い、美を精神的に所有する点を強調した。ここには作者が問題としている「審美」というものの精神的側面が具体例をもって論じられている。

次に、すでにその名を言及したピエール・ウォーカーの編集によるジェイムズのエッセイ集『ヘンリー・ジェイムズと文化』を取り上げ、その内容の概略と本書のもつ意味を確認しておこう。本書はそのサブタイトル (*Collected Essays on Politics and the American Social Scene*) が示すように、ジェイムズが社会や政治、文化について著したエッセイや書評、あるいは彼が特派員として、トリビューン (*The Tribune*) やネイション (*The Nation*) に寄稿した記事、あるいはジェイムズとしては珍しい記者会見の内容等を集め編集したものである。ここに見るウォーカーの編集の意図と彼の解説は、これまでのジェイムズの研究史に新しい光をあてるものとして高く評価されるべきものであると思われる。このエッセイ集には1872年のアフガニスタン問題や英国とロシアの緊張関係等が扱われ、ジェイムズがいかに社会や政治についても関心が高かったかが強調されている。これは通常英文学の分野でマシーセンを始めとする多くの研究家が、ジェイムズは芸術と個人の内面の問題に対して関心が深いものの、社会問題には浅い認識しか持っていないという批評への反論の書とも思われる。ここには、特に第一次大戦がジェイムズの心

をいかに鼓舞し、西洋の文化についての考えを明確にしたかが述べられている。ここに載せられたエッセイのうち「フランス」と「長い病棟」に関しては、すでに本稿の前半部分でジェイムズの文化と道徳についての考え方を吟味する中で触れ、これらのエッセイが本論で扱う小説と共通する特質と共通しない特質の両面を備えていることにも言及してきた。

　この書は、これまでジェイムズ研究史の批評の分野において、本格的に取り上げられることの少なかったジェイムズの晩年の活動に関する文献を扱った点のみならず、ジェイムズの文化と道徳について彼の理論と実践の両面に関する鋭い観点を提示した点で注目すべきものと思われる。

　八つの先行研究のうち最後に取り上げるのは、シギ・ジョットカント (Sigi Jöttkandt) の「行為の描写──『ある婦人の肖像』における審美と倫理」("Portrait of an Act : Aesthetics and Ethics in *The Portrait of a Lady*", 2004) である。

　ヘンリー・ジェイムズ・レヴューに載ったこの論文は題名が示すように『ある婦人の肖像』のみを論じた先行研究である。ジョットカントは小説の中心課題がイザベルの「自由」に関する哲学的問題である点を強調し、(109, 111) カント (Immanuel Kant, 1724-1804) の「自由」の概念を道徳の問題として論じ、更にはキルケゴール (Søren Kierkegaard, 1813-55) の繰り返しの概念をも援用しているが、主人公の最終的な決断を「新しい体験に目覚め、カント的自由を獲得し、オズモンドに戻る」としている。この主張はカントの「自由論」とキルケゴールの「繰り返しの理論」の結び付きについての説明が難解である上に、イザベルとオズモンドの関係に性的事象を過剰に結び付けている点で一般の理解を得るのは困難な論文ではある。しかし、カントの「自由論」のみについて述べれば、近年のジェイムズの批評家たちの傾向に見られるカントへの関心について読者の注意を喚起するという点で、非常に意義のある論文であると思われる。

それでは次に、「異文化対立と道徳」のテーマは本論の各章とどのような関連を持っているかについて見てみよう。まず「異文化対立と道徳」のうち、異文化対立の描写について分類してみると、三つのパターンが考えられる。第一のグループは、ジェイムズの小説を代表する典型的なもので、アメリカを背景とする文化とヨーロッパを背景とする文化の対立を描いたものである。ジェイムズの作品ではこれを扱ったものが数として圧倒的に多い。このグループに属する小説の主人公は『アメリカ人』(*The American*, 1877) や『使者たち』のような例外もあるが、ほとんどの場合は、若いアメリカ娘である。第二のグループは異文化対立の意味が、米欧の文化対立を指さず、同じ国の中の異なる階級や階層同志の異文化の対立を扱うものである。第三のグループは異文化の対立が大人社会と子供社会との対立の形を取っているものである。

　また、道徳の様相については、ここに扱った五章のすべてが基本的にはジェイムズの道徳に対する考え方を反映しているという点で共通しているが、それぞれの小説に描かれる道徳の様相は各五章ともすべて個性的で特徴的である点を指摘しておきたい。

　まず第一章においては、「運命との対峙」という副題で『ある婦人の肖像』に描かれた主人公の心理と行動の描写を主として論ずるものであるが、この「運命との対峙」という言葉はこの小説の主人公の人生を象徴的に表していると同時に、作者がこの小説の「序」で「運命と対峙する (affronting her destiny) 若い女性を主人公とする」と述べている (IV：Xiii) ことと関係するものである。affront という言葉は「相手を公然と侮辱する」という意味を含む場合もあるが、この場合はやや古いニュアンスを持つ「敢然と立ち向かう」意味として使用する。しかし対峙する対象物に対し主人公は常に敵対を意識して描かれているわけではなく、小説の最後でそのように変わっていったことに意味があるとここで述べておく。またここに見る運命 (destiny)

という言葉は、本論で詳しく見るようにfateやlotと特に区別されずに作者によって使用され、「物事の成り行き」、「身の上に巡ってくるもの」、「人類の歩んできた道」を指すものである。これは、人智を超えた力によって強く固定された人生の意とは異なり、主人公が自ら選び取ろうとする強い意志をもって作り上げる人生であり、ここに主人公のアメリカ娘としての特徴が描き出されるのである。

　本章に見られる異文化対立は第一グループの典型的なパターンであり、主人公のアメリカ娘と夫であるヨーロッパ化した人物の葛藤が次に述べる二つのそれぞれの道徳の様相と組み合わせて描かれる。一つめの道徳の様相とはアメリカのいわば伝統的自由思想と言われるものとそれを否定する側の対立である。この小説の主人公が主張する彼女自身に関する自由と独立への希求は小説を推進する軸となっているが、ジェイムズの批評家の中にこの自由の質を問題にする者が多く、先行研究で見るように哲学者カントの道徳律による人間の自由意志との関連を説く者が少なくない。本論は小説の最後でイザベルが夫であるオズモンドの元を去ると解釈する立場にあり、ここに見るイザベルの自由への希求は、リチャード・ホックスの指摘するプラグマティズム的傾向を帯びた、未来を信じて積極的な行動をとる態度の表れと考えるものである。これはジョットカントを始め圧倒的多数の研究者が小説の最後における主人公の行動を「夫の元に戻る」と解釈することに対し、ホックスの「兄ウィリアムのジェイムズへの影響」を主張する説を援用するものである。またこの小説に見られる二つめの道徳の様相の対立は、「人を欺き、極端な程度まで自己の欲求を優先させること」に関するものである。嘘をつくことに罪の意識を持たず、それによってしばしば物質的利得を獲得しようとする夫を主人公が嫌悪する様子が描かれ、彼女と対決する夫について、利己的欲求から他者を精神的な死に至らしめようとする者として描写される。ジェイムズの作品にはこの小説に限らずこのようなテーマを扱ったものが多く、そ

れはしばしばアメリカ人側の「嘘をつくことに対する潔癖感」とヨーロッパ人側の「嘘をつくことをヨーロッパの伝統的かつ洗練された態度とする考え方」の対立という形で表される。本章ではこれについて先に言及した「ラテン的気質とアングロサクソン的気質に関する道徳感覚の相違」という観点を含めて、ジェイムズの小説論や作家論と関連して考察することとする。

　第二章で扱う『ポイントンの収集品』は第三章の『メイジーの知った事』と同様に、米欧の異文化対立を中心に描かれた小説の系譜に属してはおらず、これは、第二グループに属すというべきであろう。つまり、この小説には米欧の異文化対立とは異種の異文化対立が表される。それはヴィクトリア朝時代におけるイギリス社会の階級及び階層の差によって生ずる異文化対立である。この時期イギリスでは、産業革命から始まった資本主義の発展と共にいわゆる新興成金勢力が力を得、この小説ではそのような勢力を代表する人物たちと、金はそれほど無いがイギリスの伝統的道徳や考え方を是とする人物たちがそれぞれの程度の差はあれ対比的に描かれ、実際の行動面で対立する場面が描写される。

　しかし、この小説を最も特徴的なものにしているのは、ここに描かれる道徳の質というものが審美の問題と絡めて描かれているという点である。これは先にも言及したようにジェイムズが「小説の芸術」で、「芸術と道徳はある点で一致せねばならない」と述べ、小説の中の審美に関する表現に道徳が考慮されるべきであると考えていたことを思い起こさせるものである。ジェイムズはこの小説の「序」で「物の美と価値の呈示」と「それを道徳的な展開につなげること」が作者の目指すものであると述べているが、この目的は綿密に組み立てられたストーリーとプロットの構成によって達成されていると思われる。

　この小説の最後に表される火事の意味は、ビル・ブラウンの「真に精神的な美の鑑賞によって、審美的感情が法の上での所有を無にする」という言葉

に象徴的に表されるように、この小説を読み解く上で重要な鍵なのである。本論では主人公の道徳感覚の描写、及びゲレス夫人のそれとの比較と共に、特にこの火事の意味を重視して結論を導こうとするものである。

　本章の「精神的な美の評価」という副題は、この主人公の考え方を象徴的に表すものであり、同時に作者がこの小説で描こうとした「物の美と価値の呈示」と「道徳的な展開」との関連を示唆するものである。

　第三章で扱う『メイジーの知った事』は、子供が主人公の物語である。副題「不毛の浜辺の播種」の中の「不毛の浜辺」という言葉はこの小説の舞台となる19世紀のイギリス社交界の大人の世界を表している。この小説の異文化対立は、大人の世界の文化と、子供のまわりの世界の文化との対立なのである。ここに描かれる大人の世界は先のイーグルトンの文に見られるように、一見華やかに見える物質主義者の世界なのであり、享楽的な生活をする両親が実の子供である主人公に対して放埓な姿を見せるばかりでなく、それに付随して、彼女の義父母もその物質主義社会の悪影響を容赦なくこの子供に浴びせかける世界なのである。これに対し、主人公は幼いながらこの腐敗した社会に美徳の灯をともす役割を担って描き出される。

　作者は、この小説の「序」で主人公メイジーの役割のひとつとして、「利己主義の臭いの充満する世界に理想の香りをそこはかとなく漂わせ、不毛の浜辺にただ姿を見せることによって道徳的生活の種を蒔く」と述べている (viii)。副題に表した播種という言葉は、この「序」の言葉から取ったものであり、主人公メイジーが小説の中で果たす道徳に関する役割を象徴的に表したものである。そしてこの「不毛の浜辺にただ姿を見せる」という語には、「ただ姿を見せる」ことぐらいしか出来ない子供の非力も示唆されている。

　この幼い主人公メイジーが果たしてどのような形で、道徳の種を蒔くことが出来、それはどのように描き出されているのかを考察することこそが本章の目的であるのだが、この言葉には、この小説の最後でブローニュの海岸に

現れた主人公が義母の反対を押し切り、自らの道徳的決断をする場面が暗喩されている。つまり、この決断という行為は、「不毛の浜辺に道徳的生活の種を蒔く」ことの具体的表現であるとも言えよう。小説の最終場面で、彼女がサー・クロードと別れる選択をしたことは、第一章で扱う小説の主人公イザベルが未来に向かって自らの人生を歩み出すこととの類似を思わせる。つまり、メイジーの美徳は、小説の最終場面に表現され、彼女の選択が大人の汚濁の世界とは対象的な清清しさを表すのである。

なお、この小説には、イギリス人である主人公がフランスに旅行した際に遭遇する異文化体験が、19世紀ヨーロッパの芸術思潮の反映を思わせる印象画風のタッチで描きされており、[54] ジェイムズの多くの視覚描写の特徴の一つとして注目されるものである。

第四章で扱う『鳩の翼』は、第五章で扱う『黄金の盃』と同様にジェイムズの円熟期の作品であり「異文化対立と道徳」の問題が最も密度の濃い形で、しかもこの二つの要素が互いに絡み合う様相で表されたものである。ここに表される異文化対立は、ヨーロッパの華麗な社交生活や雄大な自然、長い伝統により培われた芸術美を背景に、主人公が親しい友人の心に潜む裏切りによって死に至らしめられるというプロットの中で米欧の道徳に関する考え方の対立として表されており、これは異文化対立表現の第一グループに属するものである。ここで扱う道徳の様相は、小説の最後で死んでしまった主人公が鳩となって翼を広げ、裏切った友人を許すという結末に最も顕著に表れる。この結末を「悪者が勝利し、主人公は絶望のうちに死んだ」と見る批評家も存在するが、[55] 本稿では、主としてマシーセン、エドワード・ワーゲネクト（Edward Wagenknecht）、R・ホックス、マルコウ゠トテヴィ（Markow-Totevy）、ラネイ・トゥルシー等が述べている「ジェイムズの道徳感覚がこのような結末を導いた」とする説を検証する。しかしこれらの研究者の間においても主人公の最後の姿を「経験における道徳的意味を他者に伝えようと

した」とする者から、[56] 純粋なキリスト教的立場に立って解釈する者、あるいはプラグマティズム的考察による「意識の持続性」とジェイムズの本来の道徳感覚を結び付けた立場に立つ者、更にはジェイムズの本来の道徳感覚をキリスト教の信念というよりむしろ「不死についての習慣による意識の持続性」と解釈する者など様々である。本稿では、これらのうちトゥルシーの説を最も説得力のある説と認め、これを援用してジェイムズの異文化対立と道徳の問題を読み解こうとするものである。

　本章の副題である「現世と死後の世界」という言葉は主人公ミリーが生前に生きた世界と、死後鳩となって翼を広げた世界の二つの領域を表すものであり、同時に、この二つの領域における異文化対立と道徳に関する作者の深い意識を表すものでもある。

　第五章で扱う『黄金の盃』も、第四章における場合と同様に、「異文化対立」と「道徳の対立」の関係がますます緊密に描かれており、それが人物たちの綿密な心理描写を通して表されるために一層深い陰影を伴うものとなっている。ここに見られる異文化対立の内容もいわゆる第一グループに属し、米欧の文化対立を扱ったものであるが、その小説のストーリーの及ぶ範囲は『鳩の翼』と同様に壮大で、イギリスを中心にアメリカからヨーロッパはフランス、イタリアに及ぶ。この小説において特に注目すべきことは、「道徳」という言葉がジェイムズの特徴である文化的事物の呈示と抽象的言語の使用の組み合わせで表されていることであり、そのような例は、彼の他の小説に見られるにしても、この小説において、その程度がより大きいことである。つまり、抽象的な道徳という言葉を説明的描写から解放し、15世紀ローマの城の石の階段と19世紀イギリスの最新式エレベーターの描写の例に見るように、[57] 具体的な古代の歴史的文化的建造物と近代の最新科学技術の産物との対比として表現し、視覚描写によるイメージを駆使することにより、それぞれの異なる文化の背景が持つ道徳の特徴的相違を表現しているのである。こ

こに描かれる道徳の内容あるいは道徳の様相の特徴は、副題「悟性による選択」に見られる悟性というものと深く結びついている。この場合の悟性とは、辞書に一般的に説明されている、広義の意味の思考能力を指し、人間の理性と感性の中間に位置する思考の主体を意味する。この小説には、主人公がヨーロッパ出身の夫の道徳に対する考え方との対立に悩み、夫と友人の裏切り行為を始めとする様々な人生体験を経た後に、生まれて初めて自己の信条を飛び越え、嘘をつくという冒険をし、自分はもはや以前の無知なアメリカ娘ではなくなったと自覚する場面が詳細に描かれる。彼女はこの時から嘘をつける人間に変わったが、それは、彼女が自分自身の利益を守るためでもなければ、相手を傷つけるためのものでもなく、事態がより良い方向へ向かうことをのみ願い、熟慮の結果ようやく実行したものであり、これはヨーロッパ人の夫の嘘についての理解の深まりを示すものでもある。ここには本論で扱った他の小説とは異なる傾向の主人公の選択が示される。この小説の最後に近い部分には、彼女がこれまで理性によって行動してきたばかりでなく、「絶えず霊感に導かれて、倦むことなく行動してきた」という表現が見られる（XXIV：367）。この理性と霊感を感ずる力による選択というものは、作者が円熟期の小説で表そうとした道徳の質を示している。それは理性のみで成り立つものではなく、感性を含む悟性で成立する質のものであり、作者は主人公マギーにその表現の役割を担わせたのである。

　このように「悟性による選択」という副題には、作者がどのようにして異文化対立という体験の中で主人公の悟性を働かせ、道徳的行動を表現しようとしたかの意図が示唆されているのである。

　そして、この小説に見られる道徳の質というものは、第一章で見る「自由とプラグマティズム的積極性の呈示」や第二章の「小説芸術における審美と道徳の一致の実例」、第三章の「物質主義者の世界に対する子供の目から見た汚れない精神面を強調する世界の表現」、第四章の「死後の世界はあると

いう観点に立って描き出されたアメリカ娘の自己犠牲を厭わない姿」等と同様に作者の道徳に対する基本的態度を示すものであり、これらと多くの点で共通性を持つものなのである。

　この円熟期最後の作品に関しても、他の作品と同様に多種多様の解釈が存在し、主人公をキリストと同一視する極端なものから、マシーセンの説のように「献身的抱擁力を持つ高潔なマギーの心を読者に伝えるのが作者の目的」とするものまで様々である。本論の解釈としては、主人公が多分に欠点のある人間として描かれているところから、マシーセンほど主人公を理想化して解釈することは出来ないが、作者が、他人を犠牲にすることの不道徳性を主人公を通して描き出すことに重点を置いて描いたと見るものである。つまり、主人公が無邪気で欠点のあるアメリカ娘から事実を知って成長し、最終場面で自己の信ずる道徳性を身につけ、未来に向かい困難を克服しようと歩き出す姿を描き出したと解釈する。

　このように本論においては「異文化対立と道徳」をテーマとして、第一章においては、これまで圧倒的多数の研究者が結論とした『ある婦人の肖像』のヒロインが夫の元に戻る説に疑問を投げかけ、この説に同意出来かねる根拠を小説の中の描写及び先行研究により確認し、新たな解釈を試みようとするものである。また第二章から第五章までの中で扱った小説について、これまであまり重視されていない「序」の部分との結び付きを再検証しつつ、テキストに表された様々な表現の中でこれまで取り上げられず、それぞれに一見無関係とも見える描写を掘り起こし、それに関する主人公の行動を通してより新しい解釈を試みようとしたものである。特に第四章においてジェイムズは「キリスト教信者ではないが習慣としてキリスト教的道徳感覚を持続させた」とするトゥルシーの説にホックスのプラグマティズム的特徴の一部を融合させ、一般にキリスト教を中心とする文化に習慣的に浸っていない日本人、あるいは日本の研究者が多い実状の中で、これまでとは異なる視点を提

示出来るかも知れないと考える。ジェイムズの時代に比して、更に「異文化」の意味が広がり、その重要性が増し、道徳に関する価値観も多様化する現代にあって、本論は未だ十分に論じられていない、あるいは、今なお多くのジェイムズ研究者の注目を集め論議続行中の「異文化対立と道徳」の領域において、日本人の立場からこの作者の作品解釈に一石を投じようとするものである。

註

1 James は、当時の時代思潮の恩恵におおいに浴したと思われる。特にヨーロッパ渡航後、Gustave Flaubert, Ivan S. Turgenev, Guy de Maupassant, Alphonse Daudet, John Ruskin, George Sand, Edmond & Jules de Goncourt の他、多数の文学者や芸術家達と交流し、彼等との芸術論議を楽しんだ。その様子は書簡や伝記に多く表されている。下記の箇所には、それらの一例として、パリの文学者達との出会い、あるいは彼がパリに行くと必ず立ち寄ったサロンのこと、及びフランスやイギリス貴族等との友情が表されている。Henry James, *Letters* (以下 HJL と省略する). II : 24, 28-38. Edel, *The Life of Henry James* (以下 *The Life* と省略する)・1, 713-22, 750-53.

2 James の主な小説に出て来る moral の語に関する頻度数については第五章 N 4 を参照されたい。

　freedom の語に関する *The Golden Bowl* (G. B.), *The Wings of the Dove* (W. D.), *The Portrait of a Lady* (P. L.), *The Spoils of Poynton* (S. P.) に現れる回数はそれぞれ次の通りである。G. B. freedom 36, W. D. freedom 41, freedoms 2, P. L. freedom 13, S. P. freedom 8.

　また aesthetic の語が *Roderick Hudson* (R. H.), *The Ambassadors* (A. M.), *The Madonna of the Future* (M. F.) 等に現れる回数は次の通り。R. H. 6, A. M. 5, M. F. 5, P. L. 2.

3 *The Dictionary of Anthropology* には、歴史上存在する最も古い異文化研究の例として、ヘロドトス (Herodotus, ca. 485-425 B. C. E.) の *History* が挙げられている (91)。

4 本格的な異文化研究の初期の代表的な研究として、Carl Gustav Jung (1875-

1961) と弟子達による心理研究が挙げられる。cf. Christopher Hauke, *Jung and Postmodern*. また研究書ではないが Claude Lēvi‐Strauss (1908—2009) の『悲しき熱帯』(*Tristes Tropiques*, 1955) は異文化接触によってそれまで西洋世界では気付かれなかった理性的思考を啓発する書の一例である。

5   1961年リプリント版 (1933年) の O. E. D. にも、1972年度版の O. E. D. *Supplement* にも intercultural は勿論のこと、cross-cultural の項は見られない。2003年の *Collins* には cross-cultural は出ているが、intercultural は出ていない。ちなみに1980年版の研究社 *New English Japanese Dictionary* には両語とも出ている。James の "An International Episode" は、intercultural の問題を扱っている。

6   Huntington は *The Clash of Civilizations and the Remaking of World Order* の第二章を「人類の歴史は文明の歴史である」という言葉で始めており、この中で世界文明の歴史とその性質を述べ、更に、Max Weber, Spengler, Toynbee 等十数名にのぼる世界有数の研究者の名を挙げ、彼らによる様々な文明の定義を紹介している。そして結局どの研究者の主張もその中心的内容では一致していると述べている。本稿で見る文化と文明についての Eagleton の説明と Huntington の説明は必ずしも対立するものでは無く、どの視点に重点を置くかによる相違であると思われる。ちなみに『広辞苑』は Huntington の言うドイツ的定義をも含み (第6版)、*Collins* (2003) では文化と文明の意味がほぼ重なる場合の定義も示している (407)。

7   cf. "If this abundance all slighted and unencouraged can still comfort us, what would n't it do for us tended and fostered and cultivated? That is my moral, for I believe in Culture —— speaking strictly now of the honest and of our own congruous kind" (176)

8   James がフランス文化の道徳に関して小説論や小説の中で批判的観点を表す時、それは特に男女関係に関することと、嘘をつくことに関連する欧米の文化の相違に焦点をあてたものである。しかし、ここでは戦争の同盟国に関して、より広い意味での西洋文化の基礎という点からフランスを考えているのである。

9   Huntington はローマの住民のアイデンティティの様々なレベルを例に挙げ、ローマ市民、イタリア人、カトリック教徒、キリスト教徒、ヨーロッパ人、西洋人などの帰属領域の中で人は強い一体感を持つことを示し、「文明を成立させている文化という構成要素が、互いにどの程度似ているものなのか、どの程度異なっているかは個々の状況により様々である。しかしそれにもかかわらず文明はあるまとまった意味をなすものであり、文明の境界線は実際上確実に存在するのである」と言う (43)。James が "The Long Wards" において述べている「文化を守る」という言葉は、この場合連合国側の大義に対して、彼が文化的に一体感を感じていることを示している

序論 53

ものと考えられる。

10 Stewart は文化を二種類に分類しているが、いかなる表層的な文化もその背後に深層的な文化を含んでいることは言うまでも無い。このような Stewart の分類は Edmund Leach が提唱した異文化コミュニケーションの形態における三つの段階とオーバーラップするところが見られる。Leach は第一段階を信号 (signals) 的レベル、第二段階を記号 (signs) 的レベル、第三段階を象徴 (symbols) 的レベルとしたが、これは決して固定化した区別では無いとしている。第一段階はどんな人間も状況を自然なこととして理解できる段階であり、第二段階は社会の習慣や規則などを心得ることで理解できる段階であり、第三段階はそれぞれの社会の固有の価値観とか理想など外から見て解りにくい象徴的なものを対象にしている段階であるとも解釈されうる (9-16)。この第三段階は Stewart の分類では深層的文化にあたるものであろう。cf. Edmund Leach, *Culture & Communication : The Logic by Which Symbols are Connected*.

11 本序論においてはイギリス人とアメリカ人の過去志向と未来志向の比較としてこの会話を取り上げたが、実はここにはさらに深い意味も含まれている。このことについては本論第一章 P66, PP73-75 を参照されたい。

12 déraciné と呼ばれるにふさわしい多くの登場人物のうち、オズモンド、マール夫人、シャーロット等はその典型であると思われる。James 自身が déraciné と見られた事実を示す資料は多いが、ここでは Graham Greene が「これまで世間の人々は James を人間生活の最も深い根から切り離された国外亡命者とあまりにもしばしば見てきた」と述べ、生活の根というものは、ベニスやパリといった場所にあるのではなく、その人自身の内にあると述べている箇所を挙げておく。(Greene 22)

13 本論第四章 P308, P311 を参照されたい。

14 "cosmopolitan : 1. Belonging to all parts of the world; not restricted to any one country or its inhabitants. 2. Having the characteristics which arise from, or are suited to, a range over many different countries ; free from national limitations or attachments" (O. E. D, 1032)

James のエッセイや小説にはアメリカ人の行動やアメリカ社会に対する批判も表される。これは James が他文化をよく理解し、開かれた国際的感覚を持っていたことを示すものとも思われる。特に次の作品にはそれが多く見られる。"A Bundle of Letters", "The Point of View", *The American Scene*.

15 James はイギリスに長年滞在している間に戦争が勃発し、当時 (1914年) アメリカが大戦に参戦しない状況の中で、国籍に関するアイデンティティを明確にする必要性があったと Walker は述べている (xxvii-viii)。

16 Walker は *Henry James on Culture* の Introduction の冒頭で *The Observer* の読者からの1915年の投書を取り上げ、当時 James が "a coldly dispassionate and cosmopolitan critic" と一般的に考えられていることに、この読者が不賛成の意を示した様子を紹介している。ここには "a coldly dispassionate" という形容詞と同時に cosmopolitan の語が使用され、cosmopolitan の語が必ずしもプラスのイメージを表さないことを示している。そして、この読者と共に Walker も James にこのイメージを付することは不適であると考えていることが表されている（ix）。

17 Emerson は "our long apprenticeship to the learning of other lands draws to a close" と "The American Scholar" の中で呼びかけている（85）。

18 「アメリカの無いものリスト」の中で James は「他国にあってアメリカの生活に欠けている高度な文明の諸項目」を挙げている（55）。この一節は James がアメリカの伝統文化の浅さを嘆いたものとして有名であるが、一方この評伝には、James の Hawthorne に対する尊敬の念とアメリカ文化に対する愛着が十分に表されているのである。

19 innocent は「無邪気な、天真爛漫な」というプラスのイメージを持つ意味と同時に「無知な」というマイナスの意味を含み、sophisticated は「洗練された」という意味と同時に「世慣れた」という意味を含む。

20 James の小説に描かれるドイツ人とドイツ文化、及び James とドイツとの関係については拙著『ヘンリー・ジェイムズ研究――インク壺と蝶』（37-55）を参照されたい。また James のドイツ文化に対する評価がフランス文化に対する評価と異なるという事実は、彼の晩年の戦争についてのエッセイに表された観点との関連を窺わせるものである。

21 拙著『ヘンリー・ジェイムズ研究――インク壺と蝶』（22）を参照されたい。

22 James は Arnold の *Essays in Criticism* を20代の時に読み感激したという。また、30代には実際に Arnold と面会している（Edel, *The Life*・2, 368-69.）。

23 Arnold はヘブライズムとは良心の厳格性を働かせることであり、ヘレニズムとは意識の自発性が働くことを理想とするとしている（*Culture and Anarchy*, 92.）。

24 Berland は "Emerson" に見られる James の有名な観点 "It must have been a kind of luxury to be – that is to feel – so homogen[e]ous" を取り上げている（31）。

25 伝記に見られる James のイギリスでの生活の一部をここに挙げてみる。朝ゆっくり目覚め、すぐ仕事に取り掛かり、その後、朝昼兼用の食事を取り、再び机に向かう。午後遅くなってからはイギリス上流階級の人々と同じように、ゆっくりとした時間を楽しむ。友人を訪問したり、お茶を飲みに行ったり自分の属するクラブに行き、ゆったりと新聞を読みながら食事をする。夕食後はクラブのメンバーとおしゃべりを

したり、クラブの図書館で本を読んだり、手紙を書いたりして過ごす。そのうち家族にあてた手紙の数はかなり多い（Edel, *Henry James : The Conquest of London*, 348-49.）。

26 教条的道徳主義者の代表的人物は *The Europeans* のウェントワース氏と *What Masie Knew* に出て来るウィックス夫人である。本論第三章を参照されたい。

27 Walker は、このような James のフランス文化観は20世紀のアメリカの大学教育を形成する基ともなっていたのであり、特にシカゴ大学の "Great Books コース" のカリキュラムや、コロンビア大学の現代文明コースに見られる、Plato から Marx までの西洋の哲学、政治、社会思想の主要作品を網羅するカリキュラム等はその典型だと述べている（xxii）。

28 Eagleton はここで「労働者」という言葉を使っていないが、彼が Raymond Williams の弟子であり、マルクス主義を標榜していることから、彼の唯物史観により、この反乱者が労働者を指すことは自明であると思われる。社会が物質的に豊かになったとしても労働者たちはその恩恵に浴することがなく、その生活は Friedrich Engels が『1884年における英国労働者階級の状態』に記しているように悲惨であり、イギリス国内では騒動やストライキが多発する状況があった。cf. Asa Briggs, *Victorian People*. 本論は James が扱ったヨーロッパの描写に関して、彼が捉えた文化と道徳をより理解するために最低限の歴史家や文芸批評家の言葉を引用することとする。そのため、その説明の範囲が限定されることもやむをえないものとする。

29 Eagleton は「文化とはある種の社会状況のもとで存在するものだが、その社会状況は国家をも含む可能性がある故に、文化は政治的次元を帯びることもあり得る」と言う（10）。彼は「文化が文明の救済に向かう」具体例をバイロン卿の名以外に出していないが、1851年の「機械工合同組合の設立」、1871年の「労働組合法成立」等、当時のイギリスの一部の上流・中流階級、多数の労働者階級を広範囲に含む政治運動も文明を救う方向と解釈され得ると思われる。James の *Princess Casamassima* の中で革命運動に同調する貴族が描かれているのもこの時代の社会の反映と思われる。

30 Albany は James が "infantile Albany" と自伝の中で表現している特別な意味を持つ場所である。後に Emerson に関連して言及する自由な雰囲気を連想させる地域でもあるが、ここには James 家の本家が在り、そこを取り仕切っていた祖母 Catherine は James に強い印象を与えた。James はこの祖母と、この家族の雰囲気を *The Portrait of a Lady* の第三章と第四章に描き出している。cf. Edel, *The Life*・1, PP72-74, "A Small Boy and Others", PP4-9. *The Portrait of a Lady*, III : 25-47.

31 *Delicate Pursuit* の著者 Jessica Levine は、George Santayana や Robert Falk を引用し、James をアメリカの the genteel tradition を受け継ぐ Victorian realist で

あると述べ、James が後にヨーロッパに渡っても American Victorianism と強い絆を維持していた意味を説いている（17-37）。

32 Conrad は James を歴史家と呼んでいるが、同時に James が歴史と小説について独特の論議を小説論で展開していることを十分意識している。James は小説論の中で「小説家と歴史家は似ているが、小説家の方は、哲学者と画家の共通点を併せ持つ」と述べている。cf. "The Art of Fiction", P51.

33 William と James の関係を理解するために William の著書として、最低限次の二点は読んでおく必要があると思われる。*Pragmatism. The Will to Believe and Other Essays in Popular Philosophy : Human Immortality*.

34 cf. Herbert W. Schneider, *A History of American Philosophy*, PP439-40.

35 James の作品にも William の著書にも、自分たちや主人公を指し、しばしば「（我々）新教徒」と述べていることについて次の箇所を参考にされたい。James については、本論第一章 PP89-90, N25, William については、*The Will to Believe*, 16. また Matthiessen も *The Major Phase* の中でイザベルを "a firm granddaughter of the Puritans" と呼んでいる（185）こともこれに関連することである。

36 この有名な言葉は、Matthiessen, *The James Family*. (343) と H. J. L. II：83 に見られる。なおジュールダン氏とは、モリエール（Molière）の『町人貴族』（*Le Bourgeois Gentilhomme*）より取られた言葉である。この中でジュールダン（M. Jourdain）氏が知らず知らずのうちに言葉を学び、これを身に付けていた様子を James が自分の体験の例に引用したもの。なお Berland は兄が James のプラグマティズム的側面に気付いていないと指摘している（46）。

37 兄ウィリアムの多元論的宇宙観とプラグマティズムの「連続性の概念」及び宗教的色彩と弟ヘンリーの多元論的観点の類似に関しては、本論第一章の PP86-87, N24, N31 を参照されたい。

38 本論における William の哲学についての言及は次の箇所に主としてなされる。第一章 PP94-95, N5, N7, N24, N26, N31, N33. 第四章 PP300-08, PP311-12. N9, N34, N42, N47.

39 Jöttkandt はこの美学的概念を *The Portrait of a Lady* に関する論文の中で、次のように表している。"… aesthetic ideology, of beauty's ideal synthesis of both sensible and supersensible realms." (75) また Jöttkandt はこの美の感覚表出に関する体験と知的精神的認識の深まりの中での体験に関する概念を *Acting Beautifully : Henry James and the Ethical Aesthetic* (2005) の中でも取り上げている（78）。

40 James が小説の中でこれらの言葉の説明を人物描写と絡めて描いている箇所は次の通り。*The American*, 54, *The Europeans*, 25, *Roderick Hudson* 16, etc.

Jamesの文学において、すでに見た通りaestheticは特徴的な語であり、これは彼の小説芸術の概念と大いに関係するものである。この語はJamesがしばしば用いるhandsomeと同様、Jamesの時代の文化的思潮を反映するものでもある。Jamesの文学においては、aestheticの概念を名詞で表す時、beautyとなり、時にはtasteとほぼ同じ意で解釈される。"A Small Boy and Others" (13) に見られるtasteはこの典型例である。これは一般に美術や芸術の分野で使用される場合より広義の意を持ち、時に、道徳美（moral beauty）の意をも含む。この語の語源はギリシャ語のaisthētikos（perceptible by the senses）であり、知覚と深く係る意味を持つ。この語の意はコリンズ辞書の定義によれば ① connected with aesthetics or its principles. ② (a) relating to pure beauty rather than to other considerations (b) artistic or relating to good taste. ③ a principle of taste or style adopted by a particular person, group, or culture. である。

　Jamesの使用例に関して、コリンズの定義は、意味がそれぞれに近く、その境界線上では、その領域が重なっていると思われる。またJamesの評論 "Gabriele D'Annunzio" は、D'Annunzioの審美主義を論じているため、この語の頻出度は特に高く、この評論の中で、この語は他の語と置き換えることが不可能なものとなっている。Jamesはこの語の使用に関して非常に意識的であり、いわゆるニューヨーク版における改定の際、*Roderick Hudson* の中で、この語をartisticからaestheticに変えている箇所もみられる。これは、artisticとaestheticについてJamesが常に意識的であったことを示す例でもある。

41 先に挙げた "Gabriele D'Annunzio" の他 "Gustave Flaubert" の中に特に審美と道徳の密接な関係が論じられている。またこれはJamesのラテン文化に対する道徳感覚とも関連する問題であり、"Alphonse Daudet" や "George Sand, 1897" にも表されている。cf. "Alphonse Daudet." *Henry James : Literary Criticism, Volume Two.* "George Sand, 1897." *Henry James : Selected Literary Criticism.*

42 HocksはOwen Barfieldの *What Coleridge Thought* を引用し、Jamesの美学的概念には、Coleridgeの流れを受け継いだヨーロッパ美学の影響が見られると言う。cf. Hocks, PP10-11, P234.

43 "The Art of Fiction" の中に述べられている「道徳的感覚と芸術的感覚の一致」に関する文のうち、最重要と思われる箇所を次に記しておく。

There is one point at which the moral sense and the artistic sense lie very near together ; that is in the light of the very obvious truth that the deepest quality of a work of art will always be the quality of the mind of the producer. In proportion as that intelligence is fine will the novel, the picture, the statue partake of the substance of beauty and truth.（66）

44　Matthiessen は James の文学の価値を認める著名人として、T. S. Eliot, W. H. Auden, Stephen Spender, Percy Lubbock を挙げ、低い評価をする批評家として Van Wyck Brooks, V. L. Parrington を記している（ix-x）。

45　Matthiessen が引き合いに出した言葉とは、*The Golden Bowl* の中のアシンガム夫人の次の言葉である（XXIII：88）。"… But stupidity pushed to a certain point *is*, you know, immorality. Just so what is morality but high intelligence?"

46　James の批評家にさえしばしば混同される pragmatistic と pragmatic の語については十分な注意と理解を要するが、pragmatistic の日本語訳は日本におけるこれらの語の研究情況を鑑み「プラグマティズム的」とした。

47　1977年南雲堂出版の『［シンポジウム］ヘンリー・ジェイムズ研究』に日本に於ける代表的なジェイムズ研究家の六人による座談会の記録が見られる。この中に1970年代を中心に英米で出版された主要な研究書に関する短い批評が載せられているが、Richard Hocks のこの書について「総論に於いて大変説得的、ただ遺憾なことに、兄 William のプラグマティズムとの関わりの具体論になると、いささか牽強附会に傾く」という発言が見られる（149）。この書の内容はそのタイトルが示すようにすべて William のプラグマティズムとの関わりが論じられているのであり、この発言者の「総論」が何を意味するのか解りにくいが、その後我が国で兄のプラグマティズムとの関わりの側面から James が論じられることはほとんど無かった。この書は、米国では高く評価され、その後兄のプラグマティズムとの関わりから発展した James 研究における現象論、あるいはポストモダニズムの観点に立った研究書さえ刊行されるようになってきている。また Richard Hocks は1990年代に Henry James 学会の会長も務めた。この書は我が国でほとんど無視され、兄との関係についてはほとんど Matthiessen の認識から進歩していないように思われる。

48　Hocks によって説明される James のプラグマティズム的な面として、次のものが主に論じられている。A View of "A pluralistic Universe"（「多元論的宇宙」観）、"Continuity"（「連続の概念」）、"The Will to Believe"（「信ずる意志」）、The Conception of "Consciousness and Behavior"（「意識と行動の概念」）、"Mediation"（「調停の概念」）、"Felt Experience"（「感覚的経験」）等。

49　Dorothea Krook は、James の美的概念を形成した一番大きな要素は19世紀、彼の生きた時代全体の空気（ambient air）であると言うが、これは James の美的概念にとどまらず、James 兄弟の哲学と文学を形成した要素とも思われる。cf. Krook, PP410-11.

50　cf. H. S. Thayer, *Pragmatism, the Classic Writings : Charles Sanders Peirce,*

William James, Clarence Irving Lewis, John Dewey, George Herbert Mead.
51 拙著『ヘンリー・ジェイムズ研究――インク壺と蝶』(87-97) を参照されたい。
52 Bell は、James の小説に見られる複雑性は我々が頭の中で認識する「意味のあるものと無いもの」や「統一性と不統一性」という、相対する抗争を表すもので、小説の最後では結合への衝動やまとまりにくい混乱に対する承認を表すものだと言う。cf. Bell, x-xi.
53 James と Kant の「自由論」を結び付ける研究家は多く、Jöttkandt の他、Pippin, 26-27, 30, 49, Armstrong, 41, 117 等はその典型である。cf. 本論第一章 PP69-70, N11.
54 James の描写を印象派の絵画と結び付ける批評家には Tony Tanner や Judith Woolf がいる。cf. 第三章 P220, N21. James 自身は少年時代のある時期に、兄 William と共に将来画家になることを目指した。
55 この観点は Graham Greene によって示される。彼は James の中に激しい不信や悪の意識があると見ている。cf. 本論第四章 P255, PP274-75, P279, N25.
56 Matthiessen はミリーの最後の姿がデンシャーに「道徳的な意味を理解させた」と述べ、この小説に描かれる「経験による道徳的な意味の理解」について指摘している (Matthiessen, 77)。
57 cf. 本論第五章 PP325-26.

第一章 『ある婦人の肖像』
――運命との対峙――

　ヘンリー・ジェイムズの『ある婦人の肖像』に関して、およそ100年に渡って延々と続いている議論がある。それは「主人公イザベルは最後に夫であるオズモンドの元に戻り、以前の生活を続けたのか、続けなかったのか。続けたとしたら、あるいは続けなかったとしたら、その理由は何か」というものである。これは取りも直さず「作者はこの小説で、イザベルを通して何を表そうとしたのか」の議論でもある。

　これまでの議論を概観すると大きく二つに分けられる。一つはオズモンドとの生活を続けなかったとするものであり、その代表はマシーセンである。

　もう一つは、オズモンドとの生活を続けたとするものであり、その数は前者に比べて圧倒的に多く、なぜそう考えるのかの理由もまた千差万別である。その理由のうち、次のものはその代表例と思われる。即ち、主人公の悲劇性故に自己の罪を負い、耐えねばならぬとするもの、あるいは、当時のヴィクトリア朝時代の女性の置かれた状況からそう判断されるとするもの、または、イザベルが二度同じ選択をし、最初は審美的理由から、そして、二度目は倫理的理由でオズモンドとの生活を選んだというもの、更には、義理の娘パンジーへの義務感が根拠となるものなどである。[1]

　オズモンドの元に戻らない意見の代表者であるマシーセンの観点は、すでによく知られているように離婚の可能性を示唆するものである。彼は次のように述べている。「イザベル自らが推測しているように、オズモンドは最後には『財産を取り、彼女を解放して』くれるかもしれない。イザベルはパン

ジーに結婚相手を見つけてやった後ではもはや、ローマに留まる必要性を感
じないかもしれない」("It may be that, as Isabel herself conjectures, he may
finally 'take her money and let her go.' It may be that once she has found a husband
for Pansy, she will feel that she no longer has to remain in Rome.") (MP 185-86)
ここでマシーセンは「イザベルが自ら推測しているように」と、小説中のジ
ェイムズの表現が、推測的表現である事を認めていると同時に、自身の考え
もまた推測であることを示している（傍点は筆者による。以下の傍点も同じ）。[2]
しかも、彼はこの小説中に表されたわずか数行を除いては、いかなる描写も、
その主張の根拠に使用していない。このことが示すように、ジェイムズの小
説描写の多くは、単純に結論を導くにはあまりにも多義的で曖昧な要素を多
く含む。[3] その上、その表現は、後に見るように肯定と否定を幾度も繰り返
すという特徴を持つ。このことはジェイムズに限ったこととは言えないが、
特にジェイムズにおいてはその傾向が強い。先に言及した千差万別の理由が
示される事実からもこのことは理解されよう。ヒリス・ミラー（Hillis Miller）
は「ジェイムズは非常に多くの証拠を提供しているが、その証拠はいずれに
せよ、間接的なものであり、『判断するのはあなた（読者）です』と、かす
かに皮肉な笑みを浮かべて言っているようだ」と述べている（Miller 195-
96）。このような曖昧性や間接性に加えて、ジェイムズの小説には、その終
わり方に特徴があるために、なお、様々な解釈の可能性が開かれているとい
う事情もある。

　ジェイムズは『創作ノート』(The Notebooks of Henry James) において、
『ある婦人の肖像』は完結していないという点と、主人公の行末が最後まで
示されず、宙に浮いた状態に放って置かれているという点で、批判を受ける
ことを予想し、「そのような批判は正しくもあるし、誤ってもいる」と説明
を加え、「どのようなものにせよ、すべては語れない。私が出来るのは、ま
とまりのある部分を提供することであり、私はそういうことをしたというこ

とだ。この小説は、それ自体で一応完結しているので、残りは後で取り上げてもよいし、取り上げなくてもよい」と述べている (18)。ジェイムズのこの言葉に従えば、この小説が終わった後、イザベルがどうなったかについて、どのように論じようともそれは、「一応完結している小説」の外にある話であるということになる。[4] 先に言及した実際の議論に見るように、イザベルの行方について種々様々な議論が出される事実は、ジェイムズの小説がその終了後も、その先の物語に関して読者の想像力を刺激し、出版後100年を経た今日においても、なお、議論百出の相を呈する発展性を備えるものであることを示している。

このように、ジェイムズの小説の最後が閉じておらず、読者の想像によりどのようにも広がる柔軟性を持つ特徴を、リチャード・ホックスは、その著書『ヘンリー・ジェイムズとプラグマティズム的思考』の中で、「開かれた終わり（open-endedness）」と呼んだ (40)。[5] マシーセンもこの終わり方について注目しており、彼はこの終わり方とジェイムズの芸術観とを関連づけ、次のように説明している。

> 芸術は、任意の限定された世界のみならず、その外側の領域において、多様な想像力を働かせることが出来るよう刺激を与え、一層幅広い人生の幻想を創造するようなものでなければならない、と、ジェイムズは信じていたのであった。
>
> James believed that the arbitrary circle of art should stimulate such speculations beyond its confines, and thus create also the illusion of wider life. (MP 186)

これまで見たように、ジェイムズの「開かれた終わり」を持つ小説は、未

完とは異なり、作者の創作意図は完遂している。しかし、マシーセンの説明がその内容を明確に示しているように、ジェイムズの文学にあっては、小説の終わりが読者の想像力により、より一層幅広い世界を指し示すものとなっている。ジェイムズの小説は『ある婦人の肖像』に限らず、ほとんど主要な作品の終わりは開かれていると言ってよい。[6] それ故、一層様々な解釈が出されるのであるが、本稿においては、「イザベルは夫の元へ戻るか」との問いに対して、圧倒的な数の「イザベルは夫との生活に戻る」とする説に抗し、イザベルの行方を「オズモンドの元に戻らない」と解釈する立場に立ち、その理由を考察しようとするものである。「オズモンドの元に戻らない」という立場を取るという点では、マシーセンと同じ立場に立つ。しかし、マシーセンは先に見た数行の憶測以外の根拠を挙げていない上に、その理由も詳しく述べていない。[7]

　ここで注意しなければならないのは、「戻らない」という言葉には、マシーセンの説のように、たとえ一時的にローマへ戻ったとしても、最終的に「オズモンドとの生活を続けない」という意味を含むということである。「オズモンドとの生活を続けるか、続けないか」の問題は、夫との対立の要因となった様々な事柄をイザベルが最終的に受け入れたと見るか、否か、彼女はオズモンドに象徴される因襲に屈服してしまったと、読むか否かの問題である。本論においてはこの小説に表されるジェイムズの描写、及びこの議論に関する先行研究、ジェイムズ自身の『創作ノート』と「序」に見られる創作意図等を考察することによって、「イザベルはオズモンドとの生活に戻ったか否か」についての議論をすすめたい。

1．オズモンドとの対立要因

　イザベルが、オズモンドの元へ戻るか、戻らないか、の問題を考察するに

当たって、なぜ「戻る」「戻らない」が問題になっているかを考えてみよう。「戻る」「戻らない」がこのように問題になること事体、「戻ること」の悲惨さ、あるいは「戻らなくて良い」と思わせる状況が小説中に多く存在することを意味する。実際、イザベルがラルフの病床に駆けつけた時、ラルフは「あんな所へまた戻るのか？」と驚いた様子を見せる（Ⅳ：415）。グッドウッドは、あのようなぞっとする結婚生活を続けねばならない理由は何なのかと尋ねる（Ⅳ：433）。イザベル自身、家を出ることも考え、パンジーとローマの修道院で面会した時に、「私と一緒に今、ここを出ますか？」と尋ねてもいる（Ⅳ：384）。このようなイザベルの悲惨な結婚の状況描写は、小説中でかなりのスペースを取って、様々な形で描かれる。ところがその特徴は具体的な事象の描写よりも、抽象的な表現や、比喩あるいは視覚を伴うイメージをもって語られることの方が多い。例えば、マール夫人と夫の関係が描かれる場面では、具体的な会話や人物同士の嫉妬や不安、憎悪、あるいは事を図る謀略、抗争といった形の描写は一切なく、わずか２、３行の「夫とマール夫人の姿勢の不自然さ」に関する描写（Ⅳ：188）と、次に見るようなイザベルのまぶたにシルエットのように浮かぶ二人の姿を描いた短い文のみで表される。「彼女は再び部屋の中で立ち止まり、そこに立ったまま、頭の中に焼き付けられた光景にじっと見入った。——それは夫とマダム・マールが無意識に、しかし、いかにも親しげに心を通わせている光景であった。——」（Ⅳ：205）。このような「戻る」「戻らない」が問題にされる結婚生活の描写のうち、特に前半において、作者はマール夫人と夫との関係よりも、イザベルにとって更に深刻な問題は、夫との考え方の相違であることを強調している。このことは、後に言及するイザベルの欠点をも含むアメリカ娘としての性格を表現していると同時に、この主人公の問題意識、あるいは関心の方向が、専ら、具体的な不貞行為の内容よりも、「自由」とか「善悪」の判断といったものに対して夫がどのように考えているかという点に向けられている

第一章 『ある婦人の肖像』 65

事実を示している。そして、彼女と夫との考え方の相違は、しばしば「正義に関する考え方の相違」（IV：198）という抽象的な表現や、「スカートの裾を摘み上げたくなるような汚らしさ」（IV：200）という比喩で表される。

　一体イザベルは夫のどのようなものに対して、そのような、甚だしい違和感を覚えたのか、この夫婦の対立の真の問題は何なのかをもう少し見てみよう。次の文はイザベルの不幸の原因について述べているものである。

　（彼女の選んだ人生の）道は、下に広がっている世界を見渡せる、いわば幸福の頂上に通じていて、そこに立って下を見下ろし、幸福感に浸り、判断し、選択し、共感するものだと思っていた。ところが実際は、その道は下の世俗的な世界へ向かっているもので、自分よりも気楽で自由に暮らしている人々の声が上から聞こえてきて、自分の取った行動は間違っていたという思いを強くさせる、束縛と失意の領域へ通じるものであった。夫に対する深い疑念、──それが彼女を取りまく世界を暗くした。

Instead of leading to the high places of happiness, from which the world would seem to lie below one, so that one could look down with a sense of exaltation and advantage, and judge and choose and pity, it led rather downward and earthward, into realms of restriction and depression where the sound of other lives, easier and freer, was heard as from above, and where it served to deepen the feeling of failure. It was her deep distrust of her husband — this was what darkened the world. (IV：189)

　ここではイザベルを不幸にしている原因が「自由」の問題だと示される。その「自由」の実態は具体的に述べられていないが、この小説全体には常に

イザベルの「自由」への希求がその基本にあることが表されている。小説の前半で、イザベルは、この世は明るい場所だという考えを持ち、自由を広げ、積極的に行動を起こすことが出来ると考え（Ⅲ：68）、自分には父母も、財産も無く、特に美人でもないが、自分の選択により行動を起こし、人生の可能性を信じている娘として描かれる。彼女には頑固で独り善がりという欠点があることや、その未熟な意見が、他人には必ずしも高く評価されないことも同時に描写されるが、自分の意見を自由に述べるアメリカ娘としての特徴が語り手を通して好意的に写し出される（Ⅲ：74）。そして、この小説の展開の節目には、必ずイザベルの考えている「自由」というものが、切実な問題として描き出される。彼女が申し分のない、ウォーバトン卿の求婚を断った理由は「自由」を大切にしたいからというものであった。この結婚は、彼女がそれまで考えていた「自由に世界を探求したいという願いとは相容れない」（Ⅲ：155）ように彼女には思われたのである。彼女は、ウォーバトン卿に向かって「もし、あなたと結婚すれば私は自分の運命から逃げ出すことになります（I should try to escape it〈my fate〉if I were to marry you）」（Ⅲ：186）と言う。ところでこのイザベルの主張する自由というものは、ここに見るように「運命」という言葉と密接に結びつけて表される。この「運命」という言葉は、本稿の副題に表されるようにイザベルの生き方を象徴するものであるが、これについては後に詳しく述べる。ここではイザベルの自由についての描写をもう少し見てみよう。イザベルは、もう一人の情熱の求婚者、キャスパー・グッドウッドに、「私は、自由が大好きです。この世の中で私が一番好きなものは私が誰にも依存しないということです」（Ⅲ：228）と言う。これについて語り手は、イザベルがキャスパーの強い影響力によって自由が奪われるのを恐れている様子を表し（Ⅲ：162）、ここにおいてもイザベルは「自由」を理由に求婚を退けることが示される。

　このイザベルの言う「自由」とは、一体どのようなものであろう。これは

文字通り、自分の納得するもの以外の束縛には従わず、自分の望むことを行うというものであろう。それは当然、単なる放縦ではあり得ず、ある一定の自己規制ともいうべき条件が伴うものである。次に示す伯母との会話は、その条件のひとつが、「してはならぬ事柄を心得ておくべきだ」とイザベルが考えていることを示している。小説の始めの部分で、ヨーロッパの風習に従おうとしないイザベルに向かって、伯母が「あなたは自由にするのが好きだから」と、多少非難がましく言うのに対し、彼女は「ええ、自由は大好きです。でも、してはいけないことも知っておきたいのです」と言い、「それをするために？」と尋ねられると「選択するためです」（III：93）と答え、自由の行使には、慎重な選択が伴うと考えている様子が描かれる。

　この物語で、イザベルが思わぬ遺産を譲り受けるというプロットは、小説の展開過程で重要な鍵となっているが、この遺産はイザベルの「自由」とかなり密接な関連を示す。イザベルに遺産を譲るよう主張したラルフは、彼女が自由な人生を送るのに、金は大いに役立つと考えた。彼は父親に「彼女は自由を望んでいます。お父さんの遺産があれば彼女は自由になるでしょう」（III：261）と言い、あれこれ心配する父を説得する。そして、当のイザベルは、思いがけず莫大な遺産を手に入れた時、「莫大な財産があるということは自由だということを意味します」と素直に認め、それはすばらしいもので、大いに活用すべきであるが、これに恥じぬように不断の努力が必要だとも言う（III：320）。彼女は莫大な財産を持つことは怖いことだとも自覚し、財力など無い方が幸せだと思うこともあるとほのめかす。

　イザベルがオズモンドと結婚する時にも、イザベルの「自由」は議論される。この結婚に反対したラルフは、「君に似合うのはもっとスケールの大きい、もっと自由な男だ」（IV：70）と言うが、イザベルは、自分の良いと感じるものに自由に従う、と言い返す（IV：73）。また、彼女は、オズモンドは立派な人間だと断言し、若い女性にとって自分の好きな人と結婚するのは、一

番素晴らしいことだと主張する。ここにおいて、イザベルの「自由」は「自分が良いと感ずる感覚」とも結び付いていることが示される。この小説の前半に、イザベルの好みに関する感情は、感情の中でも大きな部分を占めていたという語り手の説明が見られる一方、彼女が他人を判断する基準として、人柄が立派かどうかを、道徳的なことと結び付けて考えたとも書かれる (III：144)。このように見てくると、イザベルの「自由」とは、「良いと感ずる感覚」と密接に結び付いており、更には、道徳的な判断とも関係があることが示される。そして、作者はこれらについて一か所ならず複数の箇所で意識的に描出しているのである。[8]

　イザベルは結婚後、先の引用に見たように、自分が不幸に感ぜられる原因は、「自由」が夫によって阻害されるからだと考えるようになる。イザベルと夫の対立を、先の引用文より、やや具体的に描いている次の文には、「正義」という言葉と関連して、やはり、「自由」という言葉が扱われる。

> 彼（オズモンド）には彼なりの正義に対する理想があり、彼女（イザベル）も彼女なりにつとめて正義の理想を求めたいと考えていた。しかし正義を求めるということが人によってこれ程違うというのも奇妙なことであった。彼の理想の概念とは高度の繁栄と礼儀正しさ、そして貴族的な生活であった。…ところが、イザベルが貴族的生活というものを考える時、それは広くて奥の深い知識と大きな自由の結合を言うのであり、知識が人に義務感を与え、自由が歓喜を与えるものなのだ。

> He had his ideal, just as she had tried to have hers; only it was strange that people should seek for justice in such different quarters. His ideal was a conception of high prosperity and propriety, of the aristocratic life, … Her notion of the aristocratic life was simply the

union of great knowledge with great liberty; the knowledge would give one a sense of duty and the liberty a sense of enjoyment. (Ⅳ：198)

　このようにイザベルの言う「自由」とは、この小説で様々な言葉で語られ、様々な様相を見せているが、その特徴のひとつは、ウォーバトン卿との会話に見られたように、「運命」という言葉とも関連するもので、イザベルの人生における選択基準の基盤となっているものであることがわかる。更には、キャスパーとの会話に見られるように、これは「独立」という言葉とも深く関わって用いられている。そもそもこの小説の最初にイザベルが登場する場面において、彼女の独立心がタチェット氏やウォーバトン、ラルフ等の何気ない会話の中で話題にされ、電文に書かれた「独立心のある（independent）」という言葉が、あれこれと取りざたされるのであり、この小説においては、イザベルの性格を巡って、「自由」という言葉と、「独立している（独立心のある）」という語は、重要な関連を持つのである。

　またラルフは小説の前半では、イザベルの「自由」と「独立」に金が必要と考えたが、小説の後半で、これが誤りである点をはっきり認めることになる。このような描写は、作者が「自由」獲得に金が不可欠であるとか、不用であるとかを一方的に表現したものでないことは確かであるが、少なくともジェイムズが「自由」との関連において、金の存在に全く無関心でない事実はここに示されている。[9]

　このように、イザベルの「自由」という考え方には因襲に従わない態度、あるいは、独立心や自己の選択を重視する特徴、そして、常にその選択が正しいかを知ろうと努め、それが放縦に流れぬよう自己規制をかけると同時に、自己の納得するもの、自己の良いと感ずる感覚に従うという態度が含まれていることがここには表される。

ところで、この小説においてイザベルの言う「自由」がいかに重要なテーマであるかは、アームストロング、ピピン、ジョットカントを始め、ミリセント・ベル、ドロシー・クルック（Dorothea Krook）その他、多くの研究者たちによって論じられていることからも明らかである。[10]

その中でも特にピピンの見解は、イザベルの自由の本質を特徴的に捉えているものの代表である。彼は「ジェイムズの人物達は、何気ない人生を始めるが、やがて積極的で野心に満ちた人生を目指し、その最終ゴールは、愛の生活か自由の獲得である」という（29）。『ある婦人の肖像』の場合においては、イザベルのゴールは愛の生活というより、むしろ自由の獲得であり、ここにおいては「自由」に関する夫婦の考え方の相違が中心に扱われているが、ピピンによれば、イザベルが希求する「自由」とは「良心の要請（call for conscience）」に従う態度とも言うべきものであるという（Pippin 30）。この「良心の要請」に従うとは、言わば人間が、自らの正しさの感覚を貫こうとする態度である（Pippin 29-30）と言える。[11] そしてこの「自らの正しさの感覚」とは、少なくともイザベル自身にとっては、「自分が良いと感ずる自由」とほぼ一致するものなのである。

ところでこれまで見てきたような、イザベルの「自由」に関して表される抽象的な表現、あるいは「広く奥行きの深い知識」、「大きな自由」、「正義」といった抽象的な言葉の多用はジェイムズの小説において決して例外的なものではない。「自由」に関することのみならず、「美について、あるいは勇気や、寛大さなどについて考えながら、イザベルは半日を過ごすこともあった」（III：68）と書かれる。更にはオズモンドに金がなく、孤独であるにもかかわらず、どことなく高貴さをただよわせていたために心をひかれ、このような人間は、自分の理想であると考え、「彼の境涯にも彼の心にも、その顔立ちにも言葉には表しがたい美しさがあった」ので、「彼を愛した」（IV：192）と描写される。このような抽象的、あるいは半抽象的な表現は、たとえ、

具体的な事象の詳細が描かれない場合にもその内容をリアルに表現するものとなっている。次に見る引用は、具体的事象が全く示されないにもかかわらず、その比喩と対比を使用した詩的とも言える表現の中に、イザベルが嫌悪するオズモンドの特徴と、なぜイザベルはそのようなオズモンドに気付かなかったのかという理由が示唆されている。

　　彼（オズモンド）の教養と賢さと感じのよさの下に、あるいはその善良さと親しみ易さと常識の下に、自己中心というものが、花咲く堤に隠れた蛇のように潜んでいたのだ。

　　Under all his culture, his cleverness, his amenity, under his good-nature, his facility, his knowledge of life, his egotism lay hidden like a serpent in a bank of flowers. (IV：196)

　かつては尊敬し、現在も身近な存在である夫が、時に陰湿で、気味悪い程の嫌悪感を伴って感ぜられる様子を蛇の比喩で表し、花という美しいものの存在によって、その本性が巧妙に隠蔽されていたという事実を短い文に込め、[12] 蛇と花という鮮明な対比の中で、色彩と形状のイメージさえ呼び起こす描写となっている。そして、これは、表面の美しさのみに心奪われる未熟な面と、独り善がりという弱点を持つイザベルの、理想主義者である半面、その裏返しである現実を見抜く力の不足のあることや、アメリカ娘の特徴としての憧れの強い面、あるいは「しばしば愚かしい、誤りを犯す」(III：67)と描写される彼女の性格をも表すものとなっている。
　ところで、このような抽象的、あるいは半抽象的な言葉は、読者に空疎に響くであろうか。ジェイムズは「小説の芸術」[13] の中で、「小説は絵空事であってはいけない」と熱心に説き、芸術の天使は世俗から遠いところで極上

の空気を吸い、現実から遊離しているなどと語る人の話を信じてはいけないと言っている（67）。ジェイムズが小説の中で用いる抽象的あるいは、半抽象的な言葉は、言うまでもなく、空疎などではなく、深い意味が含まれているのである。ジェイムズが『ある婦人の肖像』の中で用いる大きな「自由」とか、言うに言われぬ「美しさ」などの言葉には、その背景を語り始めれば、法外に長い話になってしまう内容が込められている。例えば、イザベルはどんなに苦しい夫との関係にあっても、最後の譲歩の限界に至るまで、「一度結婚したからには離婚はすべきでない」という信念を保持し、結婚するには自分が変わる場合もあり得ると考えている様子が描かれ、更に彼女の自由の概念はこのような厳しい自己規制の上に成立していることが示される。また、「美しさ」についても、表面から見た美しさと、そうでないものとの対比、更には見る者の立場による相違などの種々相がこの小説には、ありとあらゆる機会を捉えて表現される。この「美しさ」の概念とジェイムズの作品に関するより詳しい考察は、他の機会に譲ることとし、ここではジェイムズが抽象的、あるいは半抽象的な言葉を用いようとも、小説の主題は現実的なものを扱おうと考えていたことを確認しておこう。ジェイムズの読者たちは、イザベルが半日中、愛とか勇気とかを考えて暮らした、という記述について、ジェイムズ自身が小説の執筆を考えながら、愛とか勇気とかを、パリやロンドンのサロンで友人たちと真剣に論じていた現実の経験と重ねて読むことができるのである。[14] ジェイムは抽象的な語を多用し、文体も難渋である故に、彼の小説は現実味に乏しいと誤解されがちであるが、特に彼の前の時代に支配的であった小説の傾向を脱し、現実的な人間の営みや悩みを描くことを目指し、そのような現実を描いたのである。

　次にイザベルが夫のどのような言動に対して、それほどまでの嫌悪感を憶えていたのか、二人の対立の要因に関して、もう少し具体性のある描写を二つ取り出して見よう。

そのひとつは、オズモンドがイザベルに対し、「考えを多く持ち過ぎること」に不満を示したことである。

オズモンドはイザベルに「君は多くの考え（too many ideas）を持ち過ぎるから、それを捨ててくれ」と言う（IV：194）。この夫の態度は先に見た「自由」を求めるイザベルの考えとはまさに、相反するものである。二人が知り合った頃、彼女は自我を抑え、実際以上に従順な女であることが出来た。彼の魅力の虜になっていたので自然にそう出来たのだった。彼の方も並外れた魅力を発揮するよう努めたと語り手は説明する（191）。この状態は言うまでもなく、彼女が「自由」を放棄したことを意味しない。彼女の自由意志で夫に素直に従ったのである。その点において、彼女の「自由」を尊ぶ態度はどんな時にも変わることはなかった。しかし、結婚後、夫の全体像が見えてくるにつれ、夫への不信がどうしようもなく深まっていった時、彼女はいかに結婚という大義名分があろうとも、どこまでも夫と一体化せねばならないという理由はないと考えるようになり（IV：197）、そこに変化が表れた様子が描写される。

ここで夫が、捨てることを要求している、いわゆるイザベルの「多くの考え」とは、何であるかを考えてみよう。この「多くの考え」とは、多くの「意見（opinions）を持つこと」とは違う、と語り手は説明する。この「多くの考え」とはイザベルの「性格や感じ方、そして、判断の仕方等を含む全体 (the whole thing —, her character, the way she felt, the way she judged)」(IV：195)を指すと見られる。しかも、この「多くの考え」の中には、夫が自分に対する侮辱と感じるものが含まれているという。この「多くの考え」の大部分は、オズモンドがイザベルには、不要と考えているもので、イザベルがオズモンドと対立する原因となっている彼女の特徴的性格であり、何ものにもとらわれぬアメリカ娘が持つ「自由な考え」を形成している要素であり、いわば、イザベルをイザベルらしくしている彼女の個性である。このイザベルの持つ

「多くの考え」と似た表現が、この小説の始めの部分に既に多く描かれているが、特に第六章の始めには、次のようなものが見られる。「イザベル・アーチャーは色々なことに対して、自分の理屈を持つ若い女性であり（a young person of many theories）、その想像力は驚く程活発だった」。ここには更に彼女が知的で、周囲の物事に鋭敏に反応し、馴染みのない知識にも好奇心を燃やすという特徴も併せて述べられている（III：66）。ここに表されるイザベルの「理屈」とは、先の「性格、感じ方、判断の仕方全体」とその根本を同じくするもので、それは彼女の知性、感受性、好奇心とも関係するものとして描かれている。

イザベルの「多くの考え」のうちの一つは、その考え方が世間一般の考え方と大きく違っていることに特徴がある。世間一般から見れば、ウォーバトンとの結婚は申し分のないはずであるが、イザベルはそうは考えない。また、遺産を有効に生かすにはオズモンドに使ってもらうのが最善だというのがイザベルの考えであった。タチェット伯母は、そのような考えなら、金はオズモンドにやり、結婚はしないようにと忠告したほどである。イザベルのこのような考えは、姉のリリアンに言わせれば、「非常に独創的（original）なところが唯一の問題点」だというものである。

また、「多くの考え」の中には、好奇心に富む考えも含まれる。「世界を見たい」という考えがその典型例で、これはラルフから見れば、好ましい種類のもので、その実現を助けてやりたいものである。更に、理想主義的な考えも「多くの考え」のひとつである。貧しく孤独であっても、気品がある人間を愛すことは立派なことだという考えや、自分が正しいと信ずることは、たとえ反対されても実行すべきだという考えは、しかし、ヘンリエッタから見れば、その大部分が非現実的で、批判の対象となるものである。また、妻に財力があり、夫に不信を感ずる場合であっても、夫に従うのが妻の道徳的義務であるというのがイザベルの考えであった。これはジェミニ夫人から見れ

ば、複雑すぎて理解できぬ代物である。

　この小説において、イザベルが「多くの考えを持ち過ぎる」という非難は、当たっていると思わせるものも無くはない。この小説には、彼女の性格の良いところも悪いところも、綿々と書かれているのは周知のところである。中でも、特に、先にも見た若いアメリカ娘の特徴である「頑固で、誤りや妄想の傾向」などの欠点が並べたてられ、彼女の考えはいわば、漠然とした大雑把なものがもつれていて、これらが、権威を持って語る人々の判断によって正されることもなかった（Ⅲ：67）という説明や、「意見を述べるような場合、自説をあくまで曲げなかった」という描写がなされる。もっとも、この描写は彼女の性格が全面否定すべき対象であるという印象を読者に与えず、むしろ、欠点を冷静に見つめ、この人物への扱いを公平にする役を果たす結果となっている。小説の前半に出てくる、イザベルの伯父タチェット氏の目を通して描かれるイザベル像は、オズモンドの見方と良い対比を示すものである（Ⅲ：74）。

　この「多くの考え」とは、時に矛盾した面を含み、様々な局面で種々の様相を見せるが、これは、これまで見てきたイザベルの「自由」に対する考え方と最も多くの共通点を持つものである。これは、旧来、人々が当然としている考え方に、時として疑問を持ち、納得のいかないものには、従わぬとする考え方であり、自己の選択に自信を持ち、積極的に行動を起こすことが正しいとする考え方である。イザベルのこの「多くの考え」は、概して「因襲的」という語が持つ属性とは反対のものである。それは、先に見たように、独り善がりや現実を見抜く力不足という欠点はあっても、豊かな想像力や新しい知識への好奇心、そして何よりも、理想主義といわれる面を含んでいることが特徴である。そして、オズモンドがこの多くの考えの「そのほとんどは、非常につまらないもの」（Ⅲ：412）だと、結婚前からすでに考えていたことが早くも小説の前半で示されているのを見ると、作者がすでにここで二

人の対立の要素を示唆していることに気付かされるのである。

　そもそもイザベルがオズモンドを選んだのは、いわゆる「多くの考えを持つ」娘だったからである。周りの人々から反対があったにもかかわらず、結婚に踏み切ったのは、自分の考えが正しいと信じたからである。申し分のないイギリス貴族ウォーバトンの求婚に対し「あなたと結婚したら、私は自分の運命（my fate）から逃げ出すことになる」という理由で断ったのも、情熱的なグッドウッドの求婚を、その強い影響力が自由を奪うと恐れて断ったのも、オズモンドが「金がなく、孤独でありながらどことなく高貴である」と考え、「オズモンドを愛するのは立派なことだ。そう思って彼を愛した」と理由付けたのも、すべて彼女がこの「多くの考え」を持つことの結果であり、あるいは、漠然とした大雑把な考えがもつれて詰まっている結果であった。イザベルが思いがけず、多額の遺産を受け取り「裕福であることは美徳であると決めた」（III：301）のも、彼女の「多くの考え」の一つであった。[15]

　イザベルのこの「多くの考え」は、マール夫人との関係を隠して結婚し、また、娘パンジーをその意志に反してウォーバトンと結婚させようと考えているオズモンドには、邪魔なものであり、ヨーロッパ貴族社会に対して、夫と異なる観点を持ち、夫への批判的な態度の原因となっているこの考え方は、オズモンドにとっては、即、破棄して欲しいものなのである。批評家の中には、イザベルの頑固さや独り善がりの考えが彼女の悲劇の要因であるとし、彼女の悲劇は、「彼女自身にも責任がある」と言う者も少なくない。[16] イザベルの考えはアメリカ的超絶主義者がもつ独立心の過信だとして批判的な意見を呈するチェイス（Richard Chase）もその一人である（132）。しかし、イザベルは、この「多くの考え」と呼ばれるもの——つまり、彼女の個性である理想主義的な面や現実を見る力の不足等を含むものの見方——を持っていたからこそオズモンドを選択したのであり、そのために彼は美しい妻と財産の両方を手に入れることが出来たのである。このような原因と結果の関係を

無視し、自己の利益のみを主張するオズモンド像というものを作者は、少しずつ書き加え、次第に彼がイザベルを圧迫する存在となっていく様子を描き出している。

　物語の語り手は、オズモンドが「多くの考えを捨ててくれ」と要求したと説明したその同じ段落内で、同時に、「オズモンドは『妻には美しい容姿以外に自分の所有物を所持して欲しくないのだ』」とも断言する。つまり、オズモンドにとっては、いわゆる「多くの考えを持たない」ことと、美しい容姿以外に自分の所有物を持たないこととは、同じことを意味するのである。結婚後、初めてイザベルが認識したことは、オズモンドが妻の心というものは鹿苑に付いている小さな庭のように、夫に属しているべきだと考えていることであり、同時に「そうは言っても、オズモンドは妻が愚かであることを望んでいるわけではなく、むしろ彼女の頭の良さを喜んでいた」のであって、ただ「その彼女の頭の良さが彼の思い通りに働くことを期待していた」（IV：200）というものである。

　このようなオズモンドの身勝手さと、彼自身の基準に基づいた美しいもの、より良い物をあくまで求める態度とは表裏一体であることがここに示される。イザベルは、オズモンドの美を求める心や、より良い物を求める態度に心魅かれたと自分で納得していたのだが、よもや彼が彼女の心をも小さな庭と同じように見なしているとは見抜けなかったのだ。しかし、この問題はやがて、「小さな庭」とみている以上に深刻な事態であることが表される。つまりこれは、後にイザベルが夫の望みに従って、自分の「多くの考え」、言い換えれば、自分を自分らしくしている個性や「自由」に対する考え方を捨てるか捨てないかの瀬戸際に立たされる際の主要因となるのである。

　イザベルと夫の対立に関するもう一つの、具体的描写例は先述した「スカートの裾を摘み上げたくなる汚さ」という言葉で表現されるものである。イザベルから見るとオズモンドの有難がっている「伝統」というものには、ひ

どく薄汚さを感じさせるものがあった。イザベルは必ずしも清教徒の末裔というわけではなかったが、純潔や、上品さというものを望ましいものと考えた。ところがオズモンドの考える「伝統」というものの中には、あまりにも汚すぎてスカートの裾を摘み上げたくなるようなものがあったと説明される（IV：200）。

　この触れたくない「薄汚れた物」とは、ジェイムズ独特の非常に長い文をたどっていくと「嘘をつくこと」に関するものであることがわかる。オズモンドが、その妹ジェミニ夫人の嘘や、あるいは、嘘以上のペテンを普通のことと考えている態度にイザベルは我慢がならなかった。そのような考え方がオズモンド家の伝統の一部だと考えていることに、彼女は非常な軽蔑と、耐えがたい嫌悪感を覚えたのだ。この「嘘をつくこと」への嫌悪感や、不潔感は、ジェイムズの小説の中で、アメリカ人とヨーロッパ人の対立の一要素としてよく用いられる主題でもある。この小説以外でも「マダム・ド・モーヴ」("Madame de Mauves") のユーフィミアが夫に対して抱いた軽蔑の念が思い出されるが、このような感情の表現はアメリカ娘のいわゆる「無垢」を表している。[17] 作者はイザベルのこのような軽蔑の気持ちを「薄汚れた空気の中で、新鮮さを保つ」と語り手に表現させている。ここに語られるこのような嫌悪感は、ジェイムズ自身の嘘に対する意識や、男女間の問題に対する意識の強さを反映するものである。[18]

　ジェイムズは、『ある婦人の肖像』や「マダム・ド・モーヴ」のような小説ばかりでなく、小説論においても、ヨーロッパ作家の善悪の判断と精神のあり方に関する不満を表しているが、そこにはイザベルの嫌悪感との共通性を思わせるものがある。このスカートに触れそうな「汚物」は、美しい表面の下から知らず知らずに漏れてくる悪臭について述べた「ダヌンツィオ論」の中に見られる『岩山の乙女』(Virgins of the Rocks) に関する一節（289）をも思い起こさせる。この「スカートの裾を摘みたくなる汚れ」に象徴される

夫婦の対立とは、「人を欺き、自己の欲求を優先させる人物に対する嫌悪感」に関するものであり、物事の善悪に対する心の有りようの問題なのである。「嘘をつくこと」への嫌悪感は、イザベルの最も特徴的な考え方を反映しており、これは夫との対立を深刻にしている主要な要素のひとつなのである。
　オズモンドにとって、「嘘をつくこと」はヨーロッパの伝統の一部であって、イザベルのように潔癖に考えるべきものではない。更に、この嘘に関連して、夫や妻が情人を持つことも、オズモンドからすれば、特に騒ぎ立てるほどでもない、いわゆる貴族的生活の一部なのである（Ⅳ：200）。このような考え方に対し、イザベルはヨーロッパの伝統を尊重することにやぶさかでないが、その場合、自分の選択眼を働かせて受け入れるべきだと考えている様子が描写される（Ⅳ：198）。このような考え方の相違や、事の善悪に関して夫と対立することは、イザベルにとって耐え難いことであり、そのことへの失望感は容易に解消されない。このような事情は、小説中のあらゆる箇所で――例えば、パンジーとウォーバトンとに関することや、ラルフのローマ滞在中にイザベルと従兄が会うことに夫が反対すること、あるいは、パンジーとロウジアに関することなど――、全二巻数百頁に渡って様々なプロットとストーリーを用いて表現される。それらは主として比較的少ない会話と語り手の詳細な説明と主人公の心理描写によって進められているのであるが、結局のところ、この小説においてイザベルの夫に対する対立感は、主として「自由」に対する考え方や、嘘をつくことなど、善悪の判断に対する考え方の相違が原因であることが描写の中に徐々に積み重ねられていく。イザベルの不満は、この相違を納得して克服できる理由が見つからないこと、つまり夫の言い分に従って自分の考えを捨てられないことから生じているのである。
　ところで、この小説においては、イザベルと夫の対立に関する問題と同時に、もうひとつの重要な面――つまり、二人の対立の原因とその判断を作者ジェイムズはどのように表現しているか――についても注目する必要がある。

例えば次に見るものは二人の対立の様子を、語り手を通じて表したものである。[19]

　一つの溝が二人の間に生まれ、この溝を挟んで互いに、自分の方こそ相手に欺かれて苦しんでいるのだと主張する目付きで睨み合っているのだ。

　… a gulf had opened between them over which they looked at each other with eyes that were on either side a declaration of the deception suffered. (IV：189)

　ここで「互いに」という言葉は注目に値する。語り手はあくまで対立の原因が一方的でない点をこの場面において強調し、さらに続けて、「自分の側で基本原理と考えているものが相手の側の侮蔑の対象となるのだ」と述べ、イザベルが公正と節度を心がけ、真実を見ようと努力している様子を語る。この語り手の、互いの言い分を公平に見ている態度は、作者があえて双方の言い分を考慮に入れていることを示すもので、先に見たイザベルの欠点を含む性格描写と同様に、ジェイムズの小説にしばしば見られるものである。

　このように、両者を単純に「正」「邪」に限定しない描き方は、ジェイムズの特徴であり、ピピンはこのことを『鳩の翼』の描写を例に取り上げ指摘している（Pippin 28）。このような正邪の判断をしかねる状況において溝があること、これこそが、問題をより一層深刻に浮かび上がらせていることを作者は詳しく語り手に語らせ、その対立要因は、互いに歩み寄るには、あまりにも複雑で、解決が困難な質のものであることを示している。それは、次の一節に見るように、この対立が、それぞれの信念の問題であり、信念の問題は、それを重視する人には簡単に折り合いがつかないことを示唆している。「彼（オズモンド）の犯した罪など何もない──彼は暴力的ではないし、残酷

でもない。ただ彼女を嫌っているのだ」(Ⅳ：190) このような文は、一見中立的な表現に見え、二人の間の問題を客観的に取り扱う努力を印象づける効果をもたらしている。しかし、これは作者が最終的判断を示す準備段階として設けた用心深い一過程の意味をも持っている。ここに見るオズモンドの態度は語り手によって肯定されているとも否定されているとも取れる。このような肯定とも否定とも取れる表現は、後に見るように、時として、非常に詳細で重層的な形をとって表される。作者はそのような重層的表現の過程を経て、最終的に、この二人の対立する理想や考え方についての自身の判断価値を示すのである。ここに見る例は、その準備の第一段階なのである。ジェイムズの最終的価値判断を見るのは小説のずっと後のこととなるが、このようなジェイムズの価値判断の表明についてマシーセンは次のように言う。

　　（ジェイムズの考える）良き人物とは、感受性が最も鋭敏で、道徳的可能性に関して最大限の多様性を意識し、他者に対して、彼らの持つ可能性を大いに発揮させたいと願う人物であった。一方、悪しき人物とは、そのような可能性に対し鈍感であるか、あるいはことさらに盲目的であって、自身が生き生きとした人間ではなく、最悪の場合には自己中心的なやり方で他者を精神的な死に至らしめようとする者であった。

　　… the good character was the one who was most sensitive, who saw the greatest variety of moral possibilities, and who wanted to give them free play in others. The bad character was obtuse or willfully blind to such possibilities; he was dead in himself, and, at his self-centered worst, tried to cause the spiritual death of others. (MP 146)

これはジェイムズの「死後の世界はあるか」に関して述べたものであるが、

この価値表明は、『ある婦人の肖像』に関しても、よく当てはまるものである。

例えば、イザベルはパンジーの意志を尊重し、ウォーバトンとパンジーの結婚を推進しないことが道徳的良心に従って行動することだと考え、その点で夫と激しく対立する。このことは、イザベルが、パンジーとロウジアの持つ可能性を発揮させたいと願う人物として描かれていることを示している。そもそも彼女がオズモンドと結婚したのは、彼の持つ可能性を発揮させたいという考えが第一の動機であった。イザベルのこのような願いは、彼女の未熟で、欠陥のある考え故に、必ずしも良い結果を生んだとは言えない。彼女の欠点は、未熟と過度の思い込みから来る頑固さであり、その点でイザベルは——特に小説の前半では——、マシーセンの言う良き人物像の資格に欠ける面もある。しかし、ミリセント・ベルも指摘するように、作者ジェイムズは、彼女のそのような欠点を寛大に許しているのであり（89）、オズモンドやマール夫人に見られるように最初から自己の利益を動機として行動を起こす人物たちとは、明確に区別されるべきものである。この小説には、イザベルの他に多様な道徳的可能性を意識し、他者の可能性を発揮させたいと願う人物像として、タチェット氏やラルフも、当てはまるのであり、彼らがイザベルに遺産を譲ることについて話し合った会話は、彼らが金に伴う道徳上の問題点について多くの心配をしていたことを思い起こさせるものである（III：260）。

それに対し、他者の持ついろいろな可能性に対して鈍感であるのはオズモンドであり、彼は、自己の利己的な欲望から他者を精神的な死に至らしめようとする最悪の場合の悪しき人物として描かれている。オズモンドが他者の可能性を殺してしまう様子を、作者はイザベルの目を通して次のように言わせる。「彼（夫）が触れるものは総てしおれてしまい、彼が見るものは総て台無しになってしまうのであり、これは奇妙な才能である」（IV：188）

オズモンドが他者を精神的な死に陥れる例は、マール夫人とオズモンドの会話にも見られる。マール夫人は「ああ、あなたは、私をまだ泣かせたいのですね。私に狼のように唸り声を上げさせたいのですね」と悲痛な気持ちを述べ、オズモンドが彼女の涙を枯らしただけでは足りなくて、その魂まで枯らしたと言う（IV：334）。更に自分の魂は、元々は良いものだったのに彼がすっかり壊してしまったのだ、とオズモンドを非難する。この描写は、共謀者であるマール夫人から見た場合においてすら、オズモンドが他者の可能性を殺す人物であることを明らかにするものとなっている。

この同じ場面において物語の語り手は、「彼（オズモンド）は、何事に関しても、誰の判断も受け入れまいとするところがあり、このような特質は、彼の話し相手を時として苛立たせることがあった」（IV：336）と説明する。イザベルは未熟で思い込みが激しく、独り善がりのところがあるのが欠点であったが、オズモンドの頑迷固陋には、その質においてイザベル以上のものがあることも示される。このような柔軟性の欠如に加え、しばしば語り手によって言及される、オズモンドの「利己主義」という特徴は、マシーセンの言う、「良き人とは、感受性が鋭敏で、道徳的可能性について多様性を意識する」という条件からは程遠いものである。イザベルの頑固や独り善がりが、しばしば指摘されているように未熟な理想主義から発生しているのに対し、[21]オズモンドの頑固さは、自己の利益追求から来ているという点において、二人の相違は対照的に描かれる。

オズモンドが他者を精神的な死に至らしめる人物であるという点について、先にマール夫人の言葉を見たが、イザベルとの関係においては更に、詳細かつ、明確に表現される。イザベルのおかれた状況が、精神的な死に近いものである様子は、この小説の多くの場所に見られ、特に五十一章以降にその数は増すが、既に四十二章においても、次に見るようにオズモンドがイザベルの精神を圧迫している状況が、建造物の比喩を使って象徴的に描写される。

イザベルが結婚後、オズモンドと暮らすことになったローマの住居は外観は宮殿のような壮麗さを呈するにかかわらず、その内側は全くの「暗黒の家」である。これは、1週間夫婦の間で会話がなされないこともある、四つの壁に囲まれた「沈黙の家」であり、イザベルを息苦しくさせる「窒息の家」であり、結婚前にイザベルが考えていたオズモンドの美しいはずの心は「ここに光も空気も入れなかった」と語り手によって説明されるものである。ここには、外観の壮麗さと内面の寒々しい貧しさ、そして、四つの壁という言葉で示される固く冷たい質感のイメージ、更には、「沈黙」と「窒息」の語が示す圧制のイメージが、夫婦の間に、会話がない状況と共に描かれている（IV：196）。

作者は、イザベルが結婚前に、未熟ではあったが明るく楽観的な考え方の持ち主だった点を小説の始めにまず描き出し、次いで、ここに見るような、結婚後の描写を配することによって彼女の心に大きな変化が起こったことを強調している。「彼女の心には、永遠に続くかと思う重い錘がのしかかり、鉛色の光が見るもの全てを覆っていた」（IV：203）。

このような変化は、ラルフに対するイザベルの見方にも影響を及ぼしていることが、「ラルフが短時間訪れてくれるだけでそれは闇の中の光明だった」という表現や、「半時間ほどラルフと一緒にいるだけで、夫のみすぼらしさが思い出される」という説明の中に表される。一方、第三者であるはずの語り手の立場から見れば、たとえ、このような惨めな精神状態の要因がイザベル自身にあったとしても、このような状況の最も近くにいるオズモンドの側からの妻の苦しみについての反応が描かれていても良さそうであるが、そのような描写は全く見られない。まして、夫が妻の問題を自分の問題として取り上げ、苦慮した様子がここに描き出されることは一度もない。オズモンドが描き出される姿はたいていの場合、妻や子供に対し自己の願望を叶える目的で、ある一定の行動を強要したり、禁止命令を出したりするものである。

作者はイザベルの極限の苦痛を描き出すことにより、彼女の選択の誤りを明確にすると同時に、その誤りの主な原因がオズモンドという人物の利己的欲望から出ている点を繰り返し表現しているのである。

　ところで、これまで見てきた、この夫婦の対立の描写は、この小説の中で、やがて新しい局面を導くことに繋がっていく。小説中の四十九章、ローマの廃墟の場面は、四十二章の暖炉の前における熟考の場面、及び五十一章のジェミニ夫人の告げ口の場面と共に、イザベルの真相発見と新しい認識を生み出す重要な場面であり、ラルフの死後イザベルの行方がどのような方向に向かうかを考える際の重要な手がかりを与える。ここにおいては、これまで見て来た以上の、より大きな規模での視覚的イメージ及び、時空とのつながりの概念が表され、イザベルの動きに新しい展開が加えられる。このローマの廃墟の描写は、この小説中で最も光彩を放つ特別な箇所の一つと思われる。なお、この四十九章と同じように、真相発見の役割を持つ四十二章を、作者は「序」において非常に重視し、かつ、自身の最も気に入った場面と述べているが、これについては本稿の第4項で、「序」との関係において言及することとし、次項においては、イザベルの未来の方向性と直接深い関係を表す四十九章について見てみよう。

2．ローマの廃墟とイザベルの位置

　イザベルが、古代ローマの廃墟を訪れ、自分の心の重荷と悲しみをその静寂な場所にそっと降ろし、心を休める四十九章の場面は、「イザベルが常々この場所を心の秘密を打ち明ける友と考えて、一人馬車に乗り、よく訪れていた」という説明で始まる。何世紀もの歳月を経て、もう少しで崩れ落ちそうになりながら、それでもまっすぐ立っている石の柱や、大空の下で雛菊を咲かせる草地、めったに人の訪れることもないカビ臭い教会、ローマ平野の

かなたに長い裾野を見せるアルバン山等の風景描写が、悠久の歴史の舞台をより一層引き立て、その中に立つ主人公の、過去・現在・未来という歴史的連続性の中で自己の置かれた立場をより正確に捉えようと努める姿が描き出される。この中で、特に「この悠久の歴史に比べれば、自分という一個の人間の悲しみなどはるかに小さなものだ」という考え方、そして、「人間の運命には連続性があるという思い（her haunting sense of the continuity of the human lot）に、イザベルは捉われた」（IV：327）という表現は注目に値する。ここにはイザベルの心の状態が写し出されていると同時に、作者ジェイムズの「歴史上の連続性に対する意識」及び、そのような意識に基づいた人間の生き方に対する思いが表現されていると言えよう。[22] ここに見られる human lot という語は文字通り「人間の運命」の意であるが、ここでは特に遠い古代の昔から続いて来た「人間の営み」、あるいは「人類がたどった軌跡」の意を表しており、「自分はそのほんの一部に過ぎないと同時に、自分もその一部として連なっている」という感覚を含んで使われている。それは、単に時間的な連続性ばかりでなく、空間の連続、あるいは宇宙的つながりを感じさせるものである。ジェイムズがここで「連続性（the continuity）」という言葉をあえて用いる事実の中に、彼の歴史に対する意識と、[23] 宇宙とのつながりに対する意識が表されている。そして、この場面に見られる空間のつながりに対する意識というものは、リチャード・ホックスが指摘する、兄ウィリアムと弟ジェイムズの宇宙観の共通性を思い起こさせる。ホックスは、兄の多元論的宇宙観に類似したものが弟の文学の随所に表れていると述べているが、[24] それは、このローマの廃墟の場面にも表されている。ここにおいてイザベルは、自己の存在を唯一絶対の権威ある支配の中で見るのではなく、太古の昔から連続している宇宙の自然界にあるものの一部として捉えているのであり、そのようなことに気付いて、心を落ち着け、自分自身の直面する問題に対処しようとする姿が描かれるのである。イザベルがこのように、自己

の周りの世界を客観的に捉えようと努め、より大きな観点を持つよう自己に言い聞かせようとする態度は、それまで無知で、しっかり目を開けていなかったとも批判される彼女が、今度は間違いなく、しっかりと目を開け、世界全体を見ようとする場面でもある。イザベルは自分が秘密にしている悲しみをこの静かな場所にそっと置いてみる。すると「その悲しみの新しさが周囲の古いものと区別され、客観性を帯びて」見える（IV：327）。このようなことに気付いた彼女は「自分の悲しみは何と小さなものだろうと考えることさえ出来、自分の悲しみに対して笑いかけることが出来た」とも描き出される。そして、このローマの悠久の歴史を背景にして、彼女の心のうちにあった激しさや悲しみが次第に和らげられ（IV：327）、彼女の意識が「小さなものから大きいものへと移っていった」と書かれ、彼女は、この悠久の場所であるローマを、多くの人間がその営みの中で、主として、苦しみを経験した所と考えるようになったと表現される。このような描写は、自分の置かれた位置に対するイザベルの認識の深まりと人間性の成長を示すものである。ここには、彼女の意識が個人的な狭い視点から客観的な広い視点へと移っていったことが表されている。それまでの独り善がりで未熟な欠点を持ったアメリカ娘から、より広い歴史的視野と宇宙的連続性の認識を備えた女性へと変化する姿が描かれる。イザベルのこのような成長は後述する「真相の発見」と「認識の転換」という経験と大いに関係している。それは『黄金の盃』のマギーの「真相の発見」と「認識の転換」——夫と義母の裏切りと、その発覚及び、「自分はもう単純な何も知らぬ女ではないのだ」と断言し、更にその後、信念に従って冷静に夫と義母に最終的に対処する——をも思い起こさせる種類のものである。

　また、このローマの廃墟の場面には、イザベルの「自由」の問題がわずか、2、3行ではあるが、再び取り上げられていることに我々は気付かされる。この場面で、イザベルは、自由な生き方や考え方の気高さについて堅苦しい

ことばかり言うタチェット伯母よりも、自分の方が物に捉われないと自惚れていたことに気付くのである。そして、伯母が、マダム・マールの本性を見抜いていたことや、マダム・マールがイザベルの結婚を進めた運命の有力な支配者（IV：322）であると思いあたること、あるいは、彼女が生まれて初めて人の心に潜む邪悪について深く考えたことも、この四十九章で明らかにされる。先にマシーセンの評論に関して見たように、「結婚の目的が金銭であったのだから、夫は、財産を渡せば自分を解放してくれるだろうか」（IV：331）とイザベルが考えるのもこの場面である。このような世俗的な問題の取り扱いは先に示した悠久の歴史と宇宙的認識を描いたローマの廃墟の描写にそぐわないようにも思われる。しかし、作者はこのようなことを考えまいと決意をしても、夫との問題を考えてしまうイザベルの描写を続けることにより、この小説の主題に読者を立ち返らせる。この四十九章は悠久の歴史の場面を中心に、イザベルの「自由」の問題と彼女の将来の行方への示唆が間接的に示される重要な場面なのである。

　この四十九章に到る以前のイザベルの心の中は、すでに見て来た夫との対立により救い難い失望に塞がれていて、ここには、後に引用するアダムズへの手紙に共通する「暗さ」が充満していた。「イザベルは年を重ねるにつれ、陰鬱な気分を味わう日が増えてきて、世の中が真っ暗に見える日があり、何の為に生きているのかと、自分に鋭く問い質すこともあった」（IV：155）と描写される。しかし、このような心の中の「暗さ」は、この悠久の地において気付いた「宇宙につながる人間の運命」という認識の中で、それまでの個人的悲しみという枠内にもはや留まるものではないことが示される。

　このような、しかし、やはり悲しみであることにおいて変わらない「暗さ」を認識しつつも、なお、歴史の流れの中で自己の位置を確認し、自己の生き方を模索するイザベルは、作者ジェイムズ自身の姿を思い起こさせ、彼自身の経験や考え方の反映を思わせるものがある。この小説が刊行された

1881年は、その翌年の父母の死や1895年の劇上演断念事件、あるいは同年のフェニモア・クーパーの死の事件、そして晩年の兄の死、あるいは故国アメリカが資本主義の影響により荒廃していく様子を嘆くこと等と比べ、それほど暗いものではなかったように一見、見える。しかし、それまでに体験した悲しい出来事――子供の頃見た黒人奴隷逃亡事件、ミニー・テンプルの死、子供の時から身近な存在である兄のしばしばの精神的病苦、南北戦争の英雄であったはずの弟たちの肉体的、精神的損傷、といった事柄――は、個人的努力のみによっては解決され得ない、人間が共通に持つ苦しみや悲しみを深く彼の心に刻むものであった。ジェイムズのこの「暗さ」に対する認識について、マシーセンは「人間として受ける苦しみに関するジェイムズの思想（James' whole conception of the discipline of suffering）」(183) という言葉を使う。つまり、ジェイムズの鋭い感受性は、遭遇した経験の悲しみをより一層深く受け取るばかりでなく、その悲しみが、人類共通に持つものだという思いを強くするものであった。それは、イザベルがこのローマの廃墟で感じた「人間の苦しみ」と共通するものであり、ジェイムズ自身の遭遇した経験とも共通するものである。

　ところで、この場面には、この小説にはあまり見られない宗教的事象への言及が例外的になされている。このことはジェイムズの文学が兄の哲学と同じように、多元論的宇宙観を持ちながら、宗教的色彩を含んでいるという点で注目に値する。この場面におけるローマという地の意味するものは、「異教の廃墟」、あるいは「どんなに厚い信仰心を保持するカトリック教徒といえども」という言葉が示すように、ピューリタンの末裔に近い立場にいるイザベルにとって異邦の地として設定されているのであるが、ここには、特定の宗派の教条を超え、全体を大きく包む宗教的雰囲気が表されている。作者はここに古い教会を配し、その教会のカビ臭いかおりを「いつになっても聞き届けられることのない祈り」と表現し、イザベルの信仰心に関する言及を

「どんな新教徒も彼女ほど宗派にとらわれない人間はいなかったし、彼女ほどこのような時に神の訪れを感じることができる人はいなかった」と描写している（IV：328）。25 このような「宗派に囚われない人間」とか「神の訪れを感じることができる人」という表現は、宗派が何であれ、超自然的存在である神を感覚的、瞬間的に認識し、野に咲く花や暖かい太陽の光など周囲の美しい風景の存在と共に、人間の悩みの小ささに対する思いを無条件で受け入れるイザベルの心が、宗教的色彩を帯びていることを示している。

この悠久の歴史を背景とした時空において、主人公が自らの生き方を問うこの描写は、宗教的感覚を持ちながら、固定的な合理主義から解放されている作者の人間観をも思い出させるものなのである。26

この廃墟の場面と同じように、一人の人間の個人的状況を、悠久の歴史を舞台にした人類の営みの中で捉えようとする描写は、第二十八章にも二か所見られる。前者は、ローマで偶然イザベルがウォーバトンと再会した時、「ここでは、彼（ウォーバトン）よりも、もっと辛く悲しい思いを抱いて星空の下を歩いた人たちがかって居たのだ」と語られる場面（IV：4）であり、後者はイザベルがローマの丘に立つ美術館で、彫像の群れの永遠の姿を眺め、ローマの大気が過去の世界の素晴らしい媒体となっていると考える場面（IV：7-8）である。このような複数の類似した描写は、作者の認識の中に「ローマ」と「人類の運命」と「連続性の意識」の結び付きが強くあることを示している。

このような「連続性」の意識は、小説の中でローマとの結び付きに表されるばかりでなく、作者の実生活を反映する手紙においても見られるものである。ここにその例を引用してみよう。

これは少し長いが、複数の研究家に引用される重要な箇所であるので、あえてスペースを取ることとする。27

My Dear Henry [Adams], I have your melancholy outpouring of the 7th, and I know not how better to acknowledge it than by the full recognition of its unmitigated blackness. *Of course* we are lone survivors, of course the past that was our lives is at the bottom of an abyss — if the abyss *has* any bottom ; of course, too, there's no use talking unless one particularly *wants* to. But the purpose, almost, of my printed divagations was to show you that one *can*, strange to say, still want to — or at least can behave as if one did. <u>Behold me therefore so behaving</u> (1) — and apparently <u>capable of continuing to do so.</u> (2) I still find my consciousness interesting — under *cultivation* of the interest. Cultivate it *with* me, dear Henry — that's what I hoped to make you do — to cultivate yours for all that it has in common with mine. <u>*Why* mine yields an interest I don't know that I can tell you, but I don't challenge or quarrel with it — I encourage it with a ghastly grin.</u> (3) You see I still, in the presence of life (or of what you deny to be such,) have reactions — as many as possible — and the book I sent you is a proof of them. It's, I suppose, because I am that queer monster, the artist, an obstinate finality, an inexhaustible sensibility. Hence the reactions — appearances, memories, many things, go on playing upon it with consequences that I note and "enjoy" (grim word!) noting. It all takes doing — and I *do*. I believe I shall do yet again — it is still an act of life. But you perform them still yourself — and I don't know what keeps me from calling your letter a charming one! There we are, and it's a blessing that you understand — I admit indeed alone — your all-faithful [Signed] Henry James. (James, *The Letters*, II : 360-61)

（アンダーライン（1）（2）（3）は筆者による）

　この手紙は、ジェイムズが過ごした少年時代の記録を家族や友人の思い出と共に自伝にまとめて刊行し、そのことについて少年時代からの友人ヘンリー・アダムズに手紙で知らせたところ、アダムズから返事が届いたという事情のもとに書かれたものである。[28] この手紙からは、アダムズが現在の暗澹たる世相を嘆き、特に話したいのでない限り、深淵の底にある過去について語るのは無駄だと言っている様子が窺われるのであり、それに対し、ジェイムズはアダムズの言い分を認め、しかし、この考え方から一歩未来へ踏み出し行動することを相手に提案する積極的な態度を示していることがわかる。
　リチャード・ホックスはこの手紙においても、兄ウィリアムの哲学の概念に共通した様々な特徴が見られることを指摘しているが、ここで特に注目したいのは『ある婦人の肖像』のイザベルの行方と関連して、この手紙に表れた時間的、空間的「連続性」の意識についてである。
　アダムズが当時の世相を「軽減されることのない暗さ（unmitigated blackness）」と呼び、自分たちを淋しい生き残りと考え、過去の生活や思い出は深遠の淵にあることを嘆いているのに対し、ジェイムズは、自分は今後も過去にあったと同じ気持ちを持ち続け、行動したいと考え、その気持ちを"Behold me there so behaving"（1）、"capable of continuing to do"（2）という言葉で表現している。ここには、現在の時点に立って過去と未来のつながりを思うジェイムズの「連続性」の意識が認められ、更にこの連続性の意識故に、今後も生きることに対して積極的であろうとする態度が読み取れるのである。
　ところで、ここにはアダムズの気持ちに対する同意が表されているが、これは、友人に対する慰めの意味に留まらず、ジェイムズ自身の気持ちをも反映している。彼は一時、イギリスからアメリカへ帰国した際、あまりにもア

メリカが資本主義に侵され、変わり果ててしまったことを嘆いており、その事情を『アメリカの情景』(The American Scene) に著した (34, 254)。マシーセンは『ヘンリー・ジェイムズ：円熟期の研究』の中で、「ジェイムズは長生きした為に、暗く忌まわしい時代の荒廃を見ることとなり、『癒されることのない失望感』を深めた」とも書いた (148)。[29] しかし、それにもかかわらず、アダムズへ宛てたこの手紙には、ジェイムズが過去と現在と未来は連続しているという意識を強く持ち、未来に対する好奇心を持とうとしていることが読み取れるのであり、その点で、これは重要な資料である。

マシーセンはジェイムズの多くの作品に厭世観を読み取ろうとし、例えば、『過去の感覚』(The Sense of the Past) は厭世観からの一種の逃避を表す作品と見なしている。しかし、この小説の主人公が最終的に予想不可能な状況から救い出され、未来の世界が用意される結論になっていることから見ても、ジェイムズの態度は必ずしも消極的とは見なし難いのである。心を暗くする様々な状況の中で、人間の過去・現在・未来の連続性を思い、個人的事情を超えた大きな観点の中に自己の未来を置いてみようとするジェイムズの態度は、ローマの廃墟におけるイザベルの考え方とも共通するものであり、自分に与えられた人生の苦難の中で、積極的に未来を志向し、自らを勇気付ける姿を示すものなのである。[30]

また、ここに引用したアダムズへの手紙には、次の表現に見られるように、ジェイムズの文芸活動に対する意識と行動への、穏やかではあるが積極的な主張が示されている。

「なぜ私の意識が活発に興味を啓発するのか、ということについては説明できないが、それについて議論したり言い争ったりしないで、ただにっこり笑って、これを大いに勧めたいと思う」("*Why* mine yields an interest I don't know that I can tell you, but I don't challenge or quarrel with it — I encourage it with a ghastly grin.") (3)

ここには、文芸活動——ジェイムズは基本的に文芸活動を道徳の表明と考えているが——を行うに際しての意識の存在が特に取り上げられ、意識を陶冶させることが問題にされ、文芸と意識とのつながりが強調されている。これについて、リチャード・ホックスはこのような活動と個人的意識の関係はジェイムズにあっては自然なものであり、かつ同一のものであると言い、これは「意識と行動」の一致した典型例であり、これも、先に取り上げたウィリアムの哲学における「連続性」の概念の一つである「意識と行動」の概念と関連すると指摘する（Hocks 65-66）。[31]

　ローマの廃墟の描写や、この手紙に見られる困難な状況の中で、「生きて行こう」という積極的な人物たちの姿勢はジェイムズの他の小説にも多く表される。『使者たち』の主人公ストレザーは、若い友人ビラムに向かって、「生きなさい。力の限り生きなさい。生きないのは間違いだ」と言う。この場面における「生きよ」というセリフは、多くの批評家によってしばしば引用される有名なものである。レオン・エデルは、このストレザーとビラムの場面を「19世紀中葉のダーウィニズムによる決定論に影響された科学的思考を含む、微妙な心理的傾向が表されたもの」と言う。ストレザーの置かれた状況が錫の流し型に入れられたジェリーに例えられ、「条件つき」と見える表現で表されているのがその論拠なのである（Edel, "Introduction" in *The Ambassadors*, viii-ix）。[32] これに対し、ホックスは条件つきの決定論的観点に立つエデルでさえ、ストレザーが希望を失わず、積極的、かつ行動的態度を取ることに気付いているとして、次のように言う。「ストレザーの示すものが、どのような運命に置かれようと、人間は耳を持ち、物事を聞きとり、目を持ち、物事を見るべきであるということをエデルも認めている。その上、彼はジェイムズが哲学者でないと言明しながら、他方でその基盤に、「『柔らかな（"tender—"）』心と『固い（"tough—"）』心とウィリアムが呼ぶ二つの見方の間の調停的な役割を見据えている」と言う（Hocks 62）。[33] この場面の

ストレザーはホックスの言うように、運命に条件付けられながらも、依然として見たり聞いたりすることは妨げられないし、その際の経験によって、更にその先に進む可能性を持つものとして描かれている。[34] ストレザーはパリを楽しむためには自分は遅すぎたと言い、自分には自由の幻の思い出すらないと語る。ここでの彼は人生を嘆いているようにも見えるが、作者は結局、肯定と否定の重層的表現の後で、ストレザーが最終的に実人生の経験に新しい興味の対象を見つけ、たえず人間の行動の善悪に関する疑問を意識しつつ、積極的に行動する姿を描き出している。ストレザーが園遊会で若い友人に向かって、自分の経験を踏まえ、「生きる」ことの重要性を強調する「生きよ」という言葉には、アダムズの手紙や『ある婦人の肖像』四十九章のローマの廃墟の場面に見たものと共通する態度が見られるのである。

　この「生きよ」という言葉は、やはり同じ後期の主要作品である『鳩の翼』の中にも表される。主人公ミリーが絶対的な信頼を置く医師ルーク卿は、死期の迫った彼女に対し、「是非とも生きなさい」と鼓舞し（XIX：246）、「今迄馴れ親しんだ装身具や愛着のある花飾り、古い宝石などを捨て、その代わりに、護身用の武器やマスケット銃で身を固め、戦闘的な体制に入る」気持ちにさせる（XIX：248）。

　『ある婦人の肖像』には、「生きよ」と彼女に鼓舞する人物は登場しない。そして、小説の最後は開かれたままである。しかし、ローマの廃墟でイザベルが感じた人間の運命に対する「連続性」の表現は、より深い人間観をもった者の生きる方向性を示すものである。それは、決して現在を否定せず、未来に向かって積極的に生きる態度を示している。

　さて、ここで本論のテーマである「イザベルはオズモンドの元に戻るか否か」の議論の中心問題である、イザベルと夫との対立関係に立ち戻ろう。これまで見てきたイザベルの結婚後の立場は非常に惨めで、暗い心の状況にありながら、そして夫に対し非常な嫌悪感を持ちながらも、夫に抗う態度は慎

む姿が描かれる。このことはイザベルの自制心が強く、彼女の善悪に対する判断基準が多分にヴィクトリア朝の規範に沿っていること、あるいは沿おうと努めていることを表している。離婚をすすめるヘンリエッタに向かって、夫を愛していないことは認めながらも、一度結婚したらその結婚を持続させるのが人間としての義務であると主張しているのは、その一例である（IV：284-85）。またこれまで見てきたように、彼女は結婚とは当然の事として、夫の言い分に従うことと考えている様子が、五十一章のジェミニ夫人の告げ口の直前まで表されている（IV：361）。夫の汚さを嫌悪し、批判的な考えを持つことと、そのような夫に抗う態度を慎むこと、この両方のバランスが保たれる極限の線上で、イザベルの善悪に対する精神の有りようがこの時点まで表現されてきたのである。

　ところが、五十一章でこの小説はイザベルの行動に変化をもたらす重大な契機を与える。オズモンドとマール夫人は過去に関係を持っていたのみならず、義娘パンジーは、二人の間の子供である事実をジェミニ夫人がイザベルに告げ口をしたのである。この時点で、イザベルは初めて夫の反対を押し切って、ラルフの臨終に駆けつける決心をする。ここで初めて、イザベルの善悪に対する基準は、夫を批判する側に大きく傾き、行動が起こされる。

　この後、イザベルは理解者であったラルフに死なれ、どのような方向に向かうかが問題となるのであるが、イザベルが最終的にオズモンドの元へ戻るという説を説得力あるものにする根拠は、この小説内に特に見当たらないと言って良い。

　先に言及した「一度結婚したらそれを持続すべきである」という義務感と責任感、あるいは、「結婚は生涯における唯一の神聖な行為で、一端それをやり損なったら、それに代わるべきものは考えられない」という考え方は、本来のイザベルの考え方であることは幾度か示されて来た。彼女は最初に結婚のことでラルフの反対に遭った時も、「世界を見るより大地の隅を耕して

第一章 『ある婦人の肖像』 97

いく」と決心したことをきっぱりと述べ、その後の不幸と困難の意識に苛まれる時にも、結婚の破棄という結末を極力避けて来た様子も既に確認して来た。しかし、同時に、この長い小説の中には、本稿の前半に見て来たように、彼女と夫の対立の様子やその原因や、その説明的描写が様々な形で表され、イザベルが結婚を神聖化している描写と同じ位、それに疑問を抱く心理描写も表されている。例えば、結婚について「オズモンドとの結婚の実体は、彼が羨んでいる三、四人の地位の高い人以外のすべての人を蔑み、彼が持っている五つか六つの考え以外は全て無視する——そういう立場で、夫婦が一致することを意味した」（IV：197）という描写、あるいは「世の中で卑しいという言葉から最も遠いと信じていた男が、実は低俗な山師のように金銭を目当てに自分と結婚したと確信せざるを得なかった」（IV：330）と、もはや夫を尊敬することなく、山師と同一視している状態が描かれ、「このようなことは、彼女の考えうる最悪のものであった」という説明も見られる。　しかし、この様なジェイムズ特有の肯定と否定の繰り返し——この場合はイザベルの頭に浮かぶ、結婚を肯定する心理と否定する心理の重層的表現——は、五十一章を境に否定的面の強調へと変化していくのである。

　このような否定面の強調は、それに対する何らかの新しい情報が加えられ、夫婦の状況に変化が起こらない限り、イザベルがオズモンドとの生活に戻る理由はあり得ないことを意味する。特に五十一章以降のイザベルの行動には、それまでの彼女を規制していた結婚に対する義務感や責任感、結婚の神聖化といった理由が希薄になるという事情が生ずる。しかし、このことについて論ずる前に、現在存在している、それほどまでに数の多い「オズモンドへ戻る説」は何を根拠にしているのか、その「戻る説」の要点とそれぞれの理由を、少し詳しく見てみたいと考える。

3．「オズモンドに戻る」説の問題点

　まず、ドロシー・クルックの説を取り上げて見よう。彼女は、『ヘンリー・ジェイムズにおける意識の試練』（The Ordeal of Consciousness in Henry James）の中で、この小説を劇的観点から見ようとする。クルックはイザベルがオズモンドを選択するという誤りを犯したために、苦境に陥ったのであり、その結果はイザベルにも責任があるという。イザベルは悲劇の主人公であり、悲劇においては犯した罪よりもより一層重い罰が課せられるのであり、イザベルはそれに耐えなければならないという。オズモンドの元に戻り、耐える生活がイザベルの行く末であると見るのがクルックの説である。クルックはイザベルを悲劇の主人公と既定しているが、マシーセンはこの小説には最終的な浄罪と審判が欠けているとして、その点でこれは悲劇ではないという。彼はジェイムズがイザベルによって示そうとしたのは逆境によって挫けぬ自立の精神であり、イザベルは必ずしも悲劇の主人公ではない（186）と断定している。

　また、語り手によって語られる次の言葉「ただ苦しむために生きるなどということはあり得ない。彼女はまだ若いし、これから多くのことが起こるだろう。ただ苦しむために生きていく、ただ人生のわずらいが繰り返され、拡大されるのを感じるためだけに生きる――そんな生き方をする必要はない、自分はもっと価値ある人間だし、立派な能力もあると彼女は感じた」（IV: 392）には、イザベルが、悲劇の主人公として、ただ苦しみ、罰せられるかわりに、積極的に未来に向かう力が残っていることが示されていて、イザベルの将来は、クルックの指摘する方向とは反対のものであると考えられる。

　次に、C. V. ファウラーの『ヘンリー・ジェイムズのアメリカ女性』（Henry James's American Girl）について見てみよう。このヴィクトリア朝時代の女性

の立場と歴史背景を基におく考察は、一般的歴史背景の分析を適応した点において、ある程度説得力があるように思われる。実際これまで見て来たことからも知れるようにイザベルの義務感や倫理観は、ヴィクトリア朝時代のそれに加え、アメリカ東部のピューリタニズムの流れを汲むものをも受け継いでいる面が示され、[35] 夫に対しても我慢の限界まで反抗を保留する態度が表わされている (IV : 200、IV : 328)。しかし、一方、ジェイムズの描く女性の多くは必ずしも夫に従順ではないことは周知のところである。ラルフの母タチェット夫人はイザベルが夜遅くまで男性と話し込むことについて、この時代の習慣に反するとして、イザベルに「ここはオールバニーではないのですよ」と注意する (III : 92)。しかし、そのようなヴィクトリア朝時代の習慣を守ろうとするタチェット夫人本人でさえ、夫タチェット氏と結婚した後、「二人が同じものを同時に求めることがないということがはっきりしたので、その相違が、はしたない状況に発展しないように気をつける方法を思いついた」人物であり、夫婦が互いに高められる方法として、夫と別居し、自分はフィレンツェに行って家を買い、年に1回、1か月夫と暮らすためにイギリスに帰ってくるというライフスタイルを取った (III : 25-26)。このような女性を描くジェイムズは、奔放なライフスタイルを貫いた実在の人物ジョルジュ・サンド (George Sand, 1804-76) の生き方をも認めていたのであり、そのような女性の存在が歴史上のどのような制約の多い時代にも在り得ることを知っていたのであり、特に異文化に関する現象に鋭い観察力を示す彼の作品や評論に、そのような記述が認められるのは自然のことと言えよう。その意味で、ファウラーの歴史的背景の考察はジェイムズが有する独特の女性観とその描写及びその意図から幾分外れていることは否めない。

　次にその数が最も多いと思われる、パンジーへの義務感から、オズモンドの元へ戻るという説について考えてみよう。

　この説は、この小説に表されたイザベルの理想主義者としての性格や、苦

しい体験の中においても、自己に厳しく精神を高いところに保とうとする態度、そして何よりパンジーに再びローマに戻ると約束してイギリスに渡ったことなどを勘案すると、最も説得力があるようにも思われる。しかし、パンジーに対する義務を遂行することと、そのために夫との生活に耐えなければならないこととは言うまでもなく別問題である。マシーセンの説に見られるように、この二つの問題は切り離して論ずるべきである。パンジーを救うためにオズモンドの元に戻ると主張するピピンを含め、幾人かの批評家はイザベルの善悪の判断とその行動基準にカントの「良心の要請」を適応している (Pippin 26-27)。[36] しかし、この「良心の要請」は、パンジーへの義務に対する判断基準に当てはまると同時に、イザベルの「汚れに対する批判」の基準にも当てはまると思われる。そうだとするとパンジーへの義務を果たしつつ、オズモンドを拒否することが「良心の要請」に従う行為だということになる。イザベルがオズモンドに戻るのは、パンジーを救うためと主張するピピンやマルコウ=トテヴィは、イザベルの実際行動についてマシーセン程はっきりした最終見解を示していない。その結果、これはパンジーを通しての義務に関する議論が中心となり、オズモンドとの関係に関して「良心の要請」はどのように関連しているのか、具体的方向性が明らかにされていないものとなっており、これは正確な意味で「オズモンドへ戻る」説の資格を欠くものとなっている。

　最後に、シギ・ジョットカントの「オズモンドを二度選択する」という説を見てみよう。ジョットカントは「ある行為の肖像」の中で、イザベルが、最初は審美的理由でオズモンドを選ぶが、ラルフの死後、グッドウッドにキスされ、新しい体験に目覚め、カント的自由を得、倫理的理由で再びオズモンドを選ぶと言う (67-86)。ジョットカントは最後に近い場面で、グッドウッドがキスをする場面を重視し、ここに描かれた稲妻のイメージとカントの使用した稲妻のイメージの類似点を指摘している。彼の論理は、『ある婦人

の肖像』が、教養小説であるという前提で議論を始め、イザベルの進む方向を審美的選択から、倫理的選択への発展と捉え、キルケゴールの繰り返しの理論[37]を援用し、更にイザベルの過去の経験を分析し、彼女が最初の選択で誤りを犯したというトラウマに基づく心理学の理論を用い、更にカントの「自由論」の上に議論を進めている。

　しかし、ここで一つ重要な点は、この小説において、イザベルとオズモンドとの関係に性的な事柄が重視して語られる部分が、この場面以前には、全く存在しないということである。言い換えれば、作者ジェイムズはイザベルのあらゆる描写に関して、性の問題をほとんど取り扱っていない。このようなことから、オズモンドの元へ戻ることについて、性的体験をその基本的理由とするジョットカント説は極めて不自然なものと思われる。まして、ほとんど例外的に示されたこのキスを、イザベルが新しく目覚めた体験であるとし、これをオズモンドとの今後の新しい交流に結び付けることは唐突の観を免れない。ジョットカントが引用した場面の直前において、イザベルはグッドウッドに向かって「お願いですから、もう行ってください」と過去に何度か繰り返した、同じ懇願をしている。この時点の直後に体験した、「稲妻のような」キスの存在ひとつで、イザベルの懇願の意味が、180度転換するという主張は説得力に乏しいと考えられる。ニューヨーク版に表されたこのグッドウッドのキスの場面後の描写は「しかし、稲妻が去り、暗闇が戻ると、もう彼女は自由の身だった。彼女は周囲を見なかった。ただその場から全速力で走り出した。…どちらに向かってよいか分からないでいたが、今は分かった。非常に真直ぐな道があったのだ」（IV：436）というものである。ジョットカントの説において、この真直ぐな道とオズモンドとを、結び付ける必然性は極めて希薄である。グッドウッドとの性経験がその役割を果たすとしたら、この小説の描写の大部分を占めたオズモンドとイザベルの対立する関係についての物語は、トラウマについての精神分析理論とキルケゴールの繰

り返し論に、主として貢献して来たということになる。これはジェイムズの他の作品にも一貫して流れるアメリカ娘の共通の特徴的描写とも全く合致しないものとなっている。即ち、ジェイムズの作品において、アメリカ娘としての特徴的性格はかなり明確で、ヨーロッパ人と対照的であるのがその典型であり、それは小説内に一貫して描き続けられる。例えば、マギー、ミリー、イザベルに見られる、無邪気で、ある意味において無知であり、自己の信念を大切なものと考え、道徳的判断に関してもある一定の基準を持つという特徴がある。ジョットカントの解釈したイザベルのように、ある体験を契機として、それまでのアメリカ娘の特徴的描写が突然、別のものに変わるという例は皆無である。更に重要な点は、ジェイムズの小説において、アメリカ娘であるヒロインの性的体験が、そのヒロインの人生の中で決定的な役割を果たすほど、重要視された例は一度も見られないことである。そもそもジェイムズの作品において、ジョットカントが引用した文に見られるような性に関する描写は、特にアメリカ娘の主人公については例外的であることはよく知られている。

　さて、これまで見て来た「オズモンドへ戻る」説とその理由は、そのどれを取っても、イザベルの抱えている問題を解決するものとはなっていない。一つとして、彼女と夫の対立の主要因を取り除くもの——つまり、彼女の希求する「自由」と善悪判断の基準を保障する条件を備えたもの——とはなり得ない。少なくとも本論でこれまで、取り扱ってきた描写に見たようなイザベルの嫌悪感や夫への批判を解消する方向性を備えた説は見られない。

　イザベルが自分の選択に対して責任を持つ——つまり結婚の神聖化と、誓約の重視、結婚に対する義務感と責任感からオズモンドの元へ戻る——という解釈も存在する。このような解釈は、小説の五十一章まで読んだ限りでは、有効であり得たかもしれない。五十一章までには、イザベルの結婚生活に対する肯定と否定及び、夫への不信と嫌悪感と批判と、自己の行動への責任に

対する内省が、ジェイムズ独特の重層的心理描写の形を取って、イザベル自身によって、あるいは語り手の説明によってしばしば表されて来た。五十一章は、本稿第4項で述べる四十二章の「真相の発見」の場面と同様に、イザベルの考え方に大きな転換が生じる章であるばかりでなく、これを境にイザベルは以前とは異なった考え方をする事が示される。つまり、オズモンドを夫に選んだという行為に対し、最後まで責任を持つということが、必ずしもオズモンドとの結婚生活を続けることを意味しないと解釈されうる新しい状況が展開される。

　この五十一章及び、それ以降のイザベルの考え方は第5項で扱うこととするが、彼女がどのような形で自己の行為に責任を持つと考えているかを見ることは、イザベルのその後の行方を見る上で重要である。

　しかし、第5項に移る前に、『創作ノート』と「序」に表されたこの小説に関する作者の創作意図を見てみよう。これを詳しく見ることは、イザベルの方向性を見極めることに大いに資するものと思われる。

4．「碾き臼」の意味と「認識の転換点」

　ジェイムズが、この小説を執筆するにあたって『創作ノート』に、「これは、自由で高潔であることにあこがれ、寛大であること、そして立派なことを無理なく自然体でしてきたと信じていた女性が、実際は因襲の碾き臼に挽かれてしまったことに気付く物語だ」(15)と書きつけていることは周知のところである。

　通常、物が碾き臼に挽かれた場合、そのものは、元の物質に修復されることは不可能だと考えられる。つまり、人間が挽かれるとすれば、再び立ち上がるのは容易ではないことを意味する。そうだとすると、ジェイムズは碾き臼に挽かれて立ち上がれない状況を最終的に描こうとしたとの誤解も生じか

ねない。

　この「碾き臼」という言葉は小説の中では、終わりに近い部分で、主人公が、いとこラルフの臨終に駆けつけた場面に出てくる。「君は自分自身の眼で人生を見てみたいと望んでいた。…そしてその望みを持ったために罰せられた。因襲の碾き臼に挽かれてしまったのだ」（IV：415）。この部分も『創作ノート』に表された言葉と同じように、作者はイザベルの人生を碾き臼に挽かれてしまったものとして表し、彼女は罰を受ける他、仕方のないように描かれているという印象を与えなくもない。しかし、先にクルックの説に関して言及したように、この小説におけるラルフの役割は常にイザベルに好意的であり、彼女の不幸を願ったり、あるいはそれを、不承不承にも認めたりする任務は負っていない。彼は、イザベルが「世界を見たい」という希望を持ってヨーロッパにやって来た時、その望みを叶えてやりたいと思い、彼女の「人生という船の帆に少し風を送ってやりたい（put a little wind in her sails）」（III：260）と考えたのであり、そのために自分の遺産の一部を彼女に譲ったほどである。彼は先の言葉を発した直後に、今際の息の下から、次のようにも言う。「結局のところ、苦しみというものは、過ぎ去るものなのだ。ほら、今も薄らぎつつある。しかし、愛は永遠に残るのだ。…人生にはいろいろなことがあるが、君はまだとても若いじゃないか」（IV：416）これに対し自分は、ずいぶん年を取った気がするというイザベルに「君はまた若くなるさ。僕の見方では若くなる。そう信じているのだ」と励まし、更に付け加えて、本論の前半に見たように、イザベルの犯した誤りは、取り返しのつかないものではなく、それが彼女を深く傷つけるはずはないと明言する。この、イザベルの犯した誤りは、彼女を深く傷つけないはずだ、という発言は、イザベルが「碾き臼に完全に挽かれてしまって立ち上がれない」とラルフが認識していないことを表している。あるいは少なくともラルフはそう信じたいと思っていることが示されている。ラルフはここで「碾き臼」という言葉をむし

ろ因襲の象徴として使用している。それは人を破壊する力を持ち、それに逆らう場合には、罰まで与える大きな力であると見ているが、ラルフがこれを絶対的な力と見ていないこと、そして、その正当性を認めていないことは、「彼女の若さや愛の力の方が碾き臼の力より強い」と示唆していることや、「わずかしか傷を残さないだろう」と述べる言葉の中に見て取れるのである。それがたとえ確固とした保証のないもので、ラルフの希望的観測に過ぎないと見えようとも、彼が「碾き臼」の力を正当化していないことは明らかである。

　ここでラルフという人物が小説の中でどのような役割を果たして来たかを考えてみると、彼は小説の節目で、重要なプロットを推し進める重責を果たして来ている。まず、イザベルの小説への登場時に最初に彼女に接した人物の一人であり、次いで、彼女が遺産を受け継ぐという重要な局面に関わり、オズモンドとの結婚に反対を唱えた。更に、彼女が夫に反抗する決意をする主要な要因となり、小説の最後では彼女の未来にも言及している。ミリセント・ベルは、「ジェイムズはイザベルに固定的な性格の決定論から逃れるよう勧めていて、この態度は小説内ではラルフによって表される」(89)と述べ、作者とラルフの親近性を指摘しているが、このようなラルフの言葉や態度は小説の語り手と共に作者の考えをかなりの程度、代弁する役割を果たしているのである。イザベルの幸福を願っていたラルフの臨終の場面の会話や、碾き臼に関する彼の言葉には、「碾き臼が完全に粉砕してしまうもの」と見ていない作者の観点が反映されていると思われる。

　イザベルが「世界を見たい」と希望したこと、[38] これはこの小説のモデルと言われるミニー・テンプルの願いでもあったことはよく知られている。若くして病に侵されながら、知的活発さと好奇心が旺盛であったミニーは、イザベルと共通するアメリカ娘の特徴を多く持っていた。[39] そして、この「世界を見たい」という夢はまた、ジェイムズ自身の夢でもあったのだ。

現実の世界に生きたジェイムズ自身は、この夢に関する限り、十分実現されたと見てよいと考えられる。[40] 一方、ミニーはその夢を果たさずに死んでしまった。しかし、現実の人物ミニーにしろ、作中人物イザベルにしろ、このような夢を持ったアメリカ娘に立ち上がれないほど厳しい罰が下ったとするのが作者の考えだったとは解釈しにくい。なぜなら、第一に、ジェイムズが「碾き臼」に挽かれる状況を甘んじて受けるべき運命と考えた証拠や、人生を懐疑的に捉えたという根拠は今のところ見当たらない。[41] 実際はその逆とも思える。むしろ時には、アメリカ人のもつ楽観主義の考え方に関連して、人生に対し、前向きの傾向が見られるのである。[42] 罰とは、通常、神あるいは社会的規範に則った一定のルールからみて、罪または過ちを犯した者に科せられるものであるが、ジェイムズのプロテスタントに近いキリスト教文化に影響を受けている人生観においては、個人の罪を神の罰と結び付ける考え方は見られない。[43] 第二の理由として、この小説に見られる次の文を挙げることが出来る。「イザベルは非常に誠実な人間であった。たとえ彼女の知恵に少なからぬ愚かさが見られるとしても、彼女が人の同情を誘うようなたくさんの愚かしい行為という代償を払った後、一貫した賢さを獲得したことを知ったときには、彼女を厳しく評価していた人たちも満足を憶えるであろう」(II：144-45)。これはこの小説の比較的最初の部分に見られるもので、作者は主人公の人生における過ちとそれが手厳しく批判される可能性をすでに予告し、同時に、主人公がそれによって完全に破壊されてしまうことはないだろうという考えを、暖かい同情心をもって示しており、これによっても作者のイザベル観はかなり明らかになっている。

　第三には、先述したようにラルフの役割、即ちラルフの言葉や態度は、作者のイザベル観をかなり反映しているという点である。イザベルの性格や行為は、因襲に逆らったという点と、独り善がりで独断的だったという点で批判の対象になり得るが、「因襲と挽き臼と罰」を口にしたラルフが、同時に

「君の犯した寛大な誤りは、君を深く傷つけることはないはずだ」とも言っているように、「碾き臼」という言葉が、因襲の強さ、邪悪、破壊力を表すものであっても、イザベルの回復力まで奪うことを意味しないという考えは作者の考えでもある。[44]

　このことを更に確認するために、ジェイムズが「碾き臼」という言葉を用いているもう一つの例を見てみよう。それは「ジョルジュ・サンド論」("George Sand")の中に見られる。ジェイムズはこの小説論で、ジョルジュ・サンドの芸術に対する態度や道徳観を論じているが、総じてサンドに対する視線には深い理解と同情を示す暖かさが感ぜられる。彼は通常、不道徳と見なされる状況に自らを任すサンドの内心を思いやり、その無罪感を分析しようとして「ジョルジュ・サンドは頑固なまでに道徳的であり、彼女のすべての作品における、いわゆるお話の部分には、修道士の伝説に見るような初々しさと誠実さが表されており、このような道徳観念が彼女の人生の行動に見られる主な動機であった可能性はあり得る」と述べている。そして、サンドが、大昔からずっと女性という従順な種族を思いのままにし続けてきた男性という不道徳の種族の利己主義に対して、仇を討たねばならぬという義務感を持ったのではないかと考え、次のように言う。「サンドは何よりもまず、双方の立場を逆にすることを望んだのではなかろうか——いかに強い意志を持ち、常に相手を碾き臼で挽きつぶしている側の性であっても、逆に挽きつぶされることもあるのだということを示そうとしたのだろうか？」(167) このようなジェイムズのサンド論が妥当かどうかの議論をここで行うことがこの引用の目的ではないので差し控え、ここにおいては、ジェイムズによって使用された「碾き臼」という言葉に注目してみよう。ここに見られる「碾き臼」という言葉は、先に『創作ノート』や『ある婦人の肖像』の中で見たものと同じように、やはり、因襲の邪悪さとの連想を伴って表されている。特にここでは、長い人類の歴史によって積み重ねられた男性の、女性

に対する忌まわしい因襲的行為に関連して用いられている。そして、ここにおいても、この言葉は、人を再び立ち上がらせない程、原型を粉砕してしまうものという意味を持たない。この場合、「碾き臼」に挽かれた女性の側は、逆に挽きつぶす側になる力が残されているものとして描かれている。人を挽く恐ろしい「碾き臼」をさえ、時には逆に挽き潰す力が存在することを示している。しかも、この、より強い力の保持者がイザベルやサンド等、女性の側に与えられているところに、この「碾き臼」という物理的強さに対抗する何か、別種の強さの存在さえ感じさせている。この別種の強さとは、因襲の力に対抗する別の因襲の力という意味ではない。因襲に対抗する反発力が集結し、逆襲という力を生み出した例は、過去の歴史にしばしば見られたことは周知のところである。歴史に特別の興味をもっていたジェイムズは、それがどんな形であろうと、逆襲、つまり、逆に挽き潰す力になる可能性をかなり強く意識していたと思われる。いずれにせよ、ジェイムズが「碾き臼に挽かれる」という言葉を使う時、それは因襲と関連した邪悪なもの、あるいは破壊的な大きな力を表しているが、同時にそれは必ずしも完全に叩きのめす程の力はなく、相手の再起力をさえ促すものであるという考えを示している。この小説が因襲に叩きのめされて立ち上がれないイザベルを描いたのではないとすれば、彼の創作意図はどこにあったのであろうか。

　本論の「序論」で言及したように、ジェイムズは1907年—1909年のニューヨーク改訂版発行のおりに、『ある婦人の肖像』の「序」に、「運命に対峙する若い女性（a certain young woman affronting her destiny）」を主人公にする（III：xii）という説明をつけている。これは先の『創作ノート』に書かれた「因襲の碾き臼に挽かれた女性」の記述と矛盾するものではない。『創作ノート』と「序」の執筆時期が異なるので、このことに関する作者の創作意図が変化したのではないかと推測するとしたら、それは誤りである。なぜならこの『ノート』の直後に書かれた初版においても、その25年後の改訂版におい

ても、ラルフの臨終場面における「碾き臼」という語は変わっていないからである。また本論文で後に引用する四十二章の、イザベルの苦難に対処する積極的態度 (IV：189) や、五十二章に見られる、ラルフの死を思いながら、自身の心を元気付け、未来を信ずる様子を描写した部分 (IV：392-93) も共に、初版、改訂版において変わっていない。このように見てくるとジェイムズが『創作ノート』と「序」に表した創作意図に大きな相違は認められないのである。

　それでは次に、「序」に見られる「運命に対峙する」という意味をより正確に知るために、ここで使われている「運命」という言葉について考えてみよう。ジェイムズの小説中にはしばしば「運命」という言葉が見られるが、『ある婦人の肖像』においても、それは例外ではない。ジェイムズはこの運命（destiny）を fate や、lot と特に区別をしないで使用し、いずれも個人、あるいは人間（人類）の「運命」という使い方をし、主として「人生」あるいは「物事の成り行き」、「身の上に巡ってくるもの」、「人類の歩んで来た道程、軌跡」を指している。この小説でこれらの語が使われる場合、他人によって、定められ、あるいは影響される人生を指す場合もあれば、自分自身で選択し、自分で定める人生を指す場合もある。しかし、通常『運命』という語が表す「人智を超えた力によって、強く固定された人生」の意で使われている例は、「運命の神の贈り物」(IV：84) のような慣用的なものを除いては全く見られない。[45] 例えば先に言及したイザベルがウォーバトン卿の求婚を断る場面を思い出してみよう。彼女は「もしもあなたと結婚すれば、私は自分の運命から逃げ出すことになります」と言い、「諦めることは私の運命 (fate) ではない」と説明した。申し分のないと誰もが考えているウォーバトン卿と結婚することは多くのものを手に入れるという意味では、世間的常識からいって「諦める」ことにならないはずなのだが、彼女は頑固に自分の運命は「世界を見ること」と主張する。この場合イザベルの使う「運命」とは、

彼女が人生において自ら選び取ろうとする強い意志をもって作りあげる対象を指していると思われる。

　グレアム・グリーンがジェイムズの小説の中に、アメリカの伝統的自由思想と、それとの相克に悩む人間という図式を見、そこに運命の意味を読み取ろうとしたことは周知のところである。[46] この場合の運命とは、人間の意志によって変えることのできない、固定化された宿命を意味する。ところが、ジェイムズの小説には、キリスト教の唯神論に見られるような、固定化した運命観、あるいはその運命に伴う人物たちの固定化した役割は、表現されていないのである。

　ピピンがジェイムズ小説における人物たちの行為の善悪判断は、難しいと述べていることについて先に触れたが、彼が例に挙げた『鳩の翼』のデンシャーの場合を見てみよう。デンシャーは、ケイトと謀ってミリーの死期を早めた悪人とも取れるし、常に善なるもの、良いものを求めて迷っていたとも取れる（Pippin 15）。デンシャーに限らず、当然、悪人と見られても仕方のない筈のケイトもジェイムズの小説においては、かなり同情を持って表され、しかも小説の前半では、女主人公と誤解されかねない、詳細で好意的な表現をもって描かれる。同じように『ある婦人の肖像』のオズモンドは、マール夫人と共に、イザベルを裏切った人物として示されるが、ジェイムズは彼を必ずしも悪人として強調していない。ジェイムズの文学にあって、善人、悪人の運命をもって描かれる固定化した人物像はほとんど存在しないといって良い程、その判別は困難である。イザベルの周りの人物たちの行為は、彼女が「世界を見たい」という願いを持った時に生じた状況、あるいは彼女に与えられた条件を表すという役割を果たすことに主として資しているのである。[47] この「状況」あるいは「条件」は、物語の中で、主人公の出会いや恋愛、結婚、裏切りの発見といったものと共に進行し、その先に、「碾き臼」に挽かれた状況のイザベルの姿が映し出されている。しかし、作者はこの小

説をここで終わらせていない。碾き臼で挽かれたままの状態を、イザベルの最後としてはいない。ジェイムズが「序」において「運命に対峙する」と表現しているのは、このことと大いに関係がある。ここで使われているaffront という語は confront（向かい合う、直面する）の意ではなく、毅然と対峙するの意なのである。[48] このような「運命」という語の使われ方、あるいは、他のいくつかの例――「私は自分で自分の運命（fate）を選ぶ」と、グッドウッドに告げる場面（III：229）や、ラルフがイザベルのために素晴らしい運命（destiny）の未来図を描く（IV：69）など――を見ると、ジェイムズがイザベルに関して「運命」という言葉を使う場合、それは、始めから決められ、変えようのない、固定化された概念ではなく、条件として与えられている現在の状況を「変えることが可能なもの」の意を含むものなのである。そして、「序」に表された「運命に対峙する」という言葉は、イザベルの人生に今、巡って来た困難に抗して、行動を起こそうという意味なのである。同じように、「碾き臼に挽かれた」という言葉も先に強調したようにジェイムズにあっては、「なお、そこから立ち上がり、サンド論に示される如く、逆に挽きつぶす程の力を発揮する潜在力を残す」ものとして使用されていると見ることができる。このように考えると、『創作ノート』に表された「碾き臼に挽かれる人物」と、ニューヨーク版「序」の「運命に対峙する人物」は自家撞着に陥るものでないことが理解されよう。

　これまで、この小説の描写において、イザベルが、オズモンドとの結婚によって「碾き臼に挽かれた」状態から、どのように立ち上がろうとし、いかに自身を励ましたかを見て来たが、ここにおいては、そのような描写が作者の創作意図と一致するものであることを、「序」の説明を考察することによって、より一層確認しようとするものである。

　ジェイムズは、「序」において、主人公の「真相の発見（finding the identifications）」と「認識の深まり（deepening of recognitions）」（III：xx-xxi）の重

要性について詳しく述べているが、「真相」とはこの場合、「実体」あるいは「正体」とも呼べるもので、これは、いわば主人公の「認識の転換」と「その後の行動」の契機となるものであり、また作者が、イザベルを通して最終的に何を描こうとしたかを知る貴重な手がかりとなるものである。それ故、ここでは、この「認識の転換点」ともいうべき「真相の発見」と「真相に対する意識の深まり」の重要性について考えてみることとする。

　ジェイムズの小説には主人公（その多くはアメリカ人である）が、信頼していた友人や伴侶に裏切られ、あるいは欺かれ、ある時点で事の真相が明らかになり、その時点から主人公が真実に目覚め、新たな行動を起こすというパターンが多く見られる。この「認識の転換点」の意味は重要であるが、更に、このようなパターンの中に、ほとんどの場合、真相が偶然の出来事によって明らかになるという点も見逃すことは出来ない。[49]『鳩の翼』のミリーがマーク卿の告げ口から、偶然ケイトとデンシャーの裏切りを知り、死期を早めるが、結局この二人に遺産を遺すという行動を取ることや、『黄金の盃』のマギーがブルームズベリーの商人の話から、偶然夫とシャーロットの仲を知るようになり、自分と父との関係を改め、自分達夫婦と父夫婦の仲を修復したこと、あるいは『使者たち』で、ストレザーが偶然に田舎に出かけ、チャドとヴィオネ夫人の関係を知り、それ以降はその事実を基に行動を取るように認識を改め、自身の生き方をも変えていくこと等、これらはジェイムズの文学を特徴づけているパターンである。

　『ある婦人の肖像』のイザベルの場合にも、「碾き臼」に挽かれ罰を受けたかのような悲惨な状況から、自己の置かれている立場を知り、新たな行動を起こすきっかけとなる「転換点」というものが存在した。それは、既に見てきたように夫とマール夫人の真の関係を偶然知り衝撃を受けるという体験を経て、自己に関する真相を知るという場面にまず表れた。イザベルがあれこれ内省する四十二章は、彼女の意識の流れを綿密に描写しているという点で

も有名であり、また作者自ら、この小説中で最もよく出来た場面だと述べている点でも知られる章である。ジェイムズはこの場面を主人公が「認識を深め、真相を確認する」場面（Ⅲ：xxi）と説明している。つまり、イザベルが真相を吟味し究明するために夜更けまで考えにふけり、厳しくつらい立場に追い込まれている自分を発見する場面であることを強調している。そして主人公が、この真相発見に至るまでの過去を振り返り、自己の道徳理念を沈思し、オズモンドの気持ちを忖度する意識の働きを、「物事を熟視し、冷静に分析する落ち着いた行為」と呼び、「砂漠の隊商の奇襲や海賊の正体を発見する際に感じるような強い好奇心によって表現されるもの」とあえて説明している（Ⅲ：xxi）。このような四十二章への強い思い入れは、真相に対する主人公の認識と行動の関係をも書き表そうとする作者の心意気を反映するものであるが、イザベルの「認識の転換」に関して言えば、これに先立つ、マダム・マールとの出会いもそのひとつである。このような、いわばきっかけとなるプロットを用意周到に設け、その延長上にこの四十二章を配し、イザベルの真実発見と、発見したものの認識の深まりと、次の行動への立脚点を明確にしているのである。作者はここでイザベルに「今迄自分が、これに気付かなかったのも不思議だ」（Ⅳ：188）と述懐させているが、これは小説の始めの部分の明るさから、結婚後の暗さへの急展開の事情を——つまり、イザベルの人生に対する肯定的で積極的な態度の特徴を描いたものから、「真相の発見」をきっかけに、オズモンドとの対立を中心とした、陰鬱で不信に満ちた心理描写へと転換する事情を——より強調するものとなっている。

　この四十二章でイザベルが「発見した真相」とは、それまで感覚的にしか感じていなかった不信感は正しかったということと、不信の要因は主として「善悪」や「自由」に対する考え方の対立であるということ、そして、オズモンドが正しくない証拠が、ここで幾分はっきり出されたということである。[50]四十二章には、その発見に伴うイザベルの内省の描写が静的、かつ抽象的な

叙述で——つまり、人物の行動より、心に浮かぶ思いを冷静に見つめるという自己分析の形を取り、更に先に見た蛇と花を用いた例に見られるような、詩的比喩や抽象語の多用を駆使し、語り手が出来事や事物の側面や性質を、端的に抜き出し描き出すという方法で——語られており、作者が、このような方法は人物の認識の転換を示すのに、より適切であると考えていることが明らかにされる（III：xxi）。

このように作者はイザベルに四十二章で「真相の発見」をさせ、それを契機に彼女の認識の転換を図り、ここにおいて、善悪の判断と自由の問題をより一層明確に打ち出しているが、ジェイムズがこの小説の目指す目標に、道徳観を含ませていたことは重要なことであり、これに関して「序」の前半部に見られる説明を要約すると次のように表されるであろう。即ち、「芸術作品は作者の道徳性を投射するものであり、道徳とは作品の主題と作者の知性の綿密な結び付きに他ならない」（III：ix-xi）

このような「序」における道徳観と作者の関係についての説明と、これまで見て来たイザベルと夫との対立の描写を合わせてみると、四十二章の発見の場面で重要なことは、それまではっきりとは気付かなかった、夫との対立点の内容が実は道徳に関することであると明らかにされたことである。そして、四十二章に至るイザベルと夫の関係についての詳細な描写は、イザベルが善悪の判断をする際に慎重な吟味の過程を経ていることを示している。つまり、夫との対立の根本問題は、それまで語られてきた様々なこと——即ち、イザベル側の一方的な言い分である可能性や、イザベルが多くの欠点を持っていること、あるいは、結婚したら夫に従うべきだと自身に言い聞かせてきた事など——が、話の総てではなく、これは真相発見の準備段階に過ぎないことを示している。作者はこのような経過を経て、始めて夫の側が正当でないという証拠を出しているのである。この証拠は、依然としてジェイムズ独特の曖昧性を含んでいるものであり、後に見る五十一章と比べ、幾分弱いも

のではあるが、それ以前の章で描かれたものと比較すると、かなりはっきりした描写となっている。この四十二章は、イザベルに夫との対立に関する真相をより強く認識させる第一段階の役割を果たしているものである。つまり、本論の前半で見た夫婦の対立の原因には、たとえ、イザベルの独り善がりや思い込みの激しさ等の欠点が綿々と描かれようとも、その根本に「自由」に対する考え方や「善悪」の判断基準の相違等、道徳上の問題があることを明らかにしている。そして、作者が「序」に記している「作品に自己の道徳性を投射する」という意図は、この四十二章において、ひとつの山場として実現されているのである。

　ところで、先に言及したように、この小説にはイザベルが小説の最後で方向性を決定する要素として四十二章の他に、もうひとつの重要な主人公の認識の転換点が設けられている。それは五十一章であり、これはある意味で四十二章よりも重要な要素を含むものとさえ考えられる。ジェイムズは、「序」において四十二章について述べたような詳しい説明を五十一章については行っていない。しかし、『創作ノート』には、五十一章について明確な言及がなされ、イザベルが二つの更なる新しい事実を認識した時、「彼女のオズモンドへの公然たる反抗が加速する（precipitating her defiance of Osmond）」ということが記されている（18）。その二つの事実とは、パンジーが誰の子であるかという事実と、イザベルの遺産は、実はラルフの意志であったという事実である。この事実のうち、後者は前者が明るみに出たことを契機に、マール夫人によって誘引されたものであり、読者はすでにこの事実を知っている。しかし前者については、イザベルは勿論、読者にも、それまで知らされていないものであり、作者は、五十一章のほとんど全部を割いてこの真相発見状況の描写に当てている。この前者の事実を描き出す作者の用意周到さは、その直前の夫の言動とイザベルの複雑な心理をまず先に描き出すことで、絶妙な効果を促す。つまり、真相発見の場面の前に、ラルフの見舞いに行く妻

に夫が反対を唱え、夫婦の口論があり、自分の行動に対する妻の自責の念や、夫に対する不信感が描かれ、次に妻の、今後の生き方についての、いつもの肯定と否定の重層的心理描写の場面があり、その直後、突然、イザベルにも読者にも全く知らされていなかった新しい事実（真相）が明らかにされる。それはイザベルの無知に不意打ちを与えるジェミニ伯爵夫人の衝撃的な告げ口という形をとって表される。

　この時からオズモンドへの公然たる反抗が加速するのは、イザベルのオズモンドへの認識に大きな変化が生じたからである。それまで彼女を支えていた自己の選択に対する責任感は、その責任に正当性があることが前提となっていたのであるが、その前提が大きく崩れたのである。[51] 五十一章までは、夫との価値観の対立、夫との自由に対する考え方の相違に対する困惑、夫とマール夫人に対する不信、そして、その根拠へのかなり高い確信があったにしても、依然として自己の選択に対する義務と責任がその行動の礎にあった。その義務感と責任感の具体的行為の一つは、自分と夫の間柄が、相当険悪であるという事実をラルフに隠していたことであった。そして、四十二章で夫が正しくないという確信を得た後でさえ、「人生の中で、最も重大で、唯一、神聖な行為である結婚を否定することに比べれば、どんなことも、これよりよほどまともだ」と考えていることが示される（IV : 246-47）。五十一章でジェミニ夫人の告げ口を聞く直前においてさえ、イザベルは一方で、「私たち夫婦はまともな生活なんか送っていません」と断言し、「もしイギリスに行ったら私が戻ってくるなんて思わないでしょうね」と念を押し、結婚生活の決裂をほのめかし、「イギリス行きを断行するとしたら、これは決裂以外の何ものでもないだろう」（IV : 358）とその胸のうちで問答しながらも、依然として迷っている様子を、作者は描き出している。しかし、ジェミニ夫人の告げ口を聞き、夫人の話が嘘でないと思い当たった時、彼女の夫との関係に対する認識は、それまでのものとは質的に異なる決定的変化を見せる。その

瞬間の描写は「彼女は一撃を食らったように感じ、呼吸困難に陥った気がした。彼女の頭は新しく知った事柄のために、ずきずきと痛み疼いた」(IV: 372)と短く簡潔なものであるが、その直後、彼女はそれまでの迷いをふっきり、イギリス行きを決断したと描かれる。

このように第五十一章は、イザベルが最終的に取る行為の解釈に資する重要な章となっている。『創作ノート』の編者も、この五十一章で扱われた重要なプロット、即ち「パンジーの親は誰なのか」について特に言及し、これを作者が「大きな見せ場 (the great scene)」とし、最終的にジェミニ夫人とイザベルの会話の中にこれを表した経緯を述べている (19)。このように、編者も、この場面における作者の重要な意図を指摘しているのは、注目に値することである。

次項においては、五十一章以降に見られる、イザベルと夫との関係についての描写、及び、これまで見て来た、イザベルと夫の対立の特徴、そして、小説の「序」、『創作ノート』、先行研究を勘案することにより、イザベルの最終的な行方の根拠を探りたいと考える。

5．運命に対峙する（ゲームを拒否する）

『ある婦人の肖像』の五十一章とそれ以降最終章までの五章は、イザベルと夫の関係に、それまでとは異なる決定的な要素が加えられたことを表している。そして、それと密接に関連してイザベルの未来に向かう方向が指し示されている。五十一章に描かれたジェミニ夫人の告げ口は、これを境に、イザベルの行動基準に大きな変化をもたらすものであり、これは、イザベルの未来を考察する上で重要な意味を持つ。

次に見るトランプの比喩を用いた描写は、ジェミニ夫人の告げ口の前まで、イザベルが置かれていた立場において何が問題の核心であったかをイザベル

自身の自己分析的心理描写を通して明らかにしている。

　　今になって、自分に関係している多くのことに無知であったことがイザベルには分かった。これは、いわば、揃っていないカードでトランプをしていたようなものだった。

　　... now that she knew something that so much concerned her and the eclipse of which had made life resemble an attempt to play whist with an imperfect pack of cards, .. (IV：390-91)

　このトランプ・ゲームという一見、優雅なイメージの比喩をもって描き出されるイザベルとその回りの人間関係は、実はオズモンドとマール夫人が考え出した巧妙な仕組み――つまり、イザベルを利用するという不公正な仕組み――を中心に据えた構図の上に成り立っていたのである。トランプ・ゲームの比喩は、この構図における問題点を明確にあぶり出している。トランプを行う前提としてカードが揃っている事が当然と考え、その事に関する限り何の疑いもなくゲームに参加しているイザベルの立場と、トランプというゲームの性質上、カードが揃っていない事実をゲームに参加している当事者が知るのは困難であるという、その二つの重複的特徴がここには同時に表現されている。この場合、揃っていないカードでゲームをしていたという比喩とは、具体的にはイザベルの結婚にいたる経過と結婚後の生活であり、その予想外の発見とは、イザベルが夢想だにしなかった夫に関する情報の内容である。つまり、これまでにも、夫との考え方の対立感や、夫に対する不信感、あるいは自分の選択の誤りを認めざるを得ない冷酷な事実というものは経験しており、そのために心が暗くなることはあった。しかし、このトランプに例えられる夫の不公正に関する新しい認識は、イザベルにとってまったく思

第一章 『ある婦人の肖像』 119

いがけない、大きな衝撃であった。先に見たように、作者はこれをジェミニ夫人の告げ口事件を契機に明確に表したのである。

　作者は、このオズモンドの不公正なやり方について「イザベルを道具のように利用する」という言葉に凝縮させて語り手に次のように語らせる。「イザベルは自分が壁に架けられた、取っ手のついた道具のように──木と鉄でできた、単なる道具として、感情のない便利なものとして──利用されていたというありのままの、乾いた事実を直視した」(IV：379)。この乾いた事実とはオズモンドという人間が、自己の利益優先のためには、他者を道具のように利用して恥じないという事実である。これは、イザベルにとって、それ以前の夫との対立感とは比べものにならない、一層深刻な打撃であることが示される。ジェイムズが人物の不公正な面を描く際、このような「他者を利用する」という点に言及するのは、この場面に限ったことではない。作者は、イザベルと伯母との会話にもマール夫人がイザベルを利用したことについて語らせ、これは人間として非常に悪いことであるという考えを挿入している (IV：410)。

　ところで、五十一章以降、イザベルの態度に明らかな変化が起こったことは、既に「イギリス行きの決心」に関して述べて来たが、更にイザベルが最終的決断へ向かう伏線として描かれるいくつかの現象を取り上げておこう。まず、マール夫人とイザベルの間に起こった変化が描かれる。マール夫人には、その後のイザベルが全く別人に見えてきたことが次のように表される。「そこに立っているのは、マール夫人がこれまで見てきた人物とは違っていた。それは夫人の秘密を知ってしまった、これまでとは違うイザベルなのだ」(IV：378)

　イザベルの変化はラルフとの関係に最も顕著に表れる。彼女はそれまで自分達夫婦の不仲をラルフに隠す努力をして来たが、それは、新しい事実の発見と共に終わりとなる。結婚に反対していたラルフに、「オズモンドは金の

ために自分と結婚した」と長い間秘密にしていた心中の苦脳を吐露することで、彼女のそれまでの結婚に伴う義務感に転機が訪れたことが示される。ジェミニ夫人からオズモンドに関する新しい衝撃的な真相を知らされたことに加え、多額の遺産の贈り主はラルフだったという事実を知るに至り、彼女にとって、今や死の間際にあるラルフはこの世で一番大切な存在となる。この新しく知った真相は、それまでイザベルが夫にラルフのことで遠慮し、結婚の絆を従兄ラルフとの絆より重視しようとした努力の正当性を問うものとなる。イザベルとラルフとの関係についての真相が明らかにされる時点になってさえ、夫オズモンドのラルフへの態度は、「自分にとって何の意味もない存在」(IV：355)と断言してはばからないものである。このような場面を作者があえて加えている事実は、五十一章以降のイザベルと夫との関係に更に深い溝が出来る可能性を予測させるものである。

　先に言及したようにジェイムズの小説には、親しい友人による裏切りのテーマが多いが、この親しい友人の裏切りは、次の二つの点で、その悪はより一層強いドラマ性を持つものである。即ち、親しいが故に、無防備で相手を信用していることを利用する点と、親しいが故に、知り得る情報が多いことを利用する点において、悪は一層その色彩を濃くするのである。ここに描かれるオズモンドの裏切りは、嘘、男女の不義、と共に「人を利用すること」といった要素を伴って強調される。

　この五十一章に描かれるイザベルに対する裏切りはイザベルを奈落の底に突き落とすが、同時に、イザベルの夫に対する認識をより新しいものにさせ、彼女の夫に抗う態度を加速させ、彼女の行末の見通しに転機を与えた。つまり、断固としてイギリス行きを実行させ、ラルフに自分たちの関係を隠すことをやめさせ、ローマに戻らない可能性の発言を再度表明させた。

　しかし、一方ではジェイムズ独特の重層的肯定と否定の表現が、五十一章以降全く姿を消すわけではない。イザベルの結婚生活を続ける意志に関する

肯定とも否定とも取れる発言は、五十一章以前よりはるかに少ないにしても、依然として存在するのである。このような重層的表現は、それまでのイザベルの確信の無い状況を描写する目的とは幾分違った役割を持つことになる。つまり新しい発見をした後も、イザベルの心中は依然として複雑で、すぐには方向転換が出来ないことを示す。そして、その後の、それまでとは全く異なる新しい決定は熟慮と苦汁の末ようやくなされたために、これはより印象的に、より意味のあるものになった。

　このような、依然として表現されるイザベルの決断の不明確を表す一つの例は、ラルフにオズモンドの元へ戻るかと聞かれ、「さあ、分からない。今は言えない」と答えているところである。しかし、このことをもって「彼女が夫の元へ戻る」と見ることは出来ない。なぜなら、この発言の後、彼女は「今は、それは考えたくない。考える必要もない。あなた（ラルフ）以外のことはどうでもいいの。今はあなただけのことしか考えられないの」(IV：415-16) と言う。彼女にとって今は一番大切な人であるラルフの今際の時に、オズモンドの問題は必要のないものになってしまっているのである。言い換えれば、イザベルにとって、「オズモンドの元へ戻るか否か」は、今や、重要な問題ではなくなっているのであって、イザベルが「分からない」と答えたことは、決して「オズモンドの元へ戻る」という方向に優位性を与えるものではない。

　もう一つのイザベルの、一見、不明確と見える発言の例は、修道院におけるパンジーとの会話の中でなされる。ここで、イザベルは「夫の元に戻るか分からない」と言い、同時にパンジーにはローマに戻って来ると約束している。ヘンリエッタは、後に、このことについて、イザベルを批判するが、修道院という特殊な状況の中で、パンジーの抑制された少ない言葉に表される、必死の懇願を読み取るイザベルにとって、「パンジーのところに戻る」と約束する行為が自然なことであるのは、いかなる読者にも容易に理解できるこ

ことと思われる。特殊な父母の事情に関する話の内容と、修道院という場所、そしてパンジーに同情する状況における約束は、第3項でも扱った通り、オズモンドの元へ戻るか、戻らないかの直接的判断とは別のものである。

　このように五十一章以降においても、イザベルが夫と結婚生活を続けるか否かに関するジェイムズ独特の重層的肯定と否定の表現は、依然として続いているかのように表面上は見える。しかし、オズモンドとの生活に戻ることを明確に肯定するいかなる文章もここには存在しない。小説の終わりに近い部分には、イザベルの将来について、イザベルとヘンリエッタが話し合う場面がある。ここにおいて唯一オズモンドに関して言及されるのは、オズモンドは、これからも人生のあらゆる機会に、今回のようなこと（夫の意志に逆らって行動すること）に、大騒ぎをするだろうというイザベルの発言であり、これはオズモンドとの生活を続ける限り、これまでと同じ、耐え難い苦難が続くことの予測を意味している。更に、最終章五十五章において「ローマのことを思い出しただけでぞっとし、そこにいる夫のことを思うだけで突き刺されるような寒気を覚え、ガーデンコートの一番奥の部屋に何日も引き篭った」（IV：421）というオズモンドに対する全く否定的、かつ断定的表現が見られる。五十一章以降に描かれるオズモンド像は、それまでイザベルが結婚の神聖な誓約や義務感の故に自己を規制し、それに従うよう自己を納得させようと努力してきた対象とは、もはやかけ離れたものとなっている。イザベルが夫の元に戻る肯定的理由を積極的に示すイザベルの心理描写も語り手の説明も今や皆無と言ってよい。

　イザベルが引きこもったガーデンコートは、「彼女の心の避難場所（her much-embracing refuge）」（IV：391）と説明されているために、彼女はここですべての思考を停止し、逃避しているという印象を読者に与えかねない。イザベルが因襲の挽き臼に挽かれ、人生に疲れきって、一時的にせよ、人生のあらゆる望みを失い、もうこの世から消えたいと思う気持ちがあったことを、

第一章 『ある婦人の肖像』 123

作者はいくつかの描写に表している (IV：203、392、379)。しかし、このような描写がこの小説に描かれているイザベルの最終的な姿でないことは前述した通りである。そのような絶望状態の描写は、そこから立ち上がる際の描写に、より一層強い対比の印象を与える。実際、次の文に見るように、作者は、人生に対する、より積極的な力強い意志がイザベルに残されていることをも表している。

　　彼女の心の奥深い所に——すべてを放棄したいという思いよりも、もっと深く——、もうしばらくの間は生きていくことが自分の勤めだという意識があった。そしてこのような意識の中に時として、自分を鼓舞し、生き生きとさせるものが存在した。それは生きる力の証拠であった。——それは、いつかまた彼女がもう一度幸せになれるという証拠であった。

　　Deep in her soul — deeper than any appetite for renunciation — was the sense that life would be her business for a long time to come. And at moments there was something inspiring, almost enlivening, in the conviction. It was a proof of strength — It was a proof she should some day be happy again. (IV：392)52

　ここには、鉛のような重さを心に感じ、自分の未来を「まだ、生きるべき人生を持つ女」として想像すると同時に、早くこの世から消えたいという矛盾する心の状態の中で、「心を元気付け、生への意欲をかきたてるもの」の存在を意識し、自己を励ますイザベルの姿が描き出されている。困難に押し潰されそうでいながら、どうにかそれを撥ね返そうとする意識を、　たとえ、頼りなげな意識であろうとも——積極的な方向性への根拠と考え、そのよう

なわずかな証拠が未来への力を与え、可能性を開くという観点を、作者は語り手を通して表現している。

　ところで、このようなイザベルの積極的な生き方は、なぜ夫との関係を改善する方向へ最終的につながらないのかという疑問が生ずる可能性もある。これに対して、確認しておくべきことが幾つかある。その第一点として、イザベルが夫との関係改善に努力した軌跡は本稿においても、その一部を既に取り上げているが、この小説の五十一章以前には、枚挙のいとまのないほど、数多く描写されてきたということである。夫との対立感、不信感を認識し、自己の選択の誤りを認めざるを得ない状況においても、結婚の誓約の神聖な意味、責任、義務を自覚し、離婚をする位ならほとんどんなことも出来ると健気に決心し、実行した様子が描かれていることは確認してきた。更に付け加えれば、従兄ラルフの臨終に駆け付けることに反対された時においてさえ、「妻が逆らうということについて夫の神経がどんなに過敏になっているかが彼女にはよく分かった。夫が自分のことをどう思っているかもよく分かったし、夫がどんなことまで自分に言うことができるかもはっきり感じ取っていた。」(IV：361) と描写され、彼女が常に夫の気持ちを推し量る努力をしてきたことが描出される。また「夫が出かけないことを望んでいるのに、それを押し切ろうとしている自分自身の強引さが怖かった」とも説明され、イザベルが、貞淑な妻であろうとし、夫の気持ちに常に心を合わせようと努める様子が、オズモンドの利己主義、横暴さ、イザベルから見た不道徳性と同じ程、多く描かれている。

　しかし、このようなイザベルの努力の軌跡は、多く描かれれば描かれる程、それはジェミニ夫人の告げ口を境として、別の意味——即ち、その努力は欺かれた基盤の上になされたこと——を明らかにする結果となるのである。つまり、それまでのイザベルとオズモンドの関係には一般に考えられる改善の努力の論理が当てはまらない状況（トランプのカードが揃っていない）が存在

したのであり、いわばカードを揃えてゲームをするという、夫婦のあるべき関係に対する認識がイザベルとオズモンドの間では一致していないことが明らかにされたのである。このような基本的な出発点の一致がない限り、その関係改善（つまり、正常なトランプ・ゲーム）の始まりはあり得ないのである。

　第二に、イザベルが人生で何よりも重んじていたことは、「自由」あるいは、「自己の善悪の判断に信念を持って行動すること」であった。この小説は、イザベルの「自由」についての物語と言い換えられる程に、夫との対立において「自由」が問題にされ、夫から「自由」について圧迫感を感ずることが中心課題となっている。イザベルが自身の「自由」への希求を捨て、まったく夫の主張通りの行動を取るか、夫が彼女の「自由」を理解し、イザベルへの態度を変えない限り、二人の間の対立を解消し、関係改善を打ち立てる道がないのは明白である。この小説の中には、この二つのいずれかの可能性を示すものはその片鱗さえ見出せない。

　一方、この小説はイザベルが自己の「自由」を保持しつつ、未来に向かって、積極的に努力する物語であると考えられるが、その努力の方向性は、自己の「自由」を圧迫する力を払いのけること、即ち、彼女の頭にすでに何回か浮かんだ、夫と別れ、本来のイザベルの希求する「自由」が満たされる方向に、つまり、以前より成長した彼女の考え方や個性が殺されぬ生活に向かうことである。この物語に描かれた時代は、未婚の若い女性が何かをしようとすれば行く手を阻まれる時代だった（Ⅲ：228）からこそ、イザベルの取るこのような方向性が勇気ある積極的なものとして一層大きな意味を持つものと考えられる。

　次の文に見るイザベルの人生観を述べた描写は、彼女の積極的で力強い意志が表現され、その基本的性格は逃避とは相反するものである事が示される。

　　艱難とは、イザベルにとって能動的な状態を言うのであり、それは身震

いすることでもなく、呆然とすることでも、絶望することでもない。それはあらゆる圧迫に対する激しい思考であり、熟考であり、応答であった。

Suffering, with Isabel, was an active condition ; it was not a chill, a stupor, a despair; it was a passion of thought, of speculation, of response to every pressure. (IV : 189)

　ここに示されるイザベルの能動的態度の描写には「碾き臼」に挽かれることを拒否する意志がはっきり示されている。ここに見られる「思考」、「熟考」という言葉には「行為」を連想させる「意志」あるいは、「想念」といったものと関係する認識が表されている。ここで使われる「圧迫」という言葉は、この小説に関する限り、オズモンドのイザベルに対する「圧迫」以外の何物でもない。この小説では、イザベルの「自由」を中心に話が進められたが、それを圧迫するものはオズモンドに代表される因襲の力であった。彼女の「自由」を圧迫する因襲の力に対処する力強い行為を前提としたこの「激しい思考」という語は、イザベル本来の生き生きとし、積極的な態度を表すものとして強調されている。ここには、オズモンドという因襲の権化のような存在に対する自覚と、それに対処する現実的方向性が示されている。ここに表される語は抽象的傾向を持つにもかかわらず、イザベルの未来の生き方に対する積極性を十分に伝えるものである。

　現在の困難の中で逃げることを拒否し、未来に希望を持つ態度は、先に引用した「ただ苦しむために生きる人生」を拒否し、「人生の悩みが繰り返され、拡大されることを感じるだけの人生」を拒否するイザベルの率直な心中を表した五十三章の描写に最も良く表れている。小説の終わりに近いこの場面には、「自分は決して逃げるべきではない。自分は最後まで、ずっと先の

未来まで生き延びなければならない」(IV : 393) という明確な主人公の意志が描き出されている。

　ここに表されている苦しみの人生とは、この小説に綿々と語られて来た、彼女の心に鉛のように重くのしかかるオズモンドと対立する精神生活であり、「人生の悩みが繰り返され、拡大される」という語は、「これからもオズモンドは（ラルフの見舞いに反対したように）大騒ぎを続けることでしょう」と、イザベルがヘンリエッタに言った言葉に表される種のものである。これまで、イザベルが見てきたオズモンドの行動と、その拡大の形とは、例えば、イザベルの金を目当てにした行為を、この先、パンジーの結婚にも適用し、ウォーバトンへもその行為を及ぼすものであろうという予想を容易にさせるものである。こういう夫の行為を容認すること、あるいは、これに慣れてしまうことは、そのような圧迫に対して逃げることであり、これまでに見て来た感受性の鋭いイザベルには出来ぬことは明白である。彼女には依然として積極性があり、自由への希求も衰えてはいない。この小説の四十章において語り手は、「女がこのような誤りを犯した場合、それを正す方法はたった一つしかない——大きな心を持って、堂々とこれを認めることだ」(IV : 161) と述べている。この場合、誤りとは、彼女がオズモンドと結婚したという選択であるが、「大きな心を持って、堂々と認める」の意が、オズモンドとの生活を続けることを意味するとしたら、それは、これが未だ四十二章の「真相の発見」に至らぬ以前のことを描写しているからである。実際のところ、四十章に見られるこの文においては、イザベルが自分の苦しみについて沈黙を守ろうとしていることが、「大きな心を持って認める」内容を表している。しかし、この言葉が、五十一章以降にも生きているとすれば、それは別の意味を持つようになるであろう。即ち、自己の判断に基づき、「運命に対峙する」ことが潔く甘受することになるであろう。なぜなら、これは、再度確認することになるが、イザベルの誤りとは、オズモンドと自己の間に存在する「自

由」及び「善悪判断の基準」に関する考え方の相違に気付かず、結婚したことである。オズモンドとマール夫人が仕組んだカードの揃っていないゲームに、知らずに加わってしまったことである。イザベルの選択は誤りであり、真実を見抜けなかったのは彼女の責任である。しかし、カードの揃っていない責任は別のところにある。揃っていないカードに気付いた時点で、潔く甘受する行為の対象をオズモンドとの生活（カードの揃っていないゲーム）から正常な生活（カードの揃っているゲーム）へと移すべきであるのは、イザベルの信念からいって当然のことである。イザベルは結婚後においても、自分の信念である「自由」及び、「善悪」に対する考え方を捨てたと描写されたことは無い。夫の因襲的考え方が正しいと思ったと描かれたことも一度も無い。この物語はイザベルの「自由」の考え方と、夫の「因襲的」考え方の対立を描いているのであるが、イザベルが自己の「自由」に対する主張を捨てねばならないと信じたと描かれることも一度も無かった。潔く、堂々と甘受することだと、表される文と、前後する文脈には「誤りに対し、堂々と責任を取り、逃げることはしない」という意味が読み取れる。それを裏付けるように、この文には次の言葉が続く。「愚かしい過ちは、1回すればそれで充分だ。特に、それが永久に続く場合は」

この「永久に続く」という言葉も、また、先に言及した、イザベルの「オズモンドは結婚が続く間、大騒ぎするでしょう」と親友に語ったイザベルの言葉を連想させる。イザベルの「自由」を理解する様子など、全く描かれることの無いオズモンドは、「蛇」「山師」「突き刺さるような寒気を覚えさせる」といった形容と共にイザベルの意識の中で生き続け、小説の終わりまで訂正されることが無い。[53] このことはイザベルの立場から見た場合、彼がこれからも「自由」の圧制者であり続けるという予想を容易にさせるものである。

このように見てくると、この小説の開かれた「終わり」の先の、イザベル

の向かう方向性は、イザベルが誤りを犯す前から持っていた、彼女本来の個性——つまり、「自由」を尊び、未来を信じ、積極的に行動を起こす思想——を内包する質のものであると思われる。

　小説の終わりに近い部分で、イザベルがグッドウッドのキスを受けた時の、次の描写は、ジョットカントの解釈とは全く違う意味で、今後のイザベルの方向性を示している。54

　　彼は暗闇をすかして、一瞬彼女を凝視した。そして次の瞬間、彼女は彼の両腕が自分の体に触れ、彼の唇が自分の唇にあるのを感じた。そのキスは白い稲妻のようで、閃光が瞬間的に光り、ひらめき、やがておさまった。…難破した人が水に沈む前に彼女と同じようにあれこれとイメージを頭に浮かべるという話を聞いたことがある。しかし暗闇が戻ると彼女は自由だった。彼女は決して自分の周囲を見なかった。ただその場から全速力で走り出した。…ここまで来てようやく立ち止まり、周りを見まわし、ちょっと耳を澄ませた。それから掛け金に手をかけた。これまでどちらに向かってよいか分からなかった。しかし今は分かった。とても真っ直ぐな道があったのだ。

　　He glared at her a moment through the dusk, and the next instant she felt his arms about her and his lips on her own lips. His kiss was like white lightning, a flash that spread, and spread again, and stayed ; … So had she heard of those wrecked and under water following a train of images before they sink. But when darkness returned she was free. She never looked about her; she only darted from the spot. … Here only she paused. She looked all about her; she listened a little ; then she put her hand on the latch. She had not known where to turn ; but

....　　　　　............
　　she knew now. There was a very straight path. (IV：436)

　ここにおいて「これまでどちらに向かってよいか分からなかった。しかし今は分かった。とても真っ直ぐな道があった」という文は象徴的である。目の前の真っ直ぐな道が、これからのイザベルの歩む道なのである。「以前は分からなかったが、今、分かった」という言葉の中に、これからは、これまでのようにあれこれ迷わない、つまり、揃っていないカードでトランプはしないという、はっきりした決断が読み取れるのである。分からなかったことと分かったことを区別する契機は、ジョットカントの言う「性の体験」ではなく、この引用文中にある「自由の身」という言葉に深く関係するものである。

　「自由の身」あるいは「自由であること」、これこそは、この小説でイザベルが常に求め問題にしていたことであり、また作者が主題として扱ってきたものである。本稿の始めの部分で確認したように、イザベルの人生における主要な選択は、ほとんどこの「自由」の希求を基盤にして来ている。オズモンドを選択したのも、自己の理想とする「自由」の実現がより可能となると考えたからであり、彼との間に対立感が生じたのも、道徳観と並んで「自由」に対する考え方に相違があることに気付いたからであった。今、イザベルがグッドウッドの愛を強く感じながらも、彼を拒否したのも、依然として、自己の「自由」を確保するためであった。作者は、このように、イザベルが「どこに向かってよいか分かった」状態を描く最後のクライマックスの場面にも、この小説の節目で幾度となく表された「自由」という言葉を再び用いることを忘れてはいない。ここにおいて「自由の身」となったイザベルが向かうのは、「真っ直ぐな」道であることが示されている。この真っ直ぐな道は、イザベルが常に問題にしている「自由」の希求と深く結びついているのであって、これがイザベルを圧迫し、悩まし、不幸感を与えているオズモン

ドへ戻る道であるとは考えにくい。この道は、真っ直ぐで、当面は見通しの良い道である。見通しについて言えば、この小説の五十一章以降には、既に言及したように、イザベルとオズモンドの間に対立感を緩和する兆しが皆無であるばかりか、逆に対立が深まり、イザベルにはオズモンドに抗う新しい行動が認められ、イザベルの自由の希求と、オズモンドとの考え方のずれを調整しうる見通しは当面のところ見当たらないのである。この見通しの点から言っても、この真っ直ぐな道はオズモンドへ戻る道ではない。

　この小説は、イザベルが因襲の挽き臼に遭遇し、それにほとんど挽かれてしまう寸前の状況や、彼女の心理状態を中心として描かれている。その過程でオズモンドは、因襲の権化として表される。そして、小説の終わりまでオズモンドがその因襲の権化から変化する可能性は描かれず、彼がイザベルの「自由」を理解し、支援する可能性を示唆する描写も全く存在しない。イザベルが自己の信ずる「自由」及び、「善悪判断の基準」に対する考え方を変えない限り、あるいはオズモンドが自身の考え方を変えない限り、イザベルの「自由」を保障する結婚生活が成立しないのはすでに述べた通りである。後者の可能性を示す片鱗すら、この小説には示されていないが、前者の可能性をイザベルの未来として考えるとすれば、それはこの小説外の物語であり、これは、もはや「自由」及び、「善悪判断の基準」を信念とする個性を持つアメリカ娘の物語とは異なったものとなる。この小説の中でイザベルを論ずる限り、そして、この真っ直ぐな道が「自由の身」と関係する限り、この道がオズモンドへ戻る道でないことは明白である。ジェイムズが『創作ノート』で示唆しているように、この小説に書いてある以外の事柄——例えば、オズモンドの変化、あるいはイザベルの変化——を取り上げ、新しい物語を始めない限り、この小説内で解釈できる「真っ直ぐな道」とはオズモンドへ戻る道を意味していないのである。

　ここに示された「真っ直ぐな道」とは作者ジェイムズが、「アダムズの手

紙」の中でも示している、未来へ向かって果敢に歩み出す道に似た、未だ踏んでいない新しい道を想起させる。

　それは、ラルフの死後、ガーデンコートで、「一番良いと納得出来る期間」(IV：416) 滞在した結果の熟考の末にようやく得た、イザベルの自己の疑問に対する解答であり、グッドウッドとの接触後「死ぬ直前の人間がするように、あれこれ頭の中に思い浮かべる」という体験をした後、初めて確信できた道なのである。そして、これは、この小説のクライマックスとも呼ぶべき五十一章の始めで、イザベルに宛てた電文に書かれた「…サガシテイタアナタノギムハ　モウハッケンサレタカ　ゼヒシリタシ…」(IV：351) という疑問への解答を示すものでもある。[55]

　更に、このイザベルの行末は主として第4項に論じた『創作ノート』と「序」に示された作者の創作意図とも一致するものである。

　この小説において、作者ジェイムズがイザベルを通して描こうとしたものは、「碾き臼」に挽かれる体験を経てなお、自らの心を元気付け、「自由であること」という自己の信念を因襲の圧迫の下に置かず、生への意欲をかきたてる力を依然として保持し、運命に対峙するアメリカ娘イザベルの姿である。これは『使者たち』でストレザーがビラムに語った「生きよ」という言葉、あるいは、『鳩の翼』でルーク卿がミリーを励ました同じ言葉に共通する態度であり、アダムズの手紙にも表された、現在の暗さの中で、未来に積極的に向かう態度なのである。

註

1　オズモンドに戻るとする説の代表例は、順に Dorothea Krook, *The Ordeal of Consciousness in Henry James*. Virginia C. Fowler, *Henry James's American Girl*. Sigi Jöttkandt, "Portrait of an Act : Aesthetics and Ethics in *The Portrait of a*

Lady". Georges Markow-Totevy, *Henry James*. Robert B Pippin, *Henry James & Modern Moral Life*. である。この他、詳しい議論はしていないが、Hillis Miller も "History, narrative, and responsibility : speech acts in "The Aspern Papers"" の中で、「オズモンドに戻る」と言及している (195)。更にマルキシズムの立場に立つ Arnold Kettle あるいは、イザベルの個人的性格を論ずる A. N. Call、オズモンドの悪を善に導くためという説をたてる L. H. Powers 等、枚挙にいとまがない。

2 Matthiessen が James の推測的表現として言及している小説中の箇所は次の通り。James, *The Portrait of a Lady*, IV : 331.

3 James の曖昧性を論じたものの代表例は Edmund Wilson, "The Ambiguity of Henry James." *The Triple Thinkers*. (88-133) であり、James の曖昧性を文体の面から分析しているものは、Seymour Chatman, *The Later Style of Henry James*. である。

4 小説が終わった後のイザベルの方向については「一応完結している小説」の外にある話であるので、小説内に「オズモンドの元へ戻った」、あるいは「戻らなかった」と明記されていないことをもってのみ、「戻った」とか「戻らなかった」を証拠だてることは出来ないと思われる。

5 Hocks は「開かれた終わり」の特性を、兄 William James の *Pragmatism* に示された「宇宙における物事の結びつき」の概念、あるいは「連続性」の概念との関連で示唆している。更に、彼は Walter Pater の *The Renaissance* を例に取り上げ、James の小説の終わり方との相違を論じている (66-67)。James の小説の終わりが開かれていることについては、Freedman や Jöttkandt 等多くの研究者によっても議論されている (Freedman 162, Jöttkandt 70)。

6 James の主要作品、*The Golden Bowl*、*The Wings of the Dove*、*The Ambassadors*、*The American*、あるいは比較的初期の *The Europeans* 等は、その例である。

7 Matthiessen は、その論文の中で「イザベルは夫の元へ戻ったか否か」を議論の中心に据えておらず、もっと幅広い問題を扱っている。そのため、イザベルが夫の元へ戻ったか否かについては、本稿に見たような短い論評を述べるに留まっている。筆者は Matthiessen の捉えた感覚はかなり正しいものであり、後の様々な諸説と比較し、James の文学の本質に近いものを摑んでいると考える。しかし、Matthiessen 以降の研究者のうち、Richard Hocks は例外的な位置にあると思われる。その詳しい内容と理由は別の機会に譲るとして、ただ一点、Hocks の方が Matthiessen より、James の文学におけるプラグマティズム的要素に関して、より多くの論拠を提出し、より詳しい説明を行っているという点のみ、ここに記しておく。また、「イザベルの行方」については、Hocks もこの事柄に関する直接の議論をしておらず、両者の

議論の絡み合いはないが、HocksのMatthiessen批判の一端に見られるプラグマティズムに関する主張は、イザベルの未来を解釈する場合に、一つの有力な参考になり得るものと思われる (Hocks 27-29, 41-42, 218)。

8　Freedmanは、Jamesの時代に、道徳基準の判断を趣味や感受性に委ねるという論議や考え方があったことを指摘している (47-78)。また、WilliamもPragmatismの中で、唯物論と唯心論の議論が美に関する好き嫌いの論争となっていることについて述べている (36)。

9　Jamesと金、あるいは物と精神の関係は、ここで取り扱うには大き過ぎるテーマであり、ここでは提示のみに留めることとする。拙著『ヘンリー・ジェイムズ研究──インク壺と蝶』は、Jamesが金の存在に全く無関心でない点に言及している。

また、Jamesの「金」の問題を考察する際に、Jamesの兄Williamの哲学でいう、いわゆる「調停者 (a mediator)」の概念は重要な鍵となると思われる。つまり、どちらの考え方が正しいかという問題は、「リスと木」の有名な例えで語られるように、どちらの考え方が、より有効性を持つかという問題に帰するとするものである (*Pragmatism* 17-32)。

10　本文にあげた研究者の他、Richard Poirier、W. T. Stafford、Arnold Kettle等も「自由」について論じている。BellやPoirierは、Jamesが現実の人間世界で自由を尊重し、属性を安易に断定しない、いわゆるリベラルな態度を取ることと、イザベルの「自由」を描いていることとは、密接に関連すると論じている (Bell 88-89, Poirier 204-5)。

Jöttkandtは、この小説の中心的課題がイザベルの「自由」に関する哲学的問題であると言う (67)。Armstrongも、「自由」と「必要性」の議論を展開する中で、イザベルの「自由」を中心的に扱っている (109-11, 119, 128-33)。

Krookはウォーバートンが、イザベルのアメリカ娘の特徴とも言える「自由」への指向を理解していないという点から、イザベルの「自由」を問題にしている (Krook 28)。W. T. Staffordは、イザベルが人生の試練を通して、「自由」への意識に一層の強さと、深みを増したと論じている (Stafford 117)。Kettleもこの小説は「自由」についての物語であると主張している (Kettle 97)。ただし、彼は、イザベルの「自由」に対する観点が過剰に楽観的であったため、彼女の運命が悲劇的なものとなったと考えている (Kettle 100)。これらの議論はこの小説において、イザベルの「自由」の問題がいかに大きな位置を占めているかを示すものである。

11　Jamesの文学とKantの哲学をこのように結び付ける研究例は次の通りである。Pippin 26-27, 30, 49, Jöttkandt 83, 85.

12　「蛇と花 (a serpent and flowers)」という組み合わせは、もともとShakespeare

の作品中に多く扱われている。cf. "The Serpent and the Flower" in Shakespeare's *Romeo and Juliet*, Act III, Scene II, Line 73. *Macbeth*, Act I, Scene V, Line 67. *Pericles*, Act I, Scene I, Line 132.

13　"The Art of Fiction" が文字通り「小説の技法」と訳されている例もある。Besant の元のタイトルを考慮してこれを生かすという考え方によるものと思われる。しかし、James がこの論文を執筆した動機とその論議の内容を考慮し、本稿においては、小説の芸術性に重きを置くタイトルである「小説の芸術」を使用することとした。

14　cf. Edel, *The Life*・2, PP75-78.

15　ここにおいて「決めた」と表現しているところに、これが固定的な考え方ではなく、選択の考え方であるという James の特徴が示されている。なお「裕福と美徳」の考え方に関する描写は、イザベルの特徴、ひいては James が描こうとしたイザベル像とも関係が深いものであり、これは、註8及び9の問題と連動する。

16　cf. Hutchinson, P99, V. C. Fowler, PP73-76, Krook, PP29-61.

17　アメリカ人対ヨーロッパ人の対立に代表される異文化対立についてはすでに従来の James 研究において、ある程度の論議が確立し、アメリカ人の無垢、無邪気、無知、対、ヨーロッパ人の洗練、老練、老獪の対立の構図がよく知られている。しかし、それらと道徳の絡み合いについての議論は、Pippin が指摘するように、小説の時代背景に見られる「資本の蓄積を貯えたアメリカ人」という面に対する分析が欠けている点等を含め、未だ完全に論議尽くされたとは言い難い面がある。

18　「嘘をつくこと」に関する James の拘泥については、James の文学における米欧文化対立のひとつの重要事項として扱われ、特に *The Europeans* においては、主要なテーマとなっている。また、*The Golden Bowl* や *The Wings of the Dove* において、これは裏切りのテーマとも関連し、特に近来、「倫理と実存」の問題として、少なくない研究者の議論の対象となっている。cf. Paul B. Armstrong, PP10-12, PP139-41.

19　この小説における語り手は、一貫して第三者的視点に立って物語をすすめるという形をとっている。物語がイザベルを中心としたものである故に、語り手はイザベルの行為や心理を中心に描写を進める。この語り手の役割は作者が「序」で説明している「主題の中心を若い娘自身の意識の中に置く」(xv) という方針や、「イザベルに、まわりの人や物に充分関心を持つようにさせる」(xv) という配慮、あるいは「イザベルが多様性を持つ人間だということを明らかにするために、様々な角度から照明を当てる」(xviii) 工夫などを実行する、いわば作者の代理人としてのものである。この物語に関する限り、語り手は作者の目的に沿ってその役割を忠実に果たしており、その意味で、この語り手は作者の考えを相当程度反映していると言ってよい。

20 このような一つの事柄に対し、肯定と否定の表現がしばしば見られるのは、人物（この場合イザベル）の思考過程の複雑さと深さを表現することに寄与すると思われる。筆者はこのような James の肯定と否定の繰り返しの表現を、一応「重層的表現」と呼ぶこととするが、これは Jöttkandt が指摘する二つの対立する価値観——例えば、life と art、the real と the ideal、the private と the public 等——の表現方法であり、M. H. Abrams の言う Hegel の弁証法のモデルであり、Daniel Fogel が "spiral return" と呼ぶもので、いずれにしても、「否定と回復」の特徴を含むものであると思われる (Jöttkandt 67-68)。

21 cf. Bell, PP90-91.

22 ここに使用した「意識」という語は、本稿の他の箇所で使用するものと同様、ほぼ『広辞苑』の説明通りの意である。同様に「認識」という語も『広辞苑』にある以上の特別な意味は持たない。従って、James の兄 William の使用した用語である「意識」という語を、James がどの程度意識したかをここでは特に問題にはしない。ただし、Hocks の言うように、James が意識的、無意識的に兄の影響を受けていたことを筆者も認める立場に立つものである。また兄 William が、それまで考えられていた哲学上の「意識」の概念を静止したものではなく「流れるもの」として捉えたという点と、James の小説に「意識の流れ」が表されている点は、一般に周知されていると考える。

23 James が歴史に対して造詣が深い事は周知のところであり、また彼が「歴史感覚」というものをしばしば問題にしていることは、彼の文学の随所に表される。特に「小説の芸術」の中で、歴史と小説は共に「人生の真実を再現する」と指摘し、両者とも人間の想像力に働きかける力が大きいという点で共通すると言う (51)。彼の Autobiography には、子供の時の歴史に関する鮮明な思い出が記されている。そこには、一夜にして、王である人の運命も変化する事実を知った時の驚きが記され、また子供のときに見た歴史画と歴史に対する思い出が詳しく語られ、これが彼の「歴史感覚」を醸成する第一歩であったことを伺わせる。また彼が、歴史に対する観点について、後年、兄と議論した様子は Bell (191) に示されている。

24 Hocks は兄の Pragmatism に書かれている多元論的宇宙及び、世界観の著された文と弟の The Future of the Novel に著された宇宙及び世界の歴史に関する文を引用し、その共通性を示している (93)。ここには、その要点のみを記しておく。即ち、William は、Pragmatism において、「宇宙のあらゆる細目が唯一の目的に奉仕する」という一元論的観点に立たず (107-8)、「宇宙は網の目のような形、あるいは鎖のような形で実際に存在し、これらの形が宇宙を連続的なものにしている」という多元論的観点に立ち、「世界の歴史を一条の縄になぞらえ、それを形成する繊維の一つ、一

つが別々の物語を語っている」(113) と見做す。

一方、James は *The Future of the Novel* において、「人間の経験は限られることなく、完成することもないもので、これは細かい絹のような糸からなる、一種のクモの巣のようなものであり、それは人間生活のかすかなヒントをも取り上げ、人間の動きを新事実へと変えていくものだ」と述べている (12)。Hocks は、弟 James が兄の観点である「世界歴史における、各々の繊維の意味」をクモの巣として捉えていると述べ、この兄弟の「連続性」に対する共通の視点を指摘している (93)。なお、Hocks は、William の *Pragmatism* で扱われる「連続性」の概念は、「信ずる意志」、「想念の真理化」と呼ばれる概念とも関連し、プラグマティズムの基本である「意識」と「行動」の「連続性」に関係した、未来に対する積極的態度がその特徴であり、この要素は James の文学にも表れていると言う (60-61, 99, 112, 209, 214)。

25　James は、兄 William と共に、19世紀のアメリカ東部における、キリスト教文化の色濃い背景をもつ環境の中で育ったが、父の方針により特定の宗派の信仰を持つことはなかった。しかし、兄 William が、その著書でしばしば「我々、新教徒」という言葉を使用しているように、この兄弟にとって新教が馴染みのものであるに比し、ローマカトリック（旧教）は異教であったと言えよう。

26　Matthiessen は、T. S. Eliot が James の宗教に対する態度を「宗教的ドグマに対して無関心であること (indifference to religious dogma)」と「精神的な真実に対する、稀にみる深い意識を持つこと (exceptional awareness of spiritual reality)」との共存と呼んだことを、全く正確な表現だとした上で、しかし、Matthiessen 自身は「霊魂の不滅と確固たる想念の世界を信じ、同時に天国へ入るための地上における精神的訓練と準備の理論を保持しつつ、神の中に自己の人格を埋没させることを望まなかった」と更に深い洞察を示した (MP 145-48)。このような James の宗教観には、兄 William の宗教観に近いものが認められる。

William は多元論者であるにもかかわらず、心情的にキリスト教徒に近いものを持っていた。その一つの現れは、自分の提唱するプラグマティズムが合理論と同じくどこまでも宗教的であることをやめないとする考え方であり、「いつの日にか、唯一の全知全能者、あるいは唯一の起源というものが明らかにされ、考えられるあらゆる様相によって固く結合され、統一された宇宙における全状況というものが、もっとも仮説的なものとなる時が来るかも知れぬことをプラグマティズムは承認する」(*Pragmatism* 62) という立場に立っている。このような立場は「想念の真理化」や「信ずる意志」という考え方とも関連するものであり、行動の積極性を示すものである。これに対して、James がそのような思想を明言することはなかったが、このローマの廃墟の場面に見られるように、あるいは、彼の他の著作に見られるように、そこに扱

われる宗教への態度には William のそれと共通したものがある。
27　Hocks や、Myler Wilkinson は、この手紙文をプラグマティズムの特徴が顕著に出ている例として取り上げている（Hocks 53, Wilkinson 153）。
28　Adams から James に宛てた手紙は紛失してしまっているが、その内容は同じ時期に Adams から Elizabeth Cameron に宛てた手紙によって容易に推測できる。cf. Henry Adams, *Letters of Henry Adams* (1892-1918), P622.
29　James が晩年になって厭世主義を深めた大きな理由として、Matthiessen は、1914年の第一次大戦勃発を挙げている。
30　Matthiessen 自身も James が、イザベル・アーチャーによって最も完全に表現したのは、「逆境に挫けぬ、内面的な自立精神である」と述べている。しかし、同時に James を傍観者と見ており、行動的でないと結論付けている（MP 186）。
31　Hocks は、William の哲学における「連続性」の概念と関連する「意識と行動」の概念も James の文学に見られると述べ、特に *The Golden Bowl*, *The Wings of the Dove*, *The Ambassadors*, "The Real Thing", *The Spoils of Poynton* を中心に論評している。
32　Edel が「条件つき」と呼ぶジェリーの流し型の例えは、次の箇所に見られる。*The Ambassadors*, XXI：218.
33　William は、軟らかい心の人として、合理主義的（「原理」によるもの）、主知主義的、観念的等の特徴を挙げ、硬い心の人として経験論的（「事実」によるもの）、感覚論的、唯物論的等の特徴を挙げ、人間の傾向を二つのタイプに分けている。cf. THE TENDER-MINDED, THE TOUGH-MINDED (*Pragmatism* 4).
34　Edel と Hocks の相違は主として次の点である。即ち Edel は、William の考えを Vivas と同じ様に「薄められたダーウィニズム（attenuated Darwinism）」と呼び、決定論を信じるものと規定している。他方、Hocks は William が Bergson を学んで以来、若い時信じていた決定論から解放されたとして、これを重視している（Hocks 61-63）。
35　「イザベルは思想はともかく、道徳的誠実さにおいて、断固とした清教徒の孫娘（a granddaughter of Puritans）」と Matthiessen は規定している（MP 185）。一方 Pippin は、この語（Puritan）をより厳密に扱い、イザベルの性格を The utilitarian and Puritan convention との関連で捉えている（130）。
36　Pippin と並んで、Armstrong は James の文学におけるカント的要素を指摘する（41-117）。Hocks も Kant と James の文学の関連を示唆している（Hocks 9, Chap. 4, n. 28）。Jöttkandt は、「パンジーに戻る説」を主張しているものではないが、やはり Kant を援用している。しかし James と Kant の直接的関係は今迄のところ殆ど研

究がなされていない。
　下記の著書はJamesの文学と古典書の関係を調べ、約二十人の作家に言及しているがKantには言及していない。Adeline R. Tintner, *The Book World of Henry James*.
37　Jöttkandtは、イザベルの繰り返しの行為は、Kierkegaardの繰り返しの概念と類似している点を指摘する。即ち、両者とも「繰り返すという行為」が、自己の経験の領域外のものに遭遇するという新しい体験を通じて、美的様相から、倫理的様相への移行が強化されるという（86）。また、トラウマ（trauma）とはイザベルの場合、最初の選択を誤ったという精神的外傷を指し、これがイザベルに二番目の選択をさせたとJöttkandtは主張する。
38　cf. Edel, *The Life*・1, P189, P260, PP615-17, HJL I：231.
39　FowlerやMarkow-Totevyもこのことに言及している（V. C. Fowler 10, G. Markow-Totevy 68-69）。
40　James自身は、当時アメリカから見て「世界」と呼ぶに値するヨーロッパ各国、即ち、英、仏、独、伊、スイス等を家族と共に、また単独で何度も訪れ、長期滞在しているばかりでなく、それらを舞台に小説を書き、日記・手紙・旅行記にそれを表していることは周知のところである。
41　Jamesの時代、ヨーロッパでは、いわゆるfin de siècleのムードが、一方では存在し、文芸、美術の分野で懐疑的、退廃的傾向があった。Pippinは、その著書の中でJamesが懐疑主義者でないと述べ、懐疑主義でない故に、彼は小説内の人物たちを相互依存の形へ導くことが出来、問題点を正しい方向へ導き、希望を抱かせるのだと言う（Pippin 27-29）。また、Sarah DaughertyもJamesの懐疑主義の否定について論じている（Daugherty 76-77）。
42　アメリカ人的楽観主義の源に関する議論については、James C. Sasmor, *Perception May Be Reality*を参照されたい。
43　JamesはMatthiessenの言うように、HawthorneやDostoevskiiとは違い、精神の問題に関して、神と個人を扱う作家ではなかった（MP 148-49）。
44　Martha Bantaは*Failure & Success in America*の中で、「碾き臼」をヨーロッパの因襲と捉え、アメリカの問題と比較している（Banta 243）。本稿においては「碾き臼」そのものに関しては、「ヨーロッパ対アメリカ」の問題というよりは、むしろ「イザベルの困難（因襲、理念の対立を含む）対それに抗する（個人の）力」の構図で捉えようとするものである。
45　この小説において、運命（destiny、fate、lot）は、それに関わる人物によって意味が違って用いられる。つまり、イザベルの場合、本稿で言及したように、ほとん

ど自ら選択して切り開く人生の意である。もっとも彼女が知らずに、結果としてマール夫人が、彼女の運命（destiny）を支配したという使い方も見られる（IV：322）。一方、パンジーについては、他者の意志によって定められる人生という意味で使われることが多い。

　本文に扱った以外の、小説中に表された「運命」の語の用例を挙げておく。
１．イザベルに関するもの
What view of life, what design upon fate, what conception of happiness, had she that pretended to be larger than these large, these fabulous occasions? (III：156)
Sometimes Caspar Goodwood had seemed to range himself on the side of her destiny, to be the stubbornest fact she knew ; … (III：162)
… and accepted as an incident, in fact quite as an ornament, of her lot the idea that to prefer Gilbert Osmond as she preferred him was perforce to break all other ties. (IV：78)
２．パンジーに関するもの
… and she was a passive spectator of the operation of her fate. (III：337-38)
… and she could be felt as an easy victim of fate. (IV：27)
… ― that was her fate everywhere ; … (IV：266)
３．ジェミニ夫人に関するもの
… and she struggled bravely enough with her destiny, … (IV：223)
４．一般の人に関するもの
… to come that way and furnish them with a destiny. (III：87)
… but after that I'll abandon her to her fate. (IV：106)

46　cf. Graham Greene, "*The Portrait of a Lady*" in *The Lost Childhood*.
47　Jamesは次の箇所で説明しているように、『ある婦人の肖像』の人物の心理や行動力は、すべてイザベルを取り巻く状況、あるいはイザベルという人間に与えられた「条件」として扱っている。cf. *The Portrait of a Lady*, III：xvii.
48　Millicent Bellは固定した運命論からイザベルを自由にする考えは、James自身の考えでもあり、Poirierも同じことを *The Comic Sense of Henry James* の中で指摘していると言う。更にJamesのこの考えは1905年の "The Lesson of Balzac" にも表されていると言う（Bell 89）。
49　Jamesの小説において、偶然性の使用が重要な意味を持つことを問題にしているのは、Pippin（7-8）とHocks（60-62, 152-66）である。このうちHocksはJamesの偶然性と彼の兄の哲学である、多元的観点を結び付け、特に *The Ambassadors* に現れる偶然性を論じている。但し、Hocksは、Jamesの偶然性をcontingencyとい

う語で説明しているのに対し、プラグマティズムにおける用語は tychism である。この事からも Hocks の論議が純粋な哲学論議でないことは理解されよう。

50　ここで、幾分という言葉を使う理由は、この小説において四十二章は、「真相の発見」と「認識の転換点」の第一段階にあたるからである。四十九章は第二段階であり、更に五十一章において、より大きな「真相の発見」及び、「認識の転換点」(第三段階) が存在すると考えられる。

51　イザベルの「イギリス行きの決定」を表すこの場面を、次のように解釈する見解に賛意を表しかねる。即ち、「イザベルは、夫に、結婚を最後まで守り通すことが『正しい』と説かれると、言い負かされてしまう。そしてラルフの元に行くのを断念しないのは、ジェミニ夫人からマダム・マールとオズモンドとの過去についての真相を聞かされたからに過ぎない」。この見解は、五十一章に描かれた「真相」に対するイザベルの認識の重要性を軽視するものであり、更には、この瞬間における「イザベルの決心」の意味する重要性を捉えていないものであると考える。

52　Bell は、ここに取り上げた箇所 (IV : 392) が、この小説の本当の結論であろうと述べている。Bell もまた、この小説の最後は閉じておらず、James が The Notebooks of Henry James に書いているように、この小説には全部が語られていないという立場を取っている (Bell 122)。また、James の、このような「意識」の存在を証拠とする見方は、Hocks が James の文学とプラグマティズムの関連性の中で述べている William の哲学でいう「想念の真理化」を思い起こさせる (Hocks 98-99)。これは「真理とは観念と実在の一致を意味する」という考え方である。これは William の Pragmatism と共に、The Will to Believe にも重複して表されるものであり、これについて William は「個人」の意識や「自由」についての考えを「真理化」という行為との関係において説明している。つまり、「真実は想念に起こるのであり、真実性とは出来事であり、その過程である」("… Truth *happens* to an idea. It *becomes* true, is *made* true by events. Its verity *is* in fact an event, a process : the process namely of its verifying itself, its veri-*fication*,") (*Pragmatism* 77-78) という考え方である。

53　このように、イザベルの意識の描写に比べ、オズモンドの意識の描写が非常に少ないのは、James が「序」で述べている「若い娘自身の意識を主題の中心に置き」(III : xv)、「女主人公の周囲の人たち、特に男性の意識に重みをかけぬよう注意する」(III : xv-xvi) という作者の留意事項が忠実に実行され、その結果が表されていることを示している。

54　小説内においてイザベルが「運命に対峙する」方向性が述べられる分量が、小説全体からみて、比較的少ないため、重点のバランスが問題になる可能性がある。しか

し、James の小説では、*The Wings of the Dove* や *What Maisie Knew* に典型的に表されるように、内容と結論に密着した直接的叙述の分量のバランスは均等ではない。*The Wings of the Dove* では兄の William も指摘しているように、主人公でないケイトの描写の量は圧倒的に多く、主人公は小説の3分の1を過ぎて初めて現れる。また *What Maisie Knew* について作者が述べている小説執筆の目的、即ち、メイジーの「道徳を描く」という部分に相当する描写の量は、家庭教師に関するわずかな例外を除き小説の最後のわずか、一、二頁のクライマックスの中で突然現れる。*The Portrait of a Lady* のイザベルの方向性について、その描写の量に関して、バランスが欠けていると見えることもジェイムズ文学の特徴の一つなのである。

55 この小説の第一章で作者はイザベルの特徴的性格を表す「ドクリツシン　オオイニアリ」という電文をタチェット夫人に打たせているが、この小説の終わりに近いクライマックスの五十一章で再び、タチェット夫人の電文を登場させ、対照的効果を出している。つまり、イザベルの小説への登場と退場にあたり、イザベルの生き方に関して、彼女の「性格」と彼女の今後の「行方」についての電文を、オズモンドとマール夫人の本性を最初から見抜いていたタチェット伯母に打たせ、この小説の主題を何気ない小道具（電文）の中に滑り込ませ、読者に重要点を思い出させる役割を担わせている。タチェット夫人は脇役であり電文はあくまで小道具に過ぎないが、その効果には著しいものがある。

第二章 『ポイントンの収集品』
——精神的な美の評価——

　『ポイントンの収集品』の主人公フリーダ・ヴェッチが本論で扱う他のヒロイン達と大きく異なる点は、彼女が「親しい者に裏切られる」という経験をしていないということである。つまり、この作品は、他の物語に共通する「親しい者による裏切り」をテーマとはしていない。また、先のヒロイン達が多かれ少なかれ外国体験を通して世界を見たいと切望していたのに対し、フリーダの憧れや望みはより内面的で、より抽象的なものとして表現され、それがこの小説のテーマともなっている。

　またこの小説は、ジェイムズが演劇上演を諦め、再び小説の創作活動に戻った直後に執筆されたという点において、『メイジーの知った事』とも共通する劇的な面が強く表されている。更にここには後期三大小説の先駆けとしての特徴も見られるという。[1]

　そして、この作品もジェイムズの主要な作品の例にもれず、その評価において批評家群を二分するものとなっている。称賛する側の代表デュピー（F. W. Dupee）は、「主人公フリーダは汚濁の俗世界で英雄的行為を示し、他の人物をも気高くし、自身の道徳観を小説の中で具現させている」（Dupee 186-91）と評する。

　一方、この小説を評価しない側の代表ウィンターズ（Yvor Winters）は「主人公の行為は道徳的ヒステリー症状を呈しており、自身の生涯を破滅させるばかりでなく、オーエンとその母親の幸せまでも破壊する」（Winters 318-20）と酷評する。

オスカー・カーギル（Oscar Cargill）は、その著『ヘンリー・ジェイムズの小説』（*The Novels of Henry James*）の中でジェイムズ自身、この小説の評価に二つの意見を持っていることを指摘し、この作品の評価の難しさを論じている。[2]

カーギルは、その上でこの作品を論じた数多くの評論を取り上げ、旺盛な議論を展開しているが、その内容は小説技法から小説の主題に関するものまで多岐に渡っている（Cargill 218-39）。[3]

本稿においてはカーギルを含む多種多様な議論のうち、審美と道徳に関する議論を主として取り上げ、この小説を読み解く参考としたいと考える。何故ならジェイムズ自身この小説の「序」において小説の芸術性が彼の主要な関心事であることを表し、この物語の中心には「物の美と価値」が提示されねばならず、その美が掻きたてる人間の情熱や潜在力を通して「何とか道徳的な展開を示さねばならない」と述べ、この小説の執筆目的を明示している（xii-xiii）からである。ここで「物の美」とは、何を指すかについて作品に書かれている言葉を用いて表せば、「その物を見る人の心を掻き立て、霊感の泉となるような至妙の絶品」(13) に関する美であり、それによって人間がエネルギーを得、心を奮い立たせるものであり、具体的には小説のプロットの軸的役割を果たすゲレス家の収集品及びそれに関する物の美である。しかし、この小説に表される美には、フリーダがゲレス夫人やオーエンの中に見る美しさといったものも含まれていることは言うまでもない。小説の第二章に「フリーダはオーエンの純粋さと謙虚さの中にある美しさを見出した」という文が見られるが、物質の芸術性が主として問題にされている小説の始めにおいて、敢えてこの１行が付け加えられているのは、作者がこの作品で後に強調する「収集品の美とそれに反応する主人公との関係」についての示唆的呈示とも思われる。

本稿では今後しばしば「審美的な（aesthetic)」という語を用いることにな

るが、これはこの小説中においてのみならず、この小説を論評する批評家達によってもしばしば使用されているものである。[4] この語はまた、「物の美と価値」について作者が読者に訴える際に、敢えて用いる理由のある語でもある。

　それではこの「序」で作者が述べている「物の美と価値」の提示と「道徳的な展開」とは、小説中の人物の心理や行動の描写を通してどのように表されているのであろうか、またそれは先に言及した主人公フリーダの憧れや切望の描写とどのように関連しているのであろうか。このような点に注目してこの小説の解釈を進めていきたいと考えるが、その目的を達する一つの方法として、それに関する描写が特に顕著に表れていると思われる箇所を小説の中からあえて三か所取り上げ、その内容を詳しく吟味し、更にそれに関連する評論を取り上げ考察したいと考える。

　ここで取り上げる三か所とは、1．フリーダとゲレス夫人、及び夫人の収集品との出会いを描いた場面と、2．フリーダとオーエンの数回にわたる会見、及びこれに深く係る事象を描写した場面、そして、3．ポイントンの屋敷の火事及びそれに係る事柄を物語る場面である。1．において作者は、まず物の美と価値の問題を提示し、2．において、オーエンとの会見を通じてフリーダの性格と行動を主として描き、この中にフリーダの善悪に関する考え方を強調している。そして、3．においては、1．の物の美と価値の問題が、2．で扱われるフリーダの性格及び行動の描写と互いに深く関連し切り離せない問題であることを、火事という事件を通して表していると思われる。特に火事はこの小説で象徴的、かつ重要な意味を持つと思われる。それでは、まず1．の場面について見てみよう。

1．ゲレス夫人及び収集品との出会い

　第一番目に扱うフリーダとゲレス夫人及び収集品との出会いの場面は、小説の第一章の最初の頁から単刀直入に、二人が直面する共通の問題を提示する形で描き出される。[5]

　フリーダとゲレス夫人はウォータバスの屋敷に招待された初対面の客同志であったが、たまたま二人とも、この屋敷の悪趣味と品の無さに苛立ち、その不快感を思わず漏らしたことからすっかり意気投合する。ゲレス夫人の不快感は、部屋の壁紙のあまりの俗悪さが神経にさわり、一晩中眠れなかったという種類のものであり（3-4）、この屋敷の様々な下品な装飾を見ると、前夜の苛立ちがうねりとなって再び胸のうちに押し戻されて来るように感じると描かれる（3）。ここには家の調度品とか装飾品といった、ある種の人にとっては取るに足らぬと思われる物が、他の人にとっては、それを目にすることさえ苦痛の種となり得る様子が描写される。美に関して極端に繊細な神経の持主であるこのような二人の人物が、全く見ず知らずの者同志でありながらどうしてこのように短期間に意気投合出来るものなのか読者をいぶかしがらせる可能性も考えられるが、この家の他の招待客の群れから距離を置き、庭のベンチに腰を降ろしてひっそり物思いに耽る二人が互いに意気投合する要素を持っている事情や、同じ精神的苦痛に耐えられずここにこうして逃げて来ている同種の人間同志が持つ安心感や、美しい物に対する共感と直感、そして見知らぬ人へのためらいよりも精神的苦痛を分かち合う望みの方が強力に働いている様子などがここには表現される。その上、このゲレス夫人は、若い女性と見ると息子の嫁の候補への思いが胸をよぎると描かれ、主人公フリーダの着こなしは、けばけばしさとは無縁で本物であるという印象を与え、その点でゲレス夫人の眼鏡にかなった上に、このような俗悪さに耐えられぬ

様子を「酷すぎるんじゃあないですか」と思い切って口に出す親しさに夫人の心がほっとさせられたという事情もここに説明される。

このように小説の最初に設定された二人の出会いの場面は、「美に関すること」について繊細な問題意識を共通に持っているこの女性たちを、家の装飾や調度品の描写を通してまず提示するものであった。その上、この場面には「この屋敷の醜悪さは根源的で、しかも体系的である」（6）という点と、このウォータバスの屋敷の一族には、先天的に美に対する観点に問題があるという点で二人の意見が全く一致したことが示され、これは物語の後の部分で、この屋敷の娘モナがゲレス夫人の息子の嫁となる展開の伏線としても重要な役割を果たすものとなっている。

この二人の出会いの場面は、ジェイムズのいわゆる「物の美」とそれが掻き立てる人間のエネルギーを描き出そうとする執筆目的から見ると多少仰々しい印象を与えなくも無いが、それは作者が当時のイギリスの芸術思潮を相当意識していたこととも関係している。つまり作者がこのような題材を扱った背景には、次に述べるような要因があったことは、この作品を理解する上で有用であると思われる。即ち、ジェイムズがこの小説の構想を練っていた時期にイギリスの知識階級の間では美術や装飾とそれに対する人々の意識について大きな議論が起こり、もともと美術や芸術及びその理論に関心の深かったジェイムズにはこのようなテーマは最も創作意欲をそそられるものの一つであったのである。

この作品『ポイントンの収集品』に関する批評の中でも、比較的最近の論文と言えるミリセント・ベルの "James, the Audience of the Nineties and *The Spoils of Poynton*" (1999) と、ビル・ブラウン（Bill Brown）の "A Thing about Things: The Art of Decoration in the Work of Henry James" (2002) は、この作品に見られる審美に関する問題とその創作時における芸術思潮を論じていて注目に値するものである。両者は共に『ヘンリ

ー・ジェイムズ・レヴュー』に掲載されたもので、双方ともこの小説がジェイムズの審美に対する深い関心と、審美に関する切実な問題意識のもとに産み出されたものである点を強調し、この作品の出版当時の審美主義運動とジェイムズにとっての問題点、あるいは作家としてのジェイムズの個人的立場についての考察を詳しく表している。

　まずベルの主張を見てみると、この作品の執筆当時ジェイムズはごく少数の読者層以外から拒否され、その即座の反応としてこの作品を制作したと言う。ジェイムズを評価していたその少数の読者層とは、オスカー・ワイルドらを中心とするいわゆる審美主義者のグループであり、ジェイムズは同性愛に関して彼らと一致した立場を取っていなかったこともあり、この読者層を基準として執筆活動をする考えは全くなかったという。ベルによれば、ジェイムズはそれまでに精魂をそそいで書き表そうとしてきた審美的目的について再考をするために、そして一般読者と疎遠になっていることについて再検討するためにこの作品を執筆したという。[6]

　またビル・ブラウンもこの作品の執筆当時、ヴィクトリア朝の家屋の装飾過剰や品の無さを克服しようという思潮がイギリス社会に見られたことや、1876年の万国博覧会における日本の美術品展示の影響により、物的稀少性と静穏と空間の調和の中に美を見るという考え方があったことを述べ、この小説はそれを反映し、当時の家屋と装飾と審美に対する意識を中心に物語が進められていると論じている (223-24)。[7]

　このように見て来ると、この小説の始めの章で描かれるフリーダとゲレス夫人の出会い及び収集品に絡む事情が語られる場面は、この小説のテーマが何であるかを提示する役割を果たしており、また「序」でも述べられているように、ゲレス夫人の収集品である「物の美とその価値」がこの小説の中心に位置し、「物語の発展と進行は一貫して、主人公フリーダが美とその価値への理解を表すことと共にある」(xii-xiii) という作者の意図を示したもの

であることが再確認されよう。

　ところで、本稿の最初に見たように「人の心を揺さぶり、霊感の泉となるような至妙の絶品」に関する美をこの小説が主として扱い、しかも美を掻き立てる人間の情熱や潜在力を通して「道徳的な展開を示すこと」が目標であるならば、主人公フリーダはどのような芸術作品に感動し、その鑑賞が彼女の道徳心に対していかなる影響を及ぼしたのかという疑問が生まれるのは自然の流れなのかもしれない。

　しかし、この小説に描かれるフリーダの「物の美」に対する反応は——特に小説の始めの部分においては——必ずしも、個々の芸術作品そのもの、あるいは芸術作品総体自体を対象として詳細に描かれているわけではない。描写されるフリーダの行動や考えは、確かにゲレス夫人の収集品に密接に関連するものではあるが、作者はこれにゲレス夫人やオーエンという人物像を絡み合わせることの方に重きを置いて描いているのであり、単にフリーダがある特別な芸術作品に影響を受け、その結果、道徳心の高まりが発揮されるという描き方をしていない。

　ジェイムズの他の作品、例えば『使者たち』の主人公ストレザーがグロリアーニに接した時に感激し、霊感を感じた場合に見られるような「対象物とその受け手の感激との関係」を示す描写は、フリーダと芸術作品の関係においては、詳細に述べられていない。

　ストレザーの場面に見られるような「対象物とその受け手の感激との関係」に類似するものを、『ポイントンの収集品』の中に捜すとすれば、それは、物語の始めの部分に見られるフリーダとゲレス夫人の関係と言ってよいであろう。フリーダがゲレス夫人の審美的情熱に共感し、収集家としての能力に魅せられる様子は次に見るような例に表される。

　第二章でゲレス夫人が美術品を収集した際の苦労話をする場面を描いた「この、瑞々しく若くて美しい50代の英国人淑女が、自分は大きな獲物を仕

留める名うての狩人と同じよ、と自信をもって楽しそうに話すのを聞くと、フリーダはまったく心を奪われてしまった」(13) という一節や、第三章のポイントン邸をフリーダが初めて訪れ、そのすばらしさに心打たれ、ゲレス夫人の考えていることがことごとく理解出来たと思う場面 (21)、あるいは同じ章の「特にフリーダを魅了したのは、ゲレス夫人が己の審美眼に対し、高い誇りと尊大とも思われる程の自信を持ち、たとえ興をそそるものがあろうとも、多少のことでは妥協や譲歩はしない態度を取っていたことである」(22) という説明は、フリーダが芸術作品そのものより、むしろ、ゲレス夫人の収集品に対する情熱や能力に魅せられる様子を表すものとなっている。また、ゲレス夫人がリックスからポイントン邸に収集品を送り返したと知らされる場面にも、「フリーダはこの時、改めてゲレス夫人の情熱の純粋さを再確認した。ゲレス夫人は威厳に満ち、崇高でさえあった。彼女の行為は絶対無私そのものなのだ——夫人は単に収集品を所有することなどにこだわっているのではないのだ。夫人はひたむきに、収集品が最良に扱われることを願ってそのように働いているのだ」(213-14) という描写が表され、ゲレス夫人に対するフリーダの思いを通して、フリーダが芸術品をどのように考えているかが描かれ、それに伴ってフリーダの情熱の一端も示されている。更にこの描写の後には、フリーダがゲレス夫人と自分の考え方との相違に気付き始めた際の問題点について述べた文が引用されるが、そこにもその前まではフリーダがいかにゲレス夫人の芸術家としての態度に敬意の念を抱き共感を抱いていたかが表され、その尊敬の念と共感を通してフリーダの芸術品に対する考えが描かれているのである。

　もちろん、この物語の進行の過程で、多くの収集品の具体的な芸術作品の名は時に応じてしばしば挙げられる。例えば、ルイ15世の御指が触れたかもしれない真鍮製器具、あるいは、ベニス製のビロード、エナメル製の工芸品、ルイ16世の時代の家具、象牙や青銅の古い細工物が納められた飾り棚、際立

第二章 『ポイントンの収集品』 151

って美しいアラビア風の織物、光沢と深味のあるダマスク、あるいは後にフリーダがもらい受けることになるマルタの十字架などがその例である。そして、フリーダがそれに対し、うっとりとしたり、感心して目を丸くしたり、また、時には圧倒的な美に接した喜びに感極まって涙する（21）とも説明される。しかしフリーダの美に関する感激の表現は先に述べたように、個々の芸術作品から受けるものについては詳細な描写はほとんどなく、むしろ収集品にかかわるゲレス夫人を通して描かれるものの方が、はるかに詳しく精緻なものとなっている。

　なぜ作者は、主人公であるフリーダが芸術作品から直接受ける感激より、ゲレス夫人に対する感激を特に小説の始めで多く描いているのか。それについて考えられることは次のようなものであろう。

　まず小説の始めの部分は、フリーダとゲレス夫人が「わが審美こそわが命」（25）と考える点で、ほぼ一致しているという形で呈示されている。ここでは、芸術作品を見ることによって心を掻き立てられ、それによってエネルギーを得る人物として、ゲレス夫人とフリーダはほとんど同じ扱いになっている。作者はフリーダが直接芸術品から受ける感激を詳しく描くかわりに、むしろフリーダが、そのようなゲレス夫人に魅せられている面を強調することを選んだと思われる。その方が後に描かれる道徳的な展開に際して、二人の相違を際立たせる効果を一層高めるものと考えられる。

　この小説全体の構成から見ると、フリーダとゲレス夫人及び収集品との出会いは、その後のオーエンとの会見及び火事と収集品の消失というクライマックスのための準備段階ともなっている。その場合、フリーダ一人が収集品の美しさに感激して彼女の道徳心が高められ、オーエンとの会見及び火事を体験するという展開よりも、フリーダは始め、物の美に対する価値観がゲレス夫人とほぼ一致していたと読者に思わせる導入で始まり、後に二人が一致していない事の対比性を打ち出す方が、より複雑で陰影のある背景が作り出

され、フリーダの性格をより明確に浮かび上がらせる効果もあると思われる。また主人公の道徳心について、この小説においては、「芸術作品の鑑賞によって道徳心が影響された」という形を取っておらず、彼女の道徳心は本来彼女が備えていたものとして描かれている。つまり、この小説ではフリーダの道徳心は収集品の芸術性によって触発されたものであるという含みを幾分かは残しているものの、ジェイムズの道徳的な展開の中心は「彼女の鑑賞が道徳心に影響を及ぼした」というものではないのである。この道徳的展開の具体的描写については、次項のオーエンとの会見の場面を扱う中で考察していきたい。繰り返しここで強調したいことは先の「序」に関し言及したように、作者はこの作品において審美的なことに対する意識は「物」を鑑賞し愛でるにとどまらず、これが道徳の問題と深く関連するということを主張していることである。ここでいう道徳とは言うまでもなく物事の善悪の判断基準となる個人の内面の原理で、ジェイムズの場合、彼が生まれ、青年時代まで主として育ったアメリカ東部の1840年代から1880年代に浸透していたキリスト教の影響を受けたものであり、それに基づいた社会的判断基準がその根本にあったと思われる。ジェイムズのこのような基準に基く道徳についての関心や考えはこの作品のみならず、いくつかの小説の「序」を始め、「小説の芸術」など、様々な小説論の至るところで常に主張されているのであるが、[8] この小説においてはそれが、英国における中期ヴィクトリア朝時代の義務感と自己抑制を基とする道徳観と重ね合わせて表されている。[9] 先に言及したように、特に小説の始めの部分には、「物の美と価値」と「道徳」の問題を関連づける目的に沿った伏線と思われる描写がいくつか埋め込まれている。例えばウォータバスの人々の俗悪な装飾の描写における伏線の一つは、ゲレス夫人のハンサムな息子オーエンが美的感覚も頭の働きも鈍く、しかもこの屋敷の娘であるモナに夢中になっている事情と関連している。モナがオーエンの嫁になるかもしれないとなると、これは単に趣味の悪い家の娘が息子の嫁に

なるという問題だけではなく、当時のイギリスの相続に関する法律の問題も[10]絡んで、ゲレス夫人が苦労して築き上げた収集品が、すべてを金にしか換算しない嫁の手に渡るという深刻な問題を孕んで来るのである。

　この最初の場面に含まれるもう一つの重要な伏線は主人公フリーダとゲレス夫人が審美的感覚の点で意気投合したという主要なプロットの陰に隠れがちなものなのだが、先に言及したようにこの二人の間には微妙な相違が存在し、それはこの物語が発展していく中で大きな要素として成長していく萌芽を秘めていることである。同じように俗悪さに苦しむ繊細な神経の持主として描かれ、語り手によって「同じ精神をもつ種族に属する」(11)と語られるフリーダとゲレス夫人であるが、一方のフリーダが俗悪な状況に耐えかね、「酷すぎませんか」と率直に発言する人物像として表されるのに対し、ゲレス夫人の方は「ぞっとするようなものを目にした時には塞ぎ込んでしまう自分を人に見せまいと常に努め、そのような努力は野心とさえなっていた」(6)と表現され、更に「自分が持っている並外れた感受性というものは、女性に担わされる苦しみの根源でしかないのだという思い込みを持つ」(4)と描かれ、彼女は自己中心的意識と傲慢と実用的な傾向があると表現される。このような相違は、ポイントンの屋敷にモナが訪れた時にも表される。フリーダがモナの無知を庇う役目を引き受け屋敷中を案内することに徹するのに対し、ゲレス夫人の方は、これ見よがしの表面上の慇懃さでいつもの流儀を押し通しながら、腹の中にはモナに対する不快感を封じ込めている様子が描写される(25)。初めてゲレス夫人と出会い、ひどい状況に耐えかね、自分の気持ちを率直に表したとされるフリーダであるが、このモナを庇う場面では、物事の本質を見極め、それに対処する寛容の心と聡明さと理性を持ち合わせる面も示唆される。しかし、彼女のそのような性格描写は小説のずっと後になって詳しく描かれるのであり、このモナの扱いの描写はあくまで、最初は全く同じ種の人間同志であると思われた二人が、実は後に大きな相違が

認められるという展開のための伏線であることを、ここでは確認しておきたい。

　このような二人の微妙な相違を含むいくつかの伏線が含まれるものの、とにかく小説の始めで「わが審美こそわが命なり」と考えているフリーダとゲレス夫人の出会いを設定することで、作者はまずこの小説のテーマの端緒を提示しているのである。

2．オーエンとの会見

　次に、この作品の中で二番目のキーポイントと思われるフリーダとオーエンの会見及びそれに関する場面を見てみよう。この二人の会見については複数回に渡って、執拗と思われる程に似たような、しかし、微妙に異なる描写が繰り返される。このように複数の場面を繰り返すことによって主人公フリーダの性格はより詳しく表され、しかも回数を重ねるごとに徐々に新しい面が明らかにされる仕組みが施されている。このフリーダとオーエンの場面を理解するために、プロットに関して次の点は肝要であるのでそれをまず確認しておこう。つまり、オーエンとモナはフリーダとオーエンの会見が始まった時点で既に婚約しているが、もしオーエンがモナを諦めフリーダに気を移したとすると美術品の行方は当然変化するのであり、それはオーエンの母ゲレス夫人の望むところでもあるという状況の中で会見が常に行われているということである。

　一方、フリーダはハンサムなオーエンに好意を抱いているが、その気持ちを他人に隠しているばかりでなく、自分の心のうちにもそれを認めまいと努めている様子が描かれる。語り手は彼女がオーエンに対し、「頭が悪くても人に不快感を与えない方が、頭が切れても人に嫌な感じを与えるよりもずっと好ましいし、ずっと素晴らしい」(10)と考えている様子を説明する。そ

第二章 『ポイントンの収集品』 155

して「ゲレス夫人とその夫のような美に対して鋭い感性を持つ夫婦の子供が、何故その模範である母を尊重しないのかは不思議だ」とフリーダが考え、「美に対する感覚には欠けたものがあるが、公正の感覚は持ち合わせている」(47)とオーエンを見ている様子も描かれる。

一方、ゲレス夫人は、自分の意に反して、オーエンとモナの結婚が確定的になった時、美術品の行方を案じ、思い詰め、とうとう窃盗同様の手段で収集品の全部をポイントンから自分の現在の住居リックスへ移してしまう。母と息子の膠着した関係の調停役を託されたフリーダは、夫人がその生涯を献げて収集した美術品の行方についてあがき苦しむ様子に同情すると同時に、オーエンの法律上の正当性を否定することも出来ない。フリーダはゲレス夫人が自分のオーエンに対する好意の有無を探ろうとするのに対し、「私はあの方が大嫌いです」と嘘をつき、夫人が彼女の好意を利用しようとする意図を退ける。このようなフリーダの嘘についてジェイムズは創作ノートの中で「英雄的な美徳の嘘 (a virtuous heroic lie)」と呼び、嘘についての作者の意識の強さを示している (*Notebooks* 218)。ジェイムズの他の作品にしばしば見られる「親しい者の裏切り」の中で描かれる嘘は大方の場合プロットを左右する重要な役割を果たし、しかも醜い面を表して来た。しかし、この作品に見られるフリーダの嘘はジェイムズの描く嘘の中では例外的なもので、作者自身が「英雄的な美徳」という讃辞まで呈するのは注目すべきことである。フリーダの嘘は、オーエンを庇うものであり、またゲレス夫人の悪徳に加担しない為にどうしたらよいか迷った末の判断から出た善意の策とも呼ぶべきものであった。

先に言及したように、作者は主人公フリーダの性格がより明確になるようにこのフリーダとオーエンの会見を数回に渡って設定し、それぞれに変化を持たせながら徐々にオーエンの心がフリーダに傾いていく様子をも示し、それに応じてフリーダがどのような反応を示すかを綿密に描き出している。こ

の度重なるフリーダの反応の描写は、フリーダの美術品の美への忠誠心と「自分の利得に反しても、心に恥じぬ良心を働かせる」といういわゆる道徳心を内に秘めた、彼女の心中の闘いの描写でもある。[11]

しかもその闘いは、オーエンとの関係によって生ずるのみならず、ゲレス夫人の存在がフリーダの良心を試すかのように対比的に作用するために更に厳しさを増すものとなっている。例えば、オーエンとの会見の条件について、ゲレス夫人は早い時期に「あなたのためだったら、私は収集品を返却しますよ」とフリーダに語り、フリーダがオーエンに積極的に働きかけ、ゲレス家の嫁になる方向に向けようとする。このような戦術を拒否するフリーダは、オーエンとモナの婚約が明白になった時にそのニュースを聞いて「咄嗟に自分の顔を輝かせて見せることが出来たことに誇りを感じた」(41) と描写される。フリーダのこのような態度は自身のオーエンに対する好意の感情を別問題と考え、母との間がうまくいっていない気の毒なオーエンを助けたいという動機から来ていると語り手は説明する。ここで作者は、フリーダを理性と感情のバランスを保ちながら、あるべき人間の姿を模索し、高邁な精神に憧れる人物として描き出そうと心を砕いているように思われる。

オーエンとの会見が度重なるにつれ、フリーダはオーエンに対する好意をますます隠す様子が描かれる。フリーダの無私の献身的調停役に感銘を受けたオーエンはやがてフリーダに積極的な好意を示すようになるばかりでなく、彼女に収集品の問題解決を依存するようにさえなる。このようなプロットは主人公の性格に対する読者の関心を高め、その質を吟味するための厳密な証拠を示すのに大いに資するものであるが、作者はここで更に読者の探求心に刺激を与える問題を投げかける。その問題とは、会見におけるオーエンの態度とそれに反応するフリーダの描写を詳しく表す際に、オーエンの好意の表現は果たしてフリーダの独り善がりの妄想なのか、実際のオーエンの本心を描き出したものなのか判別のつきかねる曖昧な描き方をしていることである。

第二章 『ポイントンの収集品』 157

このような曖昧な表現は会見の描写のおよそ3分の2をも占め、そのほとんどは語り手によって語られるという形を取っている。そのため読者にさえ、はっきりした決め手が暫くの間与えられない。先に言及したように物語の展開の過程で、オーエンがフリーダに心移りするかしないかはゲレス夫人の収集品の行方には重要であるので、この部分をしばらく明確にしない描き方はフリーダの性格を探ろうとする読者には緊張感を強いる結果となっている。[12]

　この二人の会見の描写は、長いスペースを取り何回も場面が変わり、その都度、オーエンがフリーダに好意を見せる程度が徐々に強くなり、その意志の明確さが増大していく。そしてそれにつれて、フリーダの状況と彼女の性格に対する理解度が深まるという効果が発揮される。この結果は後に問題となる、なぜフリーダは求婚されたにも拘らず拒否するか、そしてフリーダの決断と判断力とは、ウィンターズの言うようなヒステリー症の表現で無いとすれば、どのような質のものであるかを考察する際に特に重要な意味を持つものと思われる。それではその数回の会見とそれに関する場面は具体的にどのように描かれているのか、その例をいくつか見てみよう。

　まずオーエンがフリーダと会見を始めた時に彼女に与えた印象は、単にゲレス夫人にも自分にも気を使う優しい人物であるというものに過ぎなかったと描かれ、次にロンドンで会った時には、婚約中の人としてはぎこちないところを見せ、特に用事がないにも拘らず、フリーダの傍を離れず「理解して欲しいんだ、ね。理解して欲しいんだよ」と言っている様子が描かれ、その後、とうとうフリーダは「彼は自分を好きなのだ」と気付き「顔をさっと赤らめた」という描写が続く。そして「それはあるまじきこと (stupefying) だった」(67) と語り手によって説明され、すっかり動転した彼女が彼の困惑した美しい顔を意識しながら彼に背を向け一目散に逃げ出す様子が描かれ、この場面は次のような文で終わる。「ともかく彼女は逃げおおせた…我が身を隠してくれる辻馬車に乗り込むことが出来た時、彼女は嬉しかった。…さ

あこれで思いきり泣き崩れてもいいのだと思った」(68)

　ここでなぜフリーダはオーエンの好意の表現に背を向け逃げ出し、その後一人になって思いきり泣き崩れて良いと考えたのかが問題になる。一つには思いがけず彼に好意を示され、「あるまじき事」にすっかり混乱してしまったということがある。「既に結婚している男に言い寄られた、慎みの無い女のように不意に取り乱してしまった」(68) という表現もここには見られる。オーエンがモナと婚約しているということはフリーダにとって動かし難い絶対的な事実であり、ここには、あくまで筋を通す誇り高いフリーダの一面が表されている。このようなフリーダの行動は、ウィンターズの言う「道徳的ヒステリー症」の一例と一見、見えなくもない。フリーダがオーエンに好意を持っているに拘らず、素直に自分の気持ちを表さないのは、見方によっては自己の欲求を抑え、人間の自然な気持ちや素直さを欠いたものと見えるかもしれない。あるいは、モナと婚約していてもオーエンはそれを解消しようと願っていて、その方がオーエン自身やその母ゲレス夫人のためになる可能性もある。実際モナとその実家の酷い趣味にゲレス夫人もフリーダも耐えられない程だということはすでに第一章で示されている。しかし、そんな状態だからこそ、フリーダはオーエンの本心を知る必要があるのであり、オーエンの見せ掛けに惑わされ、自分の都合の良い方に解釈するという軽率な態度を取ってはならないのである。ここに見るフリーダの態度は『メイジーの知った事』に登場する不自然な道徳家ウィックス夫人とは全く違うものである。ウィックス夫人は自己の利得を求める心と日常の理想を説く心と行動が矛盾している点を露呈し、しかもそれについて常に言い訳や理屈をつけて自己を正当化する様子が描かれている。それに対しフリーダは、自分が利得に傾かないよう常に警戒し、ウィックス夫人に見られるような矛盾した行動は取っていない。彼女が自分を戒め、かなり危機的な誘惑にも打ち勝とうと努力しているぎりぎりの姿がここには詳細に描かれている。ところが、ここにフリ

ーダの性格を理解する上で、複雑な要素が織り込まれている。それは先に言及した問題、つまりオーエンのフリーダに対する好意は、果たしてオーエンの本心なのか、それともフリーダの心の奥深く潜む願望から生じた「思い違い」であるのか曖昧な描き方がされているという問題であり、このためにフリーダの性格についての理解も、先に挙げた材料のみで簡単に結論付けられない点が見られるのである。

　オーエンとフリーダの数回に渡る会見のうち、特に早い段階においてその不明瞭さは強く表され、ロンドンの出会いの場面は、フリーダの律儀過ぎるほどの緊張した行動面が強調され、今後の会見が一切打ち切られる可能性と、二人の永遠の別れを予感させる緊迫感と共に、彼女の性格は実際のところ、どのようなものなのかを正確に知ることを困難に思わせるもので終わっている。[13] しかし、作者はその後、ゲレス夫人の緊急な用事というストーリーを設け、二人を再び会わせ、オーエンのフリーダに関する本心について以前の曖昧に表された部分により明確さを加えるという緻密なプロットを組み立て、劇的な効果を活用しつつ新たな場面を展開させる。それはフリーダがゲレス家の事柄に深入りし過ぎたことに気付き、ゲレス夫人が収集品を窃盗まがいの方法で移送した責任の一端は自分にもあると考え、ゲレス夫人の元を去る決心を一度はするのであるが、自己の責任を最後まで果たさねばならぬという義務感からオーエンとその母の要求に応じて再び仲裁役を果たそうと思い直すリックスの場面で表される。この時、オーエンとの間で前回のような状況を再び許してはならないと自分に言い聞かせ会見に臨むフリーダの姿が次のように描かれる。

　　オーエンの態度は彼女を当惑させた。彼女は、彼が自分を狼狽させたあの日の出来事が心に蘇って来るのを意識した。そして既に警告されているのに、再び彼に恐ろしい目に合わせられるようなことは許すまいと心

に誓った。

Owen's manner mystified her ; she was conscious of a return of the agitation he had produced in her on that last bewildering day, and she reminded herself that, now she was warned, it would be inexcusable of her to allow him to justify the fear that had dropped on her. (88)

ここには「恐ろしい目に合わせられる」という言葉が使われているが、これはフリーダが何を一番恐ろしいと考えているかを端的に表している。つまり、あの日のように、危うく「はしたない女のように不意に取り乱しかねない」ことの恐ろしさであり、自分の理想とする態度や誇りが、オーエンによって崩されてしまう状況に遭遇する恐ろしさである。ところが、いざこの場面に臨んだフリーダはオーエンに前より一層好意を感ずるようになり、その事情が描かれる中で、フリーダの心の変化が強調される。つまり、オーエンは、母親の窃盗同然のやり方を抗議しにリックスにやってきたにもかかわらず、一方では母親の手際を「僕の生涯の中でこれまでに見たこともない強烈な遣り方ですよ」と感心した様子を見せ、他方では、「本当に可哀想なママ」と、矛盾するような同情心を表した。それに対し、フリーダは「いまや、彼がどんなことを言おうと、どんな行動を取ろうと、そのために益々彼が好きになるのだった」と描写され、フリーダがオーエンの頭脳はそれほど明晰でなくとも、その優しさに心惹かれる事情や、「自分が心を開いて打ち解けてあげたいと思うような、こんな人に今まで出会ったことはない」(86)と考える様子が表される。作者はこのようにフリーダのオーエンに対する自己規制——オーエンと恋愛をし、結婚するような方向に絶対に行ってはならぬと自分を戒めること——と、オーエンに対する好意の増大を同時に描き、しかも次に見るようにオーエンの側のフリーダに対する好意の表現をロンドンの

第二章 『ポイントンの収集品』　161

場面よりも更に明確に描くことで二人の関係の進展を示す。「彼は『あなたとなら何もかも元に納めて、ここ（リックス）に住むことが出来るよ』と声にもならぬ言葉をつぶやき…彼女の手をしっかりと握ったままにして、彼女がいくら振りほどこうとしても離さず、彼女はそんなことを繰り返すのは止めそのままにした。自分が狼狽しているのを見せないのが何よりも肝心なのだと彼女は考えた。」(101)

　ここで「声にもならぬ言葉」という表現は前回と同様に実際に起こったことなのか、彼女の想像なのか曖昧な面が見られる。しかし、それに続く「彼女の手をしっかりと握ったまま…」という部分は実際に起こったことの語り手による描写であり、この点は、明らかにフリーダの妄想ではないことを表している。そしてこの時もまた、フリーダはオーエンを断固として拒否し、彼から逃げるように去ることで会見を終えている。このようなオーエンに対するフリーダの態度を表した描写は、自己の利得に供する様々な条件が周囲に多く存在するにも拘らず、依然として、オーエンはモナとの関係において正しくあらねばならないと考えている様子を表している。つまり婚約をしている以上は、約束を誠実に守らねばならぬと固く考える点が強調されている。フリーダのこのような考え方は道徳的ヒステリー症と呼ぶべきものではなく、むしろ道徳的観点から見た性格が作者の側から見て好ましいものとして詳しく描き出されているのである。彼女がオーエンに好意を持つ度合いが強ければ強い程、そして、オーエンが彼女に好意を示す程度が大きい程、更には周囲の条件が彼女の利益を働かせるのに有利であればある程、彼女が自分の利得の方向へ進みたくなる誘惑は強いのであり、それを乗り越えて自分の信念を行動に移す理性の強さと自己への誇りがここには描き出される。作者はそのような状況を度々創り出すことで、フリーダの性格と行動の質をより一層詳しく伝えようとしているのである。このオーエンとフリーダの繰り返される会見に加えて、更に作者は執拗とも思われるもう１回の会見を設定し、今

度こそはフリーダの妄想ではない、正真正銘の求婚の言葉をオーエンの口から引き出す。

　しかし、この決定的とも見える最後の会見について考察する前に、フリーダの強い意志と理性を示す描写がジェイムズの得意とする部屋のイメージを伴って比喩的に表現される例を取り上げておこう。それはゲレス夫人がフリーダのオーエンに対する気持ちを見抜いて、これを利用しようとすると察知したフリーダが、自分にとって自由の魂の保持は何よりも重要であり、そのためには物質的恩恵や精神的支えも手放さざるを得ないと考えている様子を描いた場面である。その部分の描写は先に見た曖昧描写とは違った意味で、いかにもジェイムズらしい特徴を示すものであり、抽象的な魂に関する事柄を卑近な例えを使って次のように表している。「もしゲレス夫人が彼女の心の奥の秘密の部屋（the chamber of her soul）に出たり入ったりするのであれば、今後はゲレス夫人の家に厄介にならず自由にならねばならぬと考えた」(132-33)。この「心の奥の秘密の部屋」という言葉は、心の奥という抽象的で目に見えないものを部屋という具体的なものと結び付け、その存在をイメージさせる力を持つ。そして、その「心の奥の秘密の部屋に出たり入ったりする」という表現にはゲレス夫人の、審美的なものには繊細なはずの神経が対人関係に関してはがさつである面も表されている。しかも同時に、そのような事柄に対して、フリーダという人物は物質的利得よりも精神的な問題を優先し、それに関する断固とした自分の意思を示す強さをどのような時にも失わない様子がここに示されるのである。

　このような強い意志を持っているフリーダが臨んだオーエンとの最後の会見は、それまでフリーダの妄想や空想かもしれないと思わせて来た長い間の曖昧さを払拭し、初めて決定的な証拠となる言葉がオーエンから発せられた箇所であり、同時に自分の信念に従って理性的に行動したいと痛々しいほどまでに願っている主人公の本音を写し出すものともなっている。明晰な言葉

で求婚するオーエンに対して、フリーダの反応はそれまで自分の心の奥に閉じ込めて来た自分だけの秘密に対し、眩いばかりの光が当てられたように感じ「心の奥において、喜びは深かった」(176) と表現される。つまり、フリーダのオーエンに対する好意は、実際のところ彼女の心にとって決して無視の出来ない重要な存在であったことが改めて表される。ところがここには、読者やゲレス夫人が簡単に喜ぶことの出来ない事情、即ちフリーダの本質的性格が厳として描かれる。フリーダは、ここでオーエンの申し出に有頂天になるどころか、オーエンにモナときちんと離婚の決着をつけていない事実を思い出させ、「結婚の約束を違えてはいけない」と説く。この会見の場面はオーエンとフリーダとの関係にそれまでには見られなかった要素——つまり、フリーダの思い違いではないオーエンの好意、しかも結婚の申し込みというもの——が明らかにされ、その意味においても新しい展開が見られる。しかし、それにも拘らずフリーダは相変わらずオーエンを受け入れず、彼のモナへの忠誠を説くので、せっかくの新しい展開もこれまでのパターンの類似になってしまい、この場面があまり意味を持たなくなってしまう恐れもあるように思われる。このような度重なるフリーダの拒否は一部の批評家の「彼女はつむじ曲がりである」という非難やウィンターズの「平和を破る」という批判、あるいはクウィンズの「薄いプロットを長く引き延ばしている」という評を正当化しかねない程であり、執拗とさえ見える。しかし、ジェイムズはそのような批判を跳ね除けるかのようにそれぞれの場面でそれまでに予想し得ない斬新な局面を付け加え、二人の関係の発展を綿密に描き出し、そこに新しい驚きと認識の要素を加え、読者に新鮮な印象を与えつつ、いかなる状況に置かれようと決して変わることのないフリーダの理性の強さと自己の信念に対する忠誠を描き出している。そしてこの最後の会見の場面においても、依然として頑固なフリーダの信念を描きながらも、これまでのオーエンに対する反応とは形を変えた新しい側面を表現する。次の引用に見るフリー

ダの描写には、これまでとは違うフリーダの姿が描き出される。これまでは
ただオーエンから逃げ出し、ひたすら彼を締め出すことしか考えなかったフ
リーダであったが、ここではオーエンと面と向かい、苦しみながらも自己の
信念を保持すべく闘っているフリーダが表される。

　オーエンは「僕があんな女と結婚しなければならないとおっしゃるんで
すか？」と言った。フリーダは喘いでいた。彼が彼女をしっかりと抑え
ていたのだ。「いいえ、そんなことを言っているのではありません」
「じゃあ、一体、僕にどうしろと言うのですか？」
「それは、モナさんと決めていただくことです。約束を守らなければな
りません。約束を破ることほど酷いことはありませんから。まず第一に
しっかり確かめて下さい。あの方はあなたを愛しているはずです——そ
うにきまっています。あなたを諦めることなど私だったら出来ませ
ん！」フリーダは言葉を詰まらせながら、喘ぎ、喘ぎ、言った。「信義
を守ることはとても大切です。それも出来ないようでは、あなたは男と
は言えません。男がそうしないとしたら、そんな残酷なことはありませ
ん。それは本当に残酷です。そう、残酷、残酷なのです」フリーダは同
じ言葉を繰り返した。「私はそんな方の味方はとてもできません。お分
かりでしょう。それが私の立場なのです。あなたはあの方に結婚を申し
込んだのです。それはモナさんにとって大変な問題なのです」…「私だ
ったら絶対に、絶対にあなたを諦めたりしません」彼女は泣き叫ぶよう
に言った。そして、彼が彼女を再び摑まえる前に背を向けて階段を駆け
上がり、リックスの時よりももっと早く彼の元を去った。

"Do you mean to tell me I must marry such a woma?" Fleda gasped
too ; he held her fast. "No. Anything's better than that." "Then in

God's name what I must do?" "You must settle that with Mona. You must n't break faith. Anything's better than that. You must at any rate be utterly sure. She must love you — how can she help it? I wouldn't give you up!" said Fleda. She spoke in broken bits, panting out her words. "The great thing is to keep faith. Where's a man if he does n't? If he does n't he may be so cruel. So cruel, so cruel, so cruel!" Fleda repeated. "I could n't have a hand in that, you know : that's my position — that's mine. You offered her marriage. It's a tremendous thing for her." … "Never, never, never!" she cried ; and before he could succeed in seizing her she had turned and, flashing up the stairs, got away from him even faster than she had got away at Ricks. (196 -97)

　ここに見るフリーダはオーエンに向かって、自己の責任をきちんと果たすべきだと主張するだけでなく、自分のオーエンに対する感情をも正直に表している。これはそれまでのフリーダの描写には見られないものであった。それというのもすでに周知の如く、この最後の場面に至るまで、オーエンのフリーダに対する好意の実体はあるのか、無いのか曖昧な点が存在したからであって、その点では読者もフリーダも同じ立場に置かれていた。そのような状況におけるフリーダの反応はもっぱら自己の理性に従って自己の行動を制御し、自分とオーエンの関係がオーエンとモナの関係を壊す方向に発展しないように相手の行動を封じることや、自分に恥じない行動を取ろうとすることに全集中力が傾けられていた。従ってこの場面に見るように、自分の好意を表すチャンスなどは思いも付かないことであった。
　このように、これまで見て来たオーエンとフリーダの会見のほとんどすべては、二人が互いに好意を持っているにも拘らず、フリーダが好意の表明を

控えオーエンを拒否するものであった。そしてこの最後の場面で、フリーダが始めて拒否の理由を言葉に表したという点で、そして同時にそれまで自分の心の秘密として葬っていたオーエンに対する感情を自分の中で認めたという点で注目に値する。ところがこの場に及んでも、なおも信義や義務を説くフリーダの性格は、先に言及したように「道徳に縛られ、自然の心を失っている」という批評の対象になりかねないものでもある。しかし、このような議論の場合、まず作者ジェイムズにとって「自然の心」とはどのようなものであるかという、いわば、議論の前提となる共通認識がある程度必要となろう。またそのようなフリーダの描写に対する批判は、描写の表現方法の問題なのか、作者の道徳観に対する問題なのか、不明確になってしまう恐れがある。このような問題は本論文の第三章においても言及され、ジェイムズの「自然の心」についてのトニー・タナーの見解も取り上げられる。[14] このポイントンの物語の場合、少なくとも作者ジェイムズはフリーダの行為を通して不自然な道徳家を表現するのが目的でないことは明らかである。そしてここに描かれるフリーダの行動描写は読者に生き生きと伝わって来るので、要はこのフリーダの行為を道徳的に是として描くジェイムズの考え方あるいは感覚に、異を唱えるか否かの問題となろう。繰り返し述べることとなるが、ジェイムズは「序」において「物の美と価値」と共に「道徳的な展開」がこの小説の目的であることを明記していた。彼はフリーダが苦しみ喘ぎ、自己や周囲の誘惑に耐え、「挫けやすい女性」で（180）、「いつも動揺してばかりいる」（xiv）が、それでもどうにか自己の理性を働かせ、自己の尊厳を守る行動を取ろうと努力する姿こそ人間のあるべき姿であり、これこそ本来の自然の姿であると信じ、また、そのようなものを描き出すことに意義を見出しているのだと思われる。そして、ここではそれが、実際、目的通りに描かれているか否かが問題となろう。

　これまで見て来たオーエンとフリーダの会見の場面では、オーエンと共に、

主としてフリーダの行動と性格が写し出されるが、同時に収集品の行方という プロットと関係して、ゲレス夫人とフリーダの相違を表す面がここにも表される。本稿の第一のキーポイントの場面に取り上げた二人の女性の出会いの描写ではフリーダとゲレス夫人が共に審美的なものに対し、繊細な神経の持主という点で同種の人物として提示されたが、第二の場面では望むものを手に入れる際の二人の考え方の相違も表される。しかし、これについては第三番目の場面の、火事という出来事、及びこの小説の最終的テーマとも関連するものなのでその際により詳しく見ることにしよう。

3．ポイントンの屋敷の火事

　第三番目に取り上げるのは、ポイントンの屋敷の火事に関する場面である。小説の最後でフリーダがポイントンの駅に降り立って見ると、駅のホームには煙があたり一面に立ち込めており、駅から4キロも離れたゲレス家の火事の煙が風に流されて来て、屋敷とそこにあったゲレス夫人の収集品はすべてすっかり消えてなくなってしまったことを知らされる場面である。フリーダは如何する事も出来ず、今列車でやって来た方向に戻ることに決め、ここで小説は終わる。

　この火事は、登場人物たちが収集品のために努力したり争ったりしたことがほとんど無に帰したことを表している。しかし、この小説において火事の表す真の意味には更に一層深いものがある。オーチンクロス（Auchincloss）は、この小説におけるフリーダの役割は道徳的感受性を世俗の人に示すことであったが、『黄金の盃』のマギーが生きて勝利し、『鳩の翼』のミリーが死んで勝利するのに対し、フリーダの場合は、生きている間も死んだ後も勝利せず、侘しい運命に置かれ、人生の灰をじっと見つめる状態に取り残されると言う（122）。

ここで問題になるのは、人生の灰をじっと見つめて取り残されるという指摘である。フリーダはポイントンの駅で屋敷の火事を知らされ、ひどい煙を見るが、燃えた現場の灰を見てはいない。従ってオーチンクロスの「灰」という言葉は火事との連想で比喩的に、あるいは象徴的に使用されたと思われる。彼はフリーダの人生が灰を見つめる侘しい運命と取っている。オーチンクロスは、フリーダが人間の感受性のうちの最も素晴らしいものを表しているという点を認めてはいるが、彼の考えでは、がさつな世界において感受性豊かな分別を持つ者の運命は侘しいものになるという（121）。つまり、オーチンクロスにとってこの火事の意味は、フリーダに何も遺さず、灰を見つめる侘しい生活のみを遺したというものである。これは、フリーダの美徳を高く評価しつつ、しかし、彼女の人生を悲観的、あるいは悲劇的に捉えている態度である。

　これに対し、プジィビロウィックズの火事に対する考え方はフリーダの人生を肯定的に捉えるものとなっている。彼によると、ポイントンの収集品はちょうど『アスパンの手紙』のタイナが伯母の過去の恋愛事件に心を奪われてしまったように、フリーダにとっては過ぎ去った日々の遺物を意味するものだという。タイナが手紙を焼く決心をした時に現在の生活に生き甲斐を見いだすことが出来たように、フリーダも火事によって過去に囚われた生活を一新する事が出来たという（156）。しかし、この小説はフリーダが駅で火事を知った後、ロンドンへ引き返すところで終わっており、火事に対するフリーダの気持ちや反応は一切描かれていないので『アスパンの手紙』の最終場面と重ねて見ることは必ずしも妥当ではない。第一にフリーダはタイナと違って、火事が起こるまで過去の遺物に感情的に埋没してしまい他の生活がなかったというわけではない。彼女は自分の精神の自由が確保出来ないなら、現在の生活スタイルを変えようとも考えていたし、収集品から遠ざかる覚悟もしていたのであり、タイナとの単純な比較は適当でないと思われる。

このように考えて来ると、小説の最後に描かれる火事の意味について、オーチンクロスやプジィビロウィックズの捉え方より説得力のあるのはブラッドフォード・ブース（Bradford Booth）の考え方である。彼は「ヘンリー・ジェイムズと経済的主題」（"Henry James and the Economic Motif."）という論文の中で「この小説のテーマは、いかに物が美しくあろうと、その品物の所有に高い価値を置くことの愚行がテーマである」(145) と述べている。ただし、このブースの表現をあえて一部修正するとすれば、テーマは「愚行」ではなく、愚行により浮き彫りにされる「主人公フリーダの審美と道徳に関する考えと行動」である。しかし、ここではまさにブースが示唆するように、品物の所有に高い価値を置くか置かないかがこの小説のテーマと深く係わっているのであり、この小説においては、火事により収集品が消滅した時に、真の審美の意味が明らかにされるのである。つまり、品物の所有に高い価値を置くことが単なる愚行か否かの問題に止まらず、もっと内面の問題、即ちフリーダの収集品との関係は、品物の物理的所有を越えて、収集品そのものによって心が満たされていたか否かの問題なのである。このブースの示唆は、ポイントンの火事という設定が小説の執筆目的に重要な意味を持つことを改めて気付かせるものである。
　作者は、品物の所有あるいは、物質的な事柄に高い価値を置くことと置かないことの相異を、火事の場面に至る前のフリーダとゲレス夫人の描写の中に対比的かつ象徴的に表し、最後の火事の意味を高める準備をしている。繰り返し述べることとなるが、この小説の始めでは、まず審美というものに非常に高い価値を置く二人を同種として提示し、その後の場面でこの二人の対立点を明確にしている。つまりその対立点は、小説における火事の意味をより明確にするために一役買っているのである。そのようなフリーダとゲレス夫人の相異は物語の中でどのように表されているかを次に見てみよう。
　まず、フリーダとゲレス夫人の同一対象物に対する反応の相異の例として、

オーエンがフリーダに求婚した際の二人の反応を見てみよう。
　夫人は「よほどの頓馬でない限り、誰だって、あなたを抱えてでも、結婚登録所へ直行したでしょうに！」と言う。それに対し、フリーダは「結婚登録所へ、ですって！」と驚きの反応を示す。更にゲレス夫人はフリーダに向かって、「オーエンにユーモアのセンスというものが少しでもあったら、お澄ましのあなたなんかには、指をパチンと鳴らして片付けてしまうでしょう」と言い、「本当にあなたは馬鹿なのね！　さっさとあの子を捜して来て頂戴！」と命令口調で怒鳴る。そして、この時の様子を語り手は「人の心をかき立てるようなこの言葉は、まるでジプシーの踊りで打ち鳴らされるタンバリンのようにフリーダの心に響いてきた」と語る（220）。ここに描かれるフリーダは、オーエンの求婚に対し、モナへの約束の信義と義務を強く主張し、たとえオーエンと結婚したいと願っているにしても、自分とオーエンが「結婚登録所」へ行くか否かなどは問題の本質とは全く別のことと考えている。彼女にとって「結婚登録所」など夢にも考え付かなかった様子がここには見て取れる。このようなフリーダと比べるとゲレス夫人の方は、自分の収集品の安全への近道はフリーダとオーエンの結婚であり、その結婚で重要なのは二人の十分な了解より何より、結婚登録所で物質的証拠を確実にする事だと考える様子が写し出される。そしてオーエンをモナに戻したフリーダは馬鹿だと考えるゲレス夫人と、夫人の言動を聞いているフリーダの心理描写の対比は、ジプシーの踊りとタンバリンの音と振動という躍動感を伴う視覚と聴覚のイメージによってより鮮明にされる。フリーダが揶揄のニュアンスを伴って「お澄まし」と呼ばれることとは反対に、ゲレス夫人は少々荒々しく、実際的で行動力があり、しかもそれに何やら怪しい魅惑的な面をも併せ持ちながら、法の規制さえ撥ね除ける大胆さをも兼ね備えている様相が表される。このように実際的で行動的な夫人が、小説の始めの場面で描かれたような「寝室の俗悪な壁紙」にうなされ、一晩中まんじりとも出来ない繊細な

第二章 『ポイントンの収集品』　171

神経の持主と同一人物であることに矛盾を感じさせられる面もなくはないが、作者はこのようなゲレス夫人を描くことで、夫人の収集品に対する愛着が主として芸術品という物質そのものを対象に置いている点を強調し、フリーダとの相違点を明確にしている。このゲレス夫人とフリーダの相違の特徴のひとつは、一方が物事の処理に対して非常に実際的な人間であるのに対し、他方はやや観念的で理想主義であることなのだが、このことは次に見る描写にも表れる。それはゲレス夫人がポイントンからリックスに収集品を窃盗同然のやり方で短期間に手際よく移してしまった場面である。ゲレス夫人は多額の金を投じて、誰も気付かぬうちにこの快挙を成し遂げたことを得々と語り、その結果、これらの収集品の装飾において彼女の芸術的「構成力」[15] の天分が効果的に発揮されたことに大いに気を良くしている。この様子を語り手は詳細に述べ、更に「ゲレス夫人は不道徳な女としてますますどっしりと構えるようになった」(77) という言葉を加えている。一方のフリーダはこの事件が起こる前の段階では、ゲレス夫人が収集品の行方を案じるのは「断じて卑しい所有欲などではなく、美を尊ぶ者の責任を完うしたいという崇高な理念から来るものである」と考え、ゲレス夫人の姿を次のように見ていることが表される。

　　ゲレス夫人の顔色は青ざめていたものの、しかし晴れやかに宝物を守る英雄として、背水の陣さながらの勢いでそこに立っていた。この宝を諦めることは自己の義務にひるむことである。彼女の眼には自己の持ち場を死守する決意が表れていた。

　　Pale but radiant, her back to the wall, she planted herself there as a heroine guarding a treasure. To give up the ship was to flinch from her duty ; there was something in her eyes that declared she would die at her post. (46)

　しかし、いかに崇高で、ひたすらその収集品のために良かれと考えてやったことであっても、法に触れる方法を取ってまでも、それを自分の手元に置くことに決めたゲレス夫人にフリーダはやがて批判の目を向けるようになる。語り手が「ゲレス夫人は不道徳な女として、ますますどっしり構えるようになった」と語ったその印象は夫人の近くにいるフリーダにも当然伝わって来るはずだった。特にフリーダを喜ばそうと夫人が飾りつけてくれた部屋で、フリーダ自身はむしろ気が滅入る様子が描かれるが、この二人の対比のために、作者はまず、夫人の美術品に対する鑑賞能力とフリーダとの関係を示す。つまり、ここで、夫人の収集品全体の構成の見事さ、特にその特徴である調和の取れたルイ16世時代の品々を描き出し、フランス芸術の粋を集めたものの深い陰影や見事に形象化された例を挙げ、フリーが改めてゲレス夫人の天才的構成力にいたく感動する場面が提示される。そして次に、それが獲得された経路を知ると、たとえ、このような素晴しい美に接する特権を与えられても、フリーダは疲れ果てて眠ることも出来ず、その部屋は彼女の眼には寒々としたたたずまいに写る様子が描かれ、「そんな道筋を経てきたと思うと彼女はどうしてもそれらが好きになれなかった」(78) と説明される。

　このような描写には、フリーダとゲレス夫人の大きな相違が物事の処理の実際性のみならず、それと関連して、収集品の愛で方にも差があることが表されている。フリーダが収集品の持つ美しさやそれを守ることの重要性を考え、それは道徳的なこと、つまり人間としてすべきこと、あるいは、してはいけないこととの関連においてなされるべきだと考えている様子が「特権を与えられても疲れ果てて眠ることもできず…」という表現で示される。このようなフリーダの審美についての考え方は、別の場面においても「もう良い品物など見なくても良いという陰鬱な思いに捉われることもあった」(138)

と表現され、フリーダが良いものや美しいものを愛でる条件として、その品が美しいだけでは十分でないと考えていることが繰り返し表現される。それに対し、ゲレス夫人は手段を選ばず収集品を所有することで、審美に関する喜びが得られると考えていることが描かれる。このようなゲレス夫人の審美観は、品物の物理的な存在に依存する度合いがフリーダより大きいことを示している。このような二人の相違と火事の関連はこの小説内で大きな意味をなすと思うが、これを考える前にこの小説に表されたもう一つの要素と火事の関連を考察したいと考える。そのもう一つの要素とは、フリーダとオーエンの会見後の関係であり、それはフリーダが求婚を拒否した後のプロットとも大いに関連するものである。

　フリーダと最後に会見したオーエンは、モナに対する信義と義務をフリーダに諭された直後にモナと結婚して外国への長い新婚旅行へと出かけてしまう。ゲレス夫人の早合点の結果、ポイントンに収集品が戻ったことを知ったモナが、それまで延期していたオーエンとの結婚を決定したからである。オーエンは新婚旅行先から自分とモナの関係について、相変わらず本心とも愚痴ともつかぬ手紙をフリーダに送ってくるが、その手紙の中で、「モナは収集品の芸術的価値に全く関心が無いので、収集品の中でも特に芸術的価値が高くて小さなものをフリーダにプレゼントしたい。ついては、ポイントンの留守番に指示しておくのでポイントンに取りに行くように」と書いてよこす。その申し出に従ってフリーダがポイントンに出かけると、先に見たように、偶然その日にポイントンの屋敷は召し使いの不始末から火事が出てすべては焼け落ち、新婚の夫婦はまだ戻っていないことを知る。ここでフリーダに諭された後、オーエンがモナとあっさり結婚してしまった事実が示すように、彼は人は好いが意志薄弱で自分の言動に責任を持つ能力を欠く人物として小説の最後まで描かれ、フリーダへの求婚やその他の様々な言動に関して、彼の信義と義務は果たされていないことが示される。[16] 信義とは言うまでもな

く、自分に対してはもちろん他者に対して偽らず、欺かないことを意味する。先に見たフリーダがオーエンに求婚される場面にも、「信義を守る」という言葉が出て来たが、ヴィクトリア朝時代に生きたフリーダがこの言葉を使う時、そこには当然この時代の背景を反映しているキリスト教の神に対する忠誠の意を含むニュアンスも受け継がれていると思われる。しかし、ジェイムズがキリスト教の教えを特に意識してこのような言葉を小説中で使用する例は少なく、ここにおいても、「信義」の意は辞書で一般に説明している正直（honesty）、あるいは誠意（sincerity）に近いものである。またここでいう「義務」も一般に言われる「人が人として、あるいは立場上、当然しなければならないこと」の意である。ここでオーエンが信義を果たすためには、彼はまず第一に、自分はフリーダを選択する用意が本当にあるのか否かを自身にもう一度問い質すべきであり、もしそうであるならフリーダと結婚したい旨をまずモナに告げることである。そうしないことはモナに対してもフリーダに対しても、偽り、欺きを働くことになる。また、フリーダに求婚する前にモナとの関係を清算することは、結婚したいと思う人間として当然なすべきことで、これは信義（偽りや欺きをしないこと）であると同時に、義務（モナとの婚約解消をした後、フリーダに求婚するという順を踏むこと）である。オーエンはこのようなことをしなかったばかりか、フリーダに求婚した後、何の知らせもなくモナと結婚して外国へ出かけてしまっている。これも求婚という相手の一生にかかわることに関与しながら、その後始末をつけないという点で信義も義務も果たしていないことになる。

　このような結果について、「フリーダのつむじ曲がりの（perverse）面がオーエンを失わせ、彼女に不幸を招いた」と少なからぬ批評家が言う。[17] しかし、フリーダは求婚された時、自己の信念に従ってオーエンのモナに対する信義と義務を主張したのであって、その後オーエンがモナとあっさり結婚してしまったことについて裏切られたとは思っていない。

このモナに対する信義と義務とは先に述べたオーエンの信義と義務のうち、主として、彼が自分の心にもう一度本心を確かめることを意味する。この時点でフリーダはオーエンとモナとの婚約解消を考えてはいなかったと思われる。彼女は求婚された時「まだ私たちのことを話し合うのはやめましょう」（190）と言い、オーエンとモナの間に婚約解消どころかもっと基本的な事柄について何の話もされていないことを懸念し、それなしに、自分たちの話は進められないと主張している場面が見られる。ここには一時的な感情にまかせてフリーダに求婚しているオーエンの姿と、憧れている人からの求婚を受け、非常な喜びを感じながらも、オーエンの弱い性格を見抜き、事実を見極めたいとする理性の強い面を持つフリーダの対比が見られる。そしてこのように描かれるフリーダであるからその後の成行についてもオーエンを恨んだり、オーエンに好意を持ち善意を尽くしたことを後悔したり、そのことにこだわっている様子はないものとして表されているのである。むしろ、オーエンがモナとあっさり結婚してしまった事実は、フリーダがオーエンに対し的確な判断をし、正しい行動を選択したことを表現している。フリーダはオーエンが結婚式を挙げた後、ゲレス夫人との会話の中で、自分は一度も「オーエンの言葉に納得したことが無い」と言う（251）。そして、求婚され、その言葉が反故にされるという体験をした後も「今、自分は幸福だ」と述べ、ゲレス夫人と新しい生活をする用意のあることを示す。この「オーエンの言葉に確信を持ったことが無い」というフリーダの言葉は、言い換えれば、「オーエンが、モナに対する信義と義務を果たした後にフリーダと結婚するような男であるという確信が持てなかった」という意味である。そして、このフリーダの考えは正しかったことが明らかになった。このことを考えると、オーエンを失った事自体がフリーダにとって不幸なこととは必ずしも言えないのである。また火事で収集品を失ったことについては、彼女の性格と火事が起ったことの因果関係に関する限り全く無関係なのであり、彼女が収集品を

手に入れなかったことが、彼女のつむじ曲がりの性格に起因しているとは誰にも言えないことであろう。また収集品を失ったことと彼女の性格との関係については、これこそが、この小説の中心テーマと関係することであるが、彼女には収集品の個人的かつ物理的所有は必要のないものであったと考えるべきであろう。これについては更に後に詳しく論ずることとする。フリーダはオーエンと自分の関係については妥協を許さぬ自己の信念というものを確立していたのであって、それは度重なる会見の中で鍛えられていったものである。オーエンから最初に好意を打ち明けられ動揺した数回の場面と比較すると、彼女はその後オーエンの人柄と自分との関係や自分の取るべき態度について多くを学んだ。オーエンに対して常に善意を示しながらも、オーエンについての彼女の関心事は、第一義的に道徳的な信義に集中していたのである。それ故にフリーダとオーエンの関係は、火事と収集品の消滅によって基本的に大きな影響を受けることは無いのである。

　それではこの小説におけるフリーダとゲレス夫人と火事の持つ意味はどのようなものであるかという点について考えてみよう。

　オーチンクロスは、この小説の人物のうちゲレス夫人は、オーエンやモナと共に特に悪人という訳ではないが、円熟期の小説に出てくる悪人と言われる人々と同様に感受性に欠ける点があると指摘し、ゲレス夫人は所有欲によって美術品に圧倒され、本当の美しさを感ずる能力を失ってしまっている上、フリーダを馬鹿と考えており、オーエンは単に気立てが良いだけで、不運な上にあまり好ましくない結婚から逃れる方法を知らない想像力の乏しい男であり、モナはフリーダの審美観も理解出来ず、彼女を侮辱する女であると言う。そしてフリーダの役割はこれらの世俗的な人々に彼女の持つ善良さを示すことであり、その善良さのみが唯一彼女の受け取る報酬であるという。そしてゲレス夫人が美しい品物を愛でながら、がさつな面を見せるのに対し、フリーダは美の本質を感じ取ることが出来、自己の道徳的義務を見失うこと

もなく、先にも言及したように人間の感受性のうち最も素晴らしいものを表しているると述べる (120)。このオーチンクロスの説明のうち、ゲレス夫人がフリーダを「馬鹿」と考えているということについては、この「馬鹿」という言葉の意味が、いわゆる、知性が低いとか、能力が劣っているという意味ではなく、またフリーダを侮蔑して言っているものでもないことを一応確認しておこう。小説の中で夫人がフリーダを「馬鹿な」とか「間抜け」と呼んだり言ったりする表現を見てみると、彼女がフリーダの能力や知性を疑って言っているのではなく、むしろ自分の思うように物事が運ばないことや、フリーダの世間知らずに腹を立てた場合、あるいはフリーダに愛情を感じている場合にこの語が使われていることが分かる。[18] また次に見る二つの文には、夫人が馬鹿とか利口についてどう考えているかが直接表されている。最初のものは夫人が自己分析をしてフリーダに語る文である。"... I'm stupid above all — that's what I am ; so dense I really blush for it. ..." (126) 二番目のものは、語り手がゲレス夫人の考えを説明するものである。"Mrs. Gereth had really no perception of anybody's nature — had only one question about persons : were they clever or stupid? To be clever meant to know the 'marks.'" (138)

これらを見てもゲレス夫人の「馬鹿」という発言は少なくとも他者を鋭く攻撃し、侮蔑するためになされるものではなく、フリーダに関しては、実生活において利得に反すると夫人が考える時に使われ、若い娘に対する経験不足への批判と多少の同情心が表されているのである。オーチンクロスが「ゲレス夫人はフリーダを馬鹿と考えている」と述べる真意も、二人の実利益に対する考え方の差を指しているものと思われる。また、夫人には、自己の目的のために自分の息子であろうと親しい友人であろうと力ずくで従わせようとするところが見られ、フリーダを収集品の一部と見ているとオーチンクロスは述べ、このような態度は『黄金の盃』のアダムにも共通に見られるも[19]

ので人間を物と見ているものだと指摘する。[20] そして、先に見たように、そのようなフリーダは小説の終わりでは灰をじっと見つめる侘しい運命に置かれたと解釈している。しかし、このようなオーチンクロスの解釈、つまり彼女にはオーエンも収集品も残らなかったから侘しい運命に置かれるというものは、あまり説得力がないように思われる。何故なら、フリーダには後に見る少なからぬ批評家が指摘するように、物が消滅しても消えることのない、厳とした精神の中に蓄えられたものが残ると思われるからである。

　これに対し、ロバート・マクリーン（Robert C. McLEAN）は、ゲレス夫人とフリーダの関係を審美的な志向を宗教とする聖戦運動のリーダーとその侍者に例え、この二人の特徴的な対比を指摘する。つまり、ゲレス夫人の宗教には女性の男性への、そして母の息子に対する圧制に基づく論理があり、息子のオーエンの誤りは、美を愛でることと美の「神聖さ（sanctity）」を尊重する能力を欠いているために収集品を苦労して集めた母の価値を理解できないことにあるという（209）。そして、ゲレス夫人とフリーダの大きな相違は、前者が他者を自己の基準に合わせるように強要し、論理的に弱い男を支配し、性的魅力の効力を意識しているのに対し、フリーダは他者の自由を尊重し、自身の性的魅力に対して無知であったことだという（210）。性的魅力の効力についてゲレス夫人が十分に認識しているのに対し、フリーダが無知であるという事は本文の"'… She's after all so much less of a fool than he. And what *else* had he originally liked?' Mrs. Gereth shrugged her shoulders. 'She did what you would n't!'"（241）の描写を指すと思われる。ここに見られる性的魅力についての示唆的叙述はフリーダの人物像の一端を示すものではあるが、ゲレス夫人との比較においては、一方が世間一般の諸事にかなり精通しているのに対し、他方は世間知らずであることを示す程度の意味を持つに過ぎないと思われ、マクリーンの性的魅力に関する言及もそれ以上の意味を持たないと思われる。[21] またマクリーンも他の多くの批評家と同様に、

二人の女性の最も明白な相違点はゲレス夫人が手段を選ばず外的成功を目指し、その成功の結果に満足するのに対し、フリーダは、自身あるいは他者の倫理の遂行を求めるのであり、最終的に彼女は火事によって自分の願いは幻想であることを知らされると言う。彼はオーチンクロスと同様に、フリーダの道徳的特性を認めてはいるが、作者ジェイムズがフリーダの住む世界を厳しい不快な世界として描き出した、あるいはそれが結果として描き出されたものだと解釈している。彼はフリーダの世界を「お茶の供される雰囲気の中で、ジャングル（厳しい生存競争）の中に見られるような荒々しい精神の闘いが繰り広げられている」(220) と形容し、フリーダの自己欺瞞もこの中に見られると言い、しかしそれにも拘らず、読者はフリーダに同情心を感ずるだろうとも述べている (220)。このマクリーンの批評のうち、ゲレス夫人が「女性の男性への、そして母の息子に対する圧制に基づく論理」によって行動するという点については、本文の描写に即して考察する時、必ずしも圧制という言葉が適当であるか疑問を残すところであり、「女性の男性への」という点に関しても「親の子への」という考え方の方がむしろ適当と思われ、この点に関してマクリーンは十分な根拠を示していないと思われる。またフリーダの態度を自己欺瞞と見るか、あるいは、彼女の本心からの自然の望みの発露と見るかは、先のウィンターズの批評の場合と同様に、何を自己欺瞞と見、何を自然の望みと見るかの前提を吟味しなければならないであろう。本稿ではこれまで見て来たようにフリーダの態度は自然の望みの発露と見ているのである。また、フリーダが「最終的に火事によって自分の願いは幻想であることを知らされる」という彼の指摘は、フリーダの願いをオーエンと結婚すること、あるいは収集品を自分の所有とすることと解釈しているように思われ、これは全く同意出来ない点である。この点については、この小説のテーマを深める問題と関連して本稿の最後で再確認することとする。

　ここではこのようなオーチンクロスやマクリーンの解釈よりむしろ、ケネ

ス・グレアム（Kenneth Graham）が述べているフリーダの性格についての解釈を取り上げ、その妥当性を考察したいと考える。グレアムは、フリーダがジェイムズの多くのヒロインやヒーロー達——例えば、ニューマンやストレザー、イザベルやマギー——のように超自然主義者の持つ自立の信念を持ち、意志の力や道徳的知性を働かせることによって自己を助け、自己を変えようとする人間の特徴を示していると言う（8）。グレアムによれば、彼らのこのような自己改革の目的は、物質的な対象物のみならず、精神性を含む審美的で洗練されたものへの到達を目的とするものである。この自立の信念を持ち「自己を変えようとする人間の特徴」は確かにフリーダの描写の中にしばしば見られる。例えば、フリーダがオーエンに好意を持ち、一方ゲレス夫人はフリーダに好意を持つという有利な条件がある状況の中で、様々な誘惑に打ち勝つ努力を繰り返し、自己の理想とする姿に少しでも近づこうとする描写——すでに見て来たように、オーエンから好意を打ち明けられ一度ならず動揺するが、流れに引きずられることなく自己を取り戻し、オーエンに求婚されるという決定的な場に及んでも、納得のいかない妥協をしなかったこと——などはその典型例と言えよう。ここには、グレアムの言う自立の信念や意志の力、あるいは道徳的知性によって自助努力する姿が写し出されているのである。それは、単なる世間体や世の中の評判を気にするフリーダの姿ではなく、超自然主義者の信念に似た、一見頑固とも見える態度を貫く姿なのである。この自己の信念に従い道徳的知性を働かせ、自分が納得しないものには妥協しない態度には『ある婦人の肖像』のイザベルを思い出させるものがある。[22] 本論の第一章でも見たように、イザベルには自己の信念を貫く態度の中に「自由を求める」という欲求があった。一方、『ポイントンの収集品』で作者が目標としたものは、繰り返し確認したように、審美によって搔きたてられる人間の情熱を描き出すことであり、人間のあるべき姿を表す道徳的展開を産み出すことであったが、このあるべき姿の中に作者はフリーダ

の自由ということをも当然含んでいた事実をここで我々は思い出すことが出来る。本稿で引用した「心の奥の秘密の部屋」に関する描写もその一例であるが、その他にこの小説の「序」においても「作者である自分の傾向として自発性と快活さを備えた自由な精神の持ち主に試練を課し、それによって作品の興味の成否を問おうとすることがある」(xv) と述べていることも、作者の意図を表すものである。[23] この「自発的で活発な自由精神の持主」という言葉や「試練」という言葉に読者は、フリーダとイザベルの基本的精神の共通性を思い起こすものである。

　作者はまた「フリーダみたいにいつもまごついてばかりいる女の子」も小説中の愚かな人々の中では、その強靭な自由精神が際立つのであり (xiv)、その自由精神は、いつも苦しめられ必ずしも勝利を手にする保証はないが「ただ、自由を死守する態度を貫いたという点のみであってもその意味の成功者なのだ」(xv) とも述べている。このようなフリーダの姿は、美しい品物の所有のみに心が奪われ、物質が持つ美しさを他のあらゆるものに優先させるゲレス夫人の態度とは対象的であることはすでに述べたところである。しかし、読者はここで改めて、作者が小説の始めで示唆的に表した次の言葉の意味を思い起こすこととなろう。「フリーダも、わが審美こそわが命と考えている点ではゲレス夫人に負けるものではなかったが、フリーダの方は、なぜかその審美に対する信条のために、生きる意味の大きさがより大きなものとなっていた」(25)。そしてフリーダとゲレス夫人の相違が、その後の小説内の展開の中心を占めるものとして描き出されたことの重要性を再確認することとなろう。

　さて、これまでフリーダとゲレス夫人の出会い、フリーダとオーエンの会見、そしてポイントンの火事という三つの代表的な場面とそれに関連する人物たちの描写——特にフリーダとゲレス夫人の対比及びフリーダの性格と行動——を通してこの小説の「物の美と価値」及び「道徳的な展開」がどのよ

うに描き出されているかを見て来た。そして、主人公フリーダの収集品に対する感受性や鑑賞力は、火事に直面してもその場で消滅してしまうものではなく、この火事に関連した人物の中で彼女の失うものは最も少なかったということをも見て来た。フリーダはオーエンの結婚を知った時にもにっこり笑って「今は幸せです」と言うことが出来たと描写されたが、このことは、彼女が今後たとえ躓くことがあっても、再び立ち上がって自己の信念に基づいて堂々と生きていくことを予想させるものである。マクリーンは「フリーダが、淋しい世界に住み、自己欺瞞の傾向がある」と評したが、その彼でさえ「フリーダはポイントンの収集品を手元に置くことは出来ないが、それにも拘らず、その品々について、例え一瞬であっても自分の人生に及ぼすものの本質との関連でその価値を見極めることが出来、その点において成功した」(220) と述べており、このことは注目に値する。この点こそ、作者ジェイムズがこの小説で表したかったことに近いものであり、ブラッドフォード・ブースの言う「いかに美しいものであろうと、その品物の所有に高い価値を置くことの愚行」を背景に浮き彫りにされた、いわば、フリーダの理性の働きによって高い価値が置かれた「審美」の表現なのである。そして、フリーダの究極の望みや憧れは、オーエンとの結婚や収集品の物質的所有ではなく、収集品が彼女の心の中で輝いている状態を保つこと、つまり収集品に接した感動が心の中に永く留まり、時として新鮮な感覚を伴って甦り、そのようにして豊かに満たされる心の状態を維持することなのであり、どんな場合にも卑しい面を持つ人間の行為によって踏みにじられることのない状態に自身を置くことなのである。

　ビル・ブラウンは作者にとって火事は必要であったとし、火事はこの小説に扱われる審美の内容を「浄化 (purification)」すると述べている (228)。ただし彼はこの「浄化」の説明についてジェイムズとバルザックの収集品の描写法に論議の焦点を置き、この小説の中で具体的な火事という出来事がどの

ように審美の内容の浄化を描いているかについての直接的な説明はしていない。[24]

しかし、同時に彼はヴァーノン・リー（Vernon Lee）によって議論される「審美とその価値の真の所有者との関係」[25] を取り上げることにより（232）、この小説の火事の意味を解いている。つまり火事によって物が消滅する時に、「真に精神的な美の鑑賞という行為によって、審美的感情が、法の上での架空な所有に代わり意味を持つようになる」（"... aesthetic sentiment replaces the legal illusory act of owning by the real spiritual act of appreciation."）ことの純粋性が証明されると考えたのである（225）。ここでは物の法的所有は問題ではなく、物の美の評価を精神のレベルで行うことの出来る審美的感情を問題にしている。

このような、たとえ法的にその物の所有が認められなくても、審美の感情によって、その物を心の中に所有することが可能であるという考え方は、実は小説の中で火事という出来事の前に、すでにいくつかの場面で、それに似た状況が描写されていることを我々に思い起こさせる。その一つの例は、フリーダがポイントンの収集品のどれか一つを取得しても良いというオーエンの手紙を受け取り、彼女が収集品の品々に思いを馳せる描写の中に見られ、次のように表される。

　　彼女は、少なくとも今回は、自分の所有というものが、苦い思いを胸いっぱいに抱いている他の二人の人間の、いずれの所有にも劣らず完全であると、自分に言い聞かせることが出来た。そう、絶対にそうなのだ——彼女の選択にいささかのためらいも無いのだ。彼女が受け取りに行くものは、彼女の高い特権に値するものなのだ。

　　… she should be able to say to herself that, for once at least, her possession was as complete as that of either of the others whom it had filled only with bitterness. And a thousand times yes — her choice should know no scruple : the thing she should go down to take would be up to the height of her privilege. (260)

ここには、フリーダの所有や高い特権という言葉が使用されているが、「他の二人の人間の、いずれの所有にも劣らず」という言葉が示すように、フリーダの所有が極めて精神的なものであり、実際に品物を所有せずに、フリーダが品物のもつ本質的なもののみを自分の精神の中に持つことを意味している。そしてこの「他の二人の所有に劣らず、彼女が完全に所有をしているもの」とは、単にこれから得ようとする一点の品物のみではなく、彼女が脳裏に描いているポイントンのそれぞれの部屋にある多くの収集品と装飾品なのであり、彼女がこれから得ようとする一点はその象徴に過ぎない。ここに描かれた時点でフリーダはその一点を物理的に所有する意志を持っていたかと言えば、その意志はあったと解釈すべきであろう。しかし、作者はその直後に彼女にその一点の品さえ物理的には所有させないというストーリー、つまり火事の勃発というストーリーを設定し、ここでフリーダが、何を実際に所有するかという問題より、彼女の高い特権――つまり彼女こそ、その資格があるということ――を強調しているのである。これを、ブラウンのもう一つの言葉を借りれば「フリーダは道徳的優越性を享受している」(229) ということになるのである。ここには、物の所有よりも物の美とその価値を心の中に所有することの方が道徳的に見て価値が高いという考え方が表されている。フリーダはこのような享受の内容、つまり、法的に収集品を所有せず、これらを愛で、楽しみ、慈しむ状態を、「詩」を感じることと同じだと言う。ゲレス夫人がポイントンの収集品を用いないで飾り付けをしたリックスの装飾品にフリーダが感心する二十一章の場面においても、そのような装飾の効

果にどんな名を付けるか——つまりその実体を表すとしたらどんなものか——と、問われた時に、それは「4次元の世界、あるいはその場の霊気、芳香、感触、魂、物語、あるいは一つの生命」(249)であると述べている。これらは先の「詩」という言葉と共に、すべて、抽象的なもので、人間の五感に関するもの、あるいは精神に関するものであり、人間の目に直接見えないものである。ブラウンの言うように、これらを感じ取る行為こそが審美の感情を享受することであると作者は考えていたと納得させる要素をこのフリーダの言葉は示唆している。

　また、このような美の評価を、精神的行為において行い所有する例として考えられるもう一つの描写例は、ゲレス夫人が収集品をポイントンに送り返してしまい、フリーダの近くにすでに収集品は無くなってしまった時の、「彼女がいっぺんに失ってしまったものは、何よりも心を揺さぶられたあの収集品の美であった」(234-35)という描写である。

　この時点では、収集品はまだ火事によって消失していないが、ここには実際に消失してしまった時とほぼ同じ状態の「収集品とフリーダの関係」が描かれる。実際上の収集品はもう彼女の手の届かない所にあり、まして彼女がそれを物理的に所有することは許されない。しかし、彼女はそれらと接触した経験によって、精神的に自身の身を暖めることも出来たし、妹の家の家具類の上に心の中で飾る事が出来た。彼女にとってそれが、誰の所有であるかなどということは問題ではない。彼女には収集品の目録など不要で、遠く離れていても収集品の配列をそっくり完全に思い浮かべることが出来るのである。言うまでもなく、作者はこのようなフリーダを描くことで、「さもしい獣や人間とは違って、非常に誇り高い」(235)収集品の審美の本質とそれを愛でる人間の姿というものを描き出そうとしたのである。

　このように見て来ると、作者がこの小説の最後に設定したポイントンの屋敷の火事はこの小説の登場する人物の中で、収集品に対して、誰が一番その

審美を理解し、火事によっても消滅しない収集品の本質的価値を自己の内部に保持出来るかを明確に示すものとなっている。この物語でフリーダとゲレス夫人及び収集品との出会い、及びフリーダとオーエンの会見により呈示された主な主題は「審美と道徳」であり、小説の最後でポイントンの屋敷の火事という出来事を通して、フリーダの考える審美とゲレス夫人の捉えている審美の相違はより具体的に表された。そして作者の考える審美の内容は、ゲレス夫人という対称的人物を配することにより、フリーダの行動と性格を通して明らかにされた。

この小説について、先に見たようにジェイムズ自身は二つの異なる評価を別々の箇所で表しているが、リチャード・バートンの主張を始めとして、これまで見て来た様々の批評を思い返す時、ジェイムズが「序」で述べた「美をかき立てる人の情熱やエネルギーが描き出され、真実に沿って道徳的な展開が産み出される」という執筆目的は達成されたと思われる。そしてこのような美への情熱とそれに絡む道徳的な展開を表現しようとする作者の思いこそが、マードックやコンラッドのみならず、100年を経た今日の読者をも魅了してやまない秘密であると思われる。[26]

註

1 *The Spoils of Poynton* を円熟期の小説の先駆けと見る批評家の代表 Auchincloss はフリーダが「強い道徳意識を持つ」という面で *The Golden Bowl* の主人公と共通性がある点やフリーダの実家の状況描写が *The Wings of the Dove* のケイトの実家のそれと共通性を持つ点などを指摘している。また主人公が年上の夫人の保護下にある点や、父がロンドン在住で、姉妹やその伴侶が主人公の精神的援助を果たしていない点なども *The Wings of the Dove* との共通点であるとしている。更に円熟期の小説との最も本質的な共通性は、「繊細な感受性が遭遇する悪」の表現である（119-20）と言う。James の作品のテーマに「悪」の表現を見ている点については本論第一章

第二章 『ポイントンの収集品』　187

で見た Graham Greene の主張とも共通する問題点を含み、疑問の余地を残すところであるが、この小説の題材に円熟期の作品の萌芽が見られるという指摘は注目に値する。

　また Robert C. McLEAN もこの小説を円熟期の先駆けと見る批評家が1960年代に多かったことを "The Subjective Adventure of Fleda Vetch" の冒頭で述べている (204)。

2　Cargill は、James が *The Spoils of Poynton* の「序」においては、フリーダの出来栄えに満足を表しているのに対し、*The Princess Casamassima* の「序」においては、フリーダの繊細さの描写が感情的なものとなっていると述べ、また道徳的な状況以外の描写では、その表現が不明瞭なものとなっていると考えている点を指摘し、このような作者自身の矛盾する二つの見方と批評家たちの賛否両論の評価の関係を考察している (218-40, N13)。

3　Cargill は、Ford Madox Ford が Conrad と共にこの作品を最初に読んだ際、Conrad が熱狂し有頂天になった事実を *Portraits from Life* (Boston, 1937) の叙述から取り出し紹介している (225)。また Pelham Edgar が、*Henry James : Man and Author* の中で James の作品中最も完成度の高いものとして評価していること (225) や、Carl Van Doren, Joseph Warren Beach, Hartley C. Grattan 等もこの作品を絶賛している点を示すと同時に、Richard Burton が「この作品の中で審美的文化の増大を伴う鑑賞力というものが男女の物語の興味と情熱という要素に代わってこの上なく素晴らしい陰影と繊細の感情を紡ぎ出した」と述べている点に注目している (225)。一方 Cargill はこの小説を非難する W. C. Brownell の「メロドラマ的で動機や抱負が不十分であり、生き生きとした生活が描かれていない」という批評や、ほとんど James 非難の典型とも言える「一連の小説を薄い筋書きや不必要な長さで書き連ねている」という Arthur Hobson Quinn の評 (295)、及び Winters の評をも取り上げ (225-26)、Winters については再検討が必要であるという観点を示している (234)。

4　"aesthetic" が James の文学において特徴的な語であり、この語が James の小説芸術の概念と大いに関係するものであること、及び James のこの語に関する使用例とこの語の語源についてはすでに序論で言及した。Cf.「序論」PP31-32, N40, N41.

5　このように小説の主人公と、その小説のテーマが絡んだ事象が最初の章から率直に出される例は、James の作品では少数派に属する。これまで見て来た *The Portrait of a Lady* やこれから見る *The Wings of the Dove* あるいはその他の後期三大作品や他の代表作に見られる多くの物語の最初の章は主として小説を進める上での予備的知識あるいは背景を示唆するためのいわば導入部分として設定され、主人公と直接関係の無い叙景描写や主人公以外の他の人物の描写等で埋められていることが多い。

What Maisie Knew とこの小説が率直な第一章の呈示という特徴を持つのは、これらの作品の前にJamesが戯曲に手を染めていたことが関連していると考えられる。Auchinclossは *The Spoils of Poynton* がいわゆる円熟期の小説への序曲的位置を占めると述べているが (119)、最初の章の取り扱いに関する限り、それはあてはまらない。この時代の作品群の後に書かれたいわゆる円熟期の作品の最初の章は、婉曲な表現で主人公の直面する問題と必ずしも直結しない事象の説明が詳細に、むしろ長々と続くことはすでに良く知られている。

6　Bellはこの作品の執筆当時、Jamesが兄Williamに宛てた手紙の中で読者数の減少に関して "I am not afraid of starving." と書いている点を取り上げ、Jamesの意気込みを示すと同時に、Jamesが劇作の失敗の経験を踏まえ大衆の文学に対する欲求について意識をしていた点を指摘している (*Meaning in Henry James*, 4)。

7　Brownは、この作品が始め *The Old Things* というタイトルで発表され、次いで *The Beautiful House* に変わり、最後に *The Spoils of Poynton* になった事情を説明し、この作品の元のタイトルの (a) "Thing" には物質的な意味と形而上学的な意味の関係が表されていると述べ、芸術及び審美に関する作者の意識の必然性を強調している (223)。

8　Jamesの善悪に関する判断基準の基となるものについての議論は本論第一章N25を参照されたい。

9　フリーダの描写のうち、イギリス娘が持つ「義務感と自己抑制 (duty and self-restraint)」の面は、下記の著書に説明される "conventional behaviour grounded on a traditional creed" (88) というものとほぼ一致する。ヴィクトリア朝初期においてはキリスト教的責任感が義務化され、強さとたくましさ、慎重さによる物事の抑制がよい事とされる価値観があり、ヴィクトリア朝後期に大きく社会が変化した後もその特徴は残った。cf. G. H. Young, *Victorian England : Portrait of an Age* (1989).

10　Jamesは英国の法律において妻の相続に関するものが仏国と異なることを念頭に置き、この点を書き表す意図を *Notebooks* に記している (199)。

11　*Notebooks* には、フリーダの「他人 (この場合はオーエン) の犠牲によって利得を得ることを憎む面 (hatred of profiting by such things at Owen's cost)」を表現する意図が表され、しかも、それを詩的に描こうとする意志も見られる (215-16)。

12　このようにオーエンの気持ちを暫く明確にしない理由の一つに、Jamesの特徴である曖昧性の問題が挙げられるが、その他理由としてこの小説が当初連載小説であり、読者の興味の持続性を考慮したということが考えられる。cf. *Notebooks*, P200, PP254-55.

13　このような物語の展開の仕方はBrownellの指摘するメロドラマ的という批評の

例にあたるとも考えられる。cf. *American Prose Masters* (New York, 1909).
14　本論第三章『メイジーの知った事』PP213-15, P217, N17, N18 を参照されたい。
15　小説の中で見られるゲレス夫人の収集品を装飾する能力というものは、小説が描かれた当時のイギリス社会で　問題にされ始めた芸術的「構成力」と、大いに関係している点を Brown は指摘している (226)。また19世紀後半に建築家 Philip Web が William Morris のために建てた「赤い家」が家と家具と装飾に関する新時代の始まりを象徴していると言われる。cf. *Victorian England*, P151. このような状況はこの小説の時代背景として考慮に値するものである。
16　John Lucas は、フリーダと *Washington Square* のヒロイン、キャサリンが不実の男に求婚されるという描写に、類似点があると論じている (*The Air of Reality* 55)。しかし、James の初期の作品と後期の作品の相違が作者の執筆目的の差を表しているという点を Lucas は見逃していると思われる。フリーダは、ある意味で不実の男ともいえるオーエンに求婚された時、その事実をしっかり自分のものとして受け止めており、彼女のそのような態度はその後の円熟期のヒロイン達に受け継がれている。一方、キャサリンの方は単に父の意志に沿ったのであり、不実の男との関係を自分の問題としてしっかり受け止め消化をするということが無いという点でフリーダと大いに異なる。
17　Auchincloss も Winters 等と共にフリーダの perversity が彼女に不幸をもたらしたと考える一人である。しかし、彼はそれ故、フリーダが悲劇のヒロインとして最も好ましいと表明している (121-22)。
18　ゲレス夫人がフリーダについて「馬鹿」という言葉と関連させて表している文には次のようなものが見られ、それらの語も "stupid" の他、"absurd", "folly", "fool", "goose" 等がある。"... you absurd affected thing" (141), "... your incredible folly" (219), "... you fool" (221), "goose!" (251).
19　これは第二十一章に見られるゲレス夫人の言葉 "Moreover, with nothing else but my four walls, you'll at any rate be a bit of furniture." (245) に言及していると見られる。
20　*The Golden Bowl* XXIII の中で、アダムが人間を物として見る傾向を描いた箇所は次の通りである。"You're at any rate a part of his (Adam's) collection." (12), "... the aspirant of his daughter's hand showed somehow ... with the high authenticities, ..." (140), "The note of reality, ... in his great 'finds'" (196).
21　James の小説を解釈するにあたり、現代では性の問題を中心に扱う論文もかなり見受けられるが、本論ではすでにこれまで述べて来たように、性を中心問題として扱う立場を取っていない。*The Spoils of Poynton* においても、性を示唆した文や性

に関する描写が小説全体のプロットに影響を与える程大きな役割を果たすことはあり得ないと見るからである。また James 自身、性に関して小説論等で大きな議論を展開したことは無く、性を扱う場合のほとんどは道徳的な事象を、特にフランスの作家の道徳観との関連で言及する程度である。cf. Ruth B. Yeazell, "Sex, Lies, and Motion Pictures." *The Henry James Review* (2004).

22 フリーダとイザベルの類似を指摘する批評家は少なくないが、例えば Bill Brown は二人に共通する点は、「物質的なものに依存しない幸福を示唆していること」だと言う。cf. "A Thing about Things" P224.

23 James は「序」において次の文に見られるように自分の癖と名付けた自己分析の中で、人物の性格描写と自由精神の関係に言及し、自由の精神の持主に試練を与えることによって作品の成否を問いたいという傾向が自分にあることと、これを大袈裟に主張することを警戒する心情を同時に表明している。"I recognise that the novelist with a weakness for that ground of appeal is foredoomed to a well-nigh extravagant insistence on the free spirit, seeing the possibility of one in every bush ; I may perhaps speak of it as noteworthy that this very volume happens to exhibit in two other cases my disposition to let the interest stand or fall by the tried spontaneity and vivacity of the freedom" (xv).

24 Brown は Adeline Tintner が、「この小説に描かれている "one of the most beautiful houses in England" にしては、その収集品の提示内容が貧弱である」(440) と指摘したことについて、James の小説論 *French Writers, Other European Writers* の中の「Balzac 論」を取り上げ、James の描写方法が Balzac と異なっていることを指摘している。つまり James の小説は収集品の物質性に依存するものではなく、収集品の装飾的構成力を含む視覚的芸術感覚によって小説の質を高めていると主張する。

25 cf. Vernon Lee in *Art and Life* (1896). (qtd. in Rémy G. Saisselin, 160).

26 Richard Burton は *The Spoils of Poynton* の批評史の中で、この作品の特徴を男女の物語としてよりも、むしろ審美と鑑賞力の問題として捉えた最も早い研究者であり、しかもその問題は今日的問題として、決して古くなっていないことを示している。この点で、Burton にはより高い評価が与えられるべきであると考えられる。cf. *Literary Likings*, PP122-53.

第三章 『メイジーの知った事』
──不毛の浜辺の播種──

　『メイジーの知った事』は、実の両親の放埓な生活によって引き起こされた離婚騒動の中で、主人公メイジーが目撃した大人たちの行動とメイジー自身の意識を中心に展開される物語である。ここに扱われる異文化対立は19世紀イギリスの社交界を中心とする大人社会とその周辺の子供社会の文化の対立がベースとなっている。この小説で主人公メイジーの年令は、幼児期から思春期にかけての時期に設定されている。そのためにこの小説は通常、『やっかいな年頃』や「教え子」等、いわゆる一連の子供を主人公とする小説群の一つとして解釈されている。そして、ジェイムズはこれらの小説群において、本来人間が持っている本質的な特性を子供の行動や意識を通して表現したとも言えるのである。[1] しかし同時に、この小説はジェイムズの主要な小説でしばしば扱われる「親しい者による裏切り」のテーマのもとに描かれたという解釈も成り立つ。「親しい者による裏切り」はこの物語の場合、主人公が子供である故に大人を主人公にした場合より一層赤裸々に表されている。その意味でこの小説は、子供を扱った小説の特性と「親しい者による裏切り」のテーマを持つ特徴とが組み合わされたものと言うことが出来る。本稿ではこのように子供を中心とする要素と裏切りの物語という要素を持ちながら、それと重複する形で表される大人社会の文化と子供社会の文化の対立が、作者の目標である「道徳の種を蒔く姿の描写」とどのように絡みあって小説に表されているかを考察しようとするものである。このような目的にそって、まず、メイジーの人物描写を取り上げるのだが、その前にジェイムズの子供

を扱った物語の特性と、この小説のモチーフに関する問題点について最小限の確認事項を記しておこう。

1．物語が真実である年頃

　ジェイムズには、先に言及した子供を主人公にした小説の他に、子供を登場人物に加えた作品も実に多く、これらには、子供の特質に対する作者の旺盛な好奇心と大人社会に占める子供の位置に関する洞察の深さが至る所で観察される。『メイジーの知った事』と同じ時期に刊行された「ねじの回転」に登場する幼いマイルズとフローラは、人間が大人になる過程で失っていくと思われる鋭い好奇心や未熟で無防備な性向、あるいは探求心を満たそうとする本能、そして、それらと一見矛盾すると思われる人間本来が持つ自己防衛の本能等を雄弁に表現している。この物語も他の子供の物語と同様に、単に子供描写を共通点としているのみならず、ジェイムズが本来大人を主人公として描く際に用いる主要なモチーフをも包含している。例えば、この物語の中でマイルズは「僕は世の中をもっと良く見たいよ」(251) と訴える。この「世の中を見たい」という希望は、周知の通りジェイムズの実在の従妹ミニーの切実な願いでもあった。更にそれは、『ある婦人の肖像』のイザベル、『鳩の翼』のミリー、そして、本稿で扱うメイジー等多くの人物に共通した希望でもあった。しかも、これらの人物たちすべてに共通する「見て、体験すること」への好奇心は作者自身のものでもあり、作者はそれを強い意識をもって小説に表現しているのである。このような好奇心は子供の特徴でありながら、同時にジェイムズを含むある種の大人たちの顕著な特徴でもある。

　また「ねじの回転」の主人公である家庭教師は、まだ思春期を抜け出していない若い娘として描かれているが、その年頃の人間が持つ子供と大人の両

面の特徴を表している。彼女は心ひそかに雇い主に好意をよせ、その人物が自分の勤務に称賛を与えてくれるかもしれないという期待を膨らませるが、実際は家庭教師として一貫性のない行動を取り、子供を十分に監督する能力を欠き、この小説と同時期に刊行された「檻の中」の主人公にも共通する不安定な心の動きを示す。そして、このような年若い女性の心の動きは、彼らより多少年若いにしても同じように思春期にあるメイジーの、自己の存在に不安を感じ心が揺れている状況と共通するものでもある。

「デイジー・ミラー」に出てくるランドルフは、子供であるために思ったことをそのまま口に出し、時に家庭の躾の悪さを露呈し、周りの大人を困惑させる。同様に「視点」には、客船の甲板で騒ぎ回る子供が描かれ、このことに対する批判と、アメリカとヨーロッパの社会における子供の躾に関する比較が示されている。ここには、作者が子供を持たない独身者であるにもかかわらず（あるいは、むしろ独身者である故にとも言うべきか）、子供の躾や教育に高い関心を持っている事実が表される。[2] また『ボストン人』には、霊能者の集会に連れて行かれた子供の様子が、子供の教育と環境に一家言を持つ作者の個性的観察力を織り込んで描かれている。[3]

このような子供の環境や子供の心の状態──特に子供の持つ本能的好奇心や不安定な心理──の表現の他に、子供の持つ「美しさへの純粋な憧れ」や、大人の無意識な圧力の下で翻弄される子供の姿をも描き出す。『プリンセス・カサマシマ』のハイヤシンスや『ある婦人の肖像』のパンジーを通して、美しいもの、立派な（と見える）もの、貴い（と見える）ものに対する無条件の憧れと、汚れを知らぬ純粋さを表現し、『やっかいな年頃』や「教え子」においては、大人の身勝手な行為が子供を圧制し、苦渋を強いる様子を描き出す。ジェイムズの子供を扱った小説の中で、唯一明るい存在として描かれる例外的な子供は『黄金の盃』のプリンシピーノのみである。ジェイムズの数多くの子供の物語に、大人の圧制下における惨めな状況と子供の持つ種々

の特徴が描き出されている。

　しかし、このような子供を扱った小説群の中で『メイジーの知った事』に見られるような、親しい者に裏切られ非常な混乱と困難の中から主人公が希望を求めて行動を起こすという、いわゆる「裏切り」のテーマで描かれたものはほとんど存在しない。その意味でも『メイジーの知った事』は、独自性を持つ作品と言えよう。

　ところで、この作品を「子供が表す人間の本質」という観点から解釈せず、また「親しい者による裏切り」の系譜の中で見ることもなく、作者の人種偏見が表れている作品だと述べる批評家もいる。ケンドゥル・ジョンソン（Kendall Johnson）は、小説の第十八章に描かれる博覧会会場の場面に登場する茶色の伯爵夫人の描写を中心に、作者のwhiteness（白色であること）に対する認識を論じている。[4]

　更には後述するように、この物語をメイジーの性に対する認識の発展を示すものとして読み解こうとする批評家もいる。また、この小説は華やかで放縦な社交生活をする両親が子供に対して無責任である点を明らかにしているとし、そのような社会への警告の書として見る者も少なくない。[5] この社会への警告という観点は、作者が社会問題への関心を作品に表した時期とこの小説が刊行された時期を照合すると必ずしも的外れとは言い難いものを含んでいる。ジェイムズは、米欧における近代資本主義経済の確立とそれに伴う急激な社会構造の変化によって、人間の精神生活の基礎が崩壊し社会のあるべき姿が消滅する現象に大きな関心を示し、1880年代に集中的に『ボストン人』、『プリンセス・カサマシマ』等、社会問題を中心的題材に据えた小説を発表した。これと前後して、子供の教育と環境との関連を扱った小説をも刊行している。[6] このことは、この時期に特に作者の意識の中で社会問題に対する関心と子供の教育に対する関心の結びつきが深くなっていたことを示している。[7] しかし、1880年から数えて17年後に刊行された『メイジーの知っ

た事』は、このような社会問題及び、子供の置かれた社会的立場に関する批判、あるいはそれらについての警告のニュアンスを含みながらも、作者の真の執筆意図はこれらを更に一歩掘り下げたものであったと思われる。つまり、この小説には様々な議論を呼ぶ豊かな要素が詰め込まれてはいるが、小説全体を概括的に捉えた場合、ここには単なる社会批評や人種問題、あるいは後に言及する性の問題よりも、より強い作者の意図を反映した主題が織り込まれているのである。しかも、それはこの小説のみに表されているものではなく、ジェイムズの多くの作品にも共通に見られるものであり、繰り返し作者が訴えようとしている種のものなのである。

　それではその主題とは何なのか？　これを探る手始めとして、まず主人公メイジーはどのように描写されているかを見てみよう。

　メイジーは、実の両親が離婚した際に彼女に遺された財産は十分あったが、裁判上の醜い争いの後も浅はかな両親によって混乱させられ、苦しめられ、さながら「戦いの真っ只中に放り込まれた幼児」（9）として小説に登場する。ここで彼女に財産が遺されたという事実は、イザベルやミリーを始めとするジェイムズの多くのヒロインと同様に、メイジーの運命の展開に一つの要素として大きな作用を及ぼすこととなる。この小説の最初の部分で最も印象的な描写は、メイジーが両親の双方の家を一定期間を置いてピンポン玉のように往復させられる姿である。両親は互いの恨みを子供への伝言に託して晴らそうとする。子供故に伝言の本当の意味も理解しないまま、メイジーは父から母へそれを忠実に伝え、それが母をひどく傷つけていることを初めて知り、逆に母から父への伝言が父をひどく怒らせるという体験をする。作者は、「彼女（メイジー）は語られる全てのことは本当のことであり、心に思っていることは、全て語りになるような、ちょうどそのような年頃である」（14）と彼女の幼さを説明し、同時に衝撃的な比喩を用いて彼女の置かれた立場を次のように描き出す。

彼ら（両親）は、生まれつきの才能故に思いつく、あるいは思いついたと主張する、悪というものを、まるで底無しの器に注ぐように、真剣な眼をして見つめている幼いメイジーの魂の中に注ぎ込んだ。そして、その両親のどちらも、相手から娘を守るために厳しい真実を教え込むことが親の良心的な務めであることを疑わなかった。

The evil they had the gift of thinking or pretending to think of each other they poured into her little gravely — gazing soul as into a boundless receptacle, and each of them had doubtless the best conscience in the world as to the duty of teaching her the stern truth that should be her safeguard against the other. (XI : 14)

ここに示されるのは、メイジーがまだ物事を十分に判断出来ない幼い子供であることと、それにもかかわらず、他の誰でもない実の両親によって、人の語ることが真実とは限らず、悪意で捻じ曲げられることが存在するということをすでに早い時期に教え込まれたという事実である。ここには、「底無しの器に注ぐ」という言葉や「真剣な眼をして見つめている幼いメイジーの魂」という表現を通して、人の心の他者に及ぼす影響とそれに係わる善悪の問題がこの小説の重要な課題であると感じさせる示唆が見られる。これ以降この問題は、メイジーの遭遇する様々な出来事やその周りの状況と共により具体的な姿を現し、物語を発展的に展開させていく。

　この小説に描かれるメイジーの遭遇する困難や困惑は、子供に対する意識的、無意識的圧制と横暴、そして弱い立場の者に対する緊張感を欠いた大人たちの行動と対比的に示される。ここでは、子供を相手にした時に大人が見せる、人間の心の奥底に潜む弱い者に対する自己本位の態度が露骨に表され

る。メイジーの両親は子供を利用して互いの相手に敵愾心を示し、思うように事が運ばないと「恐ろしいことを言う子だね、あんたは！」(225)と子供を非難する。また別の時には気まぐれに娘をきつく抱き締め、表面的な愛情を表現することでいかに自分が娘を愛しているかをアピールしようとする。メイジーの周囲にいる両親以外の大人たち——乳母や家庭教師たち——も、彼女に忠誠を誓ったかと思うと、その一方で、「この家無し児！」(277)と言ったりする。これは、明らかにメイジーが子供という弱い立場にあり、大人が少々行き過ぎた態度を採っても反撃はしないだろうという無意識の、あるいは、意識的な打算を含んだ卑怯な態度である。これは、現実世界でもしばしば見られる人間の心の弱さを表したものでもある。しかし実は、このような言わば露骨な態度は、『ある婦人の肖像』や『鳩の翼』に見られるオズモンドやマール夫人、あるいはケイトやマーク卿等、メイジーの親よりずっとあくどい陰謀をめぐらす人物たちの描写にもめったに表されない種類のもので、ある意味では、不用意で粗雑なものであるとも言えよう。このように、『メイジーの知った事』には、子供が主人公であるが故に裏切り者たちの不用意な言動がより生々しく表現され、この小説をジェイムズの他の裏切りの小説とは幾分異なった傾向のものにしている。つまり、この小説の特徴として、大人の横暴さは時に物理的な動きをも伴い乱暴で荒々しい行動の表現となっている。このような様相はジェイムズの小説には珍しいものである。ジェイムズの小説においてはかなり冷酷で陰険な人物であろうと、その陰険さや冷酷さの直截的表現は通常避けられ、心理描写や比喩表現がその代用を果たすことが多く、直接的で感情的な行動描写というものはめったに見られない。ジェイムズの「悪漢たち」としばしば批評家たちから呼ばれる『ある婦人の肖像』のオズモンドやマール夫人、あるいは『鳩の翼』のケイトやマーク卿の悪は、もっと隠蔽された状態で写し出され、表面の洗練された慎重さが表されるばかりでなく、重要な場面においては語り手の寡黙性やそれに代

わる象徴的語句の多用等が見られ、人物たちの失望や怒り、驚愕等の直接的感情の発露よりも、彼らの意識描写に重点が置かれるという特徴がある。イザベルが初めてマール夫人の裏切りに懐疑の念を抱き始めた時の描写は、主人公の瞼に浮かぶシルエットで表現されていた。同様に、オズモンドに対する不信は、土手の花の下に隠れる蛇に喩えた詩的表現であった。また、マーク卿の裏切りを知らされた時の主人公の描写は、スージーのたった一言によって、間接的に表されたもので、これらはすべて激しい感情を抑えた静かで理性的な印象を与える表現であった。このような傾向は、先に挙げた二つの作品のみならず、ジェイムズの多くの作品に見られるものである。一方、『メイジーの知った事』には、そのような特徴はあまり見られず、その点から見ても、これは特異な作品ということが出来る。

　この『メイジーの知った事』に表される人物たちの激情の吐露、あるいは粗暴な動きをさえ伴って表される描写のうち、次に見るものはその典型例であり、メイジーの生母アイダが幼いメイジーを投げ飛ばす場面である。[8]

　アイダは、自分程メイジーを愛している者はいないと常々主張しているが、ある時、「メイジーを自分から遠ざけ、刃向かわせている張本人はサー・クロードだ」とわめき散らし、それまで、自分の胸に抱いていたメイジーを突然部屋の反対側にいたミセス・ウィックスの懐めがけて投げ出す。この時の様子は「メイジーは、この瞬間、投げられて頭がぐらぐらしていたが、ウィックス先生が顔を真っ赤にして、サー・クロードと、奇妙なやり方で素早く目配せをするのを見た」(89)と描写される。このような素早い物理的かつ暴力的な行為の描写はジェイムズには珍しいことである上に、ここにはもう一つ注目すべきことが見られる。つまり、このような、通常ジェイムズの描写には見られない物理的暴力的行為の表現の中にさえ依然として、ジェイムズが常々用いる人物たちの内面の意識描写や周りの人物に対する洞察力に富んだ観察が書き加えられ、ジェイムズらしい特徴を保持しつつ、同時に新し

第三章 『メイジーの知った事』 199

い様相の混合が表されているのである。ここには、実の娘に対するアイダの無責任で破廉恥な行為の描写のみならず、周りの大人たちの自己本位の心理——つまりメイジー本人の事柄より、自分たちの人間関係と利害をまず反射的に頭に浮かべる様子——と、アイダに対するウィックス先生と、サー・クロードが共有する秘やかな感情が同時に描き出される。

　ここで、なぜ、この小説には通常ジェイムズの小説によく見られる象徴表現や間接的表現、あるいは感情を抑制した静かで詩的表現の代わりに、粗暴な言動の描写が多いのかという疑問が起こるが、この点について幾つかの理由が考えられる。一つには、この作品が1890年代後半に書かれたものであり、ジェイムズはその時期に様々な実験的表現を盛んに試みていたということである。そのような実験的表現は、当時のジェイムズのリアリズムに対する小説表現の意識を反映している。周知の通りジェイムズは、すでにこの小説を書く10年前に小説論において、小説中のロマンスとリアリズムの関係は密接に結び付いていることを主張し、特に当時のイギリスやフランスの小説がリアリズム的要素を多く取り入れる傾向にあることを強く意識していた。[9] しかし、この時期の実験的表現に関して何よりも特筆すべきことは、この小説の刊行の2年前に彼は劇上演に失敗し、再び小説に専念することを決心するという大きな体験を通して、演劇の持つ物理的動きの特質は小説上の表現に反映され得るという考えを持ったことである。[10]

　この小説に物理的動きが顕著であるもう一つの理由は、これが書かれた1896年から97年にかけ、ジェイムズは右手首に激痛を覚え、それを解決する方法としてタイプライターを購入しタイピストを雇ったことである。このことは、彼の文体や表現方法の転換点の一因ともなったのだが、レオン・エデルは、口述筆記のためにジェイムズの文はより精密に華やかになったと『ヘンリー・ジェイムズの生涯』の中で指摘している（*The Life*. 2, 231）。[11]

　A. ハベガー（A. Habegger）は、作者がそれまで避けて来た扇情的な行為

の表現を取り入れてまで表そうとしたものは、近代の急激に変容した社会における人間同士の心のあり方に関する提言であるという。ハベガーによると、この物語には「公にされた不信心や責任感の堕落といったものの特徴が表され、都市社会における近代の様相が描かれている」という (93)。ここで言われる近代の様相とは、社会の仕組みや都市生活の変容ばかりでなく、その変容した社会の結果として表された人間同志の不信や責任感の欠如が親しい者への裏切りという形で生まれて来ていることを指すものと思われる。先に見たように、実の両親が、真剣に見つめている幼子の魂に、まるで底無しの容器に入れるように悪を注ぎ込む行為が通用する社会と、そのような社会で生きている人間の有り様こそがジェイムズの心を捉えたのである。物語が進むにつれメイジーの体験することは、実の両親に関してのみならず家庭教師と実父の関係やその他、周りの大人たちの言動によって、幼い頭を混乱させる種類のものであることが更に詳しく表される。メイジーが大人たちの説明に納得がいかず、微かな当惑の念に駆られる場面では、常の子供がするような質問を控え、自分を納得させる方法を考え出す様子が描かれる。その一つの描写例は、メイジーが人形のリゼットに話しかける場面である。彼女は大人たちの真似をして人形に向かって甲高く笑ったり、母の「自分で見つけなさい」というきつい口調を真似て言ったりした (34)。この場面でメイジーは、自分も人形に良く説明出来ないことがあるのだと考えることで、子供である自分とは別の世界があることを自身に納得させようとしている様子が描かれる。[12] また、この少女が自分の目の前で閉ざされる大人社会に対して抱いた感情が次のような視覚的イメージを伴った比喩で表される場面もある。

> 全てのものの背後には何かが隠れていた。人生は長い長い廊下のようなもので、その両側に並んだ扉は閉じられていた。彼女はノックしないほうが賢明だということを、つまり、ノックをすれば内側から嘲笑が聞こ

えてくるということを、すでに学んでいた。

Everything had something behind it : life was like a long, long corridor with rows of closed doors. She had learned that at these doors it was wise not to knock ― this seemed to produce from within such sounds of derision. (XI : 33-34)

ここにも、実の両親から疎まれ、周りの大人たちからも真の意味で大切に扱われない主人公が子供なりに懸命に頭をめぐらせる様子が描かれる。子供に閉ざされた世界を、「長い廊下」と「ノックすることの出来ない部屋」という比喩的イメージを用いることにより、言葉には説明しにくい心理を、簡潔かつ鮮明な視覚的表現で表している。この場面で注目されるのは、作者がこの少女に聡明さという天賦の才を付与して描き出していることである。物語の始めの部分ではまず彼女が生まれつき聡明であることを前提とする語り口が話し手を通して示され、大人の言動に対するこの少女の解決法について次のように説明される。「メイジーは早熟な本能を持っていたので当惑することが多かったが、それは、大人の話に子供は立ち入るべきものではないという考え方に結び付けられていた」(33)。この聡明さとは作者が「序」において、主人公の洞察力と呼んでいるものとも一脈通ずるものである。作者は「序」において主人公がもともと素早く反応し、生き生きと働く洞察力を持っていると述べ、同時に、この主人公が子供であるのでどんなに優れていたとしても、その頭では全てを捉えることは出来ず、その考えや行動には、未熟さや愚かさも当然見られることも十分計算にいれ、彼女の聡明さというものが限定的であることを表明している (ix)。このように設定されて描かれているメイジーは、物語の始めの部分では何も分からぬまま両親の言う通りに行動する少女として描かれるが、やがて誰に教えられることもなく、本能

的に自己防衛策を思いつく者へと変わっていく。彼女は馬鹿を装うことで沈黙を守り、実父、実母の言伝を伝えないようになる。そして、そのような経験を通じて少しずつ成長していく様子を物語の語り手は、「彼女は自分を取り巻いている小さな静かな生活の中で、自分が果たしている奇妙な役割の全体像を密かに、しかし、はっきりと摑んでいた」(15) と述べ、そのような理解力は、彼女の本来持っている資質によってなされたのだと説明する。メイジーは徐々に周りの気配を感じ、危険を察知することが出来るようになり、そこから「自我」、つまり「自分を隠そうという考え」が心の中でひっそりと芽生えてきた事情が描かれ、メイジーが沈黙を守る様子は「これ以上人に利用されまいという決意を込め、口許に錠をかけた」と表現される。口許に錠という比喩はいかにその決心が固いものであるかを表しているが、これは言い換えれば、このような決心を導いた打撃がいかに大きなものであったかを表すものである。そして、この時の母親の反応は「『お前はぞっとする程鈍くなったね』と娘に遠慮会釈なく言う」というものであり、娘の固い決心に気付かない母親の鈍感さが皮肉を伴って表される。

　このようなメイジーの子供としての特徴――つまり、幼い故に、物事の真の意味を理解できないが、やがて身の危険を感じ、自己防衛策としての有効な知恵を考えつく――は、先に言及したジェイムズの一連の子供に関する小説群にも多く表されているものである。『ヘンリー・ジェイムズの子供小説』の著者 M. G. シャインは、ジェイムズに描かれる大人の犠牲になった子供のうち、「ねじの回転」のフローラや『やっかいな年頃』のナンダ等女児は、自己の身の危険を本能的に察知し、そこから逃れることで自らを救い生き延びたのに対し、「教え子」のモーガンや「ねじの回転」のマイルズ等男児は、周りの大人たちの無理解により死に追いやられてしまう点を指摘している。メイジーは馬鹿を装うことで、身に振りかかった危険から自己を救った。この点で、彼女はジェイムズの子供小説群の女児の系譜に連なっていると言う

ことが出来よう。メイジーは自己防衛という本能ばかりでなく、子供が一般に持つ多くの特徴をもって描かれる。先に見たフローラやナンダの他、ハイヤシンスやパンジーが共通に持つ美しいものや貴いものに対する強い憧れと汚れのない純粋な心はそのような特徴の一つである。これはまた、真実に対して率直であるが、時に残酷で利己的でさえある面と表裏一体の関係にあると思われる。このような面は、子供の未経験から来る未熟さと自己の内部にある矛盾に未だ気付くことのない幼児性、そして、受け身で弱い立場にあることに起因する特性である。このような特性は、結局のところ大人にも人間の本質として内在しているものであるが、通常は、大人故に心の奥底に隠蔽され表面には出にくいものとなっているものである。これらは子供の描写にこそ、生々しく表現しやすいものであることを特にこの小説は示している。

『メイジーの知った事』に見られる子供の持つ無垢、無知、未熟さと純粋な美への憧れ、そして、それと同時に存在する子供の自己中心的傾向を表す例として、義母であるミセス・ビールに対するメイジーの率直な憧れと称賛の表現が挙げられる。ミセス・ビールはメイジーの実母アイダが雇った家庭教師で、ミス・オーヴァモアと呼ばれていたが、メイジーが母の家から父の家に移った時、アイダの命令を無視し父の家にやって来て、自分がいかにメイジーを愛しているかということと、メイジーのためならどんな犠牲も厭わないということを述べ、父を説得しそのまま父の家に入り込み、その後、父と結婚しメイジーの義母となった人であり、トニー・タナーの言葉に従えば「口のうまい女（a plausible bitch）」（RW 288）であった。彼女は、貧しいが洗練されていて男性を惹きつける魅力がある点も暗示的に描かれている。作者はメイジーが単純に彼女の美しさを称賛し、洗練された態度に憧れる様子を描き、メイジーにとって美しさに対する感情は他の要素によって影響を受けないことを示す。それは、メイジーがやがて再び実母の家に戻る時期が来てミセス・ビールと別れ、母の雇った地味で貧しい家庭教師ミセス・ウィック

スに会った時の反応にも表される。メイジーは、この夫人が美しさについてはミセス・ビールよりはるかに劣るのに、「世の中で一番安心出来る人だ」と感じる。「お休みのキスをする時、ウィックス先生ほど暖かく包み込んで気持ちを安らかにしてくれる人はこれまでにいなかった」(26) とも考える。しかし、それだからと言ってメイジーのミセス・ビールの美しさに対する称賛は変わることはない。ここにも、子供の特徴を描こうとする作者の意図が反映されていると思われる。メイジーは子供であるために、ミセス・ビールがメイジーへの献身を第一の目的として父の家に入り込んだのではないことは見抜けない。また、この女性が自分に対して世界で一番安心感を与えてくれる人間ではないと本能的に感じ取ってはいても、世の悪を未だ多く経験しないために、美しさに対する憧れの強さは他の要素の影響を受けることなく、その要素それ自体として単独ではっきりと認識される様子が表される。このようなメイジーの美しさや立派さに対する子供らしい感情は、義父のサー・クロードに対する心理と行動の描写にも表される。

　サー・クロードはメイジーの実母アイダの再婚相手であり、メイジーの義父という立場にあるが、後にアイダが別の相手と暮らすようになり、また、実父の再婚相手ミセス・ビールが、後に実父よりサー・クロードと暮らすことを望むという複雑な関係の中でメイジーと関わっている。彼は、メイジーに「これまでに会ったどんな人とも比較出来ない程、輝かしい存在」と感じさせ、「この人こそ自分の窮状を救ってくれる人だ」という印象を与える(57)。このような、言動も態度も一見紳士的で、ジェイムズの小説に出てくる貴族の典型であるあまり金持ちではないという特徴さえも備えた人物は、メイジーばかりでなく、地味で道徳的なミセス・ウィックスをさえ夢中にさせる整った容貌と洗練さを備えている。しかし、ある時、メイジーは彼が隠しごとをするのを知って、彼にそのような面があったとは「何と奇妙な (strange) ことであろうか」という思いを強くする (85)。ここに表された描

写は、作者が子供の特徴として描くものの中でも特に注目に値する重要な点を含んでいる。つまり、この箇所は、実母と別れたサー・クロードがミセス・ビールと親しくしている事実をミセス・ウィックスに隠すようにメイジーに示唆し、しかも、その隠す行為の張本人をこの少女にすり替えようとしたのを知った時の彼女の反応を表したものである。ここには、ジェイムズの他の小説によく見られる「親しい者からの裏切り」や「嘘をつく」行為の描写が扱われているのであるが、注目すべきはそのような行為がここでは「裏切り」とか「嘘」という扱いを受けず、「奇妙な経験」として扱われていることである。ここではそのような経験が子供であるメイジーの目線から描かれ、特別に重要な体験として表されているのである。つまり、この少女は、サー・クロードの中にこれまで想像も出来なかったものを初めて垣間見たという意識を体験したのである。そのような存在を微かに認めることが彼女にとって重要な体験であることがここに表現される。それまでのメイジーにとって、隠しごとというものは、自分の心の中で考えている些細なもの以外にはなかった（85）のである。まして、隠しごとが、第三者を欺き、自分の利益を計る積極的悪意の目的を持つことがあり得るという認識はメイジーにとっては異様な体験であった。ここには、彼女がサー・クロードの行為を不正と感じ、不快と感ずる前に「異様なもの」と感ずる点が強調されている。

　この様にメイジーがサー・クロードの内面性に関して、それが必ずしも美しくなかったという事実に衝撃を受ける様子は第十五章にも表される。それはアイダに激怒したサー・クロードがメイジーの存在をすっかり忘れて、「このくそいまいましい牝…め！（You damned old b—!）」と怒鳴る場面である。

　　メイジーには全部聞こえなかった。しかし、もう聞きたくなかった。あまりにもひどかった。（義父が）あんなに急に口調を変えることが出来た

ことに衝撃を受けていた。彼女は、(母親からあちらに行って待っているようにと命ぜられ、そちらにいるのは)見知らぬ人ではあったが、その方向へ逃げるように駆け出していった。

… she could n't quite hear all. It was enough, it was too much: she fled before it, rushing even to a stranger for the shock of such a change of tone.（XI：145）

　ここにも、これまで素晴らしい存在と信じていた人間に対する少女の驚きと、その衝撃の大きさが表されており、メイジーが子供である故にその感受性の鋭さも強調されている。しかし、同時にこの小説においてはそのようなメイジーの衝撃にも関わらず、彼女のサー・クロードに対する憧れの気持ちは依然として維持され、ほとんど物語の終わり近くまで続くことが描き出される。このような、子供の持つ美しいものへの憧れ、素晴らしいものへの称賛の描写は、ジェイムズの他の小説に見られる大人たちの描写とは大分異なるものとなっている。例えば、『使者たち』のストレザーのグロリアーニに対するもの、あるいは、『アメリカ人』のトリストラム夫人のクレールに対するものは大人の憧れや称賛の感情を描いた代表的な例と考えられる。

　ここでメイジーの憧れや称賛と比較するために、この二つの小説に表された憧れや称賛の描写を手短に見てみよう。『使者たち』の第五部の園遊会の場面には、主人公ストレザーが偉大な彫刻家グロリアーニに対し感嘆と称賛の気持ちで圧倒される様子が描かれている。ここでストレザーは、グロリアーニに会った瞬間に「目も眩むばかりの驚くべき天才（a dazzling prodigy of type)」（AMB XXI：196）であることを直観し、「やや疲れているような美しい顔（a fine worn handsome face)」に「物事を射通すような光（penetrating radiance)」や「内面の輝かしい精神そのものを伝える力（the communication of the illustrious spirit itself)」(197) を読み取る。このような主人公のグロリアーニに対する称賛は、これまでに築き上げた経歴と名誉と栄光を背負っている者への深い尊敬の念と崇拝にも似た憧れによって成り立っている。ここに表される大人の称賛は、称賛者であるストレザーが称賛の対象とするグロリアーニの過去の様々な経験——栄光や名誉と共に、挫折や苦難を含む——を自己の内面の問題として共有し、賛同し、出来たら自分もそのような人間になりたいと願う種類のものであることを示している。それは物事の外的な素晴らしさのみならず、人間の内面への係わり方と大いに関連したものである。それ故、称賛者は、称賛の対象者の内面活動に関する善悪の基準というものに大いに関心を持つことになると思われる。ストレザーがグロリアーニの「内面の輝かしい精神」を問題にする時、そこには当然その人間の知性や努力や良心といった精神活動に対する善悪の判断基準の問題が関係しているのである。

　もう一つのジェイムズが描く大人の称賛の例として、『アメリカ人』の描写を見てみよう。この小説の第三章には、主人公ニューマンに向かって友人のトリストラム夫人が、サントレ伯爵夫人クレールの美しさを説明する会話が出てくる (*The American* II : 54)。ここで、トリストラム夫人が強調するのは「美人 (a very great beauty)」と「人がとても美しい (be very, very beautiful)」という言葉は全く違った意味を持つということである。彼女は、「たとえ、他の人が、クレールの外見を理由に『ひどく不器量な女だ』と評し、彼女の顔に欠点が認められたとしても、その欠点の故にその性格や態度が魅力的に見える人こそが、美しいのだ」と言う。トリストラム夫人は、更にクレールに対し、「世界で一番かわいらしい人 (the finest creature in the world)」と言葉を換えて表現する。ここに見るトリストラム夫人の美の基準には、外見の美しさのみでは決定出来ない要素がある面を示唆し、それは判断する側の見方によっても異なることや、判断されるものが持つ内面の質によって変

わることを表している。

　このように『使者たち』や『アメリカ人』の中でジェイムズが描いた他者への称賛は、メイジーがサー・クロードに向けた称賛とは質を異にすることが示される。ここで単純に『メイジーの知った事』と『使者たち』及び『アメリカ人』を比較することは避けるべきであるが、少なくともメイジーのサー・クロードに対する憧れや称賛には、ストレザーやトリストラム夫人が関心を寄せる内面の問題が含まれていない。メイジーのサー・クロードに対する称賛には、対象となる人物の外面と内面的精神活動との関連に対する顧慮はほとんど表現されず、彼の善悪に関する判断力や物事の実行力に対する疑念は称賛とは切り離されて表されている。この事実は、メイジーの憧れが子供の特徴を持つことを表している。つまり彼女の称賛というものは、後に見る最終場面で――彼女が子供の状態から成長した時に――彼と決別するという判断にあっさり道を譲る程度のものであったことが示されるのである。[13]

　メイジーの子供の特徴を描いたものには、これまで述べた美しさに対する憧れや称賛の気持ちの他に、この特徴と深く関連した「一貫性の欠如と自己中心的傾向」の描写がある。先に見たように、メイジーはミセス・ウィックスの母親のような暖かさをミセス・ビールと比べてはるかに素晴らしいものだと認める一方で、ミセス・ビールの美しさは、その足りないところを補うに十分であると無意識に考えている様子が描かれた。ミセス・ビールが実母の命令を無視して実父に取り入った事情や、その後実父と別れて養父のサー・クロードと親しくしている事実、及びミセス・ビールの女性としての魅力がその一因であることなどに何となく気付いていながら、それを非難し、嫌悪するといった様子は一切描かれていない。更に好意を抱いているサー・クロードが、他に雇い主のないと思われる老齢のミセス・ウィックスを捨てることを条件にメイジーと暮らす提案をした時、それが一時的な判断であったにせよ、彼女はそれを喜んで受け入れることに同意する。ここにも、先述

したように、外見的な美しさを無条件で受け入れる思い込みの強さや、サー・クロードの条件が自分に不都合でない限り彼の不正を無批判で飲み込む行動もしばしば見られ、物事の善悪に対する思慮不足や、善悪を判断する場面に遭遇した場合の葛藤に対する訓練の不足を思わせる幼稚な面が見られる。しかし、これは単に外面的美しさに捉われる幼稚さだけでなく、もっと始末の悪い自己中心主義にも繋がっていることをこの小説は示している。サー・クロードがメイジーと二人だけで暮らすのではなくミセス・ビールと三人で暮らすことを考えていると知った時、メイジーは断固としてそれを拒否する。ここには彼女の持つ美への憧れが子供らしい単純な感情の上に成り立っているものであって、それは、頑固で強固なものに見えながら、実は自己の都合次第で容易に変化する脆弱なものである事実も示されている。[14]

　メイジーは、始め自分の憧れているミセス・ビールが「私はあなたがいない時、仕合わせではなかったの」と言うのを聞き、優しさで胸を熱くしながら「今、仕合わせになって下さい」と心の底から言う (XI: 128)。しかし、その憧れも自分がサー・クロードと二人だけで暮らす心地良さの前では全く無価値なものとなり、一転して、ミセス・ビールを断固として拒否するという露骨な態度に急変する。メイジーは子供であっても、サー・クロードの方がミセス・ビールよりも社会的、経済的に安定していることを知っている。その上、自分とサー・クロードの生活に、ミセス・ビールが加われば、サー・クロードが成熟したミセス・ビールの魅力にひかれ、自分の心地よさが減ずるだろうということは、それまでに描かれたこの二人の大人を巡る事情に、少なからず巻き込まれたメイジーの経験から予測がつくことであろう。同様にメイジーは、ミセス・ウィックスに対しても、彼女への道義的恩義や「安心感を与えてくれる人」という信頼感よりもサー・クロードへの憧れを優先させる態度を表す。既に見たように彼女は、サー・クロードに対する疑念も経験し、彼が優しく洗練された人物ではあるが約束を守らないこと等の

例が示すように、意志が弱く、実行力もなく、頼りないことをも十分認識しているのであるが、彼と暮らすことはそのような人間に自分の将来の大部分を依存させることだという点については思慮が働かない。彼女が、浅薄で利己的な面と美しいものへ憧れる面の両方が同一人物の中に同時に表されているのは、先に見たように、メイジーの子供である面が強調されているからである。

　このようにこの小説においては、最後の数頁を除いては、主人公が子供である故に、より率直に浮かび上がってくる人間の様々な面——つまり、大人が弱い者に対して持つ意識的無意識的な横暴やそれを隠そうとしない緊張感の欠如、あるいは、子供が持つ未熟な考えと、正しく物事を見る力の不足、そして純粋な美しいものへの憧れ、及びそれと時に矛盾する自己中心性、浅薄性、自己防衛の知恵——等が詳しく描かれている。しかも、ここに見る子供の特徴は、必ずしも子供のみに見られる性格とも言い切れない部分を持ち、子供と大人との境界線を引くことも難しく、結局子供のみではなく、大人にも見られる人間の本質的要素を我々は見ることになるのである。ここにおいて読者は、大人の世界では隠蔽されがちな人間の弱い面が、子供を通してより明確に、そして時に生々しく表現されていることを再度確認させられるのである。

　一般に、ジェイムズの小説には、作者が是とする価値観をより多く備えた主人公と、それと対照的に、主人公と親しい関係にありながら主人公の価値観と真っ向から対立する価値観を持つ人物たちが描かれ、後者は主人公の性格を浮き彫りにする役割を果たすという構図がしばしば見られる。『ある婦人の肖像』のイザベル対オズモンドあるいはマール夫人との関係、そして『鳩の翼』のミリー対ケイトあるいはマーク卿たちの関係は、単純化することで生ずる誤解を恐れず述べるとすればその構図の典型例と言えよう。[15] しかし、『メイジーの知った事』においては、いわゆる「米欧の文化対立」の

構図は見られず、対立の構図はメイジー対両親、及び周りのすべての大人たちである。

　メイジーの周りに居る大人たちは、程度の差こそあれ、ほとんど誰もが自己の利益のためにメイジーを利用し、しかも彼女を多かれ少なかれ裏切っている。ただ一人、彼女の周りで彼女を意識的に裏切らなかったのは、ミセス・ウィックスであると言う見方も成り立つ。しかし、ミセス・ウィックスのメイジーに対する関係を描いた姿には、例えば『鳩の翼』のスーザンのミリーに対するような関係は見られない。スーザンがミリーとほぼ類似する価値観を共有し、その点が強調されているのに対し、ミセス・ウィックスは必ずしもメイジーの同調者として好意的にばかり描かれてはいない。しかし、小説の最後でミセス・ウィックスは、ミリーとスーザンの関係以上にメイジーと将来を物理的に共有するという関係が示唆されている。その意味でこの小説におけるメイジーとミセス・ウィックスの関係は十分考察される必要があろう。次にその関係を少し詳しく見てみよう。

2．ミセス・ウィックスとメイジー

　メイジーがミセス・ウィックスに会ったのはミス・オーヴァモアと引き離された直後であったために、この年老いた新しい家庭教師に対する第一印象は厭わしいものであった。しかし先に見たように、この老婆は間もなく、メイジーにそれまでに経験したことのない心の奥底に届くような暖かさを感じさせたのであった (23)。語り手はその理由として、ミセス・ウィックスが自分の死んだ娘クララの身代わりとしてメイジーを見ているからだとし、メイジーはそう了解していると説明する。ミセス・ウィックスは「矯正器」と呼ぶ眼鏡をかけ、地味で美しさに欠けるが、先に見たようにメイジーに世界で一番安心感を抱かせる人物として描かれる。しかし、同時に彼女は必ずし

も作者の理想的価値観を代表する人物として描かれてはいないと思わせる面がいくつか示される。彼女はメイジーに向かって時々「あなたは道徳感覚というものがないの？」と非難がましい言葉を浴びせ（279, 353, 354）、彼女を「あわれな家無し児」（103）と呼んだりする。ミセス・ウィックスは自己に厳しい態度を課しながら、あるいはそれ故にと言うべきか、時として、「彼女が通常信条としている古臭い道徳感覚や、堅苦しい礼儀作法の枠を超える」（73）という面も見せる。自分はサー・クロードに夢中だとメイジーに説明し、更にサー・クロードにそれとなくその心情を示すところはそのような許容範囲を越えた例とも考えられる。ここにはミセス・ウィックスの道徳に厳しい面と礼儀作法の許容範囲を超える面が同時に表現されており、それは彼女に関する解釈に様々な多様性を提供するものとなっている。彼女は道徳家を装っているだけだと取る見方もある反面、ごく一般的にどんな人間にも見られる矛盾した一個の個人の内面が彼女を通して描写されているとも見える。

　この夫人は、小説の後半に描かれるサー・クロードやミセス・ビールとの話し合いの中でメイジーと一緒に暮らすことを強く主張するが、その理由の一つに、そうしなければこの貧しい家族教師は生活の手段を失くし路頭に迷う身であることが物語の中ではっきり表現されており、彼女が必ずしも純粋で献身的な動機のみならず、メイジーの周りの大人たちと同様に多かれ少なかれメイジーの財産を念頭に入れているという面も描かれる。一方、この夫人は信心深い人間として、厳粛な聖句を記した額を部屋に飾り、サー・クロードとミセス・ビールが一緒にいることは罪だと考え、メイジーが「あの方（サー・クロード）が罪を犯すことなんてないわ」と言うのに対し「聖書の教えによって烙印を押されているのです」と断言する（285）。このように日々接する他人の行動を常に聖書を引き合いに出して批判する教条的態度は、作者自身から見ても堅苦しく、時代遅れの、あまり好意の持てないものとして

扱われている様子が読み取れるのである。先に見た「古臭い道徳感覚（the old — fashioned conscience)」という表現や、「むさ苦しい礼儀作法」(the dingy decencies) の「むさ苦しい」という言葉遣いにもそのニュアンスは表されている。[16] このようなミセス・ウィックスの道徳感覚及びその人物評について、トニー・タナーを始め多くの批評家は彼女に厳しい目を向ける。トニー・タナーはミセス・ウィックスがメイジーに向かって「あなたは道徳感覚が無い」と度々非難する点について、「作者ジェイムズの表す道徳（morality）というものは命令好きのミセス・ウィックスが理解できるような簡単なものではない」と『驚異の支配』(*The Reign of Wonderment*, 以降RWと示す）の中で述べる (291)。タナーはジェイムズの『自伝』に見られる、「私の父は、はなはだしい道徳心を嫌っていた」という箇所に言及し、ミセス・ウィックスのメイジーに対する道徳についての言動は好ましいものではないと指摘する。彼は、ミセス・ウィックスが意識的に良心的な行動を取ろうとしていると述べ、そのような意識的な行動の強調というものは、身近に接するメイジーを苦しませるだけのものだと言う (RW 291)。タナーから見たジェイムズの道徳上の理想とは、意識的なものではなく自然の行為の発露なのである。[17] また、ミセス・ウィックスが眼鏡をかけ、それを矯正器と呼んでいる点についてもタナーは、このために彼女の見る世界が眼鏡を通した近視眼的なものになっているのだと言う。確かにミセス・ウィックスはメイジーが世の中を広く見たり聞いたり知ったりすることに反対し、メイジーが汚れた世界を理解することについて極端な反応を示し、メイジーを過度に非難する傾向があり、これはミセス・ウィックスの狭い世界にメイジーを閉じ込める危険性を感じさせるものである。

　タナーから見ると、メイジーには善悪を見分ける能力や物事を評価する能力があるにもかかわらず、ミセス・ウィックスがその芽を摘んでしまおうとするというのである。そして「このように過度にメイジーを保護しようとす

るのは結局メイジーを所有したいからである」(292) と厳しく批判する。[18]

更にタナーは、ミセス・ウィックスがメイジーに排他思想や拒否の態度、そして他人を非難する方向に向かう知識を押し付け、メイジーの自発性を奪おうとするばかりでなく、メイジーに馴染みのない嫉妬心までも教え込もうとしていると言う (295)。タナーはこの批評の根拠となる小説中の具体例を出していないが、第二十六章でミセス・ウィックスが嫉妬を話題にする場面は、この指摘を最も正当化する箇所であると思われる。この場面でミセス・ウィックスはメイジーに向かって「あなたは一度もあの女〔ミセス・ビール〕に嫉妬したことがないの?」と聞く。これに対し、この小説の語り手は話を引き取って次のように語る。

> メイジーは嫉妬を感じたことなど一度もなかった。しかし、その言葉を聞くや否や、彼女はそれに飛びついた。彼女はそれをしっかり掴み、頭の中で一生懸命考えてみた。そして、哀れなことに彼女以外にこんなことに感心してくれる人などはいないのだが、はっきりとした口調で、ついに言った。「ええ、あるわ、そう言うわれてみると——」そして、少し考えて更に言った。「何回も!」

> It never had in the least; yet the words were scarce in the air before Maisie had jumped at them. She held them well, she looked at them hard; at last she brought out with an assurance which there was no one, alas, but herself to admire: "Well, yes — since you ask me." She debated, then continued: "Lots of times!" (XI : 287)

この場面はミセス・ビールばかりでなく、メイジーやミセス・ウィックスまでもサー・クロードに好意と関心を持っているという複雑な背景が伏線と

して敷かれ、その中で嫉妬が問題になっているのだが、このような状況の中で、常々道徳を厳しく説くミセス・ウィックスがそれまで嫉妬など意識したことのない若い娘にそれを吟味させ、「自分は何度もそれを経験した」と思い込ませ、自分の誠実さを示そうとする子供らしい思い違いを利用している様子が描かれている。語り手の「彼女はそれに飛びついた。彼女はそれをしっかり掴み、頭の中で一生懸命考えてみた」という表現や、「哀れなことに彼女以外にこんなことに感心してくれる人などはいないのだが」という言葉の中に子供らしい純粋な気持ちで、自分の心と誠実に向き合おうとするメイジーの様子が描き出され、同時に、そのような子供を利用して影響を与えようとする大人の罪深さが表されている。ここには、確かに、いわゆる本物の道徳家でないミセス・ウィックスの一面が表されていると言えよう。

　タナーは、また、先に言及した自発性の問題と関連してメイジーの「驚異の念」について論ずる。彼はジェイムズの小説を理解する重要なキーワードとして、「驚異の念（wonderment）」（RW 297）というものを挙げ、これが、「小説の芸術」の中で説かれている「体験と意識」の概念と深く関係することを述べている（297-98）。この「驚異の念」とは物事に対する素朴な驚きの反応であり、この反応こそは、「ジェイムズの小説に描かれる真の美徳」であり、「人生のあらゆる場面で遭遇する様々な印象に対して、自己を生き生きと反応させることである」と言う（298）。タナーの言うこの「驚異の念」は「小説の芸術」で説かれる「体験と意識」の概念を吟味することによってよく理解出来る上に、これは作者の描き出すメイジーとミセス・ウィックスの本質的相違を明らかにするものである。ここで、その「小説の芸術」中の「体験と意識」の概念について述べている箇所を見てみよう。

　　体験には限界がなく、決して完成するものでもない。それは計り知れない感性であり、例えて言えば、意識という部屋にかけられた繊細な絹糸

で出来た大きな蜘蛛の巣なのであり、空中にあるあらゆるものをその網目に捕らえるものである。これはまさに人間の精神を取り囲む大気とも言うべきものであり、人間の精神が想像力に富んでいれば——それがたまたま天才の場合であればより一層、——人生の最も微かな示唆をさえも自分のものとすることが出来るのであり、空気のわずかな振動を啓示に変えることも出来るのである。

Experience is never limited, and it is never complete ; it is an immense sensibility, a kind of huge spider‐web of the finest silken threads suspended in the chamber of consciousness, and catching every air‐borne particle in its tissue. It is the very atmosphere of the mind; and when the mind is imaginative — much more when it happens to be that of a man of genius — it takes to itself the faintest hints of life, it converts the very pulses of the air into revelations. (56)

ここには、ジェイムズが「体験と意識」と人物の感受性について強い関連性を意識していたことが表されている。彼は、人間の精神が想像力に富んでいれば、人生で出会ういかなる微量なかけらも自分のものとすることが出来ると述べ、「体験と意識」の概念の重要性を強調したのである。[19] タナーはジェイムズのこの「体験と意識」の概念を、『驚異の支配』とは別の著書『作家とその作品——ヘンリー・ジェイムズ』(*The Writer and His Work : Henry James*) の中でも扱っている。そこでは、ここにおけるような「驚異の念」との関連で扱っているものではないが、この「体験と意識」の概念についての一節はタナーばかりでなく、色々な意味で様々な批評家に取り上げられる重要なものであることは明らかである。[20] タナーはここで、この「体験と意識」の概念とメイジーのブーローニュでの描写を照合し、彼女の感性がどの

ようなものとして描かれているかを再考している。彼はまず作者の主張する体験の重要性を確認し、メイジーの感性は狭い世界にいるミセス・ウィックスの想像力を超えたはるかに鋭いものである点と、メイジーがその生まれつき与えられた豊かな想像力を持ってこの大気中に浮かぶあらゆる印象を取り込もうとしている点において、ミセス・ウィックスと異なることを強調している。

　本論においては、これまでジェイムズの主人公たちが人生の途上で遭遇する様々な出来事に生き生きとした柔らかな心で反応し、これらに積極的に関わり、その印象を心に刻む様子を多く見てきたが、このように、あえて「小説の芸術」の中の「体験と意識」の概念をタナーが取り上げて論じたことは、ジェイムズの意図するメイジーの描写をより明確に理解するに資するものである。これまで見て来た感受性に富んだ人物たちの人生への関わり方は、時に無知で、向こう見ずでさえあり得たが、そこには瑞々しく新鮮な特徴が見られた。そして『メイジーの知った事』においては、主人公が子供である故に受け手の心はなおさら柔らかく感受性の強いものであり、その魂の受ける衝撃はより一層生々しく読者に映るものであった。タナーは、ミセス・ウィックスに見えないものがメイジーには見えるのでありその見た物を受け入れる能力がこの幼い子供には備わっていると指摘する（RW 293）。そして、その批評の妥当性を示す描写はこの小説に多く見られる。先にメイジーがサー・クロードの汚い言葉と態度の急変に驚いた描写もその一例であるが、ここにおいては、ジェイムズの言う、いわゆる「体験と意識」をメイジーが自分の中に取り入れている例をメイジーのフランスにおける描写の中に見てみよう。始めに引用するのは、メイジーが、ブーローニュに着いた時の場面である。メイジーが初めての外国旅行を経験し、大きな感動と興奮を味わっている様子が躍動感を伴って表されている。

船が港に入って行った時、この旅は快適だったと人々が言うのを聞いて
メイジーは驚いた。しかし、このような驚きも、ブーローニュでの様々
な感動――とりわけこれまでに経験したこともない人生の大きな印象に
対する有頂天とでも言うべき感情――に、たちまちのうちに飲み込まれ
てしまった。彼女は今「海外」にいるのだ。明るい大気の中、ピンクの
家々の前で、あるいは、脛をむき出しにした漁師の妻たちや赤い脚半の
兵士たちの間に身を置いて、それらに反応するうちに自分の使命感とい
うものを意識し始めていた。その使命とは世界を見、そこの光景にわく
わくし、喜びを覚え楽しむことであった。彼女はたった5分間のうちに
成長し、ホテルに着くまでにフランスの制度や風習に多くの親近感を感
じ、それらの中にメッセージが含まれているのを感じた。…彼女は知覚
し、理解し、称賛し、それらを自分のものとした。自分があらゆるもの
と波長が合うのを感じ、ただ自分を待ち受けていたと思われるものに対
し、右へ、左へ、自分の手を差し伸べた。

Maisie was surprised to learn as they drew into port that they had had a lovely passage; but this emotion, at Boulogne, was speedily quenched in others, above all in the great ecstasy of a larger impression of life. She was "abroad" and she gave herself up to it, responded to it, in the bright air, before the pink houses, among the bare-legged fishwives and the red-legged soldiers, with the instant certitude of a vocation. Her vocation was to see the world and to thrill with enjoyment of the picture; she had grown older in five minutes and had by the time they reached the hotel recognised in the institutions and manners of France a multitude of affinities and messages. ... she recognised, she understood, she adored and took possession; feeling

第三章 『メイジーの知った事』 219

herself attuned to everything and laying her hand, right and left, on what had simply been waiting for her. (XI : 231-32)

　ここで特に注目すべきは「彼女は知覚し、理解し、称賛し、それらを自分のものとした」という一節とそれに続く「あらゆるものと波長が合うのを感じ、ただ自分を待ち受けていたと思われるものに対し、右へ、左へ自分の手を差し伸べた」という表現である。ここには、メイジーがこの新しい環境に親しみを覚え、生き生きと積極性をもってこれを喜び受け入れる様子が描かれている。この描写にはミセス・ウィックスは登場していないが、スーザンがその代理を引き受け、彼女の反応として、「エッジウェア通りの方がよい」と不平を言う様子が描かれ、新しい体験を喜んで受け入れるメイジーと際立った対照を見せている。また、ここには、「場所と人間がすっかり溶け合い、一つの絵となっていた」という情景描写が表され、特に美しい浜辺に立った時に、「明るい天候と明るい言葉、とりわけ、この物語の主人公がそれ迄に経験したことのない明るい境遇が一体となり、無数の色あいが一つの光となって輝いていた」という部分 (232) は、情景描写が同時にメイジーの心象描写にもなっている。ここに描かれる初めての外国旅行の体験は、特別に優れた感受性を持たない人間であっても、大きな刺激を受ける可能性もあるが、作者は文中に見られるように「海外 (abroad)」の語をあえて引用符を用いて強調し、メイジーにとって外国での体験が特別のものであり、大きな喜びである状況を表している。ちょうど小説論で人間の感性を意識の部屋に架けられたクモの絹糸に喩えたように、ここにおいても、メイジーが自分を取り巻くありとあらゆる外国の経験を全身で積極的に受け止め自己の意識に刻もうとしている様子を表現している。彼女は、ブーローニュの光や大気をあたかも自分を待ち受けている生きもののように意識し、これに対し自ら両手を差し延べ積極的に反応をする想像力に富んだ精神の持主であることが表現さ

れている。ここでメイジーが見たり、聞いたり、感じたりする天候や言葉、あるいは無数の色あいが一つの光となって輝く大気は、これまでメイジーの生活の場であったイギリスのものとは対照的であることが容易に想像され、このフランスでの体験がメイジーの豊かな感性と、この瞬間の喜びを描き出す題材として最適なものであることを示している。ことに、ここに描かれる大気の光と色の強調は、場所がフランスの保養地の浜辺であることとも重なり、少なからぬ批評家からフランス印象派の絵画の連想を伴って批評されるものとなっている。タナーは「描写全体が印象派の絵のようであり、そこに表現される雰囲気は光の魔術的な効果の中にある喜びの融合を伴ったモネのカンバスに似ている」(RW 293) と評している。[21] ここでタナーは、単にメイジーの感受性が豊かで物事の印象を取り入れる態度が積極的である点を指摘するばかりではなく、そこに存在する喜びの感情の有無を特に問題にしている。つまり、このように美しい世界にメイジーが本能的な喜びをもって反応する様子が描かれるのに対し、ミセス・ウィックスの観点は、「喜びの感覚に永久に懐疑的である」(RW 292) と指摘する。タナーはこの点に関する二人の相違が描かれる具体的な描写を出していないが、このような物事に対する喜びの反応というものは人生一般の出来事に対する反応とも大いに関係することであり、小説にはこのタナーの指摘を裏付けるような箇所が少なからず見られる。ここではブーローニュの出来事の中からサー・クロードがメイジーとミセス・ウィックスを残して、ミセス・ビールに会うためにイギリスへ出掛けた際のメイジーとミセス・ウィックスの反応の相違を見てみよう。

　サー・クロードはメイジーたち二人に良い部屋と専用の馬車の手配をし、豪華なサービスをしてくれるようにホテルに頼み、メイジーたちが楽しく過ごせるよう配慮した (258)。これに対しメイジーは、馬車で出かける遠出や素晴らしいこの地の天候や海の輝き、大気の甘い味わい等を喜々として楽しんだ。一方ミセス・ウィックスの方は、遠出の途中でメイジーに道徳感覚が

あるのかと質問し、それに関して、ときおり非難の言葉さえ浴びせ、その問題に彼女自身の心が占められている様子を見せる。ミセス・ウィックスはサー・クロードがミセス・ビールへの性的誘惑に抗し切れず、メイジーたち二人にいわば専用馬車や豪華なホテルサービス等の賄賂を与えたのであると考えている様子が描かれる。ところがミセス・ウィックスはサー・クロードのそのようなサービスを断固として拒否するわけでもなく、玄関のところで馬が後足を跳ねて馬車の出発を準備しているのに、歩いていくのは馬鹿げているという理屈でサー・クロードの用意した馬車を結局のところ使う。あるいは、やはり、サー・クロードが手配してくれたホテルサービスで給仕がご馳走を持ってくると意地を張っているのは馬鹿馬鹿しいとばかりにたっぷり料理を取り分ける。このような様子を見るメイジーには、この貧しい家庭教師が「ろくに食事を取っていない時に道徳感覚があれほど赤々と燃え上がるのは胸を打たれる」(266)と感じられる。また、語り手が「彼女の心は、いわば戦闘状態であり、買収されるのを拒む気持ちと衣食を与えられることを認める気持ちとがせめぎあい、卑しい方が勝ちを占めた」と述べ、作者のミセス・ウィックスへの観点が一部皮肉的であることに読者は気付かせられる。このように見てくると、タナーのミセス・ウィックスに関する「喜びの感覚に永久に懐疑的である」という指摘は的を射たものであり、彼女の道徳感覚が自然なものではないという批判は肯定できるものである。

ところで、この「喜びの感覚に永久に懐疑的である」という表現は、ジェイムズの『自伝』に出て来る実在の人物や彼の初期の作品に描かれる小説上の人物を思い起こさせる。これらの人物たちは典型的なピューリタンとして描かれているが、そのうちの実在の人物というのは母の従姉にあたるヘレン叔母で、ジェイムズは「彼女が常に善い行いを果たそうと努めた人であったことを嬉しく思う」と『自伝』に書き、同時に義務というものを全く疑うことがなく、想像力を欠く面のあるこの婦人を「まっすぐで狭量」とも記して

いる (70-71)。しかし、ジェイムズのこの叔母に対する眼は決して批判的なものでなく、古い時代の静かで礼儀や節操を重んじ素朴な信条を持つ面や、常に端正で整った暗色の服装をしていたこと等を好意的に見ていた様子が読み取れる。また小説上の人物としては、初期の小説『ヨーロッパ人』に出てくる厳格なピューリタンであるウェントワスト氏が挙げられる。この人物については次のように描写される。「彼（ウェントワース氏）は世の中の出来事を喜びの対象としてよりも、義務感の延長、あるいはより深遠な道徳心の延長として捉え…杓子定規のような秩序だった道徳観に支えられて生活する」(57)。ここに挙げた二人の描写――一人は実在の、そして一人は小説上の人物――は、道徳的に厳しい点や想像力が欠如していること、あるいは狭量のところなど、ミセス・ウィックスとの共通点が見られる。しかし、作者のこの二人に対する表現はミセス・ウィックスの表現と比較してずっと暖かいものが感ぜられる。例えば、ミセス・ウィックスの趣味がくすんだものとして描かれていることや、彼女の物質的欲望と道徳上の理想に極端な食い違いのある点などは、先の二人の人物とは相違するところである。『ヨーロッパ人』のウェントワース氏には、タナーが「少女の心を萎縮させ、排他と嫉妬と拒否を教え込む」と批判する種の狭量は見られない。型にはまった道徳家として、ウェントワース氏にも排他性と拒否の態度は見られるのであり、ヨーロッパから来た親戚の若者に娘が影響されることを極度に恐れているのはその一例であるが、それにもかかわらず、彼らに住居を提供し家族としてもてなす。同じ道徳を説く描写にしても、ウェントワース氏の場合は、娘のガートルードに対して「浮かれてはいけない。外からの人には注意深く考えねばならない」(61) と優しく諭す様子が描かれる。このような描写は、ミセス・ウィックスの非難がましい態度とはおおいに異なる。また、ウェントワース氏はミセス・ウィックスのように道徳家として矛盾した面を見せず、ヨーロッパ女性であるユージニアの魅力的で積極的な態度にも心を動かされ

ることはない。ましてミセス・ウィックスのように嫉妬を教え込むような言動は見られない。ウェントワース氏は質素な暮らしを心掛けているが、寄付をするような場合には寛大であることが表される。このように見てくると、ミセス・ウィックスの道徳に関する描写には、彼女が問題点を持っていることを作者があえて示唆しているとさえ考えられる。ミセス・ウィックスの道徳感覚は、教条的に教え込まれた義務と努力の上に成立していて、しかもそれが未熟であることを示しているのであって、作者は道徳家を自認するミセス・ウィックスに、先述の二人の真の道徳家の持つ長所が欠けている点をこの小説で表現しているとも考えられる。

　ミセス・ウィックスに関して、タナーより更に厳しい見方をしているのはスチュアート・ハッチンスン（Stuart Hutchinson）である。彼は「ミセス・ウィックスは性的関係について歪んだ観点を持っていて、彼女の道徳的情熱は恐らく性的願望の代理体験であろう」とまで述べている（66）。[22] ハッチンスンはミセス・ウィックスがサー・クロードとミセス・ビールの恋愛を罪だと考え、その点を強調していること及びミセス・ウィックスがサー・クロードに好意を持っていることを根拠にミセス・ウィックスの考え方が歪んでいるとしているが、作者ジェイムズ自身は、『創作ノート』において、二人の恋愛関係を不義として扱っている（263）。このことから見て、ミセス・ウィックスの考え方が極端に歪んでいるとも言い難く、また、性的願望の代理体験をここで論ずるには根拠が不十分であると思われる。ここで、明確なことは、ハッチンスンがミセス・ウィックスの道徳性ばかりか、その人格の長所をもほとんど認めていないことである。

　これに対して、ミセス・ウィックスの道徳性を理論上の行動よりも感覚の問題として論ずるのは、ハベガーである。彼はミセス・ウィックスをメイジーの精神的指導者としてある程度容認する立場を取っているが、彼が見るこの物語の要点は「メイジーがミセス・ウィックスのような堅い道徳者となら

ずにどのようにして成長するか」であると言う (94)。彼は、ミセス・ウィックスの道徳に関する感覚の表現に注目し、ミセス・ウィックスが小説中で「奇妙な (queer)」という形容詞で表されている点を問題にする。つまり、作者ジェイムズがここでこの語を使用する時、それは好ましくないものに対する違和感の表現、あるいは「害のない風変わりなものの域を超える奇妙なもの (an oddness that surpasses harmless eccentricity)」に対する表現に用いられる (94) と言う。[23] ハベガーは、ミセス・ウィックスの道徳表現に関する作者の意図は、道徳上の正邪の問題のみならず感覚の問題にあることを指摘しているのである。これは先に見たように、タナーがジェイムズの『自伝』を引き合いに出して、ミセス・ウィックスの自然な考え方を問題にした論点と共通するものを含んでいる。

このように、ミセス・ウィックスをどう見るかという議論は、メイジーがどのように描かれているかという問題と深く係わっているのだが、これまで見て来たタナー、ハッチンスン、ハベガーと比べると、F. R. リーヴィス (F. R. Leavis) は、ミセス・ウィックスについて高い評価を下し、「おそらく、思春期に入るメイジーがこのように責任感のある婦人のもとに置かれるのは良いことだろう」("Perhaps it is as well that Maisie ... should enter adolescence under that kind of responsible tutelage") と述べている (Bewley, 131)。このようなリーヴィスの批評は、タナーに言わせれば、「リーヴィスがミセス・ウィックスのレトリックにほとんど説得させられてしまっている」のだという (291)。タナーの論は、先に見たようにミセス・ウィックスの道徳感覚が人間として不自然だと考えている点に特徴を持つが、タナーとリーヴィスの世代が約一世代ずれている事実と、この二人の批評家のそれぞれの時代における社会の道徳を含めた価値観の変容を考慮すると、この二人の観点の相違は、それぞれの個性のみならず、この二人が生きた時代の相違をも反映したものであると言えよう。[24] ここで、リーヴィスは、この小説の結末であるメイジ

第三章 『メイジーの知った事』 225

一の将来をそのウィックス観と共に明るいものと見ているのに対し、タナーは、メイジーの将来を彼のウィックス観と共に悲劇的なものと結び付けている。いずれにせよこの小説でメイジーがどう描かれているかの解釈は、先に言及したようにメイジーとミセス・ウィックスの関係をどう見るかという問題と大いに関係しているのである。そして、リーヴィスとタナーの時代から更に時を経た現代にあって、多様な解釈を生み出す可能性を持つこの作品は、リーヴィスともタナーとも異なる解釈の可能性をも示唆している。その解釈をより確実なものにするために、これまで見て来たメイジーとミセス・ウィックスの関係の考察に加え、これと関連するもう二つの重要な要素を取り上げて見たいと考える。

その一つは、作者ジェイムズが「序」で述べているこの小説の執筆目的とその目的に関する説明内容を知ることであり、二つには、その執筆目的に関連して、この小説の最後で表されるメイジーの決断の場面を考察することである。この最後の場面は他の重要な小説のパターンと同様に、主人公の意志が明確に表され、それまでに描かれて来た主人公の数々の描写の集約点、あるいは焦点となっているものである。次の項目において、この二つの重要要素の吟味により、この小説で作者は何を訴えようとしたのか、そして、それは最終的にどのような形で描き出されているかを見てみよう。

3．メイジーの最終的判断

作者ジェイムズは、ニューヨーク版の「序」において、主人公メイジーの役割を、「絶えず吹き消されそうな困難な状況の中にあって、美徳の灯を守り続けること」、そして、「利己主義の臭いの充満する中で、そこはかとない理想の香りを漂わせ、不毛の浜辺に単に姿を見せることによって、道徳の種を蒔くこと」(XI : viii) と述べている。そして、それを効果的に表現しうる

手段の一つとして、子供が義理の両親の間に造り出す「関係のアイロニー」というものを描き出したと説明する（viii）。つまり、実の両親の不行跡がメイジーの義父母を産み出したのであり、義母はメイジーの家庭教師であったことからも知れるように、メイジーの存在によって義父母が結び付いたという皮肉な関係が産みだされる。そして、子供はいわば大人の不行跡の体系の中心に位置し、その不行跡の口実として表されるという。更に作者はメイジーの役割について、「この恐ろしく混乱した小さな世界の中で、困惑しながらも、強く、喜びをもって生きること」（viii）というものを付け加えている。

このように、この「序」には、子供の存在を通して、理想とする道徳の実体を表そうとする作者の意識が窺われるが、中でも特に注目されるのは、既に本文の描写でその実例を見たように、主人公に非常に鋭い感受性を付与しながらこの物語を書き進めていることである。そしてこれもまた既に言及したように、この物語で彼女は生まれつき賢明で無限に活動する洞察力の持主として設定されている。そして、同時に、子供である故に、どんなに優れていたとしても、全てを捉えることが出来ないのであって、これを子供特有の混乱した曖昧な表現で表すことにし、これがこの物語の特徴となっていることを詳細に説明している（viii-ix）。

しかし、この小説が様々な解釈によって読まれる事実が示すように、一読しただけでは、作者が「序」で説明しているような読まれ方がなされるとは限らない面を持つ。つまり、小説の中で主人公メイジーの存在それ自体が、道徳の灯を燃やし続けるという印象を必ずしも与えない可能性もある。むしろ、「風に揺れる頼りない意識の持主である主人公」（viii）が、大人たちの利己的な行動によって圧殺されかねないという印象の方が強いと考える読者もあり得る。[25] しかし、周知のようにジェイムズは読者に細心の注意を払って読むことをことさらに要求する作家であるので、[26] この場合も作者が様々に表す主人公の様相のうち、どのようなものを特に強調しているかについて

第三章　『メイジーの知った事』　227

更に吟味し再考する必要があろう。

　まず、ジェイムズが「序」の中で、メイジーの幼児であることの特徴と共に、メイジーの持つ強さ、あるいは、持続的抵抗力とも言うべきものについて強調している（xi-xiii）事実を見逃すべきではないと思われる。この持続的抵抗力とは、幼い子供が見たり聞いたりする時に経験する緊張と外からの攻撃に耐える力であり、若い者が、新鮮な気持ちを持ち続け、その瑞々しい新鮮さを他人に分け与えることだという（xi）。しかもこの瑞々しさというものは、「メイジーの驚異の感情（her wonder）」と深く結び付いているものだと述べ、驚異の感情の中で捉えた光あふれる情景を友人に分かち与えることこそが彼女の特質なのだと言い、「この主人公は、その死に至るまで――正確に言えば、子供時代の終わりに至るまで――この驚異の念を持ち続けたのだ」（xi）として、主人公の持続的抵抗力と若者らしい新鮮な感情、そしてそれと深く関係する「驚異の感情」を強調している。

　このような「序」におけるメイジーの瑞々しさと「驚異の感情」の説明は、本稿の前半で扱った、サー・クロードに対するメイジーの違和感の描写を思い出させ、更にはタナーの論じた「驚異の念」を再確認させるものである。メイジーの違和感の描写では、メイジーが子供であったために、初めて経験した強力な印象に対して驚きをこそ覚え、それが善悪の判断の対象となるものなのか、あるいは批判的な種のものなのかの見分けさえ付かない様子が「驚異」という言葉で表現されていた。そこには未だ偏見に囚われることのないメイジーの瑞々しい感覚の特質というものが「驚異」という様相として描かれている。そして、これに関する「光あふれる情景を友人に分かち与える」という表現は、更に言葉を換えて次のように説明される。「彼女の役割は、彼女より見栄えのしない人物や事物に、彼女と単に係わりを持ったという事実によって、また彼女がその人物たちの為に創り出す特別な基準によって、貴重な品位を与えることなのだ」（xi）。作者のこのような説明を具体的

に表す描写は小説の中に数多く見られる。後に見るサー・クロードを感嘆させる場面もその一つであるが、ここでは、先に言及したメイジーとミセス・ウィックスがブーローニュのホテルに泊まった時の場面を思い起こしてみよう。ミセス・ウィックスが自分の固執する道徳感覚に捉われ、それを十分楽しむことが出来ないのに対し、メイジーは新しい経験や素晴らしい機会を素直に瑞々しい感覚と驚異の感情を持って自分のものとし、それをミセス・ウィックスにも示し、結局ミセス・ウィックスは不承不承ではあってもメイジーと同じ行動を取ったのであり、メイジーは独自のやり方で、彼女独特の価値基準を持って、その素晴らしさを友人に分かち与えたのである。タナーの「彼女（ミセス・ウィックス）は永遠に喜びに懐疑的である」という批評の通りであるミセス・ウィックスにさえ、メイジーの素直で新鮮な感覚は影響を及ぼしたのである。ここには、メイジーの保護者であり道徳の師であるはずのミセス・ウィックスがメイジーの助けを得て、僅かながらも喜びを共有できた様子が描かれ、ジェイムズが「序」で「歓喜を伴って生きること」と「歓喜」に言及したこととも合わせ、この箇所が作者の意図と実際描写の一致を示す適切な一例であることを改めて思い起こさせるものとなっている。メイジーの「驚異の感情」の描写は先に見たようにタナーが「ジェイムズ小説の美徳」と呼び、「人生の途上で遭遇する出来事に生き生きと柔らかな心で反応する特徴を持つ」と批評したものでもあるが、このようなメイジーの瑞々しい驚異の感情は、愉快でないものに対しても「批判」や「非難」ではなく「驚き」の反応となっているところが特徴である。本論の第一章でイザベルの反応にも見たように、それまで尊敬し憧れていた人物の行動に初めて疑念を抱く時の描写に共通する「驚き」である。イザベルもメイジーと同様に疑念を抱かされた時、怒りや悲しみを感ずる前にまず驚いてしまった。イザベルはメイジーのように子供ではなかったが、人生の経験については——特に人に裏切られた経験については、——無知であったという点で子供であ

ったと言って良いであろう。作者はイザベルが自分の経験について、「これまで聖書や文学作品の中で、このような人間がいると読んだことがあったが、個人的に接したことは無かった」と考える様子を描写している（Ⅳ：329）。作者は『メイジーの知った事』においても、『ある婦人の肖像』においても、経験の浅い主人公達が思いがけぬ体験に遭遇した時瑞々しい感覚を持って驚く様子を詳細に描いている。これは作者自身がかなり年老いた時期に至っても、物事に遭遇する度に瑞々しい驚異の感情を持ってそれを捉えていたことをも容易に想起させるものである。ジェイムズは、先に見たように『メイジーの知った事』の「序」において、この小説の主人公の役目は「吹き消されるような困難な状況の中で美徳の灯をともすこと」と述べ、メイジーの存在それ自体を美徳の灯として機能させようとする意図を明確に宣言している。そして、メイジーの魅力の本質は先に見た「何物も妨げることの出来ぬ瑞々しさ」に加えて、「汚された空気の中で活発に働く知性、あるいは不倫不徳の世界の中で花開く理知なのである」(xiii-xiv) と断言し、その例として、小説中のケンジントン公園のベンチで交わした主人公と母の友人である紳士とのやり取りの場面を挙げ説明している。つまり、メイジーの魅力である知性とは「他の事物を円く取り囲む不思議な力であり、これは、活発に他者に作用し寄与すると共に、彼女自身をも保護し、それに課せられた重い負担故に彼女の立場を一層優れたものにし、彼女に名誉を与えると同時に、彼女を生き生きとしたものにし、更にはその性格に多様性を与えるものなのだ」と言う (xiv)。このような作者自身の作品に対する説明は、人によっては言い訳がましいものと写り、これが無視される場合も大いにあり得る。例えば、メイジーの驚異の描写に賛同はしても、彼女の運命を大人社会に潰されてしまった悲劇的なものと解釈するタナーの結論はその一例とも言えよう。しかし、『望みと抑圧』(*Desire and Repression*) の著者プジィビロウィックズ (Przybylowicz) は、この物語を主人公メイジーの成長の物語と捉え、最終的

にメイジーが徳を備えた存在として力強く生きる未来が示唆されていると解釈している（24-27）。

　プジィビロウィックズはこの小説において如何にメイジーの成長の過程が綿密に描き出されているかを物語の構成との関係から捉え、メイジーの成長がどのように小説の最後で結実しているかを説明している。彼女はこの物語の構成は前半と後半に二分された厳密な組み立てから成り、それぞれの部分が作者の目的に沿った機能を果たしていると指摘する。つまり、物語の最初の十四章は時間的に前後するメイジーの記憶や思い出が叙述されているのに対し、後半の十四章は凝縮した時間の進行に沿ったメイジーの劇的かつ心理的描写によって表されている。そしてこのような構成の工夫によって、メイジーが後半になって初めて物事の原因と結果に関する理解を深める仕組みになっていると言う。つまり、物語の始めで何も解らない幼児であった主人公が、小説の大分後になって自分の周りの世界に起こっている事柄の真相を知る必要性を認識し成長する様子が描かれていて、この点こそが重要なのだという（26-27）。プジィビロウィックズの提唱するこのような区分は、メイジーの描写対象の種類を区分すると同時に、メイジー自身の成長の転機をも示唆するものとなっている。つまり、彼女の提唱する構成区分と幾分ずれてはいるが、これとほぼ並行した形で小説の前半と後半におけるメイジーの受身的立場と能動的立場の区分が表されている。この小説の前半においてメイジーの立場はほとんど受身的立場で表され、それに相応した行動描写が描かれるのに対し、後半においては最終場面に向かって変容する彼女の能動的行動が描かれている。小説の前半に見られるメイジーが他者との関係において全く受け身であった様子は、彼女が周りの大人たちから真の愛情を受けない子供であるが故にそうするしか方法がない状況や、彼女を取り巻く大人たちについての説明によって表されている。先に引用された「彼女の魂」を「容器」に喩えた描写はその代表例でもある。また、この小説で特に印象的な一

節である第五章の長い廊下の比喩の場面は、先にメイジーの生まれつきの聡明さを表す例として取り上げたが、これはまたメイジーの初期における受身の立場をも同時に表しているものである。メイジーは単に子供である故に、自分の置かれた立場についての知識が与えられないという状況のみならず、実の親を始めとする大人たちとの葛藤の中で子供が体験するには不誠実すぎる大人の世界に直面し、心の中に沸き起こる疑問については自分一人の中に飲み込み、自己を納得させるという行動を強いられたのである。この廊下の比喩の直後の、メイジーが人形のリゼットと会話をする場面で、彼女が人形と自分の関係から自分の周りの人間関係を類推する能力があるということを先に確認したが、これは同時に、メイジーが子供として母親の乱暴な言葉を真似るという悪影響を直接受ける立場であることを示す場面でもある。一方、第十五章には、メイジーに程度の高い教育を受けさせると義父が約束をしながら、金を節約するという大人の都合でその約束が反故にされた時のメイジーの気持ちを、「知識というお菓子が並んでいる店の固いショーウィンドウに、鼻をぺしゃんと押し付けているような」("as if she were flattening her nose upon the hard window— pane of the sweet— shop of knowledge.") (137) という比喩で表した一節が見られる。これはメイジーの思い出や記憶ではなく、彼女の現実的経験を描いたものであるが、[27] ここには、欲しいものが手に入らない子供の気持ちが「ショーウィンドウに鼻をぺしゃんと押し付ける」といういかにも子供らしいしぐさを用いた比喩で表され、大人の世界から締め出された子供の姿が印象的に描出される。しかも、この場合、彼女の立場はただ受身であることが表されているだけでなく、その事柄と自分の周りの人間の事情との関係にも気付かない状況も表現されている。

　しかし、このように、受身で自己の周囲に起こっている事柄の本質を見抜くことの出来なかったメイジーも、プジィビロウィックズが指摘するように、やがて小説の後半において知識や経験を獲得し、従属的受身の立場を脱却し

大人たちに質問を浴びせるまでになり、遂には大人たちに自信をもって答えを突き付けるまでに成長し、最後には積極的な行為者へと変化する。しかし、作者は、小説後半の凝縮された進行過程の中にも幾つかの出来事を挿入して、このような受身の態度から能動的態度への変化が一足跳びでなされたのではないことを示している。メイジーがサー・クロードと散歩に出かけケンジントン公園にやって来た時、偶然メイジーの実母とその新しい交際相手の大尉に出会う場面もその挿入された出来事の一つであり、メイジーの変化を示すという点で重要な意味を持つものである。この場面は先にメイジーがサー・クロードの急変に驚く「瑞々しい感覚」を示す例として取り上げたものであり、また作者が「序」の中で、「他の事物を円く取り囲むメイジーの不思議な力」に関連して扱った箇所でもあるが、ここで取り上げるのはメイジーの変化、つまり能動的態度への成長の萌芽を示す場面としての意味があるからである。そして、この萌芽の意味は、先の「サー・クロードの急変に驚くこと」の意味、及びジェイムズの言う「円く取り囲む不思議な力」の意味することと大いに関連しているのである。ここでメイジーは、母とサー・クロードが解決せねばならない場面に出くわし、一方では母を恐れる気持ちがあるが、他方では「たとえ銃口にさらされていても、子供の好奇心は燃え上がる」様子を見せる。母と義父が言い合いをするのに対し、メイジーは自分にも説明を聞かせて欲しいと「意識している」自らの心に気付く。話し手が「彼女は、大人たちが世間のことを教えたがっているのを、彼女の方でも喜んで聞きたがるようになってきていた」(144-45)と語るように、ここには少し前まで受身で大人の世界に首を突っ込まないことに決めていた子供から変化したメイジーの姿が描かれる。この同じ章のもう少し前には、先に取り上げたショーウィンドウに鼻をぺしゃんと押し付けた子供の姿が描かれ、受身の立場が示されていた。しかし、この時作者はすでに、微妙なメイジーの立場の変化を暗示する繊細な描写を書き加えている。つまり、義父の説明は彼

女に受身の立場を強いるものであり、大人の都合の良い説明ではあったが、それにもかかわらず彼女はこれまで自分にこんなに良く説明してくれる人はいなかったという印象を持った様子が描かれている。このことはメイジーの「成長の兆し」という点から見ると注目に値するものである。つまり、それまではメイジーに全く閉ざされた大人の世界を——彼女自身、自己の好奇心を殺していた世界を——わずかでも覗き見ることくらいは出来そうな微かな雪解けを思わせるものがここで初めて暗示される。その意味でこの第十五章の公園の描写はそれまでの受身のメイジーと、それ以降徐々に積極的になるメイジーの境目に位置する重要な場面でもある。

　この母と義父の鉢合わせの場面の直後にメイジーは母の胸に押し付けられ「母の胸に氾濫する装身具の中で、まるで宝石店のショーウィンドウのガラスを突き破って投げ込まれたような感じを味わう」と描写され、次の瞬間、母から「さあ、大尉さんの所へ行きなさい！」という命令を聞く。作者はこの場面に再びショーウィンドウの喩えを示しているが、先の菓子屋のショーウィンドウとこの宝石店のそれはメイジーの成長の過程で見えて来たものの対比を象徴的に表している。菓子屋の場面でのメイジーはガラスを通してただ見て考えるだけで他にどうすることも出来なかったが、宝石店の場面では彼女は行動をせざるを得ない立場に置かれる。ハッチンスンは、前者の場面でメイジーは自分の想像できないもの、あるいはその実体を必ずしも望まないものと接しているのに対し、後者の場面では、メイジーがいわばガラス戸を突き破ってその先へ進み、自分を待ち受けていたものを見つけるという事態が示されているという (64)。ハッチンスンはメイジーが望まないものとは何かについて、詳細な説明をしていないが、それはメイジーが知ることによって必ずしも快いものではない大人の世界の現実を指すものと思われる。

　ここで象徴的に扱われている菓子屋のショーウィンドウと宝石店のそれとの対比を少し詳しく見てみよう。

お菓子は幼い子供にとって、通常宝石よりずっと身近で現実的な存在であるが、子供にはしばしばいろいろな理由で禁じられている。特にここに描かれているようにショーウィンドウの中のものを外から見る場合、自由に自分で所有したり、楽しんだりすることが出来ず、その与えられ方も大人によって決められるなどの点で、比喩の対象となったメイジーの学校の授業料との共通性を持っている。ここに描かれる授業料はお菓子と同じように魅力的に見えても、実際はメイジーの希望を満たすことが出来ず、悲しみの種でさえあり得る。しかもこの場合、与えられない理由はメイジーのためというより、むしろ大人の都合により決定される。このような悲しみの種は、たとえ見た目に魅力的であってもメイジーが望まないものであることは確かである。悲しみの種の本当の原因について、幼いメイジーは深く考えることも分析することも出来ないであろう。しかし、その原因となる大人の世界の現実については実際にお菓子が見せられるだけで与えられないこと、つまり授業料が大人の都合で払われないという事実によって痛い程気付かされる。

　一方、宝石というものは、通常少女が少し成長すると、少なくとも世間では、お菓子よりずっと価値があるものだと学ぶようになる。つまり宝石店のショーウィンドウの比喩を伴って描かれる時点のメイジーは、菓子屋のショーウィンドウの比喩の時点より年令が高くなっていることが示されている。その上、この宝石は、虚栄の塊のような女性であるアイダの胸にあり、虚飾の象徴でもある。菓子屋のショーウィンドウの時点では、ただ大人に従う他すべのなかったメイジーは、宝石店の場合には、先に見たようにその内部に入ったのであり、この時までに少し成長した彼女はいわば「待ち受けていた大人の世界」に直面したのである。この二つの店の比喩の対比は、先にも言及したように、それぞれの時点でメイジーが遭遇した彼女の周りの世界の状況の対比を表すと共に、メイジー自身の成長と変化の様子をも示していると言えよう。[28]

第三章 『メイジーの知った事』 235

　ハッチンスンの言う通り、作者は「メイジーの望まないもの」と「待ち受けたものを見つけること」を示す意図を持って、この二つのショーウィンドウを対比させたと思われるが、後者の「メイジーがガラス戸を破って中へ入った」事実は、メイジーの成長過程にとって必ずしも悪いものとは言えないものである。なぜなら彼女にそれまで閉ざされていた世界がこれにより少し開かれたことになるからである。いずれにせよこの場面は、メイジーの成長過程の描写の中でほぼ中間に位置する象徴的なものである。この小説の後半ではこのようなメイジーの積極性への変化を示す幾つかの出来事の後、いよいよ決定的な最終場面へと向かう。その最終場面は、メイジーがサー・クロードと決別し、ミセス・ウィックスとイギリスへ帰る場面であるが、これはこの物語を最終的にどのように解釈するか、そして、作者はここで何を訴えているかを考える上で有力な鍵を含んだ特に重要な場面である。これはまた、小説の大団円で描かれる「メイジーの知った事」とは何かを示唆する場面でもある。
　この小説の最終部分には、ジェイムズのほとんどの作品の最後がそうであるように、いわば、小説のエッセンスとでも呼ぶべき力が溢れ出ている。この部分に至るすべての主人公と周囲の人物の状況描写や心理描写は、この部分のために描かれて来たことを改めて確認させるものである。最終章の第三十一章には、メイジーが数多くの経験を蓄積し、成長して自分の意志をはっきり示す姿が躍動感を伴って描かれる。その部分を少し詳しく見てみよう。
　ブーローニュに滞在中のメイジーはサー・クロードと散歩しながら、近い将来二人だけで暮らす夢を実現しようと、突然パリ行きの切符を買ってすぐ汽車に乗ることを思いつく。この時、サー・クロードは自分とメイジーとの暮らしの中で、ミセス・ウィックスを切り捨てることを提案し、これは彼女の心を痛ませるが、サー・クロードとの生活を優先させる方をほとんど選択しようとする気持ちにまで達していることがここでは示される。ここには、

前の部分で見た、受身の行動以外どうすることも出来ない立場から一歩抜け出したメイジーの姿が見られる。しかし、同時に、この行動は、ミセス・ウィックスの言う「道徳感覚の無い」ものであり、たとえ一瞬でも世界で一番自分を暖かい気持ちにしてくれ、しかもメイジーに棄てられたら路頭に迷うこの老女を彼女が切り捨てようとする方に傾いた事実をも示している。これは、ジェイムズの他の作品に表されている物事の善悪に関する判断の是非に照らし合わせても、あるいは、作者が通常主張している道徳の考え方と比較してもその基準に合致するものではない。しかし、次の瞬間に作者は、メイジーにこの行動を否定させる描写を示す。メイジーはサー・クロードにミセス・ビールと別れる条件を提案し、これが実行されたらメイジーもミセス・ウィックスと別れるつもりだと告げる。メイジーはサー・クロードの容貌が整い洗練されてはいるが、弱い心の持主で実行力が無く、頼りにならない男であることを十分認識していた。そして、サー・クロードがミセス・ビールを諦めることが出来ないと判った時、きっぱりとサー・クロードを諦める決心をする。この第三十一章は最終章でありながら、その中に最終段階への序奏の役割を果たすものをも含み、他の章より長いものとなっている。作者はここで、メイジーの最後まで揺れる心を丹念にかつ詳細に描写し、そうすることで最終的な決断を示すメイジーの姿をより印象的なものにしている。小説の終わりに近づくにつれて以前のメイジーとは異なる姿——つまり、以前より周りの大人たちの状況に関する知識を得、一瞬でも人を裏切るという心の痛みをも経験し、そこから、より正しいと思われる道に戻り、最終的にそれまで執着していたものを捨てるという選択をする——が表される。この部分のストーリーの展開は、通常ジェイムズが小説中で進める速度と比べてかなり速いものである。しかも作者は、この最終章の中に「序」で表明したメイジーの役割をはっきり表すような出来事をも描き出している。次に見るのはそれらのうちの一例であるが、特にメイジーの変容とその質を示す重要な

第三章 『メイジーの知った事』 237

描写である。

　サー・クロードはメイジーに「ミセス・ウィックスを断ったこと」を認めるように集まった大人たちの前で強要する。メイジーが黙っていると「メイジーは断ったのです」と、自分に都合の良い説明をする。しかし、それに対しメイジーは「いいえ、断りません。断らなかったのです」とはっきり繰り返す。ここには、もはや相手の言いなりにならず大人に向かって堂々と言い返す、これまでのメイジーとは全く違う強いメイジーが描かれる。そして、メイジーがサー・クロードに、ミセス・ビールを諦めるように要求した時のこの義父の反応は次のように描かれる。

　「ミセス・ビールを諦めるなら、と言うのかい。なるほど、その要求は見事としか言いようがないだろうね？」と名を出された婦人を含めた全員に、サー・クロードは言った。まるで、突然眼の前に置かれた、ある美しい人工的な作品か、あるいは自然の作品に対して感極まった時のような口調だった。彼は自分のこの称賛の意識に支えられ、急に自分を取り戻していた。そして、「この子は条件を出したが、それは正しい判断と言うべきだね！　全く正しい条件だ」と言った。

"Give up Mrs. Beale. What do you call that but exquisite?" Sir Claude demanded of all of them, the lady mentioned included; speaking with a relish as intense now as if some lovely work of art or of nature had suddenly been set down among them. He was rapidly recovering himself on this basis of fine appreciation. "She made her condition — with such a sense of what it should be! She made the only right one." (356)

ここには、作者が「序」で述べている「彼女（メイジー）の瑞々しさが、それ自体下品で空虚な現象に及ぼす働き」(xi-xii) という説明に合致する描写が見られる。メイジーのサー・クロードに対する憧れと、自分の希望を実現したいという強い力が大人に感銘を与えるのである。しかし、作者はこのメイジーの素晴らしさを称えた義父の描写をこの小説の大団円の中心に置かず、更にメイジーの最後の劇的な姿のためにこれを保留し、物語の筋書きをもうひとひねり複雑なものにしている。ここでは、結局、サー・クロードはミセス・ビールと別れることが出来ず、メイジーはサー・クロードとの決別を選択する。ここには大人であるサー・クロードと子供であるメイジーが最終的判断と実行において、普通に考えられる大人と子供の立場を逆にした形で描かれている。タナーはこの物語のうちでメイジーを最も正しく理解しているのはサー・クロードのみであると述べた (RW 297)。メイジーを理解しているという意味がメイジーの美徳を評価しているという意味であれば、先に引用した彼の称賛の言葉が示すようにそれはある程度正しいと言えるであろう。しかし、最終場面の道徳的な面を含む実際行動において、メイジーが自分の信ずる行動を取ろうとする時、サー・クロードは理屈の上でその正しさを認めたとしても、ミセス・ビールの魅力に抗いきれず理性に則った行動を取れない男として、メイジーと対照的に描き出されている。彼は理性の上でメイジーの美徳を認めていても行動の上ではそれを重視していないことが表されていて、その意味で彼がメイジーを正しく理解しているとは言えないのである。この最終に近いメイジーの成長を示す描写の中で、サー・クロードの「感きわまった口調」の描写と共に、この場に再び粗暴な言動と無思慮な行為が書き加えられるのは、この小説の特徴が後期のジェイムズの作品とは全く異なることを我々に再び思い起こさせるものとなっている。

　次に取り上げる描写は、この小説の最終章に欠くことの出来ないメイジーの成長した立場と以前と変わらない大人たちの状況を示すものである。メイ

ジーとサー・クロードのやりとりを見ていたミセス・ビールは、突然メイジーの行く手を実力で阻む行動に出る。彼女はメイジーがミセス・ウィックスと一緒になることは、「精神異常の乞食ばあさんと餓死する自由を選ぶことだ」とわめき散らす。一方ミセス・ウィックスは、メイジーがサー・クロードと出かけたことで自分はメイジーから棄てられたと早合点し、メイジーを一度は諦めたことを認める。サー・クロードは、実力行動を取っているミセス・ビールに対し、自分はミセス・ビールを棄てないと皆の前で宣言し、メイジーとミセス・ウィックスがこの場を出ることが出来るように道をあける。このように最終章に至っても、理性を失い、自分の身勝手から正しい判断ができないミセス・ビールや、判断は一応出来てもミセス・ビールの性の魅力を断ち切れない意志の弱さを露呈し、子供を守るという義務に関して実行動が伴わないサー・クロード、あるいは結局のところ、幼いメイジーより自分の安泰を優先させるミセス・ウィックス等、身勝手な大人たちの様子が描かれ、その原因のほとんどが、大人たちの道徳感覚の欠如からあるいは道徳家のメッキが剥げ落ちてしまったことから生じている状況が表される。一方、メイジーは彼らとは対照的に、サー・クロードを感心させ称賛させる程見事な判断力と自己の信念を堂々と主張する言動を示す。この最終章のドタバタ劇を伴った幾分扇情的な描写の中に、確かに周りの大人たちの利己主義芬々たる世界の嵐に搔き消されそうになりながら僅かな美徳の灯を守っているメイジーの姿が描かれている。小説の前半でメイジーが全く受身で何も出来ない幼児として描かれているからこそ、最終章で見るメイジーの姿は一層はっきりと彼女の成長ぶりとその力強さを感じさせるものとなっているのであり、この最終場面における彼女の思い切った判断は、より瑞々しく新鮮な印象を与えるのである。

　ところでこの小説のタイトルとなっている『メイジーの知った事』の、いわゆる、「知った事」とは何だったのかということについて様々な批評家に

よって議論がなされて来たが、これは取りも直さず、この小説の結論をどう解釈するかという問題でもある。

　この小説に一貫してメイジーの性的認識の成長を読み取ろうとするジュディス・ウルフ（Judith Woolf）は、次に引用する小説の最後の一節において、「メイジーの知った事」とは、「大人の性に関する大きな秘密」ではないかと言う（82）。

　その最後の一節とは、メイジーが最終的決断を下した後、ミセス・ウィックスとイギリスに帰国するために出港間際の船に乗り、ようやく落ち着いた時二人が交わした会話に関するものである。

> 　ミセス・ウィックスは、（最後の様子を話題にする）勇気を取り戻した。「あたしは、後を振り返らなかったけど、あなたは？」とメイジーに聞いた。
> 「私は振り返ったわ。あの方は、いらっしゃらなかった」とメイジーは言った。
> 「バルコニーにはいなかった？」
> 　メイジーは一瞬、口をつぐみ、その後ただ「あの方は、いらっしゃらなかったわ」と繰り返した。
> 　ミセス・ウィックスはしばらく何も言わなかったが、やがて「彼女の所へ行ったのよ」と説明した。
> 「わかっているわ！」と子供は答えた。
> 　ミセス・ウィックスは視線を逸らせた。先生にはメイジーの知っていることについて、まだまだ驚かされることが多くあったのだ。

> … Mrs. Wix had courage to revert. "I did n't look back, did you?"
> "Yes. He was n't there" said Maisie.

> "Not on the balcony?"
> Maisie waited a moment ; then "He was n't there" She simply said again.
> Mrs. Wix also was silent a while." "He went to her" she finally, observed.
> "Oh I know!" the child replied.
> Mrs. Wix gave a sidelong look. She still had room for wonder at what Maisie knew. (XI : 363)

　ここに見る文は、「メイジーの知った事」とは何かということ、及びミセス・ウィックスが驚かされたこととは何かということについての議論を呼び起こすものである。ヘンリー・ジェイムズの小説の常として結論のための明確な証拠は残されないが、この部分もその例外ではない。それ故に、ここにおいても多様な解釈の可能性が存在する。しかし、この物語の解釈には、「序」に述べられている主人公の役割の問題が密接に結び付いていることを思い出さねばならない。
　この小説全体を主人公メイジーの性についての知識の獲得と性的認識の成長について描いたものとするウルフにとっては、上に引用したメイジーとミセス・ウィックスの会話はメイジーの性に関する成長と彼女の開眼を表すものと取れるのである (81)。しかし、このような主張は、幾分主観的で十分な客観的根拠に欠けると思われる。なぜなら、この小説全体を概観した時に、メイジー自身の性への関心を示す描写はほとんどなされていないのが実情である。あえて性を示唆する箇所を挙げるとすれば、わずかにサー・クロードが意志の弱い男で、特に美しい女性に対してはっきりした態度を取ることが出来ないことにメイジーが何となく気付いていることや、彼女の実の両親がそれぞれの結婚相手や交際相手を度々変え、これらの人間関係には性を連想

させるとも思われる曖昧な表現が見られる程度のものである。また、固い道徳家であるミセス・ウィックスが、サー・クロードの美貌や洗練されたマナーの故に心を奪われていることや、主人公メイジーも彼に憧れていて、彼を「愛している」と公言する様子が描かれている程度である。このような描写は男女間に起こる好意や憧れの感情表現として認められるにしても、物理的な性との係わりを表す決定的な根拠としては薄弱である。特にメイジーが「愛している」という言葉を使う時、彼女が子供として様々な言葉を使う場合と同様に、必ずしも大人が使う場合と同じ意味を含んでいるわけではない。ここで表されるこのような描写は、せいぜいプラトニックな域を超えず、ここには現実的、かつ物理的な性に関する詳しい描写や言及と認められるものは、主人公は勿論、他の人物描写に関してもほとんど存在しない。これらメイジーの周りの大人たちの行動と性の関係を示唆する描写は、あくまでメイジーの環境を説明するものとして機能しているのであって、性に関するメイジーの直接的意識にはほとんど無関係のものであり、彼女のそれに対する好奇心や関心を示す描写はほとんど無いという点をここに強調しておきたい。そもそもこの作者が、ほとんど全ての事象についてエネルギッシュに描写し、時に些細なものに関してかなりの頁数を割いて詳細に描出するにもかかわらず、性についてそのような描写をすることはめったにない。[29] この小説においてもそれは例外ではないと言ってよいであろう。このような点を考慮すると、ウルフの主張はこの最後の文に対する解釈として不適当と思われる。

　また、「序」に表される作者の執筆目的はこれまでにすでに確認して来たが、この小説に限らず多くの小説において、作者が主人公を通して訴えようとしているものには共通性が見られるのである。即ち、物事の善悪に対する自己の判断と、信念に基づいた主人公たちの瑞々しくて新鮮で積極的な行動を描き出すことが主眼なのである。この小説の最終場面で、メイジーが「わかっているわ！」と答えたこと、つまり、彼女がこの時改めて確認したこと、

あるいは知ったことは、「自分がサー・クロードとの生活について熟考し、それに基づき判断したことは正しかった。つまりサー・クロードは自分が最終的に判断したような種の人間であることに間違いはなかった」ということである。そして、ミセス・ウィックスの驚きとは、全くの子供であったメイジーがいつの間にか成長し、ある意味で自分以上に道徳的な面で成長したことに対する反応であると思われる。ジェイムズが「序」で述べているように、そして、本論で取り上げたいくつかの描写の例で見るように、メイジーは「自分でも到底理解できない程遠くまで光を放射すること」が出来、彼女の瑞々しさは「事物の豊かな光景を友人たちに分かち与える」ほどまでに成長したのである。

　本論の第一章、第四章で扱うイザベルやミリーと比べると、メイジーの場合「親しい者に裏切られる」様相は幾分他のヒロインとは異なっている。つまり前者の場合、裏切った者たちは、裏切りを彼らの生の目的とせざるを得なかった。彼らは裏切った結果をもって自分たちの人生の目的を生かそうとしていた。その意味で前者の物語は、裏切りを中心とした物語であった。一方メイジーの物語は、メイジーに対する裏切りが無くとも彼らは同じ生き方をしたと予想される筋立てになっている。しかし、幼い子供を利用し信義に反する行為をするという意味で、この物語の大人たちもやはりメイジーを裏切っているのである。その意味ではこの物語もまた、他の二つの物語と同様に主人公が親しい者に裏切られ、ある時期からそれを深く知るようになり、そこから自己の行く道を定めたのである。そして、その道とは作者がしばしば「序」や小説論で強調している種のものであり、イザベルやミリーに関してマシーセン等多くの批評家が主張している、いわゆる「善悪の価値に関する道徳性を堅持する道」である。この小説『メイジーの知った事』が、第一章、第四章で扱った小説と大きく異なっている一つの点は、主人公の知る時期、つまり認識の転換点が小説の中でずっと後に来るということである。

つまり、その転換点は、この小説ではほとんど最後の場面に持って来られているということであり、それは主人公が子供であるために真実は一層隠蔽されやすいという、このストーリーに特徴的な事情が強調されたこと、つまり、子供を主人公にした物語という要素が大きく作用し、その部分に多くの描写が割かれた結果なのである。この小説が他の二つの小説と違う二つめの点は、これもまた主人公が子供であることに主要因があると思われるが、メイジーは、プジィビロウィックズも指摘するように、始めは「自己の必要性や自分の考えを他者に押し付ける代わりに、他者の行動（周りの大人）を模倣し他者の考えや期待を自己に一致させようとする姿が描かれ、外界は自己の延長になることが無い状況が描かれている」(21-22) ことである。つまり、この小説には子供を中心とした物語の特徴として、自己防衛本能により産み出される子供の知恵といったものが表され、他の主人公たちほど小説内で他者の生活や生涯への積極的影響を及ぼす度合いは少ないという状況を作り出している。しかし、それは、この小説の前半に関する状況である。後半においてメイジーが受身の立場を徐々に脱却し、真実を知り、能動的に変身するにつれ、彼女の周りの世界も徐々に変化していった。中でもミセス・ウィックズとの関係の変化には特筆すべきものがある。ミセス・ウィックズとメイジーの関係はある時期から逆転し、将来の行く末を決めたのは明らかにメイジーであった。先に見たリーヴィスやタナーの結論は、ミセス・ウィックズが依然としてメイジーの運命を支配する立場にいることを前提としたものであった。本論においては、リーヴィスともタナーとも異なる将来のメイジーとミセス・ウィックズの関係を予測するものである。なぜなら二人の関係はメイジーの成長と共に変わったのであり、この前提に立つと二人の将来は当然リーヴィスやタナーの言うものとは異なったものになるからである。プジィビロウィックズも言うように、メイジーは最後には積極的な行為者になり自己決定をするまでになったのである。このような場面を描いた最終章、第三十

第三章 『メイジーの知った事』 245

一章の特に最終部分で、メイジーがサー・クロードと別れる決断をする場面と、メイジーが船上でミセス・ウィックスと彼に関して会話をする場面には、作者がこの作品で目的とした「執拗に掻き消そうとする状況の中で、美徳の灯を守る」主人公の姿が写し出される。「序」には、また、「不毛の浜辺にメイジーが姿を見せることによって道徳的な生活の種を播く」ことがこの小説の目的であるとも述べられていた。この「不毛の浜辺」とは、メイジーの接する大人社会全体の比喩とも思われるが、一方、メイジーがそこで最終的な決断をし、彼女の優れた長所が生き生きと描写されたフランスのブーローニュの海岸とも取ることが出来よう。ブーローニュの場面には、大人社会の不義不倫という不毛の面のみではなく、太陽の光のまばゆい明るい面と人生が与える喜びの面が描かれていた。このようなメイジーのブーローニュでの経験の先に連なっている彼女の新しい出発は、ミセス・ビールが感情的な状態で予想する悲観的な将来よりも、むしろ瑞々しさを保持しつつ以前より強くなったメイジーを強調するものであり、それと共に彼女の将来に明るさを期待させるものである。様々な子供の特徴を持って描かれたメイジーは、「不毛の浜辺に姿を見せることによって道徳生活の種を播く」という象徴的な存在に成長したのであり、小説の最後ではミリーやイザベルと同様に裏切りを乗り越え新しい生へ踏み出す姿が示唆されているのである。

註

1　M. G. Shine は、James の子供の物語を取り上げ、そこに描かれる子供の特徴とその具体的な行動の諸相を分析、議論している。彼は、これらの物語には本来人間が持つ特性ばかりでなく、James 自身の特質が反映されていると主張する。cf. Muriel Gruber Shine, *The Fictional Children of Henry James*.
2　James が子供の躾や教育、特にアメリカとヨーロッパ社会における教育の比較

に興味を持っている事実は、*Portraits of Places*（Boston：James R. Osgood, 1885）に詳しく表されている。この中で彼はアメリカの子女教育に見られる考え方とフランス的な*jeune fille*の概念を取り上げ、アメリカの母親が家族の中で娘の教育に対し必ずしも強い立場にあるとは言い難いのに対し、フランスの母親たちは相続権を娘に譲渡することをも含め、娘の運命をコントロールし、子供に対し強い責任感と利己心のない献身をすると述べている。Jamesにとって、「無限の自由を娘に与えること」と「子供を保護し、自由を制限すること」とは米・欧の子供に関する対立概念となり、これが彼の小説の中で米欧の文化対立の要素の一つとして取り上げられている。*The Portrait of a Lady*に描かれるイザベルとパンジーのそれぞれが受けた教育は、この二人の対照的な性格描写と背後の文化事情との関連を示すものである。

3　Jamesが子供の教育と環境に対して深い考察をしていたことは、上記註2に挙げた米欧文化の比較批評にも見られるが、このような文化比較以外にも、米東部のアメリカ社会におけるJames自身の子供時代や親類の子供たちの教育と環境についての考えが、"A Small Boy and Others"に表されており、それは、ほぼ全編に渡って見られると言っても過言ではない。また彼が見知らぬ子供にも積極的に興味を示し、折に触れ接触しようと努力している様子や、友人Conradの子供を膝に乗せたまま議論に夢中になり、その存在を忘れてしまった話など、子供に関するJamesの逸話を示す資料は多い。cf. James Sutherland, ed., *The Oxford Book of Literary Anecdotes*. Simon Nowell-Smith, Ed., *The Legend of the Master：Henry James*.

4　Kendall JohnsonはToni Morrisonの*Playing in the Dark：Whiteness and the Literary Imagination*（1992）やKenneth Warrenの*Black and White Strangers*（1993）、及びJohn Carlos Roweの*The Other Henry James*（1998）等を引用し、*What Maisie Knew*の茶色の伯爵夫人の表現はJamesの「白色であること（whiteness）」の一方的な認識を象徴的に表現しているばかりでなく、アメリカ社会の階級の現実と帝国主義的白人文化の美しき秩序に関する誤った観点を表現しているという。cf. "The Scarlet Feather：Racial Phantasmagoria in *What Maisie Knew*."

5　このような批評家の一人、Gorley Puttは、*Henry James：A Reader's Guide*の中でメイジーを取り囲む社会が娘たちの教育に不適当である点を強調している（253）。また、Louis Auchinclossも大人の子供に対する社会的無責任に言及している（114-16）。

6　"Pandora"（1884）や"The Marriages"（1892）等も子供の教育と環境を扱った作品の範疇に入ると思われる。*Watch and Ward*（1878）は、主人公が事情のある娘を引き取り自分の妻として理想的に育てようとする物語であるが、思春期と成熟過程を問題にしている点から見て広い意味でJamesの教育観を反映した小説と言えよ

う。これは James が35才の時の作品だが、この時すでに彼は人間の教育と成熟とのテーマに関心が深かったことを示している。このような早い時期からの子供の教育への関心は、この問題と1880年代の社会問題を扱った作品を結び付ける素地となった。これらはまた "The Pupil"（1892）や *The Awkward Age*（1894）を産み出す基となった。cf. Shine, PP127-30, PP166-69.

7　このような社会問題と子供を扱った James の作品を現象学の観点に立って論ずる批評家もいる。Paul B. Armstrong は、*What Maisie Knew* に描かれる社会と主人公の描写を単なる社会問題を扱った書と捉えず、現代社会の人間が抱えている普遍的な問題の一例として捉え、メイジーが置かれている世界を「考慮（care＝*Sorge*）を欠いた」という言葉で表し、そこから生ずる自他の人間関係の意味を哲学的に考察している。cf. *The Phenomenology of Henry James*, PP3-36, PP136-41.

8　James のほとんどの作品が、暴力や激しい動きを伴う人物の行動を表現しないことについて、これを物理的表現と心理的表現という二つの領域に分けて解釈する者もいる。第一章で見たようにオーストラリア出身の新進気鋭の映画監督 Jane Campion は *The Portrait of a Lady* を映画化した際に、オズモンドのイザベルへの非難の場面を描くにあたり、原作とは違った表現をした。つまり原作では、言葉で非難を表現しているのに対し、Campion は、オズモンドに暴力的なシーンを演じさせた。しかし、本稿で扱う『メイジーの知った事』の場合は、劇作の影響等、他の理由によるのであって本稿は以降その理由を説明する。

9　James のリアリズムに対する意識は、様々な実験的表現を導くことになるのだが、この頃 James が文学上の友人に宛てた手紙には、彼のリアリズムに対する考え方が表れている。cf. HJL 3：28. また、James のリアリズムに対する考え方は、彼の小説芸術観とも深く結び付いていることもよく知られている。次の箇所には特に James のリアリズムに関しての考え方が示されている。"The Art of Fiction" 49-51, 56-60, 67.

10　劇上演の失敗は James の生涯の大きな事件であったが、1891-96年の創作ノートには、失敗の経験を小説に生かそうとする James の工夫を示す箇所が見られる。cf. PP174-84, PP236-65.

11　この時期はタイプ導入という新しい方法が取り入れられたばかりであるため、後期の作品に顕著な心理描写を中心とした複雑かつ晦渋な文体の特徴を免れている。*What Maisie Knew* の表現に関する限り、タイプライターとタイピストの存在によりそれまでのものと全く異なった華々しさが加わったことは注目すべき点である。Edel は、James の部屋にタイピストが常に一緒に居るということは、彼の仕事の質に対人関係の影響を与えていると指摘し、James がタイピストの姿を意識しなくな

るのはずっと後になってからだったと述べている（*The Life*・2, 231-32）。

12 Goode は、人形と遊びながら他者の役割をも想定し物事を理解しようとするメイジーの描写は、人間の理解の発展過程を深いレベルの知性として表す James の文学の特徴であると指摘し、これは James の芸術観と密接に結び付いていると述べている。cf. *The Air of Reality*, P177.

13 James は美の基準と善悪の価値基準について小説論等の中で多く論じており、この二つの基準の一致が理想的なものであることをしばしば表明しているが、その詳しい内容は別の機会に譲る。ここでは、その主張を表した著書のうち主なものを挙げておく。"Gabriele D'Annunzio." "The Art of Fiction." "Gustave Flaubert."

14 Mark Seltzer は、ミセス・ビールを拒否するメイジーの行為を子供の自己中心性とは見ていない。彼によると、作者はこのようなメイジーの困惑と「混乱（muddle）」に読者の注意を向けさせるのが目的であり、ここに示されるのは好色な「無邪気（prurient innocence）」であり、その無邪気と他者による「搾取（exploitation）」の絡み合いがこの小説の前景となっているのだと言う（157）。Seltzer はこの小説を *The Awkward Age* や "The Turn of the Screw" と共に、後期三大作品に先立つ、いわゆる「曖昧性」を持つ小説と定義すべきだとして、この小説の無邪気と性のニュアンスを重要な要素と解釈している。このような解釈は "The Turn of the Screw" の曖昧性の解釈のうちの一つとしてよく知られているものであるが、*What Maisie Knew* に関する限り、James の「序」の説明と矛盾する。またここには、主人公の性的傾向の行動として解釈され得る程の強い曖昧性は示されていない。その上、このような解釈は "The Turn of the Screw" を除く James の他の作品に表された特徴との共通点を持たないという点で十分な説得力に欠けるものである。

15 このことは James 文学批評史上から見て単純に割り切れないものを含んでいる。即ち、従来 James の小説はアメリカ人対ヨーロッパ人の登場人物の異文化対立による価値観の相違という面が主として論じられて来たが、近年、より哲学的な議論を含むものの興隆が顕著となって来た。次に挙げる著書はそのような評論の代表と言える。Robert B. Pippin, *Henry James & Modern Moral Life*.

16 "old — fashioned conscience" という語が、文脈によっては必ずしも否定的な面を表すとは限らないことは言うまでもない。しかし、James の場合、ピューリタニズムが色濃く浸透していた19世紀前半のアメリカ東部社会における道徳的価値観の変容を身近に見聞し、また自身もその社会を抜け出しヨーロッパ社会に身を置いた経験から、日常生活のあらゆる面における過剰な道徳観の強調は全面的称賛をもって受容出来るものでなかった。James の Emerson を論じたエッセイには、その社会的変容に伴う道徳観の相違が、James 自身とその一世代前の Emerson に見られる観点との

相違の例として表されている。

17　自然な心の動きをゆがめる偏狭な道徳心というものをJamesが嫌っていたこと、及びその嫌悪感は父の影響によることを根拠に議論する批評家はTannerばかりではない。Daughertyもその一人である。cf. *The Literary Criticism of Henry James*, PP15-17.

18　このように、他者を所有し、その人間の自発性（spontaneity）を奪い、自己の価値基準に沿った人間に改造する意図を持った人物についての議論は、Tannerのみならず多くの批評家がJamesの小説の様々な場面を例証することによって活発に行ってきたものである。しかもこれは*What Maisie Knew*に限らず、広い範囲の作品に及んでいる。既に見たように*The Portrait of a Lady*のオズモンドのイザベルに対する態度やパンジーに対する取り扱いはその典型として挙げられる。cf. MP 146. Tannerは、Quentin AndersonもJamesの小説に見られる価値表現の中で最も重要なものの一つは、自発性とそれを脅かすあらゆる形の濫用という悪徳であると*The American Henry James*の中で論じている点を指摘している（296）。

19　この「体験と意識」の概念を述べている箇所は本論の第一章においても別の理由で取り上げたものである。第一章においては、これが兄WilliamとJamesの宇宙観の共通性を表しているというHocksの主張に関連し言及したものである。cf. 第一章N23.

20　Tannerが*The Writer and His Work : Henry James*において、"The Art of Fiction"の「体験と意識」の概念の部分を引用したのは、英国における小説理論史上に占めるJamesの位置に関してであった。Jamesの"The Art of Fiction"は彼自身の芸術についての重要な言明であるばかりでなく、小説理論史上の転換点を示しているとTannerは述べている（72）。彼はまた、Jamesが生涯「意識という部屋」に関心を持っていたことは兄Williamの「意識の流れ」における心理的科学的興味に呼応するものであると指摘し（72, N1）、この点に関するHocksとの共通点を示している。更にクモのイメージはJamesを通して有名になったが、これはWalter Paterの*The Renaissance*にも出て来るものであると述べ、"Pater writes of consciousness as that 'magic web ... woven through and through us ... penetrating us with a network, subtler than our subtlest nerves yet bearing in it the central forces of the world'" (from the chapter on "Winckelmann"). (73, N2) と記している。

21　このBoulogneの場面を印象派の絵画と結び付けて論じる批評家は、Tannerの他にJudith Woolfがいる。彼女は*Henry James : The major novels*の中で、この描写に表される "The *plage*, with its 'spectators and bathers'" は印象派の画家たちの好んだ主題であり、1869年ManetはBoulogneの浜辺を描いたばかりでなく、小説の

中でサー・クロードとメイジーが歩いた防波堤をも画題にしていること、そして、Degas の *Beach Scene* は、浜辺で子供の水着が乾く間、年上の乳母が子供の髪を梳かしている絵画であることに言及し、この子供がメイジーであった可能性を読者に想像させている（78-79）。日本人に馴染みのフランス印象派の画家 Georges Seurat の作品、*Bathing at Asnieres*（1887）や *Sunday Afternoon on the Island of the Grande Jatte*（1886）もフランスの浜辺と観光客と水泳をする人を題材としている。これらの作品は、「点画描法（Optical mixing ＝ Pointillism）」を用いて、対立する色彩を小さなタッチで画面に置き、光の動きを描き出しており、明るく微妙な大気の揺らめきの表現がその特徴となっている。(*Seurat : Drawings and Paintings*, 8, 85-86, 128-30.) Seurat の作品も Monet や Manet あるいは Degas と同様に Boulogne に於けるメイジーと光と色の描写を理解する上で参考となろう。

22　Hutchinson は James の多くの作品に、喜劇的要素が行き渡っていると同時に、より暗い意味も付随していると見て、その暗い意味と性的願望の代理体験を結び付けている（72）。

23　Steven James は James の晩年に用いられた queer の語は homosexual への言及を含むことと、これは1922年以来 *Oxford English Dictionary* に表された語義にも含まれている点を論じているが、それと Habegger が問題にしている queer の語義とは明らかに別のものである。cf. Steven, PP145-46.

24　F. R. Leavis (1895-1978) と Tony Tanner (1935-1998) は、共に英国 Cambridge 大学英文学科で教鞭を取り、多くの優れた批評を残しているが、F. R. Leavis が一つの規定を設定し、直截な判断をする派の代表者であるのに対し、Tony Tanner は J. P. Sartre を中心とするフランス実存主義が世界に影響を与えた時代に青年時代を通過し、Leavis の若い時代には存在しなかった哲学的価値観の洗礼を受けている。この相違は Leavis と Tanner の考え方を分ける一つの要因でもあると思われる。James の作品には、この作品に限らず世代を経るにつれて、それぞれの世代を反映する論評に耐え得る普遍性を備えているものが多い。James の批評史における時代の変遷と道徳観の変遷との比較考察は、ここで扱うには大きすぎる問題であり、一方、実際の批評において、すでにその特徴が顕著に表れている。このような時代の変遷に伴う道徳の変遷を James の小説に関して本格的に論じた最近の研究の典型例は、特に2003年以降の *The Henry James Review* に多く見られる。

25　James は、主人公に「美徳の灯を守る」役割を課すと「序」で述べているので、この小説におけるメイジーの年令が問題となる可能性がある。描写されているのは３才の時の思い出を含め主として５才から６年間位の間に経験した事柄であるが、その上限の年令は明示されていない。Judith Woolf は James の12才の頃の体験から類推

して、この年を推定している（79）。小説の中に描かれるメイジーの学校へ行く年令、家庭教師をつける年令、結婚や愛について言葉の上で意識する年令、あるいは描写されている彼女の言動、そして、小説の最後で語り手が主人公を child と呼んでいることなどを考慮すると Woolf の類推はほぼ妥当と思われる。また、Louis Auchincloss も「12才位か」（Twelve?）と具体的な数を挙げている（114）。

26　Sarah Daugherty は、James の文章が時に難解で異なる種の要点を強調することもあり、うっかりすると肝心な点を見落とす可能性があると指摘する。cf. *The Literacy Criticism of Henry James*, P113.

27　Robert Gale は *The Caught Image* の中で、James 自身が子供時代にキャンディーを食べることを禁じられた経験と子供のイメージとの関連が、ここには表れていると言う（181）。メイジーがショーウィンドウに鼻を押しつけているような気持ちを表す比喩はこの他にもう一か所見られ（107）、James がこの比喩に特別の考慮を払っていることが窺われる。そして、これは後述する「宝石店のショーウィンドウ」の喩え（145）とも関連するものである。

28　Hutchinson は菓子屋のショーウィンドウと宝石店のショーウィンドウの場面を James の観察的態度とその表現内容の点から論じている。彼は Marcel Proust の *In Remembrance of Things* 及び Eliot による "Burnt Norton" の中の "If all time is eternally present / All time is unredeemable" を取り上げ、これと *What Maisie Knew* の「序」に出てくる「メイジーは死に至る最後まで——正しく言えば少女時代の終焉に至るまで——驚異の念を抱き続けた」（Xi）という文を関連付け、*What Maisie Knew* のメイジーや他の人物にとって、彼らの生活のみが生きることを測るものであり、彼らは表面上は、マスクをつけていて、現在の生活から救われたいと望んでいるが、死の他に救いはないと述べる（63-65）。この二つの場面はメイジーの現実を述べていて、本文で言及したように、前者はメイジーが想像出来ないもの、あるいは望まないもの、そして後者は待ち受けていたものを見つけることを表しているという指摘において Hutchinson は正しいが、メイジーがマスクをつけているという主張はメイジーが両親の家の間を往復しなくなった後の時点では、根拠に乏しくなっている。その上、「序」全体で述べられた意図から考えられる「少女時代の終焉」の語の解釈は説得力を欠くと思われる。

29　James には性や暴力を人間行動の根本的動機とみなすことを拒否する傾向があった事、及び James が性的情熱のような内面の力によって歪められた人間に共感していなかったことを Daugherty は指摘している。cf. *The Literary Criticism of Henry James*, PP13-14.

第四章 『鳩の翼』
──現世と死後の世界──

　『鳩の翼』の主人公ミリー・シールは、『ある婦人の肖像』のイザベルと同様に、若くして亡くなったジェイムズの従妹、ミニー・テンプルをモデルにしていると言われている。イザベルがミニーの「生きることに積極的で快活な面」を主として写し出しているとすれば、『鳩の翼』のミリーは、ミニーの、より悲愴な面──つまり、「若くして死なねばならぬ運命」──に、主眼がおかれているとも言えよう。F. O. マシーセンも、ミリーが、ジェイムズの作品の中で実在のモデルに最も近い人物であるという考えを示し、『鳩の翼』には、作者が語ろうとする人間性についての「最も余情豊かな響きの象徴」(MP 43) がミリーを通して描かれていると言う。これは、死を直前にして、立派な人間として生きたいと願った主人公ミリーと実在の人物ミニーの共通点に注目しての発言であると思われる。[1]

　ジェイムズがヨーロッパ滞在中に、ミニー・テンプルの死の知らせを受けた時、彼は兄に宛てた手紙の中で「彼女は僕に関する限り、まるでその目的を果たしてこの世を去ったように思えてなりません。この世に立派な位置を占め、輝くばかりに強烈な自らの手本を示すというのが、彼女の目的でした。彼女は今、僕をそちらへ招いているように思われます」(HJL I: 224) と書いている。

　ミニーのあまりにも早い死は、ジェイムズばかりでなく、その兄弟や従兄弟たちの脳裏に鮮やかな映像を焼き付けたのであるが、[2] 彼女の死後40数年を経て記された自叙伝「息子と弟としての記録」において、彼女の美徳は、

依然として次のように讃えられている。「メアリー・テンプル［ミニー・テンプル］の死後、半世紀たってもなお、彼女の思い出は最も明るい輝きをもって我々兄弟の胸に甦ってくる。彼女を知る人、あるいは彼女を愛した人々にとって、彼女は、快活さと大胆さと寛容、それに喩えようのない優雅さなど様々な面を兼ね備えた人であった」(282)

この自叙伝中、ミニー・テンプルに関して最も注目すべき点は、「そのようなミニーの霊を芸術的な美と威厳で包み、鎮めてやりたい」(544)という希望を表している点である。

『鳩の翼』の「序」には、主人公について「人生の大きさを自覚し、この世の豊かさに魅了されながら、若くして侵された病の故に、死を運命付けられた人」という着想を得たのはずいぶん前のことであったと記されている (The Wings of the Dove, 以降 WD と示す。XIX：v)。ここには、ミニー・テンプルがこの人物のモデルだという明言はない。しかし、先に見たマシーセンの説明の他、グレアム・グリーンを始め大方の研究者も、ミリー・シールのモデルはミニー・テンプルだと想定している。[3] 従って先に述べた「芸術的な美と威厳で包み、鎮めてやりたい」という目的で描かれた人物は、ミリー・シールだと考えて間違いないであろう。『鳩の翼』の中で、ミリーは死んだ後もなお、その肉体的な死を越え、彼女の周囲の人々の心の中に生き、鳩として翼を広げ影響を与えた。このミリーの姿は、ジェイムズの心の中に生き、思い出の世界に移ってなお輝いたミニーを思い起こさせるものである。

この小説がいわゆる「円熟期の三大作品の一つ」として様々な要素を含んでいることは言うまでもないが、ここにおいて特に注目すべきものは、主人公ミリーが、死後、翼を広げケイトとデンシャーに影響力を及ぼす描写である。[4] 小説におけるこの最後の描写は、一見すると非現実的な力に作用され、それまで語られて来たミリー、ケイト、デンシャー等を中心とする人間関係の、現実的で生々しい描写と遊離しているように見える。しかし、これは

「小説とは真実を描くことであり、現実感を持っていなければならない」("The Art of Fiction", 51-67) という信念を一方に持ち、[5] 他方「小説には人生の幻影が写し出されるべきである」(57) と考えたジェイムズの、小説芸術上の二要素が理想的に融合した典型例なのである。このような現実的な面と幻想的な面の双方を尊重する考え方は、彼の小説論やニューヨーク版の「序」に詳しいが、特に『アメリカ人』の「序」には小説の現実面と幻想面との関係が、有名な風船のイメージを用いて論じられている。[6] 本稿で論議する『鳩の翼』には、主人公ミリーとその対照的な人物ケイトが、それぞれ幻想的な世界と現実的な世界を背景に主として表され、その幻想的な様相と現実的な様相が小説内で接点を持ち共存する形で描かれ、それらを通して最終的に作者の小説芸術の信念が具現されている。ここで言う「幻想的」という意味は、通常現実的と考えられないもの、例えば、「超自然的なもの（supernatural）」、あるいは「半超自然的なもの（quasi-supernatural）」、または現実から離れたロマンス的なもの、または意識によって作られる想念といったものを含む。この小説にはジェイムズが小説家として最も重視する現実感が豊富に取り入れられており、同時に幻想的なものの比重も少なくない。特に主人公ミリーの描写に関してはそれが顕著である。

　ジェイムズの初期に見られる幽霊物語は超自然あるいは半超自然を扱っているが、『鳩の翼』に見られる幻想的な面は、幽霊小説に見られる非現実的なものとは多少質を異にするものである。特にミリーが死後翼を広げて他の人物に影響を与える描写は幻想的な印象を与えるようにも思われるが、実はこれは、ジェイムズにとっては最も現実的と感ぜられる種のものであり、これについて、本章で、多少詳しく論ぜねばならない。これはまた本論第一章でも言及したジェイムズのいわゆる、「意識の働き」に基礎を置くものなのである。そしてこの小説には、このような要素の上にマシーセンやホックスの言う「強い道徳思想」が加えられているのである。[7]

しかし、ここで注意しなければならないのは、この小説の幻想的表現の一つであり、かつ、小説の最後で描かれる最も重要と思われるミリーの「翼を広げる行為」を重視しない批評家もいるという事実である。例えばグレアム・グリーンは、これを重視せず、その意味を問題にしない。グリーンによればケイトとデンシャーは、ジェイムズの創造した人物のうち（クウィントと女家庭教師を除いた）最も卑劣な人間であり、ミリーは彼らに負けたのだという（Greene 24）。グリーンはジェイムズの文学の中に罪と悪の意識を見ており、『ある婦人の肖像』のオズモンドは勝利者で、イザベルは敗北したと解釈する。同様に『鳩の翼』のデンシャーは目的を果たし、ミリーは絶望して死んだと断言する（36）。それ故、グリーンは「ミリー・シールの行動には、ケイト・クロイやキャサリン［シャーロット］・スタントを強く引き締めている超自然の支柱が欠けている」と考える。この場合の超自然の支柱とは、超自然悪を指していると思われるが、超自然悪に焦点を合わせるグリーンから見ると「善良で美しい人間は、忍耐と寛容をもって背信行為に対処はするが、雄大さにはほど遠い」と見える（38）。しかし、グリーンが『ある婦人の肖像』についてラルフの死を扱っていながら、それよりも小説の中で占める役割の大きい『鳩の翼』における主人公ミリーの死に言及しないのは片手落ちであると思われる。彼はジェイムズの罪と悪に重点を置き過ぎた結果、この小説の最後に表された「翼の意味」を無視したのであり、このことは、彼の解釈を全面的に受け入れるのを難しくさせている。[8]

　しかし、大方の批評家はグリーンと異なり、ミリーの「翼を広げる行為」がこの小説の中で持つ意味の重要性を認識し、それについて多かれ少なかれ論議を行っている。

　マシーセンは、「翼を広げる行為」を重視し、鳩の比喩的表現がミリーの高潔な魂の象徴として表されていることを強調する。しかし、彼の解釈はグリーンとは違った意味で問題を残す。つまり、マシーセンは、小説の中で

「人間ミリー」が「翼を広げる鳩としてのミリー」へ移行したことの解釈について、ジェイムズの「意識と行為」の問題を後の研究者たちほど重視していないのである。マシーセンは、ミリーの翼がケイトとデンシャーを覆う叙述について次のように説明する。「ロマンスの物語が現実から遊離してしまわないように、そして、魔術の物語が逃避の物語になるのを防ぐために、ジェイムズはデンシャーという人物に重要な機能を託している」(MP 74)。ここでいうデンシャーの機能とは、ミリーとデンシャーのヴェニスにおける親しい交際を通して、デンシャーが以前の考えを捨てて、いわば「生まれ変わった」(77)ことを指す。そしてマシーセンは、そのようにデンシャーの心を変えた「力」の質について、「お伽噺の魔術 (the spell of a fairy tale)」(74)と、偉大な悲劇のすべての主人公に見られる「体験の意味に関する道徳的認識力 (the moral perception of the meaning of what has befallen him)」(77)という二つの要素を挙げる。この二つの要素のうち前者について、マシーセンはこれが「ロマンスの世界と現実の世界をつなぎとめる力」であることを示唆しているものの、彼より後の時代の批評家たちが問題にした作者ジェイムズの「意識と行為」の関係に言及することはなかった。

　マシーセンは、ジェイムズの「意識」そのものについては、「意識の宗教」("The Religion of Consciousness")の中で、詳細かつ明晰な批評を著し、「ジェイムズは、常に死後の世界、あるいは意識の次の状態に憧れていた。彼は常に意識と超意識の境界領域を探求していた」と述べ、ジェイムズが晩年に超自然を扱った「なつかしの街角」("The Jolly Corner")や『過去の感覚』を取り上げ、主人公たちがこの世とあの世の間を行き来し行動する描写を、「意識の持続性」の問題として捉えていることを示した。しかし、マシーセンは、『鳩の翼』の「ロマンスの世界と現実の世界をつなぎとめる力」に関しては特に「意識の働き」に言及することはなく、『鳩の翼』をそのような観点から扱っていない。彼が『鳩の翼』で強調したのは、もっぱら「生と死

を感じさせる悲劇の迫力」であった。マシーセンにあっては、『鳩の翼』における「意識と超意識」の問題は、いわば「お伽噺の魔法」の問題としてのみ捉えられた。彼が根本的に後の批評家と異なる点は、彼がジェイムズと、その兄との影響関係を認めなかったことである。[9]

　また、先に見た、マシーセンが、デンシャーの心を変えた力として考えた二つの要素のうち後者の、偉大な悲劇の主人公に見られる「経験における道徳的認識力」については、この物語を悲劇と見る点で、オスカー・カーギルとの共通性を示している。カーギルはミリーの描写を、「現世で結ばれなかったトリスタンの物語を連想させる詩劇」であると、その著書『ヘンリー・ジェイムズの小説』(The Novels of Henry James) の中で述べ、ジェイムズが自身を詩人と規定していることを重視し、『鳩の翼』において、主人公の内面生活が精神的ビジョンを持って大きく謳い上げられている点を挙げ (340)、[10] この小説の詩劇的特徴を強調した。カーギルは、特にこの小説に見られるヴェニスを舞台にした詩的隠喩の持つ広がりについて、これは『トリスタン伝説』の水辺の風景をも思い起こさせるとしている。マシーセンはこのようなカーギルの観点と類似する考え方を持ち、この小説は悲劇であり、偉大な悲劇の常として人物たちの人生経験の中に道徳的意識を高揚させる力が表されていると述べ、この小説を高く評価したのである。

　マシーセンは、この物語を「外面的には敗北したが、精神的内面において勝利した」(80) と評論する。本論第一章でも言及したように彼の結論は、この物語が「終局の浄罪と審判」を描いているという点で悲劇であるとしている (186)。

　しかし、ミリーの理想は最終的に実現したと考え、この物語が必ずしも悲劇でないという考え方も存在する。その一つはこれをキリスト教的観点から解釈するものである。そのような研究者は、エドワード・ワーゲネクトを始め少なくない。[11] しかし、ジェイムズが厳密な意味でキリスト教信者ではな

かった点を考慮に入れると、[12] これは必ずしも説得力のあるものではない。むしろ、本稿で後に扱うラネイ・トゥルシーの主張に見るように、ジェイムズの青少年時代に培われた「習慣」から生まれた感覚の中に、キリスト教的宗教色が含まれていると考えるのが妥当と思われる。

　本稿においては、『鳩の翼』の持つ現実的な事象と幻想的な事象の両面性、及びジェイムズの兄にも共通する「人間の意識と想念の世界との関連」に対するジェイムズの強い関心、そしてジェイムズの幼年時からのキリスト教的精神風土の影響による「習慣的な考え方と感覚」等の事柄を考察し、むしろR. ホックスやマルコウ=トテヴィ、及びトゥルシー等によって説明される、いわば、物理的な事象を超えた想念の世界を吟味することによって、[13] ジェイムズの芸術的信念が主人公ミリーを中心とする描写にどのように表されているかを見ようとするものである。言い換えれば、ジェイムズが「ミリーの霊をどのように芸術的な美と威厳で鎮めようとしたか」を探ろうとするものである。そして、小説の最後に表されたミリーの「翼を広げる行為」の描写は、それと関連してどのような意味を持つかを考察しようとするものである。

1．現実と幻想の共存

　『鳩の翼』において、ミリーがどのように描かれているかを知ろうとする時、我々はこのヒロインが初登場するのは、小説の始まりから数えて百余頁も後の第三部からであることに驚かされる。それまでのかなりの頁数を占めているのはミリーと対極の位置にある、もう一人の若い登場人物、ケイト・クロイの境遇、及び、その周りの人物と彼女との人間関係である。この部分におけるケイトの描写は後に出てくるミリーの描写に優るとも劣らない程、生き生きと描かれており、読者の中には、ケイトが主人公ではないかと見紛う者もいる程である。なぜ、作者ジェイムズは、まず最初に、ミリーではな

くケイトの詳しい描写をしているのかという疑問が浮かぶ。そして、その解答の可能性として、ミリーの持つ幻想性と現実性という二つの面に関する事柄が思い起こされる。ミリーは幻想的な面が強調されて描かれることが多いが、彼女が現実に生きる人間として描かれている以上、現実社会の人間と接触する場面も当然多く描かれる。その際にミリーと最も深く関係する人物が、同世代で同性であるケイトなのである。つまり小説のプロットの中で、ケイトが社会で直面する彼女個人の問題が、ミリーに大きく影響しているのである。言い換えれば、ケイトの直面する問題こそが、ミリーの生死を左右する問題であるという点でこれは非常に重要なのである。しかも、この最初に描かれる場面は後に見るように、ミリーを取り巻く環境と対照的である。この場面はそのことを強調する役割も果たしているのである。

その最初の場面はケイトの劣悪な現実生活の描写で始まる。ケイトは、父のアパートで際限なく待たされ、会わずに帰ろうかと苛立ちを抑えつつ、そのみすぼらしい部屋の内外を見渡している。悪趣味で安っぽい家具や息の詰まりそうなむさ苦しい部屋の様子に耐えかねてバルコニーに出ると、そこから見えるものもゴミゴミした通りで、裏通りの低い黒ずんだ家々の玄関が並んでいる様子や、これらの家の内部のみすぼらしさが、その外観から容易に想像出来ることなどが詳細に描かれる（WD XIX : 3）。この小説の冒頭の言葉は、"She waited, Kate Croy, for her father to come in." というものなのだが、この "wait" という言葉について、J. ウルフは、これは、いかにケイトの立場がうんざりするものであるかを表すものであり、ここに見られる家具の「つるつるした感触や、ねちゃねちゃした感覚（the sense of the slippery and of the sticky）」という表現は、ケイトと父親の関係を表しているという (103)。ケイトの父は、一見イギリス紳士に見えながら、美貌に生まれついた自分の娘を財産と考え、ケイトが母から譲られたわずかな遺産さえ横取りしかねない男として描かれている。ジョナサン・ウォレン（Jonathan Warren)は、ケイトと父との関係を、ケイトが父から受け継いだ Croy という苗字と彼女の行動との関連の中に見ようとする (113-15)。この苗字は「忠実 (faith)」あるいは「信念 (belief)」を表す意味を持つことから、ウォレンは、ケイトが没落した家族の中でその没落をくい止めようとする意志を持っている点に注目し、この小説で主人公と深く係わる重要な人物ケイトの行動の動機を読み解こうとしている。[14]

　しかし、この小説の第一部、二部に表されるケイトの描写は、ケイトと父の関係のみでなく、デンシャーを始めとして、ケイトの姉、ケイトの伯母、伯母の友人のマーク卿等、ケイトの境遇に関するケイトの周りの人々と彼女の関係が詳細に具体的に写し出されている。彼女の伯母ラウダー夫人もケイトの父と同様に、ケイトに高い付加価値をつけて社交界で売り出そうと目論む、無遠慮で不道徳で実利主義な女であり、ケイトが幼少時に母や姉弟と共にこの伯母の家を訪問する場面は、ケンジントン公園の並木道の視覚的、絵画的な描写——それは、伯母の住む地域とケイトの父の地域の差をも同時に表すが——と、ケイトのやりきれなさを記した心理描写との重なりの中に表される。また、貧しい夫と結婚した姉や、ラウダー夫人の社交界の友人で悪徳のマーク卿なども詳しく描かれているが、この部分で最も詳細に語られ、しかも小説のプロットとの関係から言って特に重要なのは、ケイトとデンシャーの間柄とミリーの関係である。その意味で父クロイ氏の小説に果たす役割は、それほど大きいものではない。むしろ父と彼女の関係は、父から受け継いだケイトの意志の重要性が問題となるのである。知的で、漠とした思索の雰囲気をたたえるデンシャーとケイトの密かな交際は、一方では、二人を取り巻くイギリス社会の現実を写すという意味を持ちながら、他方では一組の男女の心の動きを克明に語るものとなっており、この二人と、この後のミリーの登場とそれに伴う三人の関係は、最終的にミリーという人物の本質を明らかにする上で、欠くことの出来ない準備的呈示の役割を任う。この最初

の部分に描かれるケイトの境遇の厳しさは、後の彼女の残酷な企みという展開に対して、非難の勢いを削ぐ機能をも果たすものとなっている。つまり、この時点で描かれるケイトは、姉や父に同情する優しい心の持主であり、マーク卿の不正に憤る正義感を持ち、デンシャーの知性に憧れる、美しい若い女性としての面が強調され多くの批評家から悪漢呼ばわりされる面とは別の性格を見せる。15

　一方この小説の若き主人公ミリー・シールは、小説の第三部で初めて、腹心のストリンガム夫人を伴ってスイスを旅行中という設定場面の中に現れる。

　この第三部で最も印象的で、しかも、多くの批評家の論議の対象になる場面は、次の引用文に見る、主人公ミリーがアルプスの切り立った斜面に突き出た頂に腰を下ろし、眼下に広がる美しい眺めを見はるかす姿を描いたものである。

　ここに描かれる舞台は、小説の始めでケイトの登場に際して描かれた、ゴミゴミしてむさ苦しく息の詰まりそうなロンドンの場末のアパートと全く対照的である。清澄な空気と美しい眺望に囲まれた春浅い山岳地に現れたミリーの最も身近な人物は、表と裏を使い分け、込み入った事情を処理する等ということには生まれつき全く不向きであると自覚し、ミリーを王女とみなし、生涯ミリーに忠実であったストリンガム夫人である。

> 下へくだる小道は、急角度で曲がっており、それが岩や茂みに隠されていて、あたりは切り立つような斜面の上に突き出たかっこうになっており、眼下には美しい眺望がずっと広がり、見事な、しかし目がくらくらするような「眺望台」となっていた。ミリーはそのすぐ上から見て、そこが素晴らしい所と見定めて、真っ直ぐに何も遮るものが無い所まで下りていったようで、友人が見ると、目まいを感じるような絶壁の端に、ゆっくりと腰をかけていたのだった。…彼女は地上の王国を見下ろして

いたのだった。このように王国を見下ろすこと自体、その人間を圧倒してしまいそうであったが、彼女はこの地上の国々を捨てたいとは思っていないように見えた。

The whole place, with the descent of the path and as a sequel to a sharp turn that was masked by rocks and shrubs, appeared to fall precipitously and to become a "view" pure and simple, a view of great extent and beauty, but thrown forward and vertiginous. Milly, with the promise of it from just above, had gone straight down to it, not stopping till it was all before her ; and here, on what struck her friend as the dizzy edge of it, she was seated at her ease. ... She was looking down on the kingdoms of the earth, and though indeed that of itself might well go to the brain, it would n't be with a view of renouncing them.（WD XIX：123-24）

　この引用文には、孤独で高雅なヒロインの登場に相応しいアルプスの超然とした空気と、それを一層際立たせる絵画的情景が写し出される。しかし他方、ここには詳細でリアルな地形の記述にかかわらず、ストリンガム夫人の目を通して描かれるミリーの姿に、何か直截でないものが示唆される。気の遠くなりそうな絶壁の頂と美しい眺望の描写の中に、突然「彼女はこの地上の国々を捨てたいとは思っていないように見えた」という言葉が挿入され、この美しい情景は、実は、死の危険と隣り合わせであることが示され、その危険とは、単に高さに対する一般的な危険ではなく、ストリンガム夫人が叫び声を押し殺し、たとえ数秒という短い時間であっても、ミリーの自殺願望の可能性を、心によぎらせるという側面を含むことが表され、この物語の主人公が何か深刻な事情を抱えていることが暗示される。[16] ストリンガム夫人

が自殺願望を疑う原因と思われる主人公の病の詳しい内容は、それが不治のものだという以外は、この場面ばかりではなく、この小説の終わりまで明らかにされることはない。このことに典型的に表されるように、この小説においては、ミリーの病のことばかりでなくミリーに関する描写のほとんどは、先に見たケイトのリアルで現実的な描写とは対照的に曖昧であり、時に幻想的である。この場面でストリンガム夫人の目を通して語られるミリーは、「絶壁の端に、ゆっくりと腰をかけていた」とも見えるが、「のっぴきならぬ場所で、じっと、物思いに沈んでいた」とも見えるのである。「崖から飛び降りようとしていた」とも思えたが、「精神が高められ、ゆったりとした豊かな気持ちで、眼下に広がる王国を見下ろしている王女」にも見えたのである。このようにミリーの姿が暗示的に描かれている、この引用文の後には、「この王女様の将来には、人間の苦しみからの明確で単純な救いはあり得ない」とストリンガム夫人が確信する様子が表され、ミリーが岩壁に座り、真直ぐに顔を向けていたのは、人生が待ち受けていると思われる多くの苦しみであり、彼女はそれに向かわねばならなかった（125）と描かれる。このような描写は単に主人公の幻想的な面を絵画的に描き出すに留まらず、作者ジェイムズの「受苦」の思想表現であると論議する者も多い。マシーセンは、断崖に座ったミリーの姿に宗教的雰囲気を感じ取っているが（MP 64）、ミリーをキリストと見る批評家とは一線を画した立場で、ミリーの受苦を強調している。彼は、ミリーの悩みを人間として生まれた者が持つ苦しみと解釈し、いかに選ばれ恵まれて生まれ出てこようとも、民衆の一人として、同時に、他の普通人とは違う孤独な立場にある者として、その苦悩から簡単に逃避できない受苦を読み取っている。ミリーが山上に立ち王国を見渡すという表現、つまり、「山上」と「王国」という言葉も聖書との連想を誘うが、[17] このような人間の苦悩の表現は、後にミリーが医師ルークの診断を受け、病院を辞し、街を歩き回り、休憩の場を求めてリージェント公園に立ち寄った際の状

況を描写した場面にも共通するものである（WD XIX：254）。この時ミリーは公園に寝そべり、休んでいる憂鬱に見える人々の姿に、仲間としての共感の思いを抱いた。これは、マシーセンの言う「受苦」の表現であり、本論第一章における、ローマの廃墟の場面で扱った主人公の受苦の連想を呼び起こすものでもある。ジェイムズが『鳩の翼』においても、ミリーを通して人間の受苦を描いたという点では、マシーセンのみならず、グリーンも指摘するところである。ただし、このようなミリーの受苦を、彼女はただ受け入れ運命に従う他生きる道がないと考え、そこでこの物語は終わると考えるのか、あるいは、この後彼女には何らかの力で状況を変える可能性が残されるのかを論ずる時、この物語の解釈には、分かれ道が生ずる。このミリーの登場を示す第三部では、ミリーの人生は始まったばかりである。この後ミリーは、ケイトの企みにより、命を脅かされる程の背徳行為という、更なる苦しみに遭遇する。ミリーの初めての登場にあたって作者は、ミリーが以前から背負っている人間的な重荷をまずここに提示したのである。

　このミリー登場の描写が、現実的でリアルであるよりも霊妙で幻想的な雰囲気を醸し出していることも、この物語の宗教的色彩を含む解釈を導く要因の一つとなっているのだが、先に述べたように、この小説には、ジェイムズの文学の特徴の一つであるリアリズムが健在であり、同時にそれとは対照的なロマンス的特徴も見られるのである。

　このアルプス山中の描写に続くミリーのロンドン社交界デビューの場面や、ミリーがマッチャムでブロンツィーノの肖像画を見る際の表現、そして、ミリーが主治医を訪ねる描写、主治医の応接室の状況を描いたところ、あるいは、その後のケイトとの会話、ケイトとデンシャーとミリーのナショナルギャラリーでの遭遇等、この物語のプロットの重要な場面は必ずしもリアリズムで貫かれているわけでもなく、また、ミリーに関する描写も全て幻想的なもので占められているとも限らず、時にその要素は、濃く淡く独立して、あ

第四章 『鳩の翼』　265

るいは共存し、しかも、混乱を引き起こすことなく絶妙なバランスを保って展開されていく。このような描写の中で、現実感と幻想感のバランスが保たれながらミリーとケイトが同時に存在し、その関係が対照的に表される具体例として、一方が他方を鳩と呼び、鳩の称号を授ける仕草をする特徴的な場面を見てみよう。

　イギリスの社交界にデビューし、ケイトと友人になったミリーに対しケイトは、「後になって、あなたはきっと私が大嫌いになると思いますわ」と言い、いぶかしがるミリーに「その理由はあなたが鳩だからです」と答え、「称号を授与する儀式を思わせる、慎み深く、思いやりを込めた態度で」、まるでミリーが指に止まる鳩であるかのように、そして同時に、厳密に取り行われる儀礼に臨む王女に対するかのように抱擁する。一方、この抱擁を受けたミリーの心には「自分が鳩だという考えが霊感のように (like an inspiration) 浮かんだ」と描かれる（XIX：282-83）。このようなミリーを鳩に喩える描写は、比喩的かつ象徴的であると同時に観念的な印象を与える。ケイトの「きっと私が大嫌いになりますわ」という言葉は、その前に描かれるストリンガム夫人に対する二人の対立した見方を反映する会話の一部として、ケイトの本心を反映して明瞭でありリアルである。しかし、その後に示される「理由はあなたが鳩だからです」という言葉は必ずしも、その内容が明確ではない。単純に普通「鳩」という言葉が表す「純潔で柔和な人」「穏和な人」という意味で取るとすれば、ストリンガム夫人についての二人の対立を比喩的に表したにすぎないとも思える。この時点でケイトはまだ、ミリーの遺産を奪うことなどは考えていないと読み取るのが自然と思われる状況描写であり、ここに見るケイトの言葉がそのような企みを含んでいるとは思われない。二人の友情は始まったばかりで、互いに惹かれあい、出来るだけ相手に好意を示したい様子が描かれる。このような状況におけるケイトの言葉は、友情の継続を慮る言葉として、ごく普通に見られる現象と考えられる。たとえも

う一歩進めて、ケイトが後に起こるような企みの本質的素地を自身の心の中に本能的に感じていた故の発言という可能性を考えてみたとしても、ケイトという人物は、自身の行為についてあれこれ深く内省する性格として描写されることはめったになく、まして、ずっと先に起こることを予期して暗示的な発言をする様子はここにはほとんど見られない。逆に、内省などしない面が多く強調されている。このことを考えあわせると、ケイトのこの発言は友情の発露であり、むしろ、このようにして成立させた友情を後になって残酷な企みに利用する意味の深さのほうが、後の問題に関連しているという意味で重要である。この小説の後半では、ケイトだけでなくラウダー夫人もミリーを「我々の鳩」と呼び、そこには別の意味も込められるようになる。しかしこの場面に見るケイトの「理由はあなたが鳩だからです」と言う時の鳩の意味は、やはり好意的な意味で「純粋、無垢」を表す言葉であったと考えられる。一方ケイトに「鳩です」と言われたミリーは、この言葉を「霊感のように」感じたと書かれ、今迄悩んでいた問題に「啓示が与えられたように感ぜられた」と描かれる。ミリーがケイトの言葉をすんなり受け入れ、「私は、鳩だったのだ。正しく鳩だったのだ」と信じた様子は、見方によっては「信じやすい人」まさに「騙されやすい人」という面が表現されており、非常にリアルな表現とも考えられる。しかし、ジェイムズが「霊感のように」という言葉をあえてここに使っているのは、その目的が「騙されやすい人」を表現するためだとは考えにくい。後に見るようにジェイムズが「霊感」という言葉を使う場合、彼の過去の習慣や体験から自然発生的に出てくる、あの「エマソン論」に見られるような、ある一定の超自然的感覚を伴う意味を含むことが多い。[18] ここで問題になるのは、なぜミリーは、「霊感のように」受け入れたかということである。これはケイトの言葉に説得力があったからでないことは明らかで、ミリーが自分の任務を霊感に結び付けていることが示されているのである。ミリーのモデルがミニー・テンプルだとすれば、ミニ

一は、そのような超自然的なものを受け入れられず悩んでいたと言われ、この点では、実在のモデルと相違している（MP 45-46）。ジェイムズはここでは、ミリーをミニーと異なって「霊感を感じられる人」として描いているのである。この点に関して注目されるのは、ミリーとケイトの会話の応答状況である。二人は会話をしているにもかかわらず、それぞれの考えている内容は別次元にあることが作者によって表されている。

　ケイトの発言は、二人の友情が成立するか否かを懸念する心の動きを示しており、その懸念とはミリーの鳩に象徴される属性と自分との違和感に関するものであり、かなり現実的なものである。一方、ミリーはそのような懸念の原因には全く思い及ばない様子が描かれる。ミリーについては、「霊感」という言葉が前後の文脈と密接なつながりを持たずに表される。霊感とは、ジェイムズにあっては彼の父や兄が突然経験したものに似て、実際の日常生活の普通の流れとは必ずしも直接関係なく表れるものなのである。[19] それ故、彼にとってこれは全くの非現実的な問題というわけではなく、現実生活においても起こりえると意識できる種類のものである。この場面においては、ミリーが霊感のように「受け入れた」ことについて、特にそれ以上の説明がない。このようなジェイムズの表現は、T. S. エリオットが「感じの感じ（a sense of the sense)」と呼ぶ種類のものであるが、[20] これは、いわゆるリアリズムの描写とは反対のものであると通常考えられる。ここに見るミリーとケイトの会話においても、ケイトが主としてリアリズムの部分を表しているのに対して、ミリーは幻想的様相を表し、この両者が共存した状態が描き出されている。

　ところで、このようにミリーを鳩に喩える表現はこの小説においてしばしば見られるが、この「鳩の称号授与式」の描写は、ミリーが翼を広げるというクライマックスに向かう前のいわば序奏の役割を果たしている。この「授与式」の場面から二百頁余り後の第八部には、ミリーが再びケイトによって

「彼女は鳩です」と呼ばれる場面が出てくる。ここでは、語り手がミリーの品位の一部を形成する真珠の首飾りとミリーの清らかさと鳩の真珠色の類似を叙述しているのだが、その直後にケイトによって、鳩の意味は次に見るような、より現実的な比喩を伴って捉えられる。ケイトは鳩に富の力を連想したのである（WD XX：218）。そして、この場合の「鳩」は、富を象徴する二つの翼と素晴らしい飛翔力を備えたものであることが示され、しかもケイトの近くにいたデンシャーがその事実を読み取り、ケイトの心の中に渦巻く激しい感情に気付いた事実が描かれる。先の、いわば序奏の段階とも呼ぶべきミリーとケイトの心優しい友情の描写に比較して、この第八部は、ミリーにとって事態が厳しいものに変化していることが表され、更に二人の女性の間に位置するデンシャーという人物の存在も加わり、ケイトによって表される鳩の意味には、具体的で物質的な連想が伴うものとなる。鳩という言葉には、今やケイトから見た富と力のイメージが色濃く支配し、その富はケイトとデンシャーの背徳行為を誘引するまでに大きな意味を持つ。このような物語の進行の中においても、依然としてほとんどの描写が幻想的に描かれるミリーと、常に現実感をもって描かれるケイトの対比の関係は変わらない。しかも、鳩に関する比喩は、この小説のタイトルにも取り入れられる程重要であり、この物語の最終的な場面における鳩が「翼を広げる行為」は、これまで見て来た象徴以上の、更に強い意味が加えられる。その意味とは、根本的にはマシーセンやホックスが問題にする作者の善悪の価値判断に関するものであり、グリーンが「最も卑劣」と呼ぶ行為に対して対極的な位置を占めるものである。そして、それがどのように表されているかを見ることが、本稿が目指すものでもある。しかし、その「象徴以上の強い意味」について論ずる前に、鳩の連想の効果を一層高めるヴェニスという舞台設定の意味を考えてみよう。

　このヴェニスを背景とした場面は、ジェイムズのリアリズム的要素とロマンス的要素の絶妙なバランスが小説の中で最も光彩を放つ箇所であり、物語

のプロットが大団円を迎える重要な舞台なのである。ここにおいてケイトの表す現実的なものは、悪の色を一層濃くするものとなり、一方、ミリーの鳩の表す精神的な意味はより深くなる。この小説における鳩とそれが持つ「力」との関係についてその一部を前述したが、ヴェニスを中心に移したこの場面では、デンシャーを巻き込んだケイトの背徳行為とその罪の全容がいよいよ明確になり、主人公ミリーの「生と死」の葛藤がより激しいものとして表される。同時に、これはケイトとデンシャーが鳩の翼の力によって別離を余儀なくされる最終場面への準備役を担う場面ともなっている。

2．ヴェニスと鳩

　小説の第七部、八部、九部を中心とするヴェニスを舞台とした場面には、ケイトの陰謀やミリーの「生きたい」という切望、そしてデンシャーの悩める姿などが、伝統芸術の精粋とも言うべき歴史的建造物や美術品の描写や、南国の空気、あるいは、運河のさざ波、街を縦横に巡らす小道、ラテン気質のイタリア人、人の心に棲む悪、美と同居する死の気配といったヴェニスの特徴と共に、ジェイムズ独特の絵画的かつ詩的表現で詳細に描き出される。そして、これらは「ミリーの不治の病」と「ケイトとデンシャーの裏切り」という重大プロットを軸に、優雅さと壮絶さの共存、あるいは現実感と幻想感の混合という形を取りながら、最後にはミリーの死と「翼を広げる行為」へと展開するための入念な準備段階を構成する。この場面の中で、主人公ミリーがヴェニスに借りた宮殿については「開かれた窓から差し込む南国特有の日の光が運河の波を反射し、天井に描かれた絵画と戯れ…」と表現され、「天井に描かれた空飛ぶ天使たちの姿や室内に飾られた紫や褐色の憂いを帯びた円形装飾画が落ち着いた満足感をミリーに与えた」と描写され (132)、ミリーが、いよいよ、この大理石の宮殿の王女である印象を強めて描かれる

ばかりでなく、「彼女の姿には一種の権威と美しさがあった」と表される(184)。

　ここには、小説の最初に描かれたケイトの世界との対比が表されると同時に、第三部ミリーの初登場時の王女の連想も思い起こされる。ルネサンス美術と大理石の宮殿の華やかな描写にもかかわらず、「権威」と「美しさ」という言葉の中に、第三部で見たミリーの「受苦」が示唆される。ミリーがいかに華やかで豪奢な宮殿の主となろうとも、彼女が「受苦」を象徴する王女であることは、この宮殿の中でこれから起こる物語によって、いよいよ明らかになっていくのである。更にこの街のサン・マルコ広場の鳩は、ミリーが鳩に喩えられることとの連想を呼び起こすものであり、ヴェニスがロンドンと遠く離れている事実は、後で見るようにこの物語において大きな意味を持つものである。そして、この美しい都市にまつわる「死の臭い」は、『ヴェニスに死す』(Death in Venice) を始め、この街の史実によって、その連想を容易なものにしているが、実はジェイムズ自身にとっても、「ヴェニスと死」の連想は消すことの出来ない個人的体験と結び付くものであった。そのことについての言及は後に譲るとして、ここではまずヴェニスを舞台にした、物語の後半部分の人物描写を見てみよう。特に第八部から最終場面においてグレアム・グリーンが、最も卑劣な人物と呼んだケイトとデンシャーの背徳行為、そして、この事実をミリーに告げ口し、ミリーの命を縮めたマーク卿の行為を通して、ミリーがどのように描かれているかに注目してみよう。ケイトは、小説の前半では自分の企みの全容を恋人デンシャーに語らず、ミリーとデンシャーの交際が親密になった後、デンシャーをヴェニスに残らせ、自分は遠くロンドンでその進行を見守るという設定の中で描かれる。ロンドンと遠く離れているヴェニスが、この小説に果たす役割は幾重もの意味を伴って働く。まず、デンシャーとケイトの連絡が取りにくいこと、言い換えれば、デンシャーとケイトとの共謀はこの距離によって影響を与えられ、恋人同士

の独特な心の動きは不安定になっていること、更には、この距離ゆえに世界でも指折りと言われる名医ルークのミリーに対する献身が試され、その本質が表されること、また、ミリーの死の知らせが時差によって二人の恋人たち、あるいはロンドンの社交界の実利主義者の人物たちに微妙な影響を与えることなどの形で表現され、作者ジェイムズの絶妙なプロットの仕上げを助けている。ここに至ってケイトは初めて自分の企みが悪魔的であることを認めるが、ケイトに関する限り『ある婦人の肖像』のマール夫人のように、自らの悪魔的行為に苦しむ様子が描かれることはない。彼女についての内省的で詳細な表現がここでなされることは無い。しかも、この物語は『ある婦人の肖像』と異なり、ミリーとケイトに関する限り、人物の内省的心理描写にあまり力点が置かれず、主人公ミリーに関しては、むしろ幻想的表現描写が多く、ケイトについては、主としてデンシャーや語り手による説明や、彼女の加わる会話の中で表される。

　ケイトは、ミリーの命を積極的に縮め、生命を奪おうとしたのではなく、まもなく死ぬ運命にある人の死を自然なものとして利用しようと考える人物として描かれる。ケイトがミリーの死後、デンシャーに向かって「なぜ自分とデンシャーの関係をミリーに否定しなかったのか」と詰問し（322）、ミリーはいずれ死ぬので、真実を知らずにデンシャーに愛されていると思い込ませるのがミリーにとっても幸せなことと考えている様子が描写される（321）。これは、ケイトが良心の呵責に苦しむ人間ではなく、人の死さえ自己の都合に従って正当化する人物であることを表している。ケイトのそのような性格描写に関しては、小説の最初にかなりの頁数を使って描かれた境遇についての情報が彼女の立場を同情的なものにし、彼女への悪印象を少なくする要因となっている。しかし、重要な点は、彼女が親しい友人ミリーを裏切り、しかも恋人デンシャーを共謀者にして企みを実行したことであり、この罪は何人から見ても決して正当化されるものでないことは明らかである。

これは先述した通り、グリーンがジェイムズの作品中、「最も卑劣な人物」と呼んだことを確認させるものである。しかし、それではケイトとの結婚を望み、その思いが遂げられない腹いせに、ミリーにケイトとデンシャーが婚約をしている事実を告げ口し、ミリーの死を早めた罪深いマーク卿の場合はどうであろうか。この場合、マーク卿はいわば、ケイト一人では果たし得ない小説中における彼女の役割を一部担ったと言ってよい。例えば、ロンドンにいてヴェニスに度々来られない事情のあるケイトとは違って、マーク卿はヴェニスに来てミリーに致命的な打撃を与える役を担ったのもその一例である。ケイトが指一本動かさずともマーク卿の告げ口は、ミリーを死に至らしめるのに十分な暴力的効果があった。しかも、マーク卿の貴族としての地位は、その行為を表面上、実に優雅に行うことを可能にしたのである。

　ジェイムズのほとんどの小説、特に「円熟期」の三大作品にはアメリカ文化とヨーロッパ文化の価値観の対立が大きなテーマの一つとなっていることは周知のところであるが、『鳩の翼』の場合も、ミリーを中心として彼女と腹心のストリンガム夫人がアメリカ人の無邪気と無知を表すとすれば、ケイトとデンシャー、その他ケイトの父、及び伯母であるラウダー夫人、マーク卿等はヨーロッパ人の洗練さと世慣れた狡猾さを代表する構図になっていることはすでに一般的に認められていよう。この中でマーク卿はラウダー夫人の社交界の友人であり、ラウダー夫人は、マーク卿が貴族であるのでケイトと彼を結婚させようと考えている。マーク卿は経済的に必ずしも豊かではなく、ジェイムズの小説によく出てくるヨーロッパ貴族の典型である。彼がケイトに「まず自分がミリーと結婚し、ミリーの死後ケイトと結婚する」という提案をした初期の段階におけるケイトの反応は、マーク卿の卑劣さに反発を覚える良心をまだ保持していた。このことについては先に言及したが、マーク卿の小説の中の役割は、主としてミリーに近づいて求婚したりラウダー夫人の友人としてロンドンの社交界で貴族として振る舞うという程度のもの

第四章 『鳩の翼』

で、彼はいわば脇役に過ぎない。しかし、作者ジェイムズはこのヴェニスにおいて、再びミリーの王女としての威厳と、彼女の望んでいる「徳の高みに留まりたい」という気持ちを表現する方法として、これまで何度か描いて来たミリーとケイトの対話描写に代わるミリーとマーク卿の会見を設定している。マーク卿の卑劣さを表すことで、マーク卿と共通するケイトの本質を明らかにし、その対比の中でミリーの「徳の高みに留まろうとする意志」をあえて、宮殿の上階の部屋の場面で描き出している。ケイトとデンシャーの共謀をミリーに告げ口する人物として脇役のマーク卿は、ヴェニスでケイトの代役を果たすための国籍、性別、社会的位置とも最適な条件を備えていた。つまり、国籍はケイトと同じイギリス人でミリーとの対比を表すことが出来、男性であるということは、ケイトがミリーとの親しい友人として振る舞った代わりに、ミリーを敬愛する求婚者として彼女に近づき得るのであり、貴族という地位が彼の持つ悪徳を外面上隠蔽できるという点で、ロンドンにいるケイトの代役を勤め得るのである。マーク卿とミリーのヴェニスの宮殿における会見は二度設定され、二度目のものがミリーの命に致命的な打撃を与えるのであるが、その一度目のものは、マーク卿の卑劣さとミリーの「徳の高みに留まろうとする願い」がちぐはぐな会話で進められ、ちょうど先に見たケイトとミリーの会話が、一方は現実的、実際的であったのに対し、他方は抽象的で幻想的であったこととおおいに類似している。この場面で、マーク卿は何とかしてミリーの病状を探ろうとし、同時にミリーに求婚を受諾させようと努める。その姿はジェイムズの描くヨーロッパ貴族独特の慇懃な表現を伴って表される。一方、ミリーはこの宮殿の上階の部屋から二度と下へ降りない自分を空想し、神聖で、清々しい空中にとどまり浮かんでいる自分の姿を思い描く (147)。ミリーの「降りたくない」という言葉を病状が悪化して動けないと誤解して、なお、しつこく求婚を止めぬ破廉恥なマーク卿の行為は、ルークの診断結果をロンドンで執拗に聞き出そうと努め、さらにデン

シャーにミリーへの求婚を薦めたケイトの姿を二重写しにしている。このようなマーク卿のしつこい態度に対し、その言葉の内容を吟味し、反論しながら自己の信念を表すミリーの態度は上品な王女然とした威厳に満ち、しかも悲しみを抱えたものである。ミリーは、卑劣なマーク卿さえ「やがて自分が放棄しなければならないこの世の、様々な魅力的な生活の一つなのかもしれない」と考え、相手に対する寛容の感情を持ち、「徳の高みに留まりたい」という気持ちを、「下へ降りたくない」という言葉に込めた様子が描かれるが、ここに見られる描写は、第三部で描かれた、アルプス山中の頂に座る姿と呼応するものである。このヴェニスの宮殿の場面において、マーク卿はケイトと同じように無垢のミリーを陥れるのであり、ミリーの抽象的かつ幻想的言動に対して具体的かつ現実的特徴を見せるケイトの立場を代役することで、ミリーの立場と彼女の受苦というものをより一層明らかに表現するものとなっている。ここにおいてマーク卿の存在は、ミリーから見て同じ人間としての同情心を呼び起こす、あのリージェント公園で見た人々と同じものなのである。このようなマーク卿がその罪の深さにかかわらず、例えばグリーンによって卑劣な人物の筆頭に挙げられていないのは、この小説の中で結局ミリーの命を縮める最大の原因はケイトとデンシャーに帰するものであり、彼らの罪の大きさは他とは比べようもないからである。

　ところでジェイムズがこのように、人物たちの罪深さを克明に描くことについて、グリーンは先に言及したように、ジェイムズの悪の意識との関係を指摘する。彼は、ジェイムズの小説において裏切りを行う人物は友人であり、それも最も親しい者たちであり、最も信じがたい不正というものが背徳の実例として示されていると強調する。そして、これはジェイムズの若い時からの思想であり、苦い体験の末に徐々に植え付けられたものではないという（Greene 22）。このような悪は、ジェイムズにとって、眼に見える現実の世界と密接に関わっているとグリーンは考える（25）。彼は、ジェイムズのこの

悪をジェイムズ一家にまつわる意識であるとし、ジェイムズの父と兄の発作、妹アリスの自殺癖、そして、弟ウィルキーとボブの戦争犠牲者としての状況を挙げ、ジェイムズの悪の描写のリアリティーを説明する。しかし、ジェイムズのこの小説における最終目的は、先に確認したように「悪」の意識を提示するものではない。グリーン自身も述べているように (32)、ジェイムズが熱意をこめて描こうとしたものは「眼に見える現実の世界に、神の裁きにも類する究極を追求するひたむきな試み」(*The Nigger of the 'Narcissus'* 6) と、コンラットが芸術の定義について述べた、まさにその「試み」なのである。

更に、このジェイムズの「悪の意識」に関するグリーンの見解に対して、家族との関連とは別の面からこれを考察する可能性について、このヴェニスの場面の中に、その源を探ってみよう。

ヴェニスの場面には、ミリーが雇っている執事役のイタリア人ユージェニオと、ゴンドラの船頭の人物描写が出てくる。このユージェニオは、ミリーの予想では「頭のてっぺんから指の先まで、完璧なペテン師だった (a swindler finished to the finger-tips)」と表現される。「彼はいつもイタリア人特有の、十分手入れをした片手を謙虚に胸に当て、しかし、もう一方の手は、しっかり彼女の財布に突っ込んでいた」とも描かれる (WD XX：133)。この小説の中で、ユージェニオは端役ながら、ミリーと親しく心を通わせ、しかも、残余財産受取人としての資格を事実上確立していた人物として描かれる。これは、「自分が死んだら、悲しみに打ちひしがれ、その悲しみを誰にも語ることが出来ないだろうとミリーが感じ取っている」ストリンガム夫人とは全く正反対の人物像である (134)。ここに見る、アメリカ人ストリンガム夫人と、イタリア人ユージェニオの対比は鮮やかである。更にデンシャーによって観察されるユージェニオは、相手の腹の底を探るような印象を与える男であり、デンシャーは自分がミリーの財産を狙っている男と邪推されていると感じさせられる。その上、ユージェニオは、その邪推や個人的感情を隠し、

慇懃無礼な態度でデンシャーに接しているとも感じさせる（258）。彼はデンシャーのイタリア語には英語で、英語にはイタリア語で答える。このような態度はデンシャーには「真に悪魔的資質（a true deviltry of resource）」と写るのである（259）。[21]

『鳩の翼』において、ゴンドラの船頭のイタリア人気質は、宮殿で門前払いを食わされた日のデンシャーの目を通して次のように語られる。

> なんの表情も顔に出さない様子は、全くのところ暗い悪意の巣窟なのだ。——表面には、何の意味がないわけではなく、実は何か不吉ではっきりしないものを宿している。
>
> ... vacancy was but a nest of darknesses —— not a vain surface, but a place of withdrawal in which something obscure, something always ominous, indistinguishably lived.（256）

このゴンドラの船頭は、デンシャーから見るとユージェニオと同じく、表面は礼儀正しいが、非個人的で絶対的に非人間的で、下等であると見えることが描写される。このような表面の下に隠されているものは、表の明るい光に出せば通用しないはずであるが、このイタリアでは、その隠されたものは暗がりでは通用する何やら不明瞭なものである。

このようなイタリア人に対する描写は現実のジェイムズのイタリア観、あるいはヨーロッパ観、あるいはラテン文化に対する考えの反映でもある。ジェイムズが、青年時代に、真の小説家になるにはヨーロッパに行かねばならぬと信じ、始めはフランス文化人の仲間入りをしたが、現実の文学活動においてフローベールを代表とするラテン作家の道徳観に順応出来ないものを感じ取って、イギリスに移ったという経緯は周知のところである。[22] その際に

第四章 『鳩の翼』 277

ジェイムズの中で確立されたラテン文化についての道徳観に関しては、本論第一章で言及したように、彼の「フローベール論」や「ダヌンツィオ論」に表されている。[23] そして、ラテン気質に対する道徳上の不信感——不明瞭で、不正に鈍感であることに対する違和感、あるいは性の考え方に対する疑念等——は、ジェイムズの他の小説にもしばしば表現される。次に見る『使者たち』のストレザーがノートルダム寺院の中で感じた雰囲気は、ジェイムズのイタリア文化に対する考え方に共通するラテン文化観を典型的に反映している。

　この構内は、逃避のために訪れる人々にとって世俗的現実を忘れることが出来る場所になっている、という事情がストレザーにはよく理解できた。この世の悩みを回避し、問題を逸らし、または外の明るい光の中で解決しようとしないのは卑怯なことかもしれない。しかし、彼の場合は悩みを忘れる時間は余りにも短くはかないのであるから、自分を傷つける以外に誰も傷つけることはないであろう。彼はここで出会う、事情を抱えたような、不安げに見える人々に想像をめぐらし、そういう人々をゆっくりと観察してみるのだったが、彼らは審判者から逃れたがっているようにも見えた。外の強い光の中では、正義と不正義ははっきりしていた。しかし聖堂の長い側廊に漂う空気や、たくさんの祭壇に灯された灯明の中では、正義と不正義の区別は無くなっているように思われた。

　... it made him quite sufficiently understand how, within the precinct, for the real refugee, the things of the world could fall into abeyance. That was the cowardice, probably — to dodge them, to beg the question, not to deal with it in the hard outer light; but his own oblivions were too brief, too vain, to hurt any one but himself, and he had a vague and fanciful kindness for certain persons whom he met, figures of mystery and anxiety, and whom, with observation for his pastime, he ranked as those who were fleeing from justice. Justice was outside, in the hard light, and injustice too ; but one was as absent as the other from the air of the long aisles and the brightness of the many altars.（*The Ambassadors* XXII：5）

　ここに見る、パリのノートルダム寺院の長い側廊に漂う空気や、祭壇に灯された灯明の光が正義と不正義の区別を曖昧にしてしまうように、『鳩の翼』のヴェニスの地においては、青い空とバラ色に見えるラテンの土地の空気と、強い陽光を浴びた大理石と白く光る水はすべて溶け合ってしまい、正義と不正義の境を不明瞭にしているように見えるのである。この地では、アングロサクソンにとって許し難い悪徳も寛大に許され、水の流れとともに共存することが出来るように思われるのである。ミリーが、ユージェニオの計算高さやいかさま師ぶりをそれほど咎めだてすることなく受け入れている様子は、相手がイタリア人であり、この地がイタリアであることを計算に入れた作者の描写表現である。ミリーのこのような態度は、イギリス人のマーク卿には適用されない。ミリーはマーク卿に向かって、ヴェニスにおける一度目の会見で「何を知りたいとおっしゃいますの？」と、その口調を幾分冷たくさせ、自分の病気が悪性のものかどうかを知りたいのかと、静かではあるが、相手を驚かせる強い調子で尋ねた、と描写される。

　このヴェニスの場面におけるイタリア人、あるいはイタリア文化に関する悪の表現は「ペテン師」の言葉に代表されるように、ごまかし、表と裏の使い分け、物質欲と利害関係といった事象について描写される。それは、ジェイムズがイタリア滞在中、人々の知恵として見た「陽気で明るく人生を楽しむ態度」とも表裏一体をなす種のものである。[24] この小説に見られるこのよ

第四章　『鳩の翼』　279

うなイタリア人と悪との関連についての表現は「ジェイムズの悪の意識が、ジェイムズの家族に関連している」（Greene 25）というグリーンの言葉に疑問を生じさせるものが含まれている。[25]

　もっともグリーン自身、「ジェイムズは悪を当然非難していたが、一方では、それを憐れんでいた」（29）と記していて、その一端は、この小説中のユージェニオに対するミリーの関係にも表されていると言えよう。

　そして、このことはジェイムズの悪の意識の原因がすべて、自己、又は自分の家族から受け継いだもの、と見るわけにはいかないことを示している。グリーンの「ジェイムズの悪の意識は、後の体験によって徐々に得られたものではなく、生まれながら彼が抱いていたもの」とする観点は、必ずしも十分な説得力を持たない。ここに見る主人公やデンシャーとラテンの人々との関係を表したもの、あるいは、主人公とケイト、及びデンシャー等ヨーロッパの人々との対比描写は、先に言及したジェイムズ自身のヨーロッパとの接触によって、それまで彼がアメリカで培って来た道徳観との間に違和感を覚えたという個人的体験による要素が大いにあると考えられるからである。この小説に表されるユージェニオらイタリア人の描写は、彼らがしばらく本心を隠していたとしても、間もなく利害関係によってその本意を態度に表すなど、いわゆる「見える世界、あるいは、実際の行為」の表現によって表される。それに対して、イギリス人であるケイトやデンシャーらによって表される背徳行為は、たとえ彼らの言葉や行動が表面上、礼儀正しい点でイタリア人と同じであっても、人間関係がより複雑に描かれている上に、親しい友人関係という前提の上に立って描かれていることと、彼らがイタリア人のようにはっきりと本心を表さない人物として描かれるために、その悪の本質がずっと深刻であるにもかかわらず、表面には見えにくいという形を取っているのが特徴である。このヴェニスにおいて、ケイトやマーク卿が「人の命を犠牲にしても、自己の財産を増やしたい」と考える欲望は、彼らの社会におい

ては人の目にそれ程露にされず、醜く目立つことはない。その理由として、度々表されるケイトの容貌の美しさや行動の優雅さ、あるいは賢明さ、そして、マーク卿の貴族という社会的地位が表す外観等が挙げられる。更には、社会的地位と関連する形で、真実がわかりにくい社会の仕組みも原因となり得る。[26] そのような条件の中で、このヴェニスという街自体がその歴史や芸術、自然環境によって作り出された美しさと同時に、美と死と悪のイメージをも擁している複雑さの故に、かえってしばしば、個々の物事の本質が覆い隠され、真実は見え難くなっているという特徴を持つのである。

　この地は、ジェイムズ自身が、大いなる美と死の個人的体験を持ったという意味でも重要である。そのうちの一つ、彼とフェニモア・ウルスンとの交際及び彼女の死を、このヴェニスとの関連で最低限述べておこう。

　それはジェイムズが30代半ばであった1880年代に、少し耳の遠い文学者志望のアメリカ女性、フェニモアがフィレンツェにジェイムズを訪ねて来て始まった彼女との交際についてのものである。通常ジェイムズは女性に対し警戒心をもつ傾向にあったが、この時、彼女がジェイムズの作品に興味を持っていた事実や、彼女のアメリカ文学界での地位や彼女の性格が彼には興味深く思われたこと等の理由で、この３才年上の女流文学者を友人として受け入れたのだった。この頃はジェイムズにとって忙しい時期ではあったが、彼は喜んでフィレンツェの街の案内役も買って出た。毎日、午前中は教会や聖堂を訪れたり、文学や芸術について長時間話し合ったりした。フェニモアは、ジェイムズがイタリアを去りイギリスに戻った後もイタリア（主としてヴェニス）にとどまり、創作活動を続けた。しかし1894年１月のある日、彼女はヴェニスの自宅の寝室の窓から落ちて路上に死んでいるのが発見された。彼女の家人は誤って落ちたという事故死を主張したが真相は分からないままである。

　ジェイムズは彼女の死について友人に尋ねられたとき、「これは、明らか

第四章 『鳩の翼』 281

に病気が引き起こした精神錯乱による無責任な行為である」(The Life・2, 81)
と答えている。彼女の死が自殺だとしても、その原因はいまだにはっきりし
ないといってよい。ジェイムズがフィレンツェを去った後は、フェニモアの
名前が彼の日記や手紙に書かれたことは無かった。更に彼女の死後、彼は彼
女にあてた手紙をすべて回収して焼いてしまっている。フェニモアの死後、
彼女の遺族がアメリカからやって来た時、ジェイムズはジェノヴァまで出迎
え、彼らと共にヴェニスに赴いた。その時の様子を書いたフェニモアの家族
の日記によると、ジェイムズは、フェニモアの遺品がすべて荷造りされ合衆
国に送られるのを見届けるまで彼らの元を離れなかったという。後に、ジェ
イムズがフェニモアにあてた手紙のうち、たまたま回収を免れた物が遺族の
手によって発見された。それによってジェイムズは、フィレンツェを去った
後もフェニモアとしばしば会っていたことが判明した。また、フェニモアが
つけていた日記にも、ジェイムズが約束通りに自分に会いに来てくれないこ
とに対する不満を表す内容が書かれていた。ジェイムズの伝記作家であるレ
オン・エデルは、「毎年訪れるという約束は、耳が少し不自由で静かな世界
に住んでいる一人暮らしの女性にとっては、頼りにできるわずかな望みであ
ったのだろう」と言い「彼がこのようなことに思い至ったかどうか我々は知
る由もないし、彼がこの事件で何かを感じたとしても、それが罪の意識を伴
うものであったかどうかは定かではない」と述べている。[27]

　しかし、このような暗い連想を伴う個人的経験はあったにしても、ヴェニ
スはジェイムズに悪い印象のみを与えたわけではない。明るすぎるイタリア
人気質は、アングロサクソン人になじめないにしても、時に緊張感を解きほ
ぐし、安堵感を与え、青い空とバラ色の空気、歴史的建造物、魅力的な小道
と運河の流れは、彼の心を癒し、創作意欲を掻き立てるものであった。彼が
この場所に度々長く滞在した記録はそれを示している。[28]

　『鳩の翼』において作者は、ケイトの陰謀と現実性、及びミリーの無垢と

幻想性の対比を示し、そのストーリーを劇的に展開させる重要な背景としてヴェニスという最も効果的な舞台を選択したのである。

次に、ヴェニスとその前後の場面に関連し、ミリーとケイトの行動が対比的、かつ印象的に描かれるもののうち、特に「演技」という語、あるいはそのニュアンスを伴って表される表現を取り上げて考察したいと考える。これを敢えて取り上げる理由は、小説の中でミリーとケイトは共に「演技」、「演出」、または、それに近い行動をしている場面がしばしば描かれ、それは、一見すると同じ行動のように見えながら実は全く反対のものを表しているという点で注目に値するからである。そしてこのミリーとケイトの演技に関する表現の中には、かなりの程度、作者の対比的価値観が表されているのである。

ここで問題にする「演技」及びそのニュアンスを伴う語とは、通常「真実でないものを本当らしく振る舞う」という意味を持つものであるが、この「本当らしく振る舞う」というものには、「本当らしく演出する」、つまり、「そのように他人に思い込ませることを目的とする」という意味も勿論含まれる。この小説においては、作者によって様々な場面で様々な語を使用してこのような行為が描き出される。例えば、ケイトが「気まずさを演技する」場面では、「作り出す（invent）」という語が使われ、ミリーが「鳩のように振る舞った」という場面では、「鳩らしくする（make it the most dovelike）」と表されている。この場合、同じように「本当でないものを本当らしく振る舞う」という行為が表されていても、そのことによって、その行為者の人格を一律に判断することが出来ないのは言うまでもない。まして、その目的や意図を考慮せず、その「本当らしく振る舞う」という行為、それ自体によって行為者の道徳性や誠実さを探る手段とすることは出来ない。ここでは、ミリーとケイトによってその「本当でないものを本当らしく振る舞う」行為は、どのように表されているかをもう少し詳しく見る必要がある。

第四章 『鳩の翼』 283

　まずケイトの場合、このような演技の行為に関していくつかの例が挙げられるが、その一つは、先に言及したデンシャーがケイトの演技の見事さに感服する第十部の描写である。

　彼女［ケイト］はデンシャーの目の前で、その気まずさを作り出してみせた［演出した］。デンシャーはその即座の演技［創作力］の見事さに驚嘆した。

She invented the awkwardness under Densher's eyes, and he marvelled on his side at the instant creation. (WD XX : 335)

　この部分は、ケイトが伯母をはじめとする社交界の人々にデンシャーと自分は何の関係もないと思い込ませ、「そのように振る舞っている」場面の描写である。デンシャーはケイトに好意を寄せているにもかかわらず彼女から冷たくあしらわれ、一方ミリーからは好意を寄せられていると人々が思っている状況の中で、ケイトが、気まずい立場に陥ったように演技している様子を表したものである。この引用文のすぐ後には、"It serves as the fine cloud that hangs about a goddess in an epic, ..."「それ (creation＝彼女の演技) は、まるで叙事詩に出てくる女神を覆う美しい雲のような役割を果たした」という文が続き、ケイトの演技の見事さは、美しく優雅な印象を与えながらも、真相は、曖昧さの中に隠されてしまう様子が描かれる (335)。
　デンシャーがそもそもケイトに心惹かれたのは、彼女の生活能力が優れていたからであったと小説中で説明されるが、このケイトの演技もその生活能力の一つの表れである。
　このようなケイトの演技の見事さを表す描写は第六部においても見られる。ここでは、それは「芸術の域に達したようなもの (something like the artistic

idea)」(34) と表現され、「彼女は自分の役を表現し (express the part)」、「その役を演ずる (represent the part)」と叙述され、彼女は「優れた女優 (a distinguished actress)」と表される。そして、デンシャーがケイトの演技の中に、伝統と天才的才能を見出し、感服する姿も描かれる。ここで注目すべきは、ケイトの演技に関する限り、そのほとんどの描写が、彼女の企みを成功させる動機に基づいた演技として表されていることである。演技という言葉が、事実でないものを事実であるかのように装い、その装ったものを人に信じ込ませようとする意図を持つものであるとすれば、ケイトはこの物語でそのような役を表すべく登場しているとさえ言えるのである。演技という言葉が使用されない場面でも、プロットの重要な箇所において、彼女がその場をうまく切り抜け、見事に繕う様子は数多く描かれている。彼女の演技は、自分とデンシャーの関係を事実と異なるように人々に思わせる必要性から出たものであり、その事情が、始終、彼女に演技を強いることになっているのである。この物語で描かれる彼女の境遇、彼女の性格と能力、他人の金を奪おうとする彼女の目的は、必然的に彼女に演技を強いるものとなったのである。これらケイトの演技に関する表現のほとんどすべては、彼女がミリーの遺産を手に入れるという最終目的によって動機づけられたものであり、当面の目的は彼女とデンシャーの真の関係を隠すために行った行為として描かれている。言い換えれば彼女の演技のほとんどすべては、悪徳の目的と結び付いている。

　これに対しミリーの演技とはどのようなものであったか。マシーセンはミリーの行動について、彼女が自分の実体と違うものを演じているという意味で、"her make-believe rôle" という言葉を用いて次のように述べている。

> 彼女の恵まれた財力と死への恐怖という皮肉な対照をますます強めている豪華な賃貸の宮殿で、ミリーは自分が信じようとする役を演ずる。

... Milly plays out her make-believe rôle in the gorgeous rented palace which increases the ironic contrast 'between her fortune and her fear.' (MP 66)

マシーセンは、ミリーがヴェロネーゼの絵画をマーク卿と一緒に見た時の描写をこの場面のミリーの姿に重ねて、彼女の置かれた状況は感激の高みから、やがて、絶望の底に沈まなければならない苦悩に満ちた人間のものであることを示していると言い、結局、登場人物が訴えるのは死ぬという事実ではなく、「生きるという行為」であると述べている（66）。ここで、ミリーの行為を表す "play out one's make-believe rôle" という語は、小説中でケイトの演技を表す際に用いた "invent"、"express the part"、"a distinguished actress" 等とその意味において、同一視することが出来ないのは言うまでもない。マシーセンはこのミリーの宮殿における役割の説明から、数頁後において、「ミリーは鳩の役割を演ずる作戦をとった（... she has her own strategy of how to play the part)」（69）とやはり「演ずる」という言葉を使用している。これはその表現目的と働きにおいて、小説中の第五部で、ジェイムズが使用した "make it the most dove like" や "should have to be clear how a dove would act"（XIX：284）といった表現とも微妙にその内容が異なると考えられる。29

ケイトの場合は、明らかに、演技することによって自分の実体とは違うものを他人に思い込ませる必要があった。しかも、その必要性は最終的には、自己の物質的欲望を満たすという、どう見ても弁護のしようのない、罪深い目的から生じたものであった。それに対し、ミリーの場合、「鳩のようになろうとする」動機は、理想として思い描くものになろうとすることであり、その理想とは、他人に実体ではないものを思い込ませる必要のないものである。もし、あるとしても、それはケイトの目的である「金を得る目的」とい

う物質的欲望と比して、全く異なる次元のものである。それは、作者が小説中で使う言葉に従えば「徳の高みに留まりたい」という気持ちから生まれたものである。先の "make it the most dove like" や "should have to be clear how a dove would act" の表現はこのような動機から生まれたものである。もし、ミリーが、実際と異なる自己を他人に思い込ませようとしたとすれば、彼女はケイトと同様に、他者を欺くという点で罪があるという考え方もあり得る。特にマシーセンの言うように、作戦を取ったとなると、「人を欺くこと」においてかなり強い目的意識があるという印象を与えかねない。しかし、マシーセンが、ジェイムズの描写の中から的確にその言葉の有効性を指摘していることに見られるとおり、小説中には、この鳩の役割の描写に寄り添うように「蛇の知恵 (the wisdom of the serpent)」(69) という語句が加えられている。つまり、これは「鳩のように素直に、蛇のように賢く」(Matthew 10 : 16) という聖句を連想させるもので、ミリーの演ずる鳩がこの文脈の中の鳩をイメージしているとすれば、その鳩は単に素直なだけでなく、この場合、賢くなければならないことが暗示されているとも言えよう。[30] この聖書の句に表される賢さは、金を奪う目的で発揮されるケイトの賢さとは本質的に異なるものであり、それは物質的欲望と精神的高みへの憧れという、二つの事象の対比の中で表される相違なのである。このような対比は、これまで見て来たミリーとケイトの対比と同様に、この二人の人物の表す世界を象徴的に二分するものである。つまり、ミリーの演技は幻想的、あるいは観念的で、想念の世界に主として関わり、徳の高みへの憧れが動機となっているのに対し、ケイトの演技は、あくまで現実の中で物質的必要性から生じたものであり、しかもそれは、友人を裏切り、金を得るという利己的かつ物質的な欲望に深く関わっているものなのである。

　ところで、このヴェニスの場面の中で最も衝撃的な事件は先に見たように、マーク卿がケイトとデンシャーの婚約の事実を告げ口したために、自分が騙

され続けたことを知ったミリーが病状を悪化させ、ついには、命を縮めたことである。しかし、告げ口を聞いた時のミリーの反応についての描写は、ストリンガム夫人の間接的な会話の中で短く表されるに過ぎない。これはジェイムズの表現方法の特徴の一つであるが、これまでもしばしば見て来たように重要な場面ほど、象徴的な短文で表されることが多い。この場面においても「ミリーは顔を壁に背けてしまいました」というたった1行で表現される。ミリーの衝撃の描写は、直接的でも詳細でもない。しかし、ストリンガム夫人がデンシャーの部屋を訪れ、ミリーの死期が早まるのを救うため、デンシャーとケイトの婚約の事実を否定してくれと必死で頼む思い詰めた姿の中に、直接に語られるものと同じ衝撃と危機を読者は感じ取ることが出来る。この時のストリンガム夫人は、「あたかも彼女の涙が雨であったかのように」（WD XX：269）、嵐の中をずぶ濡れになって、悲しみに打ちひしがれ、宿の女主人に傘を取らせるのも上の空であった、と描写される。

　しかし、この事件が持つ意味は、ストリンガム夫人を通じて表されるミリーの悲嘆や事柄の残酷さ、あるいはそのような残酷な人々の実体を表すというだけのものではない。何よりも注目すべき事柄は、デンシャーの心の変化である。ストリンガム夫人の切々たる懇願を前にして、デンシャーの心に湧き起こった「嘘をつくことは出来ない」という強い感情の存在である。それまでのデンシャーは、ミリーとの関係に関する限り、ほとんどケイトの言いなりであった。自己の感想を述べることはあっても、ケイトの意向に反対したことはなかった。デンシャーは、ストリンガム夫人が遠慮がちにミリーの受けた衝撃のいきさつを説明し、婚約の事実の有無について尋ね、その事実を否定してくれと頼んだ時、ストリンガム夫人と二人で何とかミリーの命を救う道を模索している自分に気付くと同時に、ケイトとの婚約の事実を否定出来ない自分——つまり、以前とは違う自分に気付く。ミリーの純粋さを考えると、デンシャーはこれ以上嘘をつけないと固く決心している自分に気付

くのだ。たとえミリーの命を救うという大義名分が存在しても、自分はミリーにこれ以上嘘をつきたくないという気持ちが強く働き始めたのだ。

　ジェイムズの小説には嘘を扱った描写が実に多いが、ここに表されるデンシャーの心理描写は作者が嘘という問題をかなり重要視して描いているという点において注目に値する。デンシャーが嘘をつくか、つかないかは、この場合、正に人の命に関わっているのである。こんな場合においてさえ、つまり、いかなる大義名分があろうとも嘘をつかない方を選択するデンシャーを描いている事実は、作者の強い意図の反映を示すものと考えられる。つまり、作者はミリーの肉体的な命よりも、「真実」を守ることをデンシャーに選択させたとも言えるのである。このことはずっと後になってデンシャーがヴェニスに帰り、ミリーの死後ケイトと会話をしている場面で再び確認される。ケイトは、「ミリーの命を救うために、なぜ嘘を言わなかったのか」とデンシャーに問い詰め、「嘘を言えなかったということは、ミリーに恋をしたということだ」と言う（326）。確かにミリーの純粋な態度がデンシャーに影響を与え、二度と嘘をつきたくないという気持ちにさせたのである。デンシャーは自分がミリーに恋したか否かについてケイトに直接的な答えはせず、ミリーは死んでしまったのだから自分とケイトの結婚にそのことは問題とならないはずだと言い、もし、デンシャーが婚約の事実を否定すれば、そのことこそ——つまり婚約の解消こそが事実になるのだとして、ケイトに以前と同じように求婚する。ここで、デンシャーが「そのことは問題とならないはずだ」といった意味は、ケイトはそのようなことなど気にしない、たくましい女性だという意味にも取られかねないが、ここではそのように解釈するよりむしろ、「問題は、恋に落ちたか、落ちなかったかという個人的な問題ではなく」、嘘をつかずに、真実を重んずることを望むデンシャーの気持ちを表していると理解したい。少なくとも、デンシャーの意識の上では、ミリーに恋をしたのではなく、ミリーの影響力が彼に嘘を拒否させたのだと考えたの

である。だからこそ、デンシャーは婚約の事実を否定せず、嘘をつかず、同時に、以前と同様にケイトに忠誠を示し、求婚することが出来たのである。ミリーは、確かにデンシャーの良心に影響を及ぼしたのである。作者のこのような描き方は、デンシャーへのミリーの影響が恋の問題より良心の問題であることを、そして、ここでは、その方が重要な問題であることを表している。もし、ケイトの言うように、デンシャーがミリーに恋をしたから「嘘をつきたくないと考えた」という筋書きであれば、それまでのデンシャーのケイトへの忠誠は損なわれてしまう上に、デンシャーがこの後、ケイトに求婚することはデンシャーの良心がある限りあり得ないことになる。ここでは、そのように深くデンシャーの心に植え付けられたミリーの力の重要性を確認出来るのである。ホックスは、デンシャーとミリーがヴェニスで交際を始めた時に、デンシャーはミリーに何ら特別な感情を持っていなかったにもかかわらず、次第にミリーの力によって回心した点を重視している（Hocks 192）。ホックスのこの指摘は、この小説を高い道徳性において評価するという点で、マシーセンに類似している。確かにここには、「たとえミリーの肉体が失われても、真実を尊重する心を失いたくない」と考える人間に変わったデンシャーの姿がくっきり描き出されている。ここには肉体よりも魂とも呼ぶべきものの存在に目覚めたデンシャーの姿が表され、読者はそのデンシャーの変化を通してミリーの力を改めて認識させられるのである。

　このヴェニスの場面の中で、ミリーの受けた「衝撃」と関連して更に重要なのは、ミリーの「死」である。このミリーの「死」も、「衝撃」と同じく、直接的な描写は全くといっていい程存在しない。例えば、『ある婦人の肖像』のラルフの死の場面に見られるような会話、あるいは、ラルフの幽霊と死とイザベルの認識の描写に見られるような死に関する詳しい叙述はほとんどない。この小説の初めから、ミリーに関する直接描写が少ないことはすでに見て来た。小説の前半に表されたアルプス山中の描写にはストリンガム夫人か

ら見たミリーの描写はあっても、彼女自身の発話や心の動きに関する直接的描写は少なかった。しかし、これと比較しても、ミリーの「死」に関する直接描写は更に少ない。彼女の死の事実は、わずかに彼女が死んだ日から1日過ぎて、ロンドンの社交界の人々に死んだということがニュースとして伝わったものだけである。その後、彼女の死は人々の噂の中で主として語られ、あるいはケイトとデンシャーの会話や意識の中で語られる。例えば、ラウダー夫人が「それでは、ケイトが『私たちの愛すべき鳩』と呼んでいたあの鳩は、あの見事な翼をたたんでしまったのですね」と言い、更に「というよりむしろ、以前よりずっと大きく翼を広げたというのが本当かもしれませんね」というのは、その一例である。しかし、この時ラウダー夫人の頭の中にあるのは、ミリーの死によって多額の遺産はどこに行くのかという問題だけである。これは、ミリーの死が人々にどう映っているかを表してはいるが、ミリーの死、それ自体の描写やその意味を表す叙述とは別種のものである。ここにおいてもまた、現実的な人々の観点と対象的にミリーの姿は捉えにくい。作者がこのように、ミリーをしばしば「舞台の陰の人」にしていることについて、マシーセンはミリーの「受苦の人」の立場をその理由に挙げる。彼から見ると、ミリーは「行動の人」と言うより、「受苦の人」である。彼女が他の人々に取り囲まれているかのような印象を与えるように描かれていて、それが読者の想像を喚起するというのである（MP 55-56）。[31] 作者が読者の想像力を喚起するために間接的表現を使用していると説明するマシーセンにこの点では同意するが、マシーセンが「受苦の人」と対置させて「行動の人」を扱っている点には疑問が残る。「受苦の人」であると同時に「行動の人」である場合も存在する。後に議論する、死の直前のミリーの行為——自分を裏切った者を赦し、巨額の贈り物をする行為——は、受動的と呼ぶより、行動的と呼ぶ方がふさわしいと思われる。

　ミリーの死に関して見られる直接描写の少なさは、ミリーの表す幻想性と

第四章 『鳩の翼』 291

関連があるのであり、これまでに見たようにミリーの幻想的イメージを壊す描写はほとんど見られなかった。彼女が裏切りを知らされた時でさえも、先に見たように「壁に顔を向けた」という短い一文のみで表されたのであり、それ以外の激しい苦しみや、悲しみ、あるいは怒りといった種類の感情や行動は表現されていない。これは確かにミリーの受苦の描写であるが、同時にミリーの幻想性を強調した描写でもある。その幻想性は先述のような読者の想像力を喚起するという働きもするが、それは作者の表現上の美意識から出た結果とも考えられる。ジェイムズの小説におけるヒロインたちには、激しい怒りや嫉妬心を露にし、感情を他人にぶつける醜い描写というものはほとんど無い。『鳩の翼』において、恐ろしい企みを胸に抱えたケイトの現実性が表される時でさえ、表に表れる醜い役割はマーク卿に肩代わりさせ、彼女の優雅さや外的美しさは確実に保持されている。

　一方、ミリーの死について多くが語られない部分には、醜さが除かれているばかりでなく、幻想的なイメージと共に、ある種の「強さ」を感じさせるものが表されている。この部分で、たとえ「ミリーの死」それ自身の描写が極端に少なく、ミリーは舞台の裏に隠れた人であったとしても、彼女の死は、彼女の受けた苦しみ、やり場のない不当に対する悲しみと共に、いやが上にも読者の胸を刺す鋭さを持ち、人の心に訴える強さを持つのである。そうさせる一つの理由は「ミリーの死」に至る経過の中で、読者が想像力を働かせるに十分な材料を与えられているからである。言い換えれば「ミリーの死」に至るほとんどすべての描写が、「ミリーという人」を理解するための材料だったのである。その最も顕著な例は、先に挙げたデンシャーの良心に与えた、ミリーの深い影響力である。結局このヴェニスの場面全体には、美術や芸術を背景に表面は豪華で華やかに見えながら、実は恐ろしい陰謀が準備され、ケイトの物質的欲望とミリーの生きたいという願いが生き生きと表される一方、ミリーの、より高い徳を保持したいという、いわば直接目に見えな

い世界の側面も描かれ、そして、ミリーとケイトを中心とした人間関係における幻想と現実の要素が時に混在し、絶妙なバランスを保ちつつ複雑な人間関係が詩劇のように展開されているのである。そして、これらすべては、ミリーという人物を浮き彫りにする素材となっていたのである。

　このヴェニスの舞台に関してもう一つ注目すべきことは、この物語がヴェニスにおける「ミリーの死」で終わっていないことである。小説の最終部分で舞台はヴェニスから再びロンドンへ移る。ここには当然生きた肉体を持つミリーの姿は出て来ない。しかし、ロンドンの場面において、社交界の人々の行動や会話、あるいはケイトとデンシャーの会話や人物の意識描写は、当然ながらミリーに関するものが中心になっている。先に見たラウダー夫人のミリーの「死」に関する発言もその意味では、それなりの役を果たしている。次の項では、そのロンドンの場面のうち特に重要と思われる二つの描写を取り上げ、それがミリーの本当の姿を知る上でどのような意味を持つかを考えてみたい。

3．ミリーの赦しと、翼を広げる行為

　小説の最終部分の舞台であるロンドンの場面には、特に二つの重要な描写がある。一つは、デンシャーがミリーによって赦されたと感じた時の、彼の意識を通して描かれるミリーの姿であり、もう一つは、小説の最後でミリーが鳩として「翼を広げる」と表現される場面の描写である。前者の、デンシャーがミリーに赦されたと感ずる意識描写は、彼がミリーとの最後の会見を思い出している場面に表される。これは思い出であるので、話がフィードバックして描かれており、事が起きた場所はヴェニスで、彼女の死に関する会話がなされるのはロンドンである。ここで重要なことは、デンシャーが赦されたと感じた事実である。この体験があったからこそ、彼は最後までケイト

に求婚が出来たのである。しかし、このミリーとの最後の会見の様子は一か所にまとまって描写されているわけではなく、会見のことを話題にしたケイトとの会話やラウダー夫人への説明の中で切れ切れに表される。その内容とは、ミリーとの一生の別れであった最後の会見が非常に短いものであったこと、ミリーは、デンシャーが会わせる顔がなくヴェニスを去ってしまったと思っていたが、まだ彼が残っていたことに感動したこと、あるいは、ミリーは瀕死の状態でありながらいつもの服装でいつもの大広間で会見したこと、デンシャーに自分のためにヴェニスに残るならその必要はないと理解して欲しいと言ったこと、そして、最後の別れの挨拶としてそれを言いたかったために会見したことなどである。作者はその前の叙述で、デンシャーが己の罪に対する意識に目覚めたことを詳しく描写しているために、ここでは、このミリーの最後の行為がいかにデンシャーの心に大きな影響を及ぼしたかが一層効果的に表れている。

　デンシャーはたとえ自分から積極的に働きかけたわけでないにしても、事実上ミリーを欺き、ミリーが最後の生きる力を振り絞っている時に大打撃を与える原因となり、彼女の命を縮めてしまったのである。自己の罪の重さを自覚し、苦しむ様子は、「索漠たる思いに耐え、己のおろかさに耐え、全てのことに耐え、自分を放免してくれるかも知れないルークの来訪を浅はかにも心待ちにした」(WD XX : 304) と表現され、その後にルークの計らいでミリーとの最後の会見が実現した事情やその時のことを思い返す際のデンシャーの心の動きも綿々と描写される。このような切れ切れに表される様々な描写の中でも、特に注目に値するものは次に見るように、デンシャーが自分はミリーに赦されたと思い起こす一場面である。

　　最も重要な事実は、言葉で表現するにはあまりにも美しくあまりにも神聖な何かが彼に起こったことであった。思い起こしてみると、あの時彼

は赦され、捧げられ祝福されたのだ。

The essence was that something had happened to him too beautiful and too scared to describe. He had been, to his recovered sense, forgiven, dedicated, blessed ; ... (343)

　ここにはミリーの直接的な赦しの言葉や彼女の行動を表す詳細な叙述はない。また、「思い起こしてみると」という言葉が示しているように、これはデンシャーの意識の中から後になって生まれた認識で、会見の時直接的に発せられたミリーの言葉そのものではない。つまり、この認識は後に実際の遺贈の事実によって正しいと証明されたのではあるが、この時点では、デンシャーの意識の中でのみ確認されたものなのである。また、この描写の特徴は、ジェイムズが重要な場面を描く時しばしばそれが常であるように、使用されている語が詩的であり、更に、「最も重要な事実」あるいは「美しく」「神聖な」「赦され、捧げられ祝福された」といった抽象的なものが多い。また、デンシャーがミリーの最後についてケイトと会話した際にも、そこに使われているのは「最後の会見でミリーは美しさと強さだけしか見せませんでした」(329) という言葉であり、「デンシャーがミリーに別れを告げた時、ミリーは勇気にあふれていた」とラウダー夫人に語る説明の中にも抽象的な語が使われる (342)。このような抽象語の多用は、デンシャーの心を通して描かれるミリーの描写にも適用され、次の引用文には、ヴェニスの伝統美術の壮麗さと南国の秋の鷹揚さを混在させた中に、ミリーを象徴する崇高という語が用いられる。「唐草模様や天使たちの絵が飾られた金色の華やかな大広間の暖炉の前で、秋の日差しが豊かに暖かく降りそそぐ時間に、ミリーは王侯の品位を保ち、崇高でさえあった」(342)。32 更に、ミリーの姿は「ストリンガム夫人がたびたび口にしていた通り、まことの王女の気品を備えてい

た」と表される。このように抽象的な語を多用してミリーの様子を表す表現は、それ以前の事情説明が詳細になされるためもあって、より一層詩的な効果を発揮し、デンシャーのミリーに対する心の変化をより一層印象的なものにしている。そして、これは、詩劇の体験が人の道徳心を高揚させるというカーギルの主張を思い起こさせる表現でもある。ミリーがケイトとデンシャーという最も親しい友人に裏切られながらそれを赦した行為は驚異的なものに見えるが、このミリーの勇気を表すもう一つの例として、ミリーの最後の姿がフランス革命の貴族の行為になぞられ、次のような劇的な表現で表されているものもある。「断頭台に立たされる直前の若い貴族が、牢獄の戸口で抵抗のために手にした武器を取り上げられたように、ミリーの未来への夢は無残に打ち砕かれてしまった。…そして彼が別れを告げた時、ミリーは最高の勇気にあふれていた」(342)。

　ミリーの行為を英雄的なものとして捉え、崇高という言葉を用いて称えるデンシャーは、今や敬虔な信者の神に対する信頼にも似た感情を持つに至ったことが、ここには表されている。デンシャーのそのようなミリーに対する信頼感と尊敬の念が、「ミリーに赦された」と感じさせたのであり、大きな犠牲を払って守り通した「嘘をつかないこと」に対して、「祝福された」という感覚を持たせたのである。作者はこのような超人的なミリーの「力」を、後に描かれる「翼を広げる行為」に結び付けて、現実には起こりにくいことが起こり得る可能性を、小説という手段を通して示そうとしているのである。ここに見られる、死に直面しながら自分を裏切った者を赦すという超人的な行為の描写には、作者の強い「意志の力」の強調が見られるのである。そして、その「意志の力」には、ミリーが死後に「翼を広げた行為」と共通する超人的な力が見られるのである。

　ミリーが「翼を広げた」という表現はこの小説に2回出て来るが、その一つは、先に「ミリーの死」について取り上げた際に見たラウダー夫人の言葉

である。この場合「翼を広げた」の表す意味は先述したようにラウダー夫人の表現として似つかわしい、いわば、物欲的な意味を暗示している。つまり翼の力は、先にケイトが真珠との連想で述べたことのあるミリーの「財力」である。これに対して、この小説の最後に近い部分で表される意味は精神の領域に関するものであり、その表現しようとするものは、より深く、複雑なニュアンスがあり、これこそがこの小説のタイトル『鳩の翼』をも象徴していると言ってよい。この「翼を広げる」という行為は次に見るように、ケイトとデンシャーの最後の会話の中で、やはりこれも他の重要な描写と同じく、ごく短い文の中で表される。

「私は愚かにも彼女を鳩と――それより良い呼び名が考えられなかったので――呼んでいました。その彼女が翼を広げたのですね。そしてその翼はこんなところまで届いているのですね。その翼は私たちを覆っているんだわ」
「ええ、その翼は僕たちを覆っています」とデンシャーは言った。

... "I used to call her, in my stupidity — for want of anything better — a dove. Well she stretched out her wings, and it was to *that* they reached. They cover us." "They cove us," Densher said. (404)

この後、二人の間でミリーの金を受け取るか否かについての、やはり短いやり取りがあり、そのすぐ後に二人が別れた事実が示され、この物語は幕を閉じる。このような唐突とも思われる別れの描写の中で、二人の別離を決定的にした要因はミリーの翼が二人を覆ったからだというのが一般的な解釈であり、それは正しいのである。その理由は先に見たようにこの描写に先立つ場面で、ミリーの「力」がデンシャーの心に強く影響を及ぼした事実がかな

り詳細に描かれているからである。このミリーの「力」は、ケイトとデンシャーが背徳行為を企んだ時に、二人が夢にも思っていなかったものであった。それは鳩に象徴される、純粋で気高く強い「力」であった。それは、自分が死に行く時に友人を赦し、その友人に遺産を贈ろうとする寛容な心を備えた力である。しかし、そのような「力」は、一貫して実際的で現実的な考え方をする人物として描かれるケイトには、理解しがたい種類のものであった。デンシャーはヴェニスでミリーと会っている間に、そのような「力」を感じ始めた。彼はそれをどのように説明してよいかわからないと感じた。その様子は、「何か巨大なものの存在を、はっきり理解できぬままにおぼろげな意識を通して見ているような気持ちにさせられ、彼はそれを見失うまいと痛みに耐えながら自分自身を支えていた」(342-43) と表現される。ここに見られる「何か巨大なもの」の説明は非常に不明瞭で解りにくい。見える者には見えるような、見えないような、曖昧模糊としたものである。しかし、作者は、このものがデンシャーの気持ちを変えたという点については非常にはっきり描き出している。その巨大なものの存在を、デンシャーは始めのうちは、ケイトにも説明したくなかったと描かれる。ケイトに説明しても、理解されぬ種類のもの、あるいは誤解されかねないものと恐れるデンシャーの気持ちも描かれる。また、この心の変化のためにデンシャーは、ケイトが良心の呵責によって弱気にならないという事実に対して、激しい抵抗の気持ちがこみ上げて来た、とも描写される (318)。デンシャーがケイトに心惹かれたのはその性格の実際性と逞しさであったのだが、今やデンシャーの心は、特に良心と呵責に関して、ケイトに対する気持ちに変化が生じて来たのである。ホックスの言うように、ある意味ではデンシャーの回心こそがこの小説の注目すべき要点であるともいえる。しかし、この小説はあくまでミリーが主人公であり、このようなデンシャーの気持ちを通してミリーの姿はより明確に表されているのである。

デンシャーの心理描写を通して、ミリーの姿が描かれるもう一つの例は、次のものである。即ち、ミリーの死後のロンドンの場面において、デンシャーが、自分はミリーの思い出だけを胸に生き続ける人間だとしても、それは嘘ではない、と考える描写がある（337）。この描写に示される意味は、デンシャーがミリーの個人的面影に捉われて生きるということではない。むしろ、彼がミリーの「力」から受けた勇気、強さ、崇高に対する畏敬の念を失わずに生きたいと願うその気持ちが強調されているのである。その気持ちはデンシャーの理解では、実生活においてケイトと結婚することにより実現するのであり、この結婚はミリーのように力強く情熱をもって生きたいと願う気持ちと矛盾するものではない。彼は崇高であるためには、ミリーの遺贈を拒否することが結婚の第一条件だと固く信じ、ケイトに遺産を受け取らず結婚することを提案するのである（404）。しかし、ケイトはデンシャーがミリーと恋に落ちたと考え、同時に、自分はあくまで金を捨てられぬと考え、デンシャーの提案を受け入れようとはしない。「昔のままで結婚しよう」という提案に対し、ケイトは拒否し、作者は「横に振った彼女の顔が、二人の別れを意味した」と述べ、「私たちは昔のままにはなれないのです」という言葉でこの小説を終わらせている。ここには最後まで二人が互いに結婚を望みながら、ミリーの崇高な「力」の影響によって二人の気持ちが離れてしまったことが示される。ここに表されるのは二人の関係に優先するミリーの「力」である。そして、そのような結論を表した作者の意志である。ミリーの「力」は、目に見えないものながら、デンシャーの良心を揺さぶり、これまで自分は、ケイトの言いなりにならなかったことがなかったと彼に自覚させ（401）、今こそ自己の良心に従って生きようと願わせるものである。このようなミリーの「力」は、この小説に一貫して見られたミリーの描写と同様に、何か目に見えない幻想的な要素、超自然的な要素を含むものであった。この「力」は、ミリーの物理的な死とその後の「鳩としての働き」との境さえ不

明確にさせるものとして小説中に描き出されている。言い換えれば、ミリーのこの「力」は、生前にも死後にもその両方の領域で働く「力」であった。これは次に見るように、この小説で描かれるミリーの「生きたい」という意識を表現した描写、及び「どのように生きたいか」という意識を表した描写との密接な関連をも示唆するものなのである。

　この小説において、ミリーの「生きたい」という意識を表現した描写は、通常のミリーを表す傾向から見て例外的であることに注目したい。つまり、これまで取り上げて来たミリーに関する描写のほとんどは、幻想的で間接的で明瞭さを欠くものであった。特に彼女の「生」と表裏の関係にある「死」に関する描写には、彼女の姿や言動はほとんど表面に表れず、もっぱら間接的な形で描かれた。ところが、彼女の「生」に関する描写には、ミリーの言葉や態度が直接表され、使用される言葉も断定的である。ヴェニスにおいてミリーがデンシャーに向かって繰り返す次の言葉は、明快で、非常に積極的である。「私は生きたいと願えば、生きられるのです」「私は生きます。生きるつもりです」(246)。

　ここには、これまでの幻想的なイメージや間接的で非現実的かつロマン的イメージの濃いミリーとは異なる、強い意志を持った人物像が表される。勿論、彼女には死が運命付けられており、その意味で「生きたいと願えば出来る」という発言は、非現実的で幻想的とも解釈出来うる。しかし、彼女の生への意欲は強く生き生きと描かれる。ミリーが死を運命付けられているからこそ、生はここでは特に鮮明に印象づけられる。そして、それまで幻想的で非現実的表現の傾向が強かったからこそ、なおミリーの意志は強く響く。この物語がミリーの「死を運命付けられて生きる」物語であることを思い出せば、彼女の「生」の意識こそが――たとえ、特別な言葉で語られることはなかったとしても――小説全体に常に底流として存在していたことに気付かされる。それは、またミリーが初めて小説に登場したアルプス山中で、暗示

的ではあったが、「死」と裏腹に生が語られたこと（WD XIX：124-25）を思い出させるものでもある。このように「生」がヴェニスの場面において改めて明確に提示され、「生」に対するミリーの意志は、この小説の中で特別な意味を帯びるのである。

　更に、このヴェニスの描写と前後して、次に見るような、ミリーの「生」に関する幾分複雑な修辞的表現の描写を取り上げる必要がある。なぜなら、これは死と生についてのヒロインの痛切な問題を象徴的に表しているばかりでなく、これまでの作品には見られなかった形で、作者の「生きようとする意志」に関する表現が表されているからである。即ち、近い将来に死を運命付けられる人間にとって、「生きよう」とする意志のあり方がより詳細厳密に区分して表現され、その切実さの程度が示されているのである。

　その修辞的表現とは、ミリーが「生きようと努力すれば、生きることが出来るのだという言い方は、聞こえは良いだろう。しかし、もし生きられるなら生きる努力をすることが出来るという気持ちのほうが人の心により強く訴え、人の心に受け入れ易い真実だった」（254）と心の中でつぶやくものである。これはミリーが医師ルークの診断を受け「生きなさい」と励まされ、その後に立ち寄った公園で、同じ嘆きを分かち合う仲間とも思える人々を見つめながら、心に浮かんだ考えを描いたものなのだが、この考えは、その数頁前に表される「もし生きられるなら、生きるよう努力が出来る——この考え方のほうが昔から人々が馴染んでいる真実だった」（250）と言い換えて示されているように、死に直面して暮らしているミリーの「生」に対する最も差し迫った考え方を表している。そして、このような交錯配列法（chiasmus）[33]と呼ばれる手法を用いて、ジェイムズが表そうとする主人公の「生と死」の差し迫った問題は、通常、作者が兄ウィリアムに任せている哲学的命題を小説に持ち込んだ例であるという点で注目に値する。トゥルシーは、後に見るように「死後の世界はあるか」というジェイムズ晩年のエッセイを、その一

例として取り上げて詳しく論じているが、このミリーの心のつぶやきの描写は、まさに、その哲学的命題を扱っていて、それは、ミリーの心情の吐露という形で表される。しかも、ここに見られる「昔から人々が馴染んでいる真実だった」という言葉は、ウィリアムの「習慣」についての見解と「信じる意志」についての考え方を思い起こさせるものである。つまり、ウィリアムの「習慣」に関する見解には、「人間は習慣に依拠する傾向が強く、全く新しい出来事より、慣れたものを受け入れる傾向がある」(*Pragmatism* 23-27)というものがある。[34] また、彼の「信ずる意志」論には、物事を「信ずる意志」が存在するか否かで、その存在の可能性自体に差異が生ずるという考えが著されている (*The Will to Believe* 8-16)。そして、ここに見るミリーのつぶやきに表された主張、――「努めれば、生きられるのだ」という考え方は、一般的に言われる立派な言い方であるのはよく理解できるのだが、自分のような切羽詰まった人間には、一般に言われる立派な言葉より、もっと身近な言い方の方が心に響く――という言い分は説得力を持って読者に訴えかけてくる。近い将来に死を運命付けられている人間にとって、生きることは非常に困難なことは言うまでもなく、「もし生きることが出来るなら」という前提の方が、生きる困難を幾分でも緩和することになるのだ。このような考え方及びミリーの「もし生きられるなら、生きるように努力が出来る――この方が、昔から人々が馴染んでいる真実だった」という言葉は、作者ジェイムズの「生」に対する鋭い洞察力を反映している。[35] このような考え方は、後述するように、ジェイムズ自身のエッセイ「死後の世界はあるか」に表された考え方との共通性を示すものでもある。この小説中でミリーが最も信頼している人物として描かれる主治医ルークの描写にも、ここに表された後者の考え方、――生きたいという希望を信念に変えることで、より生きる可能性を高めようとする考え方――が表現されている。ルークがミリーに「是非とも生きねばなりません」と励ますのもその一つの例である。このように、こ

の小説でミリーの「生きたい」という意識は強く描かれ、またどのように「生きるか」に関しても、作者の視点が明確に表される。本章の前半では、特にケイトとの比較から、ミリーの幻想的な様相や非現実性、ロマンス的要素を取り上げたが、このミリーの「生」への意志の描写ばかりでなく、ミリーに関する現実的な描写も、この長編に多く表されていることは先にも指摘した。ケイトが現実と向き合っていて、そのケイトと常に接触しているミリーの物語であれば、ミリーが全く幻想的なばかりの存在で終始することがないのは当然である。そして、先に言及したようにその現実的な様相と幻想的な様相は時として、見分けがつきにくくなる。しかし、ここで問題にしているミリーの「生きたい」という意志はこの小説の中で、彼女の生前ばかりでなく死後においてさえ、強く生き続けていることが描き出されている。

　ところで、このような生前に人の心を変える程の「力」を持ち、死後にさえ「翼を広げ」、他者へ多大な影響を及ぼすミリーの「力」の質とはどのようなものであるかということが、これまで多くの研究者によって議論されてきた。先に見たようにマシーセンは、「この物語の結末は、ミリーの精神的勝利を表すものだ」という点は認めているが、ミリーが「人間」から「翼を広げる鳩」へ変わったのは、ジェイムズの、いわば魔法の杖によるものだとしている。即ち、これは現実の世界がお伽噺に変えられるものであると見ている。それに対し、マシーセン以降の研究者たちの中に、これは、ジェイムズの「意識の力」に対する信念の表現であると見る者も少なくない。しかも、このジェイムズの「意識の力」に対する信念は、ジェイムズのエッセイ「死後の世界はあるか」に表された彼の死生観ともよく符合するものなのである。マシーセンは彼の代表的論文の中で、ジェイムズのものごとを意識する力に対する強い認識を取り上げ、熱心に論じているにもかかわらず、肝心の次の点、即ち、「人間の意識は、物理的な死を超えて、現実的に働くという信念をジェイムズが持つ」ということに関しては、ほとんど言及しておらず、従

って『鳩の翼』のミリーが「翼を広げる行為」もお伽噺として解消してしまっている。この事実と比べると、マシーセンの後の研究者たちの多くは、主として兄・ウィリアムの「意識の働きに対する考え方」とジェイムズの考え方に共通性を見出し、これを論点の中心に捉えていることに特徴がある。また、兄との関係を認めない場合も、ジェイムズの「意識に対する考え」を議論の中心に捉えている。そして、エッセイ「死後の世界はあるか」を主たる根拠として、『鳩の翼』に描かれているミリーの生前の意識、及び行為を、死後の意識、及び行為と見なされているものに結び付けて、ミリーの「翼を広げる行為」の質を説明している。

　本稿において「鳩が翼を広げる行為」の意味を探るにあたり、これらの研究者のうち、その代表論者と思われるジョルジュ・マルコウ=トテヴィ、ホックス、トゥルシーの三人の主張を吟味し、「ミリーの翼を広げる行為」の表す意味を確認することとする。まずマルコウ=トテヴィの主張を見てみよう。

　マルコウ=トテヴィは、ジェイムズの父や兄、妹が通常非現実的と考えられるものや尋常でないものの存在を視覚的に捉えていた点を取り上げ、ジェイムズ自身もそのような幻影を感じたことに言及し、ジェイムズの家族が超自然物に対する経験の伝統を重んじていたという特徴を指摘し、ジェイムズが初期の作品からすでに超自然に対する関心の高さを示していることを強調している。更に中期から後期にかけ、ジェイムズが、いわゆる幽霊と呼ばれる霊的なものと心理的意識というものを結び付けて考えるようになり、ついには超自然を扱った小説の中でその結び付きを重視するようになったと述べている（Markow-Totevy 111-12）。そして、『鳩の翼』におけるミリーの死は「それによって物語のすべてが終わったことを意味するものではない」という観点に立ち、"death-in-life"（119）という言葉を用いて、「ミリーの死はそれ自体が生き残ることを表している」と述べる。マルコウ=トテヴィは

『鳩の翼』に表された具体的な個々の描写を取り上げ、これらを一つ一つ論ずることはしていないが、「死が生の手段となり得る」という彼の主張は、小説の中でケイトがデンシャーに向かって、ミリーは死ぬことによって、彼に理解してもらうことが出来た、と述べる描写にいみじくも表されている (WD XX：403)。しかし、単に死ぬことによってより良く理解される、言い換えれば、死んで初めて生前の「生」の意味が理解され、その事実が改めて認識されるということは、この物語に限らずよく見られることである。[36] この場合、「死が生の手段となり得る」とマルコウ゠トテヴィが述べているのは、むしろジェイムズの「生と死の二つの状態の融合」をミリーによって表した点を強調したもので、この点においてマルコウ゠トテヴィはその主張に独自性を示している。彼は次に取り上げるホックスと異なり、その主張の根拠にウィリアムの理論を援用することはないが、ジェイムズのエッセイ「死後の世界はあるか」の中に見られる「不死（immortality）」に関する考えを取り上げ、「死は一方では意識の終結を意味するが、他方、意識が生き残った場合には、それはドラマの始まりとなる」と述べ、ジェイムズの文学を理解する上で、「不死」と「意識の持続性」の関連の重要性を主張している（120）。そして、このような意識の持続というものは、個人によって状況が異なるとジェイムズが考えていたことをも付け加えている。[37]

　マルコウ゠トテヴィは、ジェイムズがキリスト教の神の愛と平和を小説の中で説いたのではなく、人間の意識の拡大を追求したのだと言う。彼は、ジェイムズの描く人間は決してこの世の生活を逃避したり、避けることはなかったと断言する（122）。

　このようなマルコウ゠トテヴィの主張は、ミリーの「翼を広げる行為」を、彼女の生前と死後の世界がつながっていることを前提として見ているのであり、物理的な死という現象を超えて、生前と同じようにミリーがデンシャーとケイトに実際的な影響を及ぼしたと見ているのである。

言い換えればマルコウ゠トテヴィは、エドワード・ワーゲネクト等のキリスト教的観点に立った解釈を否定し、マシーセンのお伽噺とする観点とも対立し、ジェイムズと兄ウィリアムの考え方の近似を基礎に置く論を展開したのであり、彼はその点では、次に、取り上げるホックスとの共通点を持つ。

ホックスはマルコウ゠トテヴィと同様に『鳩の翼』には「死後の世界における意識の持続性」が描かれているとして、マルコウ゠トテヴィと同様に、ジェイムズの初期・中期の幽霊小説が超自然、あるいは半超自然を扱っている事実を重要なものとして取り上げている。しかし、ホックスは幽霊物語と『鳩の翼』の相違は宗教的色彩の相違にある点を強調する（193-95）。言い換えれば、マルコウ゠トテヴィがジェイムズのキリスト教的要素をほとんど無視したのに対し、ホックスは、『鳩の翼』の宗教性の微妙な様相を問題にしている。これは、次に取り上げるトゥルシーが「習慣」と呼び、その「習慣」というものを問題にしたことと関連し、『鳩の翼』のミリーの「力」あるいは「翼を広げる行為」を理解する上で、重要な論点である。ホックスはこの『鳩の翼』のテーマは、「ミリーの贖いの力（a redemptive force）」と「赦し（forgiveness）」とデンシャーの「回心（conversion）」に焦点を当てていると強調する（192）。更に、この小説が内面生活を描いた詩的ドラマであり、「心的洞察力（spiritual vision）」を扱っているという点で、ダンテ（Dante Alighieri, 1265-1321）の作品に類似していて、宗教色を多く含んでいる点が特徴だという。小説中に見られるミリーの赦しの行為とデンシャーの回心、ルークという名が表すキリスト教的意味と献身的役割、クリスマスの贈り物の意味、そして、デンシャーがいつになく教会に出席する描写、及びヴェロネーゼの宗教画と聖句の採用等に見られるこの小説のキリスト教的色彩の特徴を挙げつつ、しかし、同時に、この小説は「神への服従」に対する「反宗教性（anti-religion of renunciation）」の強調を伴う「世俗的（earthy）」観点をも多く保有していると言う（192-93）。そして、この小説の中の三人の

主要人物のうち二人は自己犠牲と神への服従を表すが、残りの一人、ケイト・クロイはマクベス夫人やベッキー・シャープのように頑強で不屈な性格が描かれていると言う。そして、この小説が「神への服従」というキリスト教の教えに近い価値観を持つという点では、『緋文字』に表された価値観の表現をさえ凌ぐものであると言う。

　ホックスは、この小説を同じ円熟期の『使者たち』と比較し、『使者たち』の道徳的基準が社会一般に承認されている規範に沿っているのに対し、『鳩の翼』は、いわば不死を示唆する超自然、または半超自然の働きに基準を置いていると言う。言い換えれば、『使者たち』に見られるような、そして、それまでのほとんどの作品に表されていた道徳に関する理想主義の表現が、『鳩の翼』では「心霊（spirit）」の領域にあえて踏み入る「冒険を始める（begins to run the 'risk'）」現象を見せたと言う（193）。[38]

　ホックスは、ジェイムズが彼の初期の創作活動においてホーソンから多くを学び、その後バルザックやW. ハウエルズのリアリズムをも取り入れ、更に彼の晩年に再びホーソンのロマンス的要素を評価し直した点に特に注目している（149）。[39] そして、ジェイムズがこのようにホーソンのロマンスを再検討したことは、「ホーソンに見られる霊的暗示の問題」と兄・ウィリアムの「超自然に対する考え方」との間に密接な関係を見たからであると論じている（194）。

　この点は、超自然の問題を直接ウィリアムの関係に結び付ける立場を取らないマルコウ゠トテヴィやマシーセン等とは見解を異にするところである。ホックスはジェイムズが幽霊物語で使用した半超自然と呼ばれるものの考え方には、「人間の意識を啓発することによって、その領域に入っていく」という点で、兄の考え方に共通するものがあり、一方、『鳩の翼』には同じ円熟期の『使者たち』と比べても明らかなように、聖書に関する言葉や宗教的表現が多く、これは、ホーソンのロマンスにおける超自然的領域との共通性

を多く示唆するものだと述べる。このようにホックスは、『鳩の翼』には円熟期の他の作品とは違う質の道徳的価値観がミリーによって表され、それは兄・ウィリアムの扱う「意識の持続性」に対する信念に共通なものであると指摘している。

　このようなホックスの主張には、ジェイムズの道徳観と「意識の持続性」の概念の結び付きの重視や、兄ウィリアムとジェイムズの共通性が指摘され、更に、『鳩の翼』にこれらの特徴が表れている事実が強調されている。また、ホックスは、主人公ミリーの「翼を広げる行為」を解釈する際にも、「死後の世界における意識の持続性」とキリスト教的色彩を加味した要素をその特徴として捉えている。このようなホックスの分析は、マシーセンの「意識の宗教」論を更に一歩進めたものであり、マルコウ゠トテヴィの「不死」と「意識」の持続性に関する主張を援用し、小説中の具体例を多く提出し、その論拠を確実にしている。

　次にやはり、ジェイムズの文学に、「不死」と「意識の持続性」に対する信念を見出す研究家トゥルシーの主張を見てみよう。

　トゥルシーはホックスやマルコウ゠トテヴィと同様に、「死後の世界はあるか」に表された、「不死」に対するジェイムズの信念と「意識の持続性」の重視が、『鳩の翼』に表れていることを認めている。しかし、トゥルシーが他の二人と次の点で異なるのは注目に値する。即ち、ジェイムズの「不死」についての考えは、習慣——つまり、繰り返し、その考えに接すること——から生じるとトゥルシーは見ていることである。それ故トゥルシーの論点は「習慣」の論理に集中し、いかに、ジェイムズの「不死」と「意識の持続性」についての考えが「習慣」に依拠しているかを強調している。このトゥルシーの主張は、ホックスやマルコウ゠トテヴィの指摘する、ジェイムズの「不死」と「意識」の考え方を支持しつつ、更に、それらに、より強固な根拠を加える役割を果たすものとして独自性を持つものである。

ジェイムズがアメリカ人でありながら、アメリカの文化や歴史的風土が小説の材料に満足を与えるものではないと考え、ヨーロッパに移住したこと、及び彼が完全なヨーロッパ人になりきったわけではないということは、一般に周知のところである。[40] このようなジェイムズのアイデンティティに関してトゥルシーはジェイムズの手紙と伝記を引用し、第一次世界大戦時のドイツによるイギリス侵入に際してジェイムズが示した反応を取り上げ次のように言う。即ち、「ジェイムズはドイツの侵入に違和感を示したが、その違和感はそれまでに彼が身につけた習慣に深く依拠するものである」(177)[41]。

　更にトゥルシーは、ジェイムズの兄ウィリアムとその弟子デューイの「習慣は感情や理性の感覚を容易に導く」[42] という考え方が、ジェイムズのエッセイ、「死後の世界はあるか」にも見出されるとしている。つまり、「習慣によって我々の感情や理性は影響されやすい」という考え方は、死後の意識の生活に関する分野にも当てはまるという。そして、ジェイムズが「不死」を信じ、死後の世界が存在すると考えるのは、彼の習慣的意識の持続性が与えたものだという。更に、その「不死」という考え方をジェイムズは二つのやり方で、――一つは、「思い出」の力を通じて、もう一つは自分の心の中で「不死」という考えを繰り返すという行為を通じて――自分の小説の中に表したのだと指摘する（181）。[43]

　ジェイムズが「死後の世界はあるか」の中で、「不死」の世界があると認めている事実をトゥルシーのみならず多くの評論家が既に様々な形で言及していることは前述したが、実は、ジェイムズはこのエッセイをある事情により、前半と後半とに分け、後半においては、一見すると、前半と全く逆転的とも見える論議を展開している。[44]

　ジェイムズはこのエッセイの前半で、人間の死を「科学の実験室で認められる脳の機能の停止」と認める一方で、「物理的な死」と「意識の死」を区別している。そして、後半では「死とは、意識の持続にとって経験の始まり

である」とし、前半で、主語にWeを使って一般的な科学的死を扱っていたのに対し、後半では、Iから始まるジェイムズ個人の問題として、特に小説芸術家として、死の限界を取り除くという考え方を表しているのである。[45]

　ジェイムズが、物理的な死を超えて意識の持続性を信じ、小説家としてそれを表現したと主張する研究家には、マルコウ=トテヴィ、ホックス、トゥルシーに加えて、ダナ・リゲテ（Dana Ringuette）の名も挙げられる。リゲテは、論文「終結の想像」（"Imagining the End"）の中でジェイムズが小説家として物理的な死の事実に逆らうのは、彼が意識の持続性とその無限の力の可能性を信じるからであると言う（159）。トゥルシーは、この意識の持続性と無限の力の可能性に関して、特に「死後の世界はあるか」の中の芸術意識とその対象を論じた箇所を取り上げ、ここにはキリスト教の洗礼式を思い出させるものがあると指摘する。この箇所は重要と思われるので少し長いが引用してみよう。

> Living, or feeling one's exquisite curiosity about the universe fed and fed, rewarded and rewarded — though I of course don't say definitely answered and answered — becomes thus the highest good I can conceive of, a million times better than not living (however *that* comfort may at bad moments have solicited us); all of which illustrates what I mean by the consecrated "interest" of consciousness. ... The point is, none the less, that in proportion as we (of the class I speak of) enjoy the greater number of our most characteristic inward reactions, in proportion as we do curiously and lovingly, yearningly and irrepressibly, interrogate and liberate, try and test and explore, our general productive and, as we like conveniently to say, creative awareness of things — though the individual, I grant, may pull his job off on

occasion and for a while and yet never have done so at all — in that proportion does our function strike us as establishing sublime relations. It is this effect of working it that is exquisite, it is the character of the response it makes, and the merest fraction or dimmest shade of which is ever reported again in what we "have to show"; it is in a word the artistic consciousness and privilege in itself that thus shines as from immersion in the fountain of being. Into that fountain, to depths immeasurable, our spirit dips — to the effect of feeling itself, *quâ* imagination and aspiration, all scented with universal sources. What is that but an adventure of our personality, and how can we after it hold complete disconnection likely? ("Is there a Life After Death?" 以降 LD で示す。222-28)

　トゥルシーは、ジェイムズが芸術を創造する際には、作者の意識とその意識の及ぶ対象物との間に目には見えない感覚的な関係が発生し、しかも、その関係は崇高なもので、その対象物には泉から生じたように見える輝きが認められると言う (190)。[46] このようなジェイムズの考え方は超自然的な力の存在に対する信頼なしには全く理解できない種類のものであり、このことをホックス、トゥルシー、リゲテを始めとする少なからぬ研究者が認めているのである。
　しかし、自身の意識とそれの及ぶ対象物が実験室の人間の脳を超えた次元に到達する可能性を「信ずる」(LD 233) とジェイムズが力強く断言することについて、トゥルシーは、これが必ずしもキリスト教の神への信仰を指すとは限らない点を指摘し、ジェイムズの心の中に生き続けているのは「原始の神々 (primordial gods) の力にも類するもの」であると説明している (190)。

ジェイムズの宗教的感覚の反応について、このようなトゥルシーの指摘は、我々にジェイムズの「エマスン論」を想起させるものであり、この『鳩の翼』の作者が幼少の頃からアメリカ東部の1860年代のキリスト教文化の影響を強く受けつつ、同時にそれまで人々に影響を与えていた教えに疑問を抱く環境の中にあった事実を思い出させるものである。そして、このような当時のアメリカ東部人に見られる、ある程度確立された「アメリカ的習慣」と呼ぶべきものを保持しつつ、ヨーロッパに渡ったジェイムズが、その地においてもアメリカ人としての習慣を捨てることがなかったのは自然のことであり、それは1878年に妹アリスに宛てた手紙の中（HJL II：186）にも表されている。この手紙には、ジェイムズがイギリス社会における自分のアイデンティティと習慣の関連をどのように見つめたか、そして、いかに自分のアメリカ人としての習慣の保持に意識的であったかを示している。習慣とは、ジェイムズの考えでは、社会で孤立して確立する行為ではなく、自分の馴染んでいるものをどの程度、社会に受け入れさせることが出来るかの問題だったのである。このように、ジェイムズにとって習慣というものは自己の意識を強く働かせることによって形成されるのであり、そのような自己の意識というものは物事に対する知的好奇心を高めることが出来、我々に良い影響を与えるものであった。それ故にジェイムズは、死後の世界について扱ったエッセイの中において、「習慣とは、自分の将来や、その延長の不死の問題について、その可能性の実現のために何かしようとする素晴らしい幻想（illusion）を与えてくれるものである」（LD 233）と述べている。ここで注目すべきことは、ジェイムズが「幻想」という語を使っていることである。将来の自分の望ましい望みに対して、何かをするという習慣は神の力ではなく、「幻想」によって支えられると考えている点が多元論者らしい観点であるが、この「幻想」という語はここでは一般に言われる、幻、錯誤、妄想、あるいは全くあり得ないものを指すのではなく、いわばウィリアムの言う「信じようとする意

志」に近いものであると思われる。「不死」についての信念は、それが存在しないという証明がない限り、ジェイムズにとって、否定できない対象物であり、これは極めてプラグマティックな考え方と言える。[47] トゥルシーはウィリアムの「習慣は自己と知覚の間の調停役を務める」という主張と、ジェイムズの「小説の芸術」に表れた「見えないものから見えるものを推し測り…」[48] (57) という有名な文を対照し、ジェイムズも兄と同様に、「習慣の調停としての役割」を理解していたと指摘する。そして、このような習慣についてのジェイムズの考え方が、その小説の中で「科学的実験室における死の認定を超えた死後の世界に生きる可能性」を描かせたと指摘し、「『鳩の翼』のミリーの描写は不死の質が最も祝福された例として働いている」と述べている (185)。

　これまで見て来たマルコウ=トテヴィ、ホックス、トゥルシーの三人に共通に見られる主張は、ジェイムズが「不死」と「人間の意識の持続性」とを結び付けて考えていること、そして、その「人間の意識の持続性」と結び付いた「不死」と、宗教の教えによる「不死」とは、厳密に言うと異質のものであり、個人の「意識」の働かせ方によりその様相は異なると認めていること、更に『鳩の翼』には、「物理的な死を超えて不死というものが存在する」というジェイムズの信念が表されていると理解していることなどである。このうち、特に、トゥルシーがホックスの主張をより深めて論拠を提出する結果となっている点は注目に値する。即ち、トゥルシーは、ジェイムズの不死に関する考えを習慣についての論理と結び付けて論述しているが、その際、作家自身の欧米の体験と晩年のエッセイに表れた不死に対する考え方を分析し、それが宗教的であると同時に、必ずしもキリスト教の信念に基づいたものではないとしている。これは、ホックスが『鳩の翼』に見られるキリスト教的傾向と反キリスト教的傾向の共存を指摘したことの内容を、より一層確実なものにすることに資するという点で重要である。ジェイムズが兄と同様

に、キリスト教の一神教支配の世界観を持たず、多元論者の立場に立っていたことは、前述の通りである。彼の育ったアメリカ東部19世紀中葉の環境は、彼の自伝が示すようにピューリタンの流れを汲むキリスト教文化の道徳的価値観に浸されたものであり、他方、マシーセンに描かれたミニー・テンプルの逸話が示すように、その環境は一世代前にこの地方を支配したピューリタニズムを絶対視する厳格な価値体系から逸脱し、個人的意識の芽生えを重視するものに変容しつつあるという面をも持ち合わせていた。[49] このような環境の中で、ジェイムズ個人の内面においては「エマスン論」に典型的に見られる宗教感覚と、家族の直接体験や、ホーソン等による文学体験を通して得た超自然現象に対する認識によって、いわゆる幻想、幻影、あるいは一般に非現実と考えられている現象に対して、好意的な感覚が醸成されていったと見て良いであろう。[50]

ジェイムズはこれまで見て来たように、一般に幻想と考えられている非現実的なものを――「不死」の問題も含めて――現実的なものとして感じ取ることは、意識の力によりかなりの程度可能であると考えていた。これは彼の兄の理論にも通ずる、意識の力に対する強い信念であり、彼はこの信念を小説芸術家として表現することを目標としたのである。小説におけるミリーの「翼を広げる行為」は、ミリーが生前にデンシャーに影響を及ぼしたと同様に、死後においても――単に思い出としてだけではなく――、彼女の意志の力が物理的な死を超え他人に影響を及ぼし得るという、作者の信念によって描き出されたものである。この小説の中でミリーとケイトの描写は、しばしば幻想的描写と現実的描写の対照によって写し出されることが多かったが、作者の芸術上の意識においては、そのどちらも、真実を写し出していることに変わりはないものであった。

このように見て来ると、ジェイムズがミリーのモデル、ミニー・テンプルの「霊を芸術的な美と威厳によって鎮める」と述べたことは、『鳩の翼』に

よって実現されていると思われる。即ち、ミリーは芸術的な美と威厳の中で描かれ、彼女の徳の高みに留まりたいという願いは、この小説の最後に、友人を赦し、翼を広げることによって実現しており、実在のミニーを、より完全な形で描こうと願った作者の望みは実現したのである。ジェイムズの芸術観である「小説芸術とは真実を描くことであり、あり得ない作り話を物語ることではない」というものと、「目に見えるものから見えないものを推し測り、そのものに含まれている本質を見抜く」という考えは『鳩の翼』にも表されている。ここには、一般に言う「見えないもの」の本質を表そうとした作者の意志が感ぜられる。彼がミニー・テンプルを通じて感じた「想念の世界」はこの小説において、「意識の働きに対する強い信念」と、「芸術に対する確固たる信頼」によって書き表されている。

　ジェイムズは、前述したように『鳩の翼』の中で、美と反対の醜をありのままの形で描写することを極力避ける傾向を示した。これまで見て来たように、ミリーの死、ケイトとデンシャーの陰謀、マーク卿の告げ口、ケイトの父や伯母の下劣な物質主義者の様子などこの小説には多くの醜く罪深い要素が含まれているが、作者は、それらを極力、抽象的な短文やそれらを外から包む詳しい客観描写に代えて表している。その結果、小説の中で一番醜く直接的な描写は、最初に描かれたケイトの父の家の描写である可能性もある。しかし、これでさえ、若くて美しいケイトの心理描写が合間に挿入されているせいもあり、その醜さは他の要素に取り紛れる形となっている。この小説は一方では恐ろしい程の醜さの要素を抱えながら、他方では、その醜さと反対の自然美や、ヨーロッパを中心とする伝統に培われた芸術美や風物の描写、あるいは、ストリンガム夫人や主治医ルークに表される献身的な人間性、そして、何よりも主人公ミリーの崇高と呼ばれる行為を描き出している。ジェイムズが「従妹ミニー・テンプルの霊を鎮める」と書いたそのミニー・テンプルは主人公ミリー・シールに表された。そしてミリー・シールの霊は「生

第四章 『鳩の翼』 315

きたい」という強烈な希望を持った霊であった。本稿の最初に、ミリー・シールとイザベル・アーチャーとの比較において、イザベルが「生きることに積極的で快活な面を主として写し出している」とすれば、ミリーは「若くして死なねばならぬ運命に主眼が置かれている」と書いたが、これは、二人の「生」に関する持って生まれた個々の条件の特徴的差異に焦点をあてた場合の強調である。このことは、ミリー・シールが生きることに積極的でないという意味でないことは言うまでもない。本論で見たように、ミリーは死を運命付けられながら、生きる意志においては非常に積極的であった。実在のミニー・テンプルは生きたいという意志を強く持ちながら死なねばならなかったのであって、その霊を鎮めるために小説家としてジェイムズが出来たことは、彼女をモデルにしたミリー・シールに現実と幻想の両領域で生きて活躍させることであった。言い換えれば、ジェイムズは、グレース・ノートンに宛てた手紙に書いているように、「小説の中で生きている人間を描く際に、一層完全な人間に仕上げたいと切望し、不完全なものをいわば正当化することが芸術の努めだ」と考え (49)、それを実践したのである。[51] ジェイムズは小説の中で、ミリーに物理的な死を越えさせ、彼女の納得する生き方で、——自分を裏切った者を赦し、その者たちの希望を極力生かす手助けをするという方法で——自己の信ずる道徳観を殺すことなく、翼を広げるという行為を通して、生きて活躍させたのである。このようにして、ジェイムズは見事にミニーの霊を鎮める物語を表したのである。

註

1 「人間性について語るべき最も余情豊かな響きを象徴するもの (the most resonant symbol for what he had to say about humanity)」とは、この文の直後に書かれた「ジェイムズの究極的価値観 (James' ultimate values)」を指すものであり、更

には、その数頁後の、ミニーの気高くも、不安に満ちた魂——「本質的に矛盾するもの（a divinely restless spirit — essentially one of the 'irreconcilables'）」(48) と Matthiessen が説明しているもの。

2　James の初期の自叙伝的作品と言われる "Poor Richard" には Minny をモデルにしたヒロインと James、そして彼の兄弟、従兄弟らに似た人物たちの心の動きが描かれ、ヒロインであるガートルードは彼等の中心的存在であったことが表されている。

3　Greene は Minny が大病を患っていたこと、気性の激しいこと、そして、何よりも人生を知ることに貪欲であった点で彼女がモデルであったと主張している（Greene 25）。

4　その要素とは、国際状況及び異文化対立のテーマ、道徳と意識のテーマ、間接表現と語り手の視点のテーマ、人物の科白の多義性、小説全体としての詩劇性、表現の曖昧性等、ほとんど際限がないほど多様である。

5　James は小説の現実感について、これを「細部の正確さ」とも関連付け、「現実感の様相は小説の最高の長所であり、それがあって、初めて他のあらゆる長所（道徳的目的等を含む）が存在する」と述べている（"The Art of Fiction", 57）。

6　James は *The American* の「序」において、有名な風船のイメージを用いて、小説中のリアリズムとロマンスの関係を次のように述べている。

The only *general* attribute of projected romance that I can see, the only one that fits all its cases, is the fact of the kind of experience with which it deals. ... The balloon of experience is in fact of course tied to the earth, and under that necessity we swing, thanks to a rope of remarkable length, in the more or less commodious car of the imagination ; but it is by the rope we know where we are, and from the moment that cable is cut we are at large and unrelated : we only swing apart from the globe — though remaining as exhilarated, naturally, as we like, especially when all goes well. (*The American* II : xvii-xviii)

　ここで言及されている経験とは、人間の体験したことのみならず、人が感受性や雰囲気で捉えたものをも指すのであるが、そのような経験は大地という現実の世界と、ロープで繋がっているのだという。ところが、James の考える小説には、このロープを切って高く舞い上がり、現実である大地から離れようとするロマンスの力が常に働いている。一方、現実との接触を保つ大地との繋がりを失うまいとするリアリズムの力も同時に働いている。James はこのような経験と大地を結ぶロープというものに対し、想像力というものの存在を強調している。この想像力については、これ以外の評論においてもしばしば問題にしているが、ここでは、小説の中で空高く舞い上が

ろうとする幻想的要素と大地に繋がろうとする現実的要素を持った経験の風船が想像力と言う便利なかごに乗せられて揺れ動いている喩えに使われている。このような想像力は時として幻想的要素を強くしたり、現実的要素を強くしながら、自在にその力の強さを制御し、小説を成立させているという。

7 cf. MP 77, 148. Hocks, PP192-94.

8 Greene は James の表現に超自然の運命の働き、特に超自然的悪を見ようとする (Greene 15, 23, 26, 27, 28)。彼が、ミリーの「翼の働き」に関心を示さず、これについての言及をほとんどしていないのに対し、Matthiessen は、Greene が James の中に超自然悪を見ることには、同意を示している。しかし、Matthiessen は、同時に James の超自然的な善の感覚が "The Great Good Place" 等に表されていることをも認めている（MP 143-44）。なお Matthiessen は "The Great Good Place" を *The Great Good Place* と表示している。

9 これは、本論第一章N7で言及したことと関連するものである。Hocks は、Matthiessen が James 兄弟の共通性を認めない点について議論し、その点で James の文学批評史上、独自の地位を築いている。Hocks によると、James の死後、James のプラグマティズムの面が問題視された時期に、Matthiessen と R. B. Perry がアメリカの文学界で巨匠的立場を占めており、R. B. Perry も、James 兄弟のプラグマティズムに関する影響関係を否定する立場を取っていた。その為、この二人の強い意見の反映で、その後の多くの研究家が、H. James のプラグマティズム的な面を見落としたと言う。また、Vivas のケニヨン誌に載った論文があまりにも目立たなかった故に重要性が見逃されたことも、この関係の観点に影響を与えていると Hocks は指摘している（29-37）。cf. Eliseo Vivas, "Henry and William：(Two Notes)" *The Kenyon Review* 5 (1943)：580-81.

10 James が自身を詩人として規定している根拠として、Cargill は *The Notebooks*, 298-302 と *The Letters* (Lubbock) I：354-60を挙げている。また Greene は、James を「天性の詩人」と呼び (Greene 21)、M. D. Zabel も James の詩的要素を評価している（"The Poetics of Henry James" 222-27.）。

11 Wagenknecht の他、John Goode もこの小説におけるキリスト教的意味について論じている点が注目される。cf. John Goode, *The Air of Reality,* PP244-300.

12 James が厳密な意味でキリスト教信者ではなかったとする根拠として、彼が一元論者でないこと、そして、彼は「普通、自分は祈らない」と述べていること（HJL III：67）、更には次に挙げる Matthiessen の説明が挙げられる。

"… though neither of them [William and Henry James] became a religious man in any compelling sense, they finally converged, with surprising similarity, upon the question of immortality."（*The James Family* 588）

13 Hocks、Markow‐Totevy、Tursi の主張は、本章３項で扱うが、いわゆる「物理的事象を超えた想念の世界」あるいは、「死後に持続する意識」についてのそれぞれの言及箇所の主要部分は次の通り。Hocks 188-225. Markow‐Totevy 119-120. Tursi 185-90.

14 Warren は、Croy を語意（仏語の動詞 croire:croyance）の連想で読み解こうとする。

15 Greene は、ケイトをデンシャーと共に、「（クウィントと女家庭教師を除けば）James の創造した人物の中で地獄に突き落とされるに最もふさわしい人間」と呼ぶ（24）のに対し、Matthiessen は「善と悪が混じり合った人間」だと述べ、「James は、ケイトを通して人間の複雑さに対する成熟した洞察力を表している」としている（MP 57）。

16 主人公が孤独で、巨額な遺産を継いだ若い女性で、純粋な心を持ちながら、個人的悩みを抱えて、人里離れたアルプスに立つという設定は *Washington Square* の主人公キャサリン・スロウパーを思い起こさせる。また *Roderick Hudson* には危険な崖で花を摘もうとする人物の姿が描かれ、山の高さと孤高の主人公の悩みが象徴的に扱われている点に共通性が見られる。

17 Matthiessen は、断崖上のミリーのイメージを宗教的であるとして、Hawthorne の *The Marble Faun*、及び Milton の *Paradise Lost* との連想を取り上げている（64）が、同時に James の聖書に関連する知識について、彼が時に、これらを忘却し、あるいは、注意を十分払っていない点をも指摘している（64-65）。また「山上」と「王国」の関連について聖書中の最も良く知られているものは、キリストが山に登り、腰を下ろして語ったいわゆる「山上の垂訓」と呼ばれる "God blesses those people who depend only on him. They belong to the kingdom of heaven!"（Matthew 5：3）で始まる一節であろう。

18 Matthiessen は、「James は Hawthorne や Dostoevsky［Dostoevskii または Dostoyevsky］と異なり、霊的な意味における精神的作家ではなかった」と述べているが、それにもかかわらず、"Emerson" や "Is There a Life After Death?" には spirit の語が多く用いられ、霊の存在についてしばしば、議論されている。

19 cf. *The Life*・1, P325.

20 cf. T. S. Eliot, "On Henry James", P129.

21 この Eugenio という名は、"Daisy Miller" に出で来る、やはり同じイタリア人の使用人と同名であり、二人に共通するのは礼儀正しく慇懃ではあるが、利害関係にさとく、その関係が成立しないところでは、外聞もなく、態度を豹変させるという特

徴である。
22 cf. *The Life*・1, PP434-504.
23 Jamesのラテン文化に対する道徳観が表されているものには、彼自身による作家論 "Gabriele D'Annunzio" や "Gustave Flaubert" の他、"Alphonse Daudet"、"George Sand" 等がある。また、研究書として Pierre A. Walker, *Reading Henry James in French Cultural Contexts* 等がある。
24 Jamesはイタリアに計14回、通算4年前後滞在し、その間ヴェニスをもしばしば訪れていた。彼が家族や友人に宛てた手紙には、一般イタリア人の日常に関する感想が記されている。cf. HJL I：144-93, 315-92, 403-54. HJL II：276-89. HJL III：144-90, 280-99. HJL IV：102-08, 449-53.
25 Greene は James が自身の悪の意識の原因を自伝や手紙で明らかにしていないと言う。従って Greene の主張を支える資料に関する強力な根拠はない。
26 Jamesは、社会的地位の高い人々によってなされる悪事を表現する場合、ヨーロッパ貴族や社交界の人々の行為を通して描くことが多いが、それらの人々を産み出す社会の仕組みについての表明をすることはほとんどなかった。例外的に中期の作品 *The Princess Casamassima* と *The Bostonians* には、政治に深く関わる社会の仕組みを扱ったものが見られる。
27 James のこのようなヴェニスでの体験は、"The Aspern Papers" と、"The Altar of the Dead" にも色濃く反映されていると言う（*The Life*・2, 81-85）。
28 ヴェニスが、Jamesばかりでなく当時の多くの文学者や芸術家にとって創作意欲を蘇らせてくれる地であったことの一例として、James の *The Ambassadors* に出てくるグロリアーニという人物のモデルと言われる J. M. Whistler とヴェニスとの関係が挙げられる。彼はJamesと同時代のアメリカ人であり、ヨーロッパで活躍したが、ヴェニスにおいて多くの作品を制作し、この地は彼に起死回生のチャンスを与えた。
29 ここに見られる、"play"、"make"、"would act" 等を伴う文は、語法上の意味よりも、作者の意図において、その表現目的が区別されていると考えられる。
30 Matthew の有名な聖句 "So be as wise as snakes and as innocent as doves" は、"I am sending you like lambs into a pack of wolves." で始まる節の中にあるもので、悪い人々の中でどのように気を付けねばならないかを警告している教えとも言われる。Matthiessen は James の聖書の知識が時として頼りないものとなっていると指摘しているが、Jamesは、キリスト教文化を背景に育ち、習慣的にその知識が身についている面をも多く見せている。
31 ミリーが「舞台の陰の人」になっていることについて、Charles T. Samuels は

Matthiessen と異なる観点を示す。Samuels は、この小説で主人公の善意が十分表現されず、小説の悪が強く出され、むしろ、混乱を招いているという (*The Ambiguity of H. James* 71)。

32　傍点は筆者による。このような表現は、James の抽象語の多用を示す一例であるが、同時に、芸術、美学、哲学に造詣の深かった彼の抽象語の意味に対する深い認識の表れである。cf. Jonathan Freedman, *Professions of Taste*. Stuart P. Sherman, "The Aesthetic Idealism of Henry James".

33　Tursi は、この小説に用いられている chiasmus は、ミリーが「努力すれば生きられる」というルークの言葉を自分流に「生きられるものなら生きる努力をしよう」と変えることによって、前者より少ない努力で物事が成し得ると考える様子を描いたものと言う (192-93)。ここには James が本来兄に任せて深く立ち入らないできた哲学の領域に、彼自身も小説を通して踏み込んだことが表されている。

34　William は「新しい真理とは、常に人間の心の変遷過程における媒介者であり、調停者である」と言い、「それは、最小限の動揺と最大限の連続性を持って、古い意見と融合させようとするものなのだ」と言う (*Pragmatism* 24)。

35　Tursi はジェイムズが、この言葉を小説の真ん中あたりで初めて表し、その内容が 小説の終わりまで繰り返されるように設定していると言う (193)。

36　"Daisy Miller" の主人公デイジーが死んで、ウインターボーンが彼女の本当の姿を知ることもその例であるが、このような事例は、James の作品に限ったものでないことは言うまでもない。

37　このような意識についての James の考え方を、Markow‐Totevy は「同じ物でありながら異なる形を取り、絶えず変化する宇宙の中に自然の流れを認識し、その無限の中で意識の永遠性を感じ取るという考え方であり、これはある種の東洋哲学に似た精神の永遠性に対する捉え方である」と述べている (120)。また、意識の持続は個人によって状況が異なると James が考えていたことを表す箇所は LD 204。

38　run the "risk" という言葉には、これまで James がこのような領域に理想の基準の焦点を当てて描くことをあえて避けていたと Hocks が見ていることを示している。

39　James が初期の作品に Hawthorne の影響を受けていることや、初期の文学活動において Hawthorne のような作品を書きたいと望んでいたことはよく知られている。しかし、彼は後期において、改めて Hawthorne を再評価し、初期の伝記 *Hawthorne* とは別の Hawthorne 論を記している。James の後期の作品に見られる Hawthorn 的特徴は Hocks のみならず Matthiessen (MP 135) や Robert E. Long も指摘している。Long は、「Hawthorne が、*The Marble Faun* で行ったのと同じように、タイトルに含まれている包括的な象徴の周りに作品を打ち立てる方法を James が *The*

Wings of the Dove で採った」(115) と述べる。また、*The Wings of the Dove* は *The Golden Bowl* と共に "a Hawthonesque quality" を特徴とする作品だと指摘している (163)。

40　cf. *The Life*・1, P2, HJL I-III.

41　Tursi は *The Tragic Muse* や *Collected Travel Writings : Great Britain and America* にも、「習慣」に依拠する James の考え方が表れていると指摘する (177-78)。

42　「習慣は感情や理性の感覚を容易に導く」という内容を表す William の文は、*Pragmatism* の中の信念の問題を論じた部分 (24) や、経験及び感覚的知覚を論じた部分 (84-85) に見られ、Dewey のものは *Human Nature and Conduct* などに見られる。

43　Dewey は感覚と観念と習慣の関係について、James とは多少ニュアンスが違う言葉（例えば ideas, sensations 等）を使用して説明している。(*Human Nature and Conduct* 30-31)

44　このエッセイは兄の死後「不死」についてのシンポジウムで扱われた八人の講演を論文集とし、出版したもので、前半と後半の執筆時に4週間という時間差があり、後半はスペースの関係で付け加えられたという事情がある。cf. Tursi, PP178-79.

45　James がこのように不死の世界を認めていた事実は、彼と兄の共通性の根幹をなすものである。即ち、James は兄と同様に、厳密な意味でキリスト教信者ではなく、多元論者であること、しかし、同時にキリスト教の影響を子供の頃から受けており、理論的にも宗教に関して保留的態度を取っていること、そして、また、彼は兄と同様に、人間の意識の働きを重視していること、更には、「不死を問題にすることは、深い意味のレベルでその必要性を感じていること」だと考えていた点は、この兄弟が、少年期から成人になるまで、「不死」の世界の存在についての考え方の基盤に共通なものを有する機会の多かった事実を示している。

46　本文の引用のうち、Tursi が指摘するキリスト教の洗礼との連想に関する語は、"interrogate", "consecrate", "sublime relations", "the enjoyment of its inward reactions", "shines as from immersion in the fountain of being", "all scented with universal sources" 等であると思われる。

47　この論理は William の「神の存在が無いことを証明されるまでは、その存在を信ずる」という *Pragmatism* に表れている論理と同じである。

48　原文は次のものである。
The power to guess the unseen from the seen, to trace the implication of things, to judge the whole piece by the pattern, the condition of feeling life in general so

completely that you are well on your way to knowing any particular corner of it — this cluster of gifts may almost be said to constitute experience, and they occur in country and in town and in the most differing stages of education. If experience consists of impressions, it may be said that impressions are experience, just as (have we not seen it?) they are the very air we breathe. ("The Art of Fiction", 57)

ここには、目に見えるものから見えないものを推し測り、物事の本質を見通し、一部から全体を判断する能力が芸術家にとって重要であることが強調されている。

49　Matthiessen は、Minny が、一方では神の存在を確信出来ず悩み、牧師の指導を仰いだ面（45）と、他方、神を信じ、その教えに従おうと努めている面（48）の双方を叙述している。また James の初期の作品 *The Europeans* にはアメリカ娘ガートルードがキリスト教の問題で悩む姿が描写され、その時代と土地における宗教と個人意識の対立の一端が描き出されている。

50　"Emerson" に見られる James の宗教感覚には霊的なものを無条件で受け入れる特質が見られる。但し、Greene は James の霊に関する体験に不愉快なものもあった点を指摘している（Greene 26-28）。

51　この言葉は James が、Minny の死の10年後に Grace Norton に宛てた手紙の中で述べているものである。ここには Minny への思いと同時に、James の小説芸術に対する考えが表されており、Matthiessen によっても、引用されている（MP 49）重要なものである。原文は次の通りである。

"Poor Minny was essentially *incomplete* and I have attempted to make my young woman more rounded, more finished. In truth everyone in life is incomplete, and it is the mark of art that in reproducing them one feels the desire to fill them out, to justify them, as it were." (HJL II：324)

第五章　『黄金の盃』
──悟性による選択──

　ジェイムズ後期の小説『黄金の盃』の結末で、主人公マギーはそれまで親密な関係を保っていた父親と別れ、夫との生活を重視することを選択する。この選択はジェイムズ研究者の間に様々な議論を巻き起こしたが、これは作者がこの小説で何を書き表そうとしたのかについての議論でもある。そして、その議論は主人公マギーが深慮遠謀を巡らす策略家と見る者から、キリストの化身と考える者まで、[1] 驚く程の幅広さを見せる。しかし、ここに見られる一つの興味深い点は、これら両極端の観点を含むほとんどすべての議論において、主人公マギーは『鳩の翼』のミリーとは対照的に、現世に生きて自己の望みを勝ち得たと見られていることである。

　そのような解釈が生まれる理由の一つとして、この小説がジェイムズの小説には珍しく、それほど不幸ではない子供を登場させていること、そして夫婦の仲も比較的良好な兆しを暗示して終わっていることが考えられる。しかし、作者がこの小説で最終的に表現しようとしたものは、単なる夫婦仲の回復以上の、より深い意味が含まれているものと考えられる。それではそのより深い意味とは何なのか。本稿ではその点を解明すべく考察してゆきたいと考える。

　これまで見て来たように、本論で扱ってきた『ある婦人の肖像』を始めとする四つの小説の「序」において、作者はそれぞれの創作目的を明示していた。作者の意図したことが読者によって必ずしもその通りに読まれるとは限らないのは言うまでもないが、この『黄金の盃』の「序」においては、他の

作品ほどにその執筆目的は明確にされていない。[2]

　本稿においては、作者がこの小説の中で何を訴えようとしているかを探る方法として、まず、1．主人公と彼女を取り巻く人物達との関係がどのように描かれているか、特に主人公とその夫の関係の描写に注目する。次に2．マギーが主として夫との間にどんな問題点を持ち、それについてどのようなことを知ったかを、事実を知るという体験を中心に考察する。そして3．マギーは事実を知った後、直面する問題にどのように処し、どのような選択をしたか、またマギーの選択に関して、研究者たちの間で議論される内容はどのようなものであるかを考察し、最終的に作者の意図を小説の結末との関連において解き明かしたいと考える。そのために本稿を次のタイトルのもとに大きく3項目に分ける。1．マギーを取り巻く状況、2．ゴミ入れのダイヤモンドと黄金の盃、3．マギーの選択。

1．マギーを取り巻く状況

　主人公マギーがこの物語の中でどのように描かれているかを見ようとする時、ここには特に、ジェイムズの文学の最も基本的な特徴と思われる、異文化対立の問題と道徳感覚の問題が、主人公を取り巻く人物と主人公との関係の中で顕著に表されていることに気付く。まず作者は典型的なアメリカ人を描写する際にしばしば用いる、無邪気と無知の特徴を備えた主人公マギーとその父アダムを登場させ、それと相対する形でヨーロッパ人の典型とも言えるアメリーゴとシャーロットの組み合わせを提示する。もっともアダムを単純に無邪気と無知の典型的な人物と断言することには問題があり、この点については後で述べる機会があるが、ここにおいては一応小説の始めでアダムとマギーが共にアメリーゴの持っている美点を高く評価し、彼がマギーの夫になることを単純に喜んでいるという点で、ジェイムズの描くアメリカ人の

第五章 『黄金の盃』 325

特徴を象徴的に表しているものとして、相対する1組の一員として扱うこととする。このようなアメリカ人対ヨーロッパ人に代表される文化的対立の構図は『ある婦人の肖像』のイザベル対オズモンド、『鳩の翼』のミリー対ケイトとデンシャーの構図等と共にジェイムズの典型的表現形式としてよく知られているものであるが、『黄金の盃』が他の作品と異なる点は、この相対する2組の人物たちの他に、中間的立場を執り、かつ、小説の中でストーリーを推進させる役割をも担い、時に作者を代弁する立場にある人物——イギリス人のアシンガム夫人とその夫——が呈示されていることである。

　物語は由緒ある歴史を背景に持つイタリア貴族アメリーゴがアメリカの億万長者の無邪気な娘、マギーと婚約するところから始まるのだが、アメリーゴは結婚後に、昔貧しくて結婚出来なかった元の恋人シャーロットと不義密通を重ね、しかもそのシャーロットはマギーの友人で、マギーの父の後妻であるという設定になっている。その意味で、この物語も、いわゆる「親しい者による裏切り」の物語なのであり、人間の行動の善悪に関する問題を問うものとなっている。作者は既に小説のかなり早い時期にアメリーゴが自分の道徳感覚はアメリカ人親子のそれとは相違しているのではないかと懸念し、自分とアメリカ人親子の間を仲介してくれたアシンガム夫人に次のような話をする場面を描き出す。

　「正直申しまして、僕は自分では気が付かない間に道から『はずれる』ということを、つまり、過ちを犯すのではないかということを、とても恐れているのです。もし僕が道からはずれたら、きっとあなたは注意して下さるだろうと信じています。いや、あなた方には生まれつきの感覚とでも言うべきものが備わっておられます。僕の方はそういうものがないのです。僕たちにはあなた方がお持ちのようなその感覚がないのです。…アシンガム夫人、僕はあなた方がいつもお考えになっている道徳感覚

のことをお話ししているのです。僕だって勿論時代遅れの哀れな古いローマで通用する道徳感覚というものは持っています。でもそれはあなた方の道徳感覚とは大分違ったものなのです。ちょうど15世紀のイタリアのどこかの城で見かけるような、曲がりくねった——しかも壊れかかった——石の階段と、ヴァーヴァー氏の住んでおられる15階建ての建物の中の『電光石火のようなエレベーター』が違っているのと同じです。あなた方の道徳感覚は蒸気が動力です。——それはロケットのように人間を上に昇らせます。ところが僕たちの道徳感覚はどうでしょうか、これはのろくて険しく、明かりがともっておらず、おまけにいくつかの段はすり減っています——そしてそれはたいてい短いので、くるっと回ってまた降りて来ることもできるのです」

"Of my real honest fear of being 'off' some day, of being wrong, *without* knowing it. That's what I shall always trust you for — to tell me when I am. No — with you people it's a sense. We have n't got it — not as you have." ... "The moral, dear Mrs. Assingham. I mean always as you others consider it. I've of course something that in our poor dear backward old Rome sufficiently passes for it. But it's no more like yours than the tortuous stone staircase — half-ruined into the bargain! — in some castle of our *quattrocento* is like the 'lightning elevator' in one of Mr. Verver's fifteen-storey buildings. Your moral sense works by steam — it sends you up like a rocket. Ours is slow and steep and unlighted, with so many of the steps missing that — well, that it's as short in almost any case to turn round and come down again."（XXIII：31）

これはアメリーゴがマギーとの結婚を控え、「マギーとその父親は自分に一体何を期待しているのだろう」と考え、「この父娘はどの位自分のことを理解してくれているのだろう」と訝り、アシンガム夫人に道徳に関する自分の考えを語る場面である。ここには、アメリーゴが自分たちラテン系の民族に対してイギリス人のアシンガム夫人とアメリカ人のヴァーヴァー親子をひとまとめにしてアングロサクソン系として考えている様子が描かれる。ジェイムズが文化対立を描く時に、しばしば同じアングロサクソン系であってもイギリス人とアメリカ人を文化対立の対象物としてより詳細に扱うこともあるが、ここでは、アメリーゴの視点からの文化対立が表されている。アメリーゴは自分の道徳感覚をイタリアの古い城の階段に喩え、ロンドンのヴァーヴァー氏の住居に設置された電光石火型のエレベーターの喩えとの対比で述べているが、これはヨーロッパの歴史の中で近代化の中心にあったロンドンと比べ、近代に移行した後も依然として封建社会から受け継がれた事物に馴染んでいるローマ出身の彼の立場をよく表している。つまりこの事物とは、城の階段ばかりではなく、道徳感覚や日常的なものに対する考え方も含まれているのである。アメリーゴが「哀れな」と親しみを込めて呼ぶローマにおいては、近代化を通して著しく飛躍した科学的手法による進歩発展や吟味や精査といったものよりも、古い時代の人間臭さが残る非合理性や迷いや誤りが多く含まれるものに人々が慣れ親しんでいる様子が表される。ローマの城の階段は、一度昇り始めても短いので途中で引き返し降りることが出来るのに対し、エレベーターは一度動き出したら階段を昇るよりはるかに速いスピードで一気に上に昇ってしまうという表現も、近代の科学的な様相を見せるロンドンとそれ以前の様相が残るイタリアとの対照が道徳感覚の差異にも及ぶことを表している。このアメリーゴの喩えは、小説の終わりに近い部分でマギーが、アメリーゴの不義に対する態度について、「ヨーロッパの貴族階級の偉そうな人間（*les grands seigneurs*）が、侵害された秩序を再び整える時

の無礼な態度」(XXIV：220) と見るようになったと描かれることと一脈通ずるものがあると思われる。つまり、アメリーゴの態度には、物事の不義、あるいは不合理な面の一部を認めたとしても、それをすべて一気に廃止し、新しいものに移行することはせず、時に迷い、ゆっくり考え、一度昇り始めても立ち止まり、しばらく白黒をつけずそのまま温存するという様相が見られるのである。[3]

またここには単にヴァーヴァー親子に代表されるアングロサクソン系の人間とアメリーゴ等を典型とするラテン系の人間の道徳感覚の相違が示唆されているだけではなく、結婚を目前にしたアメリーゴが自己と他者の道徳的考え方の相違を自覚し、自己の言動を自重しようと努める様子が「過ちを犯すのではないかということを、とても恐れているのです」という言葉や「あなたは注意して下さるだろうと信じています」「僕たちにはあなた方がお持ちのようなその感覚がないのです」という言葉に表される。このことは、後にアメリーゴがシャーロットと通じ、マギーとその父に対し道徳上の罪を犯すことが判明する時に、その罪に対し酌量の余地を与える理由の一つとなり得るものである。言い換えればこれは単に異文化対立の一面を示すものとしての意味を持つばかりでなく、このような自重心を伴うアメリーゴの心の準備にかかわらず、彼に罪を犯させる要因としてのシャーロットの存在と、ヴァーヴァー親子の言動が重要な要素であることをも示唆しているのである。

「道徳」という言葉は、通常文学の中にその概念を表す際に、この抽象概念を表す言葉それ自体をそのまま直接使用することを避け、人物の言動等の描写の中にその概念を表現する場合も多い。しかしジェイムズの作品にあっては、『黄金の盃』ばかりでなく、『鳩の翼』や『ある婦人の肖像』等の中で、「道徳」という言葉及びこれに関係する語が、非常に多く使用されている。[4] 本論第一章で見たように『ある婦人の肖像』では、オズモンドの考えとイザベルの考えの相違を説明する際に道徳という言葉が主として自由との関連で

論じられた。『黄金の盃』においては先に見たように小説の早い段階において人物達の会話の中に「道徳」についての説明と考えがかなりのスペースをとって描かれる。そしてその描写方法は、抽象的な語句の意味を論ずるという方法が取られることもあるが、主としてここに見るように、いかにもこの作者らしく、欧米の文化を背景に取り入れた絵画的描写を用い、文化的事象の対比として表現される。また、抽象的事物を視覚的イメージの使用により具体的事物に置き換えるという方法もジェイムズの特徴を表すものとなっている。ここに見られる作者の道徳に対する表現というものは、ある固定した道徳規範を確信し、それを読者に説くというものではない。むしろ道徳とは何かという問題と、その根本的本質は文化的背景によってどのように異なるか、あるいは異ならないのかという問題を投げかけるものとなっている。5

　この物語は先の引用部分の後、アメリーゴとシャーロットがマギーとその父に対し、不義を行う展開へと進むが、この裏切り行為についてもこの小説は他の作品と比べて、かなり異なる点を見せる。つまり、これまで扱ってきた「親しい者による裏切り」のテーマにおいては、裏切りの内容、あるいはその問題に関してかなりの描写がなされてきたが、この『黄金の盃』ほど、裏切られる側の問題点が多く描かれているものはない。例えば『ある婦人の肖像』においてイザベルの「頑固な性格」や、「独り善がりの傾向」が問題点として描かれることはあっても、それはアメリカ娘のほほえましい欠点として好意的に扱われ、これがオズモンドとマール夫人の不義密通の直接的要因として描かれることは無かった。ところが『黄金の盃』においては、裏切られる側が裏切る側に口実を与えていると見られる面を扱っているのである。その意味でこの後期の三大小説の最後の作品である『黄金の盃』は、道徳というものが持つ意味を他の作品よりも一層厳密に問うものとなっている。

　この小説に描かれる道徳に関しては、先に見たようにアメリーゴの懸念が描かれる一方で、アメリカ人のヴァーヴァー親子が利己主義というものを道

徳との関係で語り合う場面が一度ならず描かれる。小説の中頃あたりの第四章5に見られる会話では、父親が「自分たちは、怠け者になり利己主義になっているのではないか」という疑問を出し、利己主義者にならないためには十分苦労を知らないといけないと考え、利己主義は不道徳だと語る場面が描かれる（XXIV：90-92）。しかし、このようなヴァーヴァー親子の利己主義についての会話には、幾分複雑な意味が表されているようにも見える。つまり、見方によっては、この会話はこのような言動をする彼らにこそ問題点があることを表すための伏線と見えなくもないのである。ここに描かれる父娘は自分たちの恵まれた立場を自覚し、恵まれない者に対し心優しい気持ちを失ってはいけないという考えを概念としては理解し、常日頃の生活でそれを実行しようと努めている様子が描かれる。ところが、この物語の最大の事件とも言えるアメリーゴとシャーロットの密通の引き金となったものは、このヴァーヴァー親子のアメリーゴとシャーロットに対する無意識の、見方によっては人権無視とも言える言動であったことも同時に示される。マギーはアメリーゴと結婚したにもかかわらず、夫の立場やその心の奥の気持ちにほとんど思いを及ぼすことが出来ず、夫よりも、父親と常に行動と生活を共にしている様子や、父娘が共にアメリーゴを自分たちの所有する美術収集品の一部と見なしていたこと（XXIII：12）、あるいはシャーロットに対して、美しくて魅力に富んでいる点で芸術品に対するものと同じ見方をしていることなどが表される。父娘は彼らをないがしろにするつもりは毛頭ないのだが、無意識にそうしている様子は、例えばアメリーゴが、自分の先祖についてアメリカ人との相違を説明しようとする場面に顕著に表される。アメリーゴが、「あなたは僕を知らない」と言うのに対して、マギーは深く考えることなく、それは後でゆっくり考えれば良いと答え、自分達の現在の生活に問題は無いと満足している様子が描かれる（XXIII：9）。一方、アメリーゴとシャーロットの側からの直接的な不満の言動は描かれていない。これはジェイムズの円熟期

第五章 『黄金の盃』　331

の作品全般に言えることであって、前章でも言及したが、人物たちの不満の感情や激情が具体的な会話や動作の中で露にされることはめったになく、その表現は語り手によって静かに説明されることが多い。この場合も、作者は語り手に「アメリーゴやシャーロットがずっと前からヴァーヴァー家の型にはめられることに慣らされているとしたら、これほど異常なことはない」と語らせ、アメリーゴの心の奥底には、今の生活とは違うもっと志の高い、もっと立派な生活があるはずだという気持ちが意識の「火花となって燃えていた」と叙述される（XXIII：334）。このような、意識の状態を「火花」という言葉や「燃える」という表現で描く叙述には、二人が堂々と明確に表現することが出来ない事情と、決して消してしまうことが出来ずに、いつまでもくすぶり続ける様子が表される。また、この「火花」や「燃える」(glowed the red spark)」という言葉には内に秘められた心の激しさと同時に赤色の火花の連想から来るアメリーゴとシャーロットの華やかさの暗喩が含まれている。更に、ヴァーヴァー家の中でほぼ立場を同じくするシャーロットとアメリーゴの関係について「この上なく優雅で詳密な共犯の意識が生まれた」(XXIII：335) と説明することで、この後の事件を示唆する。ヴァーヴァー家の仕事分担について、アメリーゴとシャーロットはマギーやその父が気の進まぬ仕事と考えている社交の部分を受け持ち、この二人がその仕事に対する適性と素質を示し、父娘は他の二人がそれを楽しんでいると考え満足している様子が描かれる。その一方で語り手は、アメリーゴが外国人である故にイギリスの社交界では部外者として扱われ、他人の都合に利用され、自分は妻のために社会的地位を棄てることを強いられ、自分自身を安っぽくしているという思いを描く（XXIII：352-53）。このようにこの物語は異文化の微妙な差異を背景に、平和で華やかな雰囲気の中で、一方では、自分たちの安逸と利己主義への警戒を口にしながら、他者を物扱いしかねないヴァーヴァー親子の、あくまで悪気のない、しかし物事を深く考えることの少ない単純な面

が強調され、他方、この父娘のそれぞれの配偶者であり、かつ、過去に関係を持った1組の男女の不義が進む様子が描かれる。しかし、ここでこの不義の原因の一部を父娘が生み出したとしても、それだからといってアメリーゴとシャーロットの不義が正当化出来るものでないことは明らかである。それはこれまでこの作者が他の裏切りの小説の中で表してきた価値観から見ても、またこの作者の小説論に見られる男女の関係に関する考えに照らし合わせても自明のことである。[6] またこの小説の中で時として作者の代理役を担うアシンガム夫人がアメリーゴやシャーロットに同情してかばいながらも、彼らの不義は「道徳的ではない」とはっきり明言している（XXIII：283）ことからもそれは知れることである。

このように、アメリーゴとシャーロットの不義が彼らの不道徳を示していることは言うまでもないが、作者はそれ以上に、主人公マギーがその不義を知る過程で何を経験し、また、それを知った後にどのように変わり、それは、道徳的にどのような意味を持つのかについて描こうとしているように思われる。

この小説の中で、事の成り行きを知る立場にあるアシンガム夫人はマギーについて「もともと悪を知るようには生まれついていない人」と夫に説明し（XXIII：78）、しかもそのことを好意的に解釈している様子が描かれる。彼女は後にマギーに対しアメリーゴたちの不義を隠蔽しようとするが、その動機はアメリーゴのそれとは全く異なるものであり、当事者でない限りそれに対して積極的に係わることは出来ないという立場を取る。一方シャーロットは、マギーとその父を非常に単純な人たちと見ており、アメリーゴもシャーロットも、この親子が何も気付かぬ限り自分たちは彼らの平穏な生活に寄与していると考えている様子が描き出され（XXIII：311）、ここには3組それぞれの不義に対する立場が表される。

こうして、この小説の前半部の第三章9はアメリーゴとシャーロットの不

義を示唆するグロースターの場面で終わっているのだが、この後に始まる小説後半部の最初の章はパゴダという比喩を用い、主人公と夫の関係を表す描写として特に注目に値する。小説の前半でアメリーゴとシャーロットの不義は、アシンガム夫妻と読者に知らされているが、主人公であるマギーには知らされていない。しかし、ここへ来て、マギーが自分と夫との関係に、何かはっきりしない違和感を覚える。そしてこの様子が異国風の建物であるパゴダの喩えをもって表されるのであり、これは物語がいよいよ核心部に入っていくことを感じさせるものとなっている。そしてこの場面もまた、次の引用に見るように文化的美術的事物を背景に視覚的イメージを駆使し、主人公の詳細な心理を暗示するという、この作者の特徴を表している。

　そ̇れ̇はまるで奇妙な高い象牙の塔か、あるいはむしろ、素晴らしく美しいが、異国の風情をしたパゴダのように、そこにそびえていた。この建物にはつやのある硬い陶器が張り付けられ、色彩と彫刻が施され、張り出した軒には、かすかな風によってさえ美しく鳴る銀の鈴が飾られていた。

　… iṫ had reared itself there like some strange tall tower of ivory, or perhaps rather some wonderful beautiful but outlandish pagoda, a structure plated with hard bright porcelain, coloured and figured and adorned at the overhanging eaves with silver bells that tinkled ever so charmingly when stirred by chance airs.（XXIV：3）

　この引用文の最初の「そ̇れ̇」という言葉は、引用文の前で「彼女の住まいの庭の中心を占領しているもの」という比喩で示されるものである。このような表現はジェイムズ独特の率直でない文体の一例を示すものであるが、こ

れはいわば、マギーが最近気付き始めた夫に対する彼女自身の意識の反映を表したものである。この引用文に見られる「奇妙な高い象牙の塔」、「色彩と彫刻が施された（異国の風情をした建物）」、あるいは「つやのある硬い陶器」、「美しく鳴る銀の鈴」等の言葉には、マギーのアメリーゴに対するイメージが二重写しに表されている。それはヴァーヴァー親子がアメリーゴにつけた価値に共通する美術的希少性やアメリーゴの優雅で美しく洗練された態度を思い起こさせるものである。このパゴダのような建物は美しく洗練されてはいるが、異国風という語が示すように、マギーの心に違和感を感じさせるアメリーゴという人物の存在それ自体を表しているとも考えられる。

　この引用文に続き、マギーがその周りをぐるぐる歩き回って物思いに耽る様子が描かれるが、彼女にはその空間が時に広く時に狭く感じられ、その立派な建物をたえず見上げながらもそこに自分が入ったことがないと気付くことが語られる。ここで「彼女はそれまで、特にその中に入りたいとは思わなかった。これは考えてみると奇妙なことだった」（XXIV：3-4）という表現はマギーの心の変化を示すという点で特に重要である。これは、彼女がアメリーゴとの関係においてそれまで感じていた漠然とした気持ちと、今新たに沸き起こって来た「認識と知覚（recognitions and perceptions）」（XXIV：3）の働きに、彼女自身が驚きを感じている場面であり、彼女の小さな発見の場面でもあることを示している。異国の由緒正しい家柄の出身者で、美貌で物腰が洗練された申し分のない貴公子とマギーは結婚し、その立派な人柄に大いに尊敬の念を抱いてはいたものの、父親との交流に多くの気持ちと時間を割き、夫との生活を特に充実させる必要性を感ずることのないまま、むしろ夫に無関心であったことをここで改めて知るのである。彼女はこれまでにこのパゴダに入りたいと思わなかった、つまりこの人物に対して、自分の父親に対する以上の特別な精神的関係を持ちたいという欲求を覚えなかった。しかし、今、突然、そのような自分に気付いたところなのである。そしてこの時にな

って彼女は入り口がどこにあるのかさえ解らないばかりか、そこに入るのも簡単ではなく、下手をすれば命を取られそうな雰囲気さえ感じられることに初めて気付いたのである。更に彼女を驚かしたのは、その素晴らしい陶器を思い切ってノックしてみると、ある物音が内部から聞こえて来たことだった。つまり彼女が近づいたことが内部の人にも分かったようだというのである。もし、この建物自体がアメリーゴを表しているとすれば、内部の人とは、あるいは内部からの物音とは、何を意味するのか、作者ははっきり言明しないが示唆的である。つまり、それまで夫との関係で大した認識や知覚を持たなかったマギーが夫の実体を改めて意識し、自分との関係においてそれをもっと良く知ろうと敢えて積極的な行動を進めた時、そこに聞こえて来たのは、はっきりと姿は見えないが、夫と深く関係しているらしいある物音であった。これはアメリーゴとシャーロットの関係を示唆しているとも思われるが、それ以上に、これまでマギーの気付かなかったアメリーゴの持つ一面、つまりシャーロットと深く関係しているらしいアメリーゴという人物の実体の一部を表しているとも言えよう。しかも、ここには「彼女が近づいたことが内部の人にもわかった」という言葉が敢えて書き添えられている。これはこの小説の後半で、マギーがアメリーゴとシャーロットの不義密通の事実をどの程度知っているのかという問題がマギーとアシンガム夫人、あるいはマギーとアメリーゴ、そして、マギーとシャーロット、そしてマギーと父親の間で問題となることを思い合わせると非常に重要な意味を含んでいると思われる。更に作者はこの文章の後に、「マギーの花咲く庭に建っているパゴダは一つの協定を表していた——協定というのは妙な言い方だが——」と表現し、その協定によってマギーは過去との縁を切らずに、結婚することが出来、その後の生活において、形の上では夫が中心的な位置を占め、それでいてマギーは父親を見棄てるという呵責を感じないでいられる幸福と、父の新しい結婚によっても自己の生活が犠牲にされない幸福を獲得していた事情を説明して

いる。つまりこのパゴダは第一に、少なくともそれまでのマギーにとって美しく貴重なものでありながら特にその存在について気を使う必要のない幸福感を与える存在であったこと、そして第二に、最近この建物に対する違和感がマギーの心に起こり、これに対する興味が高まったことが象徴的に表されているのである。

　この小説の前半ではマギーを取り巻く状況がアメリーゴの視点から主として語られ、後半においては、マギーの視点から語られており、その後半の始めは、このようなマギーの夫への違和感の「認識と知覚」の描写から始まっているのだが、このような呈示方法はジェイムズの他の主要な小説と同様に、最初に提示される長い章が、後半のための準備としての膨大な資料であることを示すものとなっている。7 そしてマギーを取り巻く状況は、小説の後半部分においてマギーが夫に対する新しい「認識と知覚」を獲得することにより、それまで隠蔽されていた事実の発見という展開の中で一つのクライマックスとも言うべき場面を迎える。このマギーの「認識と知覚」の発展の過程は、主人公が「真実を知る」ことを求めたために彼女の苦しい道程を示すものとなっている。作者はその苦しい道程の心理描写の詳細を、様々な要素を織り込みながらゆっくりと筆を進めている。その様々な要素の中心には、マギーがアメリーゴとシャーロットの関係に疑念を持ちながら真実を正しく知ろうとそれまでにない行動を取ることや、一度は夫の肉体的誘惑と手管に屈しながら、二度とそのようなことのないように抵抗する姿などの描写がある。そして、彼女が父を傷つけないように、この事実を彼に悟らせまいとする努力は「顕微鏡でしか見ることの出来ない小さな昆虫が一粒の砂をやっと押してゆくような」（XXIV：142）という形容で語られ、このような行動を通して、何よりも彼女が少しずつ成長していく姿が描かれ、彼女は徐々に「人の心の襞が理解できる人間に変わった」（XXIIV：145）という表現もされる。次の項においては、マギーが自己の認識と知覚を発展させ、事実を知るという重

要な体験をする過程を見てみよう。特にこの事実を正しく知ろうとする態度が「家のゴミ入れに身をかがめて小さなダイヤの粒を拾う姿」(XXIV：421)という比喩で象徴的に表現されている点に注目したいと考える。

2．ゴミ入れのダイヤモンドと黄金の盃

　マギーが自分の身の周りの違和感に生まれて初めて直面し、そこから真実を知ろうとした時、知ることの対象として主に二つの事柄が存在した。一つは夫とシャーロットの関係について事実を知ることであり、もう一つは、それに関連してそれまで当然視していた自分の生活様式に対する本来あるべき姿を知ることであった。後者については、すでにアシンガム夫人が「マギーは自分の立場を知り、きちんと生きる決心をするべきだ」と述べ（XXIII：385）、あるいは「ヴァーヴァー親子は本当の生き方をしていない」（XXIII：389）と言う指摘をしていて、これは読者がマギーの「認識と知覚」の発展の過程を理解することに寄与すると思われる。これまで、何の不都合もなく全く申し分のない夫と結婚し、子供と父との水入らずの生活を享受していた無邪気なアメリカ娘が突然、疑念にさいなまれ、自分の陥った不本意な立場を痛感させられ、重い心のうちに生活を余儀なくされることとなった様子が特に第四章から五章を中心に何頁にも渡り詳細に描かれる。[8] 彼女は、自分が正しいと信ずることを貫くべきだと考えたり、自分が間違っていたと認めるべきだったと考え直したりしたと説明される（XXIV：6）。彼女の悩める様子は小さな頭で知恵を絞った結果、時に、世の中の女性たちが行使するという、いわゆる情熱の特権というものを自分も使ってみようとけなげにも決心するが、それもある程度の慰めにしかならないことを思い知らされる描写にも表される（XXIV：7-8）。また夫が帰宅する折りに、今迄に習慣としていた自分の行動を変える作戦を取り、それは小さな変化ではあったが、彼女とし

てはひどく思い詰めたものであることが示され、その姿は無鉄砲で極端であると同時に、悲愴感を伴うイメージで語られ、マギーが自分の姿を臆病な雌虎がうずくまる哀れな姿と感じている心理状態も描き出される（XXIV：10）。そして何よりも印象的なのは、マギーの必死の新しい作戦に対し夫とシャーロットが態度や表情、声の調子に彼らの意思の一致を見せていると感じさせられる描写である。ここにはジェイムズの特徴的な表現、つまり一方の側（ここではマギーの側）からの感じ方として描かれるために、これが事実なのか彼女の疑念なのか文脈からだけでは不明確なものが存在し、そのために、マギーの心が一層不安定で屈辱的なものとして写し出される。

　このようなアメリーゴとシャーロットの意思の一致について読者はすでに小説の前半でその確かな実体を見せられ、またアシンガム夫妻もその事実を熟知していることが表され、マギーが身動きのとれない状態であることを知らされている。それ故に父にも疑念を打ち明けられずあれこれ一人で考えるマギーの姿も強く印象づけられる。自分の記憶によみがえるアメリーゴとシャーロットの一つ一つの言動を正しく思い出し正確に把握しようとするマギーの様子を、作者は先に見たように「ゴミ入れに身をかがめて小さなダイヤの粒を拾う」という比喩で表し、更にそのような彼女の入念な行為の結果として、今迄忘れていたある晩の夫の様子が深い意味を持って思い出されてきたと述べる（XXIV：42）。ここに描かれるマギーの描写には、この家にはそのようなものはないはずだとマギーが自分に言い聞かせつつ捜し続ける心理、あるいは自分の思い違いかもしれないと苦悶している姿、そして冷静に事実を突き止めようと理性を働かせる様子が示されているのである。そして、これはまた、そのようなものは存在しないという証拠を捜している描写とも考えられる。先の「家のゴミ」という文の前にも「よく整頓された」自分の家のゴミという表現が用いられている。この家はよく整頓され、ゴミとダイヤモンドが混合されるはずがないというニュアンスもここには含まれている。

第五章 『黄金の盃』 339

またダイヤモンドの比喩はマギーが捜している罪の証拠、あるいは無実の証拠であって、マギーにとっては苦しい疑念を晴らす非常に価値のあるものという意味にも取れる。またこれはアメリーゴとシャーロットの1組が表す豪華さや華やかさ、そして高価と硬質性の象徴を含んでいるとも言えよう。この場面におけるダイヤモンドの取り扱いは、この小説の第二章でヴァーヴァー氏がアメリーゴに向かって「君は丸い」と言い、彼を純粋で完全な水晶に喩えた場面を思い出させる。この時、ヴァーヴァー氏はヴェニスの宮殿の壁面を覆っているダイヤモンド状の菱形を人間に喩え、そういう場合のダイヤモンドは人の体を傷つける鋭さを持ち、特に近親の場合には「擦れ合うのも嫌だ」と述べている (XXIII：138)。この水晶とダイヤモンドの対比は、一方の水晶は表面にでこぼこが無く平らであるのに対し、他方のダイヤモンドは人を傷つけ切り刻んでしまう、と考えるヴァーヴァー氏の心を反映した表現である。またこれは、アメリーゴの物事に対する考え方や対応の仕方を示唆するものともなっている。このヴァーヴァー氏の水晶とダイヤモンドの喩えの表現の直後に、アメリーゴの話し相手の言葉が水晶の上を滑らかに流れるという表現が見られ、アメリーゴは「物事がすべてうまく運んでいるという気配を好んだ。しかしなぜうまく運んでいるかについてはあまり考えなかった」と書かれ、彼が穏やかではあるが、語り手から見て必ずしも完全に理想的な人物として描かれているのではないニュアンスも表される。ここで作者が用いた水晶とダイヤモンドの対比は一般に人々が持つこの二つの石に対する比較のイメージ——つまり、両者の硬度が異なる故に使用に備えて加工される表面の様相が異なり、また両者の希少性の差の故に市場における価値も異なるというイメージ——を反映しているものと思われる。また、ダイヤモンドは希少性と光輝と共に美しさのイメージを伴うものであるが、同時に硬度が高く鋭い角度を持つという特性は、ヴァーヴァー氏に刃物を連想させるものでもあることが、「いっそ傷つけられるならばダイヤモンドで傷つけら

れる方が気がきいているかもしれない。しかしその場合、人は切り刻まれてしまうだろう」という表現に表されている。この第二章の場面は、ヴァーヴァー氏の考えるダイヤモンドの属性が果たしてアメリーゴの本質であるのかを考えさせるものであり、第四章のマギーがダイヤモンドを捜している場面の伏線と思わせるものでもある。そして、今マギーがダイヤモンドを捜そうと身をかがめて吟味しているゴミは、この家のゴミ故に決して浅ましく汚れたものというイメージを与えず、ただその物は今後使ったり、利用したりする価値のないものとして表されているものと思われる。もし読者がアメリーゴたちの不義を知らされていなければ、マギーの行為は単なる疑心暗鬼を表し、ゴミはマギーの徒労のイメージを強く表すことになるだろう。ここにはマギー自身がそれは徒労かもしれないと思いつつしかし、最後の一片までも吟味せずにはいられない苦しい胸のうちが表され、またそれと同時に、決して感情に押し流されず堅牢な確証の上に立って物事を考えようとするマギーの態度も表されているのである。作者によって連綿と紡ぎ出されるこのようなマギーの心理描写は、「時に衝撃の深さに興奮を抑えきれず、時に急場を繕うあいそ笑いのために、顔がひきつりそうになるという、自分に馴染みのない感覚を体験」し（XXIV：79）、時に無意識のうちにじっと物事を観察する自分を見つけ、時に挫折感でくじけそうになるという状況を伴うものであるが、その中でも常に冷静であることを目指すという点が強調される。ワーゲンケネクト[9]の指摘を待つまでもなく、我々はこのような場面から、主人公が真実を知ろうとする体験を通じて自分の感情を制御し、合理的に物事を処することを学び、単純で無知な小娘から徐々に成長していく姿を見ることが出来る。

　そして物語の発展は、マギーの真実を求める努力と辛抱が結局徒労に終わる運命にあるのではないかと思わせる長くて詳細な描写の後、突然アメリーゴとシャーロットの不義に光が当たる偶然の出来事によって一つの山場を迎

第五章 『黄金の盃』　341

える。それは、マギーの努力とは直接関係のない偶然の出来事によって引き起こされたために一層驚きの印象を強くするものとなって、この小説をクライマックスに導く。

　その出来事とはダイヤモンドならぬ黄金の盃の出現である。これは小説の始めで、マギーの結婚の直前にアメリーゴとシャーロットがブルームズベリーの骨董屋で互いに贈り物をしようとする場面が描かれていたことを思い出させるものである。この時シャーロットは二人の記念として黄金の盃をアメリーゴにプレゼントしようとするがそれが高価であるので思い留まる。その後、黄金の盃はこの小説で話題にのぼることは長い間無かったが、黄金の盃が再び小説の中に登場した時、我々は最初のブルームズベリーでの場面は作者の入念に練られたプロットの一つの伏線であったことに気付かされる。つまりこのクライマックスの場面が現れる第四章の最後において、初めてこの小説中で果たす黄金の盃の役割が明確にされる。マギーは父の誕生日のプレゼントに偶然この黄金の盃を買ったことから店主と話しをする機会を得、アメリーゴとシャーロットがマギーに秘密で結婚式の直前まで親密であったことを知る。マギーは自分たちの結婚と父の結婚の仲介者であり、親しい友人であるアシンガム夫人にこの事実を話し、夫がその店に偶然残した黄金の盃が奇跡的にこのことを知らせてくれたのだと説明する（XXIV：167）。これに対しアシンガム夫人はマギーに、そのような品物が存在するからそのような疑念が生まれるのだという理屈をつけ、この品物を硬い石の床に打ちつけて割ってしまう。

　この場面はマギーが未だに疑念の余地を完全に埋められないものの、日頃の夫と義母の秘密めいた言動と疑惑の一致を思い起こしながら努めて冷静に対処しようとする様子と、「マギーは真実を知った」とぼんやり認識しながらも、未だに残る僅かな希望にすがって何とかマギーの考えを変えさせようとするアシンガム夫人の葛藤を、互いの静かなやりとりの中に映し出してい

る。この場面の背景をなしている優雅で豪華な部屋の絨緞と、磨き込まれた立派な石の床の対照を表す絵画的描写は、次の瞬間に起きたアシンガム夫人の黄金の盃を床に打ちつける動作を一層効果的なものにし、磨き込まれた床の硬さを印象深いものにし、砕かれた黄金の盃の金箔の下にある水晶の割れ目に関する連想に広がりを持たせるものとなっている。

　この場面の直後に、物音を聞きつけてアメリーゴが部屋に入って来る様子が描かれるが、作者はここでアメリーゴが自分の不義を認めたという明確な描き方をせず、その場にいたアシンガム夫人とアメリーゴの無言の会話という形で、その息詰まる瞬間を次のように表す。

> 二人（アシンガム夫人とアメリーゴ）はあの時と同様にまた追いつめられた状態ではあったが、何か自分たちに出来ることは残っていた。それは二人があの時の事情を思い出し、あの時に取り交わした約束を実行することだった。

> Something now again became possible for these communicants under the intensity of there pressure, something that took up that tale and that might have been a redemption of pledges then exchanged. (XXIV：180)

　この二人の追いつめられた気持ちとは、一方のアメリーゴにとっては、いよいよ密通の証拠に近いものが出てしまったという気持ちであり、アシンガム夫人にとっては、マギーをしきりに説得してはいるものの、すでにマギーが事情を知っているのは明らかなので、いずれアメリーゴとマギーの間で大きな問題が発生するであろうという懸念と、自分がこの事件に巻き込まれることは必至であろうという気持ちである。そして「あの時」と「取り交わし

た約束」とは、二人の間で、アメリーゴとシャーロットの昔の関係についてマギーとその父には黙っていた方が良いという、暗黙の了解があったことを示唆している。

アシンガム夫人が黄金の盃を床に投げつけるこの場面は小説の一つの山場であり、作者は「黄金の盃」という言葉に重要な意味を託して象徴的に表している。[10] またこれについては、マシーセンを始め多くの研究者が様々な解釈をしている。[11] そのような解釈のうち、ジェイムズが「伝道の書」("Ecclesiastes")の十二章六節の聖句を頭に入れずにこの小説を書いたとは考えられないとするワーゲネクトの説（*The Novels of Henry James* 221）は説得力がある。ここでは、まず、その聖句を見てみよう。

> 銀の紐は緩み、金の盃は砕け、つるべは泉のそばに破れ、くるまは井の傍に壊れん。

> Or euer the siluer corde be loosed, or the golden bowle be broken, or the pitcher be broken at the fountaine, or the wheele broken at the cisterne. ("Ecclesiastes" 12：6)

「汝の若き日に創造主を憶えよ」で始まるこの「伝道の書」の十二節は、神の教えに従って生きることを説くものであり、「黄金の盃」がいかに金、銀の華やかさ、豪華さを競おうとも、然る時に砕けると警告しているものである。「黄金の盃が砕ける」とは、結局最後には神の前にすべては明らかになるという意味である。ここに見る聖句の意味と小説の中の黄金の盃の意味には、ほぼ完全な一致点が見出されると思われる。つまり、小説の中でシャーロットとアメリーゴの関係は如何に彼らが隠そうとも、あるいは、真実が暴かれそうになるのを妨げようとしてアシンガム夫人が黄金の盃を砕こうと

も、そのことによって却って事実を否定出来ないことが露呈し、彼らの不義は暴かれ、マギーにも知られる運命にあったことが示される。また「銀の紐や黄金の盃」の色彩による華やかさと豪華さのイメージは、アメリーゴやシャーロットの人目を惹く美しさや彼らの地位に伴う金や財産への連想を呼ぶものともなっている。聖書の黄金の盃は、然る時に自然に砕けるとも解釈出来るし、然る時に何らかの力が加わり砕けるとも解釈出来よう。いずれにせよ聖書においても小説においても、黄金の盃が砕けるという現象、そしてそれに関連して、真実が暴かれる運命に置かれるということについて一致が見られるのである。このように見てくると、作者がアメリーゴとシャーロットの不義の発覚に関して黄金の盃のイメージを用いたのは彼の聖書の知識と決して無縁ではなかったと思われる。この小説には、この他にも聖書からの引用句がかなり使用されている。[12] しかし、ボウデン（E. T. Bowden）も指摘しているように、「ジェイムズは聖句や聖書の中で語られる話を宗教の教訓的意味を説くために使ったのではない」(89)[13] のであって、この場合も決して、聖書の教えを説くのが目的ではなく、黄金の盃の語が持つイメージを象徴的に表したのである。

さて、このようにしてマギーに真実が表された後、作者は彼女を通して何を描こうとしたのかを次に見ることにしよう。

3．マギーの選択

作者はこの物語で黄金の盃が打ち砕かれた後に、突然マギーの心に変化が起きた状況を描く。このマギーの心の変化はこの物語の終結の意味を解釈する上で重要な要素である。黄金の盃の出現はマギーの側から見ると、夫の不義の証拠を固めるものであり、その場に居合わせたアシンガム夫人もそれを認めざるを得ない状況に置かれた。ところが作者はここで、アメリーゴの不

義の事実を知ったマギーの心に、突然変化が生まれた様子を次のように描く。

彼女は、事実に対する確信と行動が突然心のうちで分離するのを感じた。驚くべきことに確信と行動は即座に結びつくことをやめてしまった。事実に対する確信は泥に足を取られたように、一歩も進もうとせず、立ち往生してしまった。——しかし行動の方は、頭上を高く飛ぶことが出来るという力に刺激され、軽くて大きな生物のように空を漂い始めた。行動は自由で独立しているようであり、それ自身の大きくて素晴らしい冒険をするために前進して行くもののように思われた。

… she felt within her the sudden split between conviction and action. They had begun to cease on the spot, surprisingly, to be connected ; conviction, that is, budged no inch, only planting its feet the more firmly in the soil — but action began to hover like some lighter and larger but easier form, excited by its very power to keep above ground. It would be free, it would be independent, it would go in — would n't it? — for some prodigious and superior adventure of its own. (XXIV：186)

ここで言う「確信」とはマギーが必死でつきとめようとした夫の不義という事実に対する確証であり、「行動」とはその確信に基づいて取ろうとそれまで考えていた行為である。ところが何もかも明確になって忌まわしい事実が確かめられ、もはやこれ以上何も付け加えるものがないと分かり、こうして夫と一緒にいるという状況に置かれてみると、それまで自分が事実に基づいた確信の上に立って取ろうと考えていた行動を起こすことが出来ないのではないかと突然感じ始めたのだ。それまでダイヤモンドの粒のような、小さ

くて硬くて価値の高い証拠を求めていた彼女は、信憑性の高い証拠を手に入れたとたんに、果たして自分は何を求めていたのかと思い始め、この問題の張本人である夫即ち自分の最も親しいはずの生身の人間の存在に改めて気付かされたのである。そして、事実についての確信を手に入れたら行動しようと思っていた頭の中の目標は突然方向転換を始めたのだ。つまり、このような忌まわしい確信などに囚われない、そんなものを吹き飛ばしてしまう、もっとすがすがしい、そしてもっと自由な行動を取ることが出来るという考えが突然頭の中に浮かんだのだ。なぜマギーは突然このように変わったのか？夫に酷い目にあわされながら、大目に見てやりたいという気持ちになる自分を不思議に思った、という心理描写や、夫に背を向け、深い苦しみの中にいる間にも夫を許したいという不思議な気持ちを感じる瞬間があり、その瞬間は不思議なことに50回にも及んだという説明が語り手によってなされる（XXIV：185）。ここには、夫の手管に屈してはいけないと自分に言い聞かせる姿と、困っている人間に優しくしたいという面を持つ姿が同時に表されている。更に、マギーがしばしば固く思い詰める性格でありながら、ある重大な面で急に実際的で楽観的な考えを持つ面も表され、「彼女は50もの考えを持っている」とも叙述され、彼女がこのように様々な考えを持つことをアメリーゴは恐れていたとも付け加えられる（XXIV：338）。これは本論第一章で見たイザベルとオズモンドの考え方の対立を思い出させるものでもあるが、このようなマギーの様々な面を持つ考え方はアメリカ娘の特徴を表し、洗練さと深みには欠けることがあっても、新鮮で自由で善意にあふれたものを思わせる。その上、「彼女は元々つまらない空想を弄ぶ性格ではなかった」（XXIV：280）とも叙述され、見方によっては単純とも見えるが、心の広さと穏やかさと共に、忌まわしい事実が確かめられた以上それにこだわることに価値を置くより別の有益なことを選ぶという合理的な面も表現される。

　黄金の盃の事件の後マギーの心が向かったのは、夫が今、当面の問題に対

して自分の助けを必要としていると考える方向であった。なるほど夫は自分をこれまで利用し、酷く享楽的でさえあったが、自分が彼を助けることで夫も自分を助けることが出来ると考えている様子が描写され、このような考えを語り手は「貴重な事実」という言葉で表し、この事実が彼女の張り詰めた心に一つの転換点を与えた様子を語り、マギーが「確信」から独立して開始した行動の実体というものは、「彼女自身の本能（an instinct）によって、迷路から夫を安全に助け出すことだ」と説明する（XXIV：187）。アメリーゴが事件発覚後、謝罪はもちろん弁解もせず、このことについて沈黙を守り平然とした態度を取っていることについて、マギーが、これは「ヨーロッパの貴族階級の典型である偉そうな人間が侵害された秩序を再び整える時の彼らの生き方なのだ」と理解するようになった事情も描かれる。アメリカ娘マギーが、自分とヨーロッパ貴族の考え方の相違は欧米文化の背景の相違から来ていると少しずつ気付くようになり、これまで感じていた異和感の原因にも心を配るように変わっていく様子に作者はかなりのスペースを割いている。その変化の過程で特に注目されるのは、マギーの行動描写に、それまでの理性的性格に加えて本能の働きというものが表現され始めたことである（XXIV：187、XXIV：189）。マギーがダイヤモンドを捜そうとゴミの最後の一片まで吟味するという比喩的表現は、真実を十分知り客観的な根拠を求めて努力し簡単に妥協をしたくないという理性的な側面を表すものであった。ところが黄金の盃が砕かれ、その場に彼女が夫と相対し、夫に言いにくいことを切り出す場面には再び本能という言葉が使用され、次のような説明がなされる。「彼女は、本能の命ずるままに夫のために行動を起こした」。このように突然「本能」という語が出され、マギーの心の変化が説明されるのは、少し不自然であるという印象を受けなくはないが、これは小説の最後に近い部分で「霊感に導かれる（be inspired and guided to one's soul）」という言葉で表される次の表現と関連することであろう。「彼女は自分がなぜこのように行動して

きたのかを改めて考え直し、その理由が分かった。自分が霊感に導かれ、倦むことなく行動し続けたのはすべて今日のこのことのためだったと分かった」(XXIV：367)。生まれつき理性的で曲がったことが大嫌いなマギーは悪を知らないで物事をそのままに受け取る性格であったが、夫の不義を知った時、それを許し、夫を助けようと考えるようになったことは、本能の働きと関係があると同時に、彼女が自身の霊感に導かれていることとも関係があると、ここでは読み取ることが出来る。ただし、この本能について語り手は詳しい説明をしていない。これは、上に言及した文脈で見る限り動物的本能というより彼女が生まれつき持っている直感、あるいは心の安定を求め自分を守ろうとする防衛意識、もしくは人に優しくしたいと思う生まれつきの気持などの混じりあったものを指すと思われる。それは例えば、それまで保たれていた夫と父と自分たちの間の調和を壊さないようにしようとする守りの意識、あるいはアシンガム夫人に語った、「私は何ものも入り込めない、小さな隙間もない幸福が欲しいのです」(XXIV：216)という言葉に表される、満たされた気持ちを望む意識であり、それ迄は深く考えたこともない、夫の愛を失いたくないという直感的な意識を含むものであると思われる。いずれにせよ、これまで無知で多くのことを知らなかったマギーが無知であることをやめ、独自の自由な行動を取りたいと望み始めた時に自然に表れた意識を、語り手はこのような言葉で表現したのである。

　しかし、作者はここでマギーが独自の行動を開始し、迷路からアメリーゴを救い出す姿を描くことで、この小説におけるマギーの性格描写の目的は十分果たされたとは考えなかったことが、この後、物語がまだ続くことからみても容易に推察される。

　彼はこれに加えて、アメリーゴと深い関係にあったシャーロットの存在にマギーがどのように対処していくかをも詳しく描き出している。これは、それまでにアメリーゴに対して見せたものとは異なるマギーの側面を新たに表

すことになり、マギーの性格描写に厚みを加えるものとなっている。そのマギーのシャーロットに対する描写を次に見ることとするが、ここには主として二つの重要な点が見られる。その一つは、マギーがシャーロットを非難するよりも、彼女に深い同情を示していることであり、その上、公正な判断と、他者に対するアメリカ娘らしい素直で無邪気な尊敬の念とを示していることである。マギーがアメリーゴを許したのは、寛大さと穏やかさと合理性によるとすれば、シャーロットに対しては別の面を見せているのである。マギーがシャーロットに対処する際の描写には、マギー自身が自分の弱さと戦いながら夢中で行動している姿が写し出されているのであって、彼女は決して堂々と洗練された態度でシャーロットに対処しているわけではなく、ここにアメリカ娘としての無垢で愛すべき面が表されているのである。二つめの重要な点は、マギーがシャーロットと相対する中で、生まれて初めて嘘をつくという体験が描かれることであり、これは夫に対する心の変化と共にこの小説の中で大きな意味を表しているのである。これら二点は、小説の最後でマギーが愛する父と別れなければならない困難を克服し、最終的選択をする際に物語のプロットの中で重要な要素となり得るものである。ここではこの二点が表される具体的な描写をいくつか取り上げ見てみよう。

　黄金の盃が打ち砕かれた事件の後、アメリーゴはあたかも何事も起こらなかったようにシャーロットと接し、自分達の不義がマギーに知られたということをシャーロットには告げず、いわば彼女に嘘をつき通したので、誰からも情報を得られないシャーロットは暗闇に放り出されたも同然の状況に置かれ、マギーから見ると、その哀れな姿は、あたかもギリシャ神話に出てくる「虻に苛まれるイオー」[14] か、「荒涼とした水辺をさまよい歩くアリアドネー」[15] を思わせるものであったと描写される（XXIV：307）。このようなシャーロットに対するマギーの同情を表した描写は、マギーが苦しい体験をした後も依然として失っていない生まれつきの純粋で心優しい美徳を示すもので

あった。マギーは「アメリーゴが共犯者であるシャーロットに何も言わずそのままにしておくのは不可解だ」と考え、「以前から他人を犠牲にすることはしまいと固く思っていたので、今やマギーの同情は罪のある二人のうち、より多く犠牲を強いられ、より不幸になった人間に向けられた」(XXIV: 227-28) と描かれる。ここには、マギーが夫との関係で描かれた場合には目立たなかった彼女の公正な性格が描写される。先にマギーが夫を救おうとする考えについて、これを彼女独自の本能との関連で言及したが、世間一般の本能という言葉の使い方をこのシャーロットに対するマギーの態度に当てはめた場合、アメリーゴとシャーロットはほぼ同罪であり、マギーの同情は、自分の夫でもあり、異性でもあるアメリーゴにより多く向けられるのが自然の本能であるという見方もあり得えよう。しかし、マギーの場合、より犠牲にされ、より不幸な方の人間に同情を向けたのであり、彼女の本能というものにしろ、彼女の心の働きというものにしろ、彼女の考えと態度が描写される時に、その基には、生まれつきの善良さと公正さと呼ぶ種類の美徳が表現されている。このようなマギーのシャーロットに対する同情や公正さは、現在弱い立場にいるシャーロットに対する優越感から生じたものであると考えるとしたらそれは誤りであり、そのことは、次の二つの場面に表されるマギーの気弱さを含む善良さの描写からも知れることである。

　そのうちの一つは、シャーロットが無知の闇に放り出されて途方に暮れて物問いたげに自分に近づいて来た時、マギーは「自分が対決しなければならない厳しい運命を予見した。まるで時計が刻一刻と秒を刻むように胸がドキドキするのを抑えることが出来なかった」という場面である。「自分の頭がすでに断頭台の上にあって斧が落ちて来るような気がして仰向けに倒れたまま、心もとない顔で相手を見上げているような気がした」という比喩で表される場面である。ここでマギーの意識から見るシャーロットの様子は、マギーの様子とは対照的に堂々としていて、「その額の表情は暗く、その優雅な

背丈と、形の良い頭、長いまっすぐな首筋はほの暗い光の中で常の彼女と変わらない完璧さと高貴さを見せていた」と描かれる（XXIV：243）。ここには、マギーの、相手を傷つけたくないという気持ちと、真実の心を持って対処せねばならないという現実の間で心が乱れている状態と、他方、罪を犯し弱い立場にいる人間に対しても、その罪とは別に、依然としてその長所に圧倒される気弱さと、これを素直に認める公正さを持っている様子が表現され、マギーの子供のような無垢な面が絵画的かつ劇的に描き出される。このようなシャーロットに対するマギーの心理描写は、もう一度この二人の女性が対面する物語の最後に近い場面にも表れる。そこにはシャーロットの惨めな現状に同情し、この相手が自分を恐れている様子に対し、自分の側は少しも悪意がないのだということを見せるために卑屈なほど柔和な顔をしようと努めているマギーの姿が描き出され、マギーが「自分の姿はまるで西部劇の本で読んだ、両手を挙げ拳銃を所持していないことを示している人のようだ」（XXIV：310-11）と意識している様子が表される。ここにも自分の有利な立場や相手との力関係に基づく世俗的な判断からは無縁で、かつ、相手の気持ちを思いやり、滑稽な程相手の立場に感情移入する純粋さを失っていないマギーの一面を我々は見ることが出来る。

　しかし、マギーのシャーロットに対する面はこのようにシャーロットに同情し、その長所を尊重するアメリカ娘としての美徳を表すものばかりではない。マギーは事件発覚以来「無知であることをやめた」と夫に宣言したが、シャーロットが自分たちの不義を父娘が知っているのかどうかを知ろうと再び自分に近づいて来た時に、彼女は夫がシャーロットに嘘をついたように自分も彼女に対して嘘をつくという、それまでには思いもつかなかった行動に出る。

　マギーは「生まれつき悪を知らない」とアシンガム夫人が断言していたように、その本来の信念からしても、その性格からしても嘘をつくという行為

は彼女にとって大きな抵抗感を伴う一大体験であった。作者はマギーをこのように嘘のつける人間に変えることで何を表そうとしたのであろうか。『黄金の盃』以前のほとんどの作品においても、作者は人物たちの嘘というものを意識的に表現しており、それは悪徳のヨーロッパ人たちの典型的な行為を表すものとして主として描かれてきた。そこにおいては、親しい者による思いもよらぬ虚偽という行為を軸とした故にこそ、裏切りというストーリーが劇的に展開したのである。この小説においても、アメリカ娘であるマギーは、嘘によって裏切られた。しかしそれとは別のこととして、マギーにとって嘘はついてはいけないものであり、それはこれまでの彼女の価値基準において悪の範疇に入るものであった。だからこそ作者は、マギーが嘘をついた時の様子を詳細に描いているのである。つまり、マギーが嘘をついたということは、これまでの作品で見て来たパターンと異なり、この作品においては、不義密通により裏切られた側の、それまで善良で純粋無垢を代表する人物の変化が強調されているのである。これまで見て来た作品で善良なヒロインが嘘をつく場面は例外的に『ポイントンの収集品』のフリーダや、『鳩の翼』のミリーに見られ、その場合、その嘘はヒロイン達の利得を守るための手段ではなくむしろ相手を傷つけず、相手のことを思う善意から出たものであり、虚偽を進めるという役割を果たすことはなかった。[16] これに対しマギーの場合は幾分複雑な様相を示す。マギーが嘘をついた時の立場は、フリーダやミリーの場合よりも、生きることについてより差し迫った状況の中に置かれていることが表される。つまりマギーは夫との関係において、嘘をつくことが生き方の一大転換を意味することが表されるのである。しかし、そのような場合にも、マギーが自己の利得を守るための手段として嘘をついたのではないという重要な点は強調される。マギーが自分の信条に反して嘘をつくことが出来たのは、シャーロットがマギーの嘘を受け入れることによって、事態がこれ以上悪くならない方向へ向かうことが出来ると考えたからだ、と語り

第五章 『黄金の盃』 353

手は説明する（XXIV：249）。ここには孤独と不安に悩まされ自分に近づいて真実を確かめようとしたシャーロットに対し、彼女を含めた家族五人とアシンガム夫妻がこれから生きていく上において、事態の解決に向かう最良の方法は夫と協力してこの山場を乗り越えることだと、けなげに考えているマギーの姿が描き出される。このマギーの嘘をつく描写の前には、批評家によく引用されるブリッジパーティーの場面が表される。ここでのマギーは、ブリッジをしている自分の家族を見ながら、自分の受けている不当な扱いに心穏やかでない様子が描かれる。自分の口から危うくどぎつい言葉が出かかるのを抑え、自分の行動次第でこの場を平穏と礼節で満たすことも出来るし、醜い恐怖と恥辱と破滅に導くことも出来ると考える。[17] そして、この後、この事態を父に決して気付かせてはならないという差し迫った事情も含め、複雑な人間関係を切り抜ける手段として「無知ではなくなった」と宣言した主人公がそれまでの自分の信条を飛び越えて、嘘をついたことが描写される。この時の主人公が思い切って取ったこのような方針が間違っていなかったのか、ためらい、これでいいのだと自分に言い聞かせている様子を語り手は詳しく述べた後、その後の見通しを「近づきがたい岩棚から摘み取った希少の花にも類似した或るものが彼女のために生まれてくるだろう」（XXIV：250）と表現している。マギーはこの時から嘘をつける人間に変わったが、それは自分個人の利益を守るためだけのものではなく、また相手を傷つけるものでもなく、ただ事態がより良い方へ向かうことをのみ願い、熟慮を重ねた後ようやく実行したものであることが表現される。このことは、マギーの嘘が全く正当化されたことを意味するものではないが、フリーダやミリーの嘘と同様に、マギーの嘘も決して利得を守るための手段ではなく、虚偽を進める役割を果たすものでもないという意味で、オズモンドやアメリーゴの嘘と一線を画すものであることは明らかである。マギーがこの後、急に大きな利得を得たという兆候を示すものが小説中に見られないことも彼女の目的がそこにあった

のではないことを示している。そして、彼女はこのような体験を経て父の指示や助言なしに一大転換を成し遂げたこともここで示される。[18]

　このように、夫の不義についての証拠を得、事実を知り、無邪気で無知な人間ではなく、嘘さえつけるようになった面と、依然として元の純粋さを保持している面を持つマギーについて「お菓子を食べているのに、まだそれを失わないでいる状態」に喩えたマシーセンは「悪について相当のことを知った人間が、依然として無垢の状態を保っているのは不自然である」と述べる (MP 101)。しかし、悪の知識を身につけたマギーのような人間が他面では依然として、元の純粋さを保持することが全く不可能であるとは誰も断言出来ないであろう。本論の他章でも見たようにマシーセン自身、聖書の中の「蛇のように賢く、鳩のように温和であれ」という言葉に見られるような、一人の人間の中の蛇と鳩の同居を認めている。[19] そして、このような教えが実際の生活の中で実行された例は人間の歴史を見れば少なくないのであり、このことに関するマギーの描写は極端に不自然とは思われない。マギーの内面に見られる二つの相反する性格の保持を「不自然である」と述べたマシーセンでさえ「ジェイムズは、アメリカの昔ながらの素朴で道徳的なものの素晴らしさと優しさを信じ、たとえ（百戦錬磨と見られる）億万長者のヴァーヴァー氏であろうと依然として古き良きアメリカの特徴を身につけていると信じていた」と言う (90-91)。（括弧部分：筆者）この場合の古き良きアメリカの特徴とはヴァーヴァー氏に表される勤勉と寛容と慈悲の心である。少なくとも作者ジェイムズはそのような人間をここで描く意志を持っていたと思われる。

　さて、このようなマギーがなぜ小説の最後で父と別れ、嘘をつき続け平然としている夫との生活を続けることを選択したのか、作者がこのような結末で表そうとしたことは何なのかをここで考えてみよう。

　まず、ここで父親が、自分の娘の夫と自分の妻の不義密通という裏切り行為を知っていたかどうかが問題になるが、これについて作者は小説の中でそ

第五章 『黄金の盃』

の証拠を示す決定的な表現を一つとして出してはいない。しかし、これには次に述べる二つの理由で、ある時期から父が事実を把握していたとするのが妥当であると考えられる。その一つの理由はアダムが一代で富を築き、成功したビジネスマンであり、同時に晩年には常に娘と密着して生活し、常々娘と様々な考えを交換していたという事実である。そして作者は、父娘の間には無限の信頼が存在し、ただ眼を見交わせばよいのであって何も言う必要がなかった、と述べる（XXIV：285）。このような父アダムが、娘の苦しみに気付かなかったということは、不自然であるという点が第一に考えられる。第二点はシャーロットがフォーンズ荘の美術品陳列室をアダムの一歩後からついて回る姿を描写した場面に関するもので、これは次に見るように、アダムが妻を完全に掌握し、娘のマギーに目配せをしていると見える描写である。

　　夫が立ち止まる時には、シャーロットも立ち止まったが、二人の間には陳列ケースの一つか二つ分の距離があった。二人の関係は、妻の美しい首の周りにつけられた絹の長い紐の端を、夫がポケットの中で握っているように見えたと言っても言い過ぎではないだろう。彼はその端を無理に引くようなことはなかったが、紐はちゃんとそこにあった。彼女を引きずることもしなかったが、彼女はちゃんとついて来た。そして公爵夫人（マギー）が父の抗い難い魅力と見たものは父の裏切り行為であった。それは、父が妻の面前でたまたま出会った時に娘に向ける沈黙の目配せであった。——そして次のことも付け加えておかなければならないが——娘も通りすがりに父の目配せを受けて顔を赤くしたのであった。

　　... she [Charlotte] stopped when her husband stopped, but at the distance of a case or two, or of whatever other succession of objects ; and the likeness of their connexion would n't have been wrongly figured if he had been thought of as holding in one of his pocketed hands the end of a long silken halter looped round her beautiful neck. He did n't twitch it, yet it was there; he did n't drag her, but she came; and those betrayals that I have described the Princess as finding irresistible in him were two or three mute facial intimations which his wife's presence did n't prevent his addressing his daughter — nor prevent his daughter, as she passed, it was doubtless to be added, from flushing a little at the receipt of. (XXIV：287)

　この引用文の後には、父親の目に同情の涙が浮かぶところが描かれ、更にシャーロットが闇に放り出され混乱している状態をアダムが承知し、彼女をしばらくの間闇に置いたままにしておくとしても、結局自分と妻の運命は共に海の向こう（アメリカ）の美術館建設予定地の町にあることを示唆していると思わせる説明がなされる。この描写は家庭内で起こったことを父がある程度承知しており、たとえこのことについて父娘が話し合いをしなくても、父は娘の心のうちを理解し、娘の苦しみの原因をその深い英智により解決する方向を示唆していると読み取ることが出来る。アダムはシャーロットと運命を共にする覚悟を持ち、この、自分を裏切った妻に対して十分に考慮を払っていることも示される。この物語の始めでは、アダムはマギーと同じように単純で無邪気で他者の立場を真の意味で深く思いやることに欠けていたと思われる面が表されるが、特にこのフォーンズ荘のシャーロットを掌握している場面と、それに続くシャーロットの運命が描かれる描写には、彼が事件のいきさつを知っていて、マギーのための解決策と同時に自身を含めたマギー以外の人間の将来を考えていたことが示されている。そしてこの時のアダムの描写は、マギーへの目配せにも見るように、自身の判断について自信に満ち、娘の幸福への道を整備しようとする意志を感じさせるものとなってい

る。更に父がシャーロットとアメリカへ去るということは、今後マギーがアメリーゴとの生活を中心に生きていくことを意味するのであって、父のアメリーゴに対する評価は重要である。そのアメリーゴは小説に描かれるこの時点においても以前の裏切り者の立場から飛躍的に変身したとは言えず、そのような描写も無い。しかし、作者は小説の早い時期に、アメリーゴを「他者を切り刻んでしまう鋭い刃物のようなダイヤモンド」ではなく、丸い水晶に喩えた父親の観察力を描き、父のアメリーゴの性格に対する考え方を暗示している。そして、マギーがこのような父に信頼と誇りを持っていることは随所に表されるが次の描写はその典型とも言えよう。これはマギーが夫とシャーロットの不義を知った時の心理描写である。「マギーは、侮られ、屈辱を受けたのに、なぜ自分は下品な激しい感情を抱かなかったのかが今はっきりと分かった。…世の中の多くの女性にとってこのような感情は激しいのが当然である。しかし、夫の妻として、また父の娘として、それはマギーにとって馴染みのない経験であった…」(XXIV：236) ここには、彼女が父の娘として誇りを持っており、そのような信頼と誇りは、たとえ父と別れる状況があろうとも変わらない質のものであることが示されている。マギーはアシンガム夫人に、アメリーゴとシャーロットが別れるのは当然の報いであるが、しかし、自分と父は自分たちの過ちで別れるのではないことを考えるととても悲しく、不思議な運命だと言う。この物語に描かれている時代において、一度ヨーロッパからアメリカへ渡れば二度と会うことは容易ではなかった。特に父は高齢であり、そのことはマギーがアシンガム夫人に述べる「私は何マイルも先に広がる大海原と、州から州へ続いている恐ろしく大きな国のことを考えます。…あの人たちは二度とこちらに帰って来ることはないでしょう」(XXIV：303-04) という言葉にも表れている。

　常に密接な関係を保ち深く父を愛していたマギーにとって父と別れることは大変な犠牲を強いられることであった。マギーと父の経済的あるいは社会

的立場から見て、彼らがこれまでの生活を続けることは物理的には不可能ではないと見える。しかし、以前には気付かなかった生身の人間である夫（アメリーゴ）や妻（シャーロット）から本心を明かされた今、その心を踏みにじったまま生活を続けることが、この父娘には出来なかったのである。彼らは社会的規範や世間の目よりも自分たちの心に感じた直感から判断をする人物であることがここには描かれている。この父娘の決断には、配偶者たちの犠牲の上に立つ生活より自分たちが我慢できる犠牲の上に立つ生活様式の選択があった。そしてこのような直感とか判断力は彼らに生まれつき備わっている、あるいはジェイムズの描く多くのアメリカ人に備わっている質として表されており、ここに、ジェイムズは道徳とは何かを問う基本を置いているように思われる。

　本稿の始めの部分で、アダムとマギーが利己主義について警戒心を持っていたことを表す会話を取り上げ、これは別の面から見ると父と娘が口では利己主義の悪を唱えながら自分たちの利己的な態度に気付かなかったという皮肉な示唆とも見える可能性を論じた。ところが作者は、第五章3でもうひとひねりした利己主義についての父娘の会話を描き、ここでマギーが「私たちは利己主義ではないか」と問うのに対し、父はこれを否定し、マギーも父親は利己主義ではないと考える場面を描いている（XXIV：261-62）。この場面は、先の利己主義を扱った場面と比べると、ヴァーヴァー親子が配偶者による裏切りを経験し、相手から生身の要求を突き付けられた後のものであり、ここでは、彼らの利己主義に対する考え方は先のものと比べ質が変わったことが示されている。つまりこの父娘が利己主義というものを概念としてではなく、現実の生活に根ざしたものとして捉えられるように変化したことが表される。そして、ここには、娘を利己主義者の立場に置きたくないという父の考えが反映され、同時に、娘は父の考えが利己主義でないことに誇りと信頼を持っている様子も表現され、それ故二人が別れを選択する必然性が示さ

れる。

　このようにマギーが父との別れを選択する理由は、父と共有する判断——他者の犠牲の上にそれまでの生活を続けていくべきではなく、二度と同じ過ちを繰り返すことを防ぐ方法を採るという判断——によるものであるが、この小説にはもう一つ重視されるべき選択の理由が描かれている。それはマギーの成長である。すでに見たように、マギーは夫たちの不義が明確になった時点で、自分はもう無知な人間ではなくなったと宣言した。アメリーゴはこの事件の後も、以前とさして変わらない様子が描かれるが、ただ一点変わったことといえば、「マギーが無知であったので不義が成立したのであり、彼女が事実を知った以上、不義を続けることは出来ない」という態度を表したことである。それまでの彼は、マギーたちが非常に単純なので、この人たちを無邪気で気持ちの良い状態におく限り、自分たちは安全であると考えていた様子が見え、これが不義の動機の一つとして描かれる。このような描写は、嘘はどんな嘘でも絶対認めないと厳しく考えるジェイムズの描くアメリカ人と、時と場合に応じて柔軟な態度を取るヨーロッパ人との相違と同様に、道徳観において欧米の相違が表される一つの例である。特にジェイムズの描くヨーロッパ貴族にはしばしば不義は許されると考えている人物が多く表される。[20] このような考え方は、自分たちが日々厳格で善良な行いを心掛けていると考えている以前のマギーにとっては受け入れ難いものであった。しかし、彼女が自分の夫であるはずの人間から、その人に無関心であった事実を不義という形で突き付けられ、自分がこれまで相手の文化的背景からよってくる考え方に対して深くより沿うことをしなかったと知り、自分の生き方の選択を迫られ、これまでの父との生活を捨てるという結論を出すに至ったのである。ここには、不義という形で要求された異文化に対する理解への新しい認識というものが表され、物事に対して誠実に対処しようとする姿が描き出される。ここには少なくともマギーが以前の彼女とは違い、夫が何故不義を行

い、しかもその後もなぜ平然としているように見えるかの理由を、異文化における道徳観によると理解し始めたことが示されている。そして、彼女の誠実に対処しようとする行為とは、自身がそれまでの安逸と無知から脱却し、裏切った夫と友人の心の状態を慮り、この問題を解決するために、この先、様々な不安がないわけではないが、考えうる最良の方法を選択しようとするものであることが示される。そして、このような選択は本論で繰り返し述べてきた、「マギーが相手に対する複雑な感情を制御し、合理的に、物事を処理し、なおかつ、自分を裏切った者に同情心を持つ」という、いわば悟性というものを働かせることが出来る人物の姿として描き出されているのである。

　しかしこの物語の結末において、マギーと夫との関係は、相互理解という点で大分改善されたとは言え、全く軋轢が解消されたという明確な表現がなされたわけではない。[21] マギーと夫との、これ以降の関係がどうなるかについても明示されていないのである。そして、この後については、『ある婦人の肖像』の結末と同じように、この小説の外の話である。[22]

　この物語と『ある婦人の肖像』の結末が大きく異なる点は、前者において、ヒロインが夫を理解し始める異文化理解の接点がわずかながらも指し示されるのに対し、後者はヒロインの衝撃の大きさに重点がおかれ、そのような接点は全く示唆されていないことである。これは作品の描かれた時期と作者の執筆目的の差異によるものと思われるが、この小説は、異文化対立の歩み寄りが示されたジェイムズのほとんど唯一の作品と言っても良いと思われる。[23]

　ところでこれまで本稿で扱って来たマギー像からは本論の最初の部分で紹介した「マギーが恋敵を上回る策略をめぐらし、シャーロットをアメリカに追放した」(Yeazell 109) という観点は受け入れ難い。マギーの行為は家庭の平和が破られることを防ぎ、シャーロットを絶望に追い込まず、父を傷つけない目的で、シャーロットに対し自分が事実を知っていることを否定するための嘘をつくことが精一杯のことであり、これは、策略という積極的な悪意

あるニュアンスを含む行為というよりは消極的かつ善意に富んだ防御の行為なのである。イェイゼルの言うように、彼女が夫を取り戻す目的でシャーロットをアメリカに追放したとするならば、マギーはシャーロットに全く敬意を払っていないことになり、しかもマギーと信頼関係にある父親がそのような人間と運命を共にすることを彼女が認めたことになる。そのようなことは、これまで見て来たマギーのシャーロットへの尊敬の念や父親への愛情の描写と矛盾するものとなる。その上、マギーの性格は一貫して温順なものとして描かれ、義母を追放するという行為はその性格描写と矛盾するものでもある。マギーと夫との関係については黄金の盃の事件の後、マギーの生活スタイルの見直しと、アメリーゴに対する文化的相違を克服した理解が重要な要素であることが示されているのであり、ここに描かれる問題は、単にシャーロットが目の前からいなくなることで解決される単純なものではないのであって、マギーのシャーロットに対する観点はそのような次元のものでないことがこの物語には表されている。この意味でイェイゼルのマギーに対する観点は、本稿で見て来たマギー像とは全く相反するものであると思われる。

　またフレデリック・クルーズによるマギーをキリストと同一視する見解は、彼女を全く欠点がない人間離れしたものと見ている点で、幾分粗い分析であると思われる。すでに見て来たように、マギーの性格描写には、特に始めにおいては、全く無知で、浅薄なところが表され、何よりも父と同様に物質的経済的に他人を自分の都合に合わせることに何の疑問も感じていないという点で、欠点があることが表された。彼女が自分を苦しめたシャーロットやアメリーゴを許し、夫、あるいは義母としての彼らに慈悲と愛を示した点ではキリストの行動との相似を感じさせるが、全く無実であるのに苦しめられたとされるキリストとは異なり、マギーは現実の生活で見受けられる様々な弱さを持つ普通の人間として描かれている。作者は少なくともマギーをそのように書き表そうとしたのであって、キリストと類似する描写を目的としたと

は思われず、彼女は普通の人間として、しかし、非常に鋭い良心を持った人間として書き表されているのである。

　これらの批評に対しジェイムズの古典的批評家とも言えるマシーセンは、「愛を黄金の盃に保つことが出来るか」という命題をこの小説の中に読み取る。周知のように、この句はブレイクの詩から採られたものであるが、「ジェイムズがこれを考えていたという証拠は無いが、これがこの小説全体を貫いている疑問である」と述べている（MP 83）。この場合、黄金の盃を文字通り金でできた高価で美しい品物、あるいは物質とすれば、この小説の中で愛を黄金の盃に保つことは出来なかったと結論せざるを得ない。そもそも真の意味での黄金の盃はこの小説には存在せず、金メッキをした盃しかなかったのである。また小説の始めでヴァーヴァー親子が無邪気に手に入れたと説明され、高価な美術品と同一視されたアメリーゴとシャーロットは、実は美術品とは異なる、生身の人間であることをヴァーヴァー親子に強烈な手段で思い知らせるという小説の筋書きとなっている。この小説でマギーの愛は存在したが、それは黄金の盃に保たれることはなく、むしろ黄金の盃が消滅した後に、保たれる見通しが示されたのである。[24] しかし、マシーセンは、マギーが小説の最後で獲得したのは、彼女が求めていた「自分たちの幸福で一杯になった盃、割れ目のない盃」であると言う（86）。小説の最後において、必ずしもアメリーゴとマギーの完全な幸福が表されていないところを見ると、マギーがマシーセンの言うように理想的な黄金の盃を獲得したという主張には疑問が残る。マシーセンの批評の優れている点は、この作品の真髄であるマギーの特徴を「ミリー・シールの持つ献身的能力を備え、比類なき抱擁力を持つ高潔な心の持主である」と指摘し、「作者は、これを読者に伝えようとした」（96-97）と断言していることである。

　このように見て来ると、この小説で作者が、かなりのスペースを取り、何度も表現を変えながら繰り返し強調してきたものは、「事実」を知るという

体験を通して他者と自己の関係を学び、他者の過ちを許し、他者を犠牲にしまいという信条に基づき、物事に対処するマギーの道徳観であると思われる。作者はこの物語の始めで、アメリーゴの懸念を呈示し、道徳の意味を問う伏線を用意した。これは、そのようなアメリーゴと深くかかわることになる主人公マギーの道徳観の内容を含む伏線でもあった。そして作者は次の引用に見るように、小説の最後で再びアメリーゴの道徳に関わる行為と、それと深く関係するマギーの心理と行動の描写を示している。

「彼女って本当に素晴しい方ですね」マギーはもうこれ以上何も説明する事は無いというようにあっさりと言った。
「うん、すばらしいね！」そう言いながら彼はマギーのところに来た。
「御覧なさいな。私たちはおかげで助かりますわ」と彼女は自分の言葉を更に強調するような言い方で、付け加えた。
…「『御覧なさい』だって？　僕には君以外のものは見えないよ」
そして一瞬後、この言葉が真実であるように彼の眼に不思議な色を帯びた光が見え、それを、彼女は哀れと感じ、同時に、怖くもなって、自身の眼を彼の胸に埋めた。

"Isn't she too splendid?" she simply said, offering it to explain and to finish.
"Oh splendid!" With which he came over to her.
"That's our help, you see," she added — to point further her moral. ...
"See? I see nothing but *you*." And the truth of it had with this force after a moment so strangely lighted his eyes that as for pity and dread of them she buried her *own* in his breast. (XXIV : 368-69)

この場面は、父との離別が決定され、マギーがシャーロットの素晴らしさについて父と話し合っている場面である。ここには、父の妻であるシャーロットの素晴らしさを認め、そのために自分と父が離別しても、父を始め夫やシャーロットは犠牲にならないことを確かめ、この解決法がみんなにとって最も良いことであると意識的に確認し、新しい生活を始めようとしているマギーの姿が描き出される。

　ここで特に注目されるのは「一瞬後、この言葉が真実であるように彼の眼に不思議な色を帯びた光が見え、それを、彼女は哀れと感じ、同時に、怖くもなって、自身の眼を彼の胸に埋めた」という最後の文章である。「この言葉が真実であるように」という句は作者が道徳に関して常に問題にしてきた「真実であるか、否か」——ここでは「本当であるか嘘であるか」、つまりアメリーゴは本当のことを言っているのかどうか——をこの場面においても問題にしているのである。しかもこの小説において、マギーの最終的態度として示されるものは、彼女が多くの体験をした後、なぜ夫が自分から見て不正と思える行動を取るのかを理解し始めたことである。ここに表される「彼女はそれを哀れと感じ、同時に怖くもなって」という言葉には、彼女が夫の本質的な性質を示す「僕は君以外のものは見えないよ」という発言の内容を見抜き、これに対する哀れみを感じる様子が表されると同時に、自分の持っている本質的性質との違いを、これから夫婦として埋めていかねばならないという、いくばくかの不安を若いマギーが持っている様子が表される。ここにはマギーの心の中のせめぎあいに関する感情と理性が同時に表現されている。そして、最後の「自身の眼を彼の胸に埋めた」という表現には、マギーがこれから先の自分にとって、夫は、物理的にばかりでなく、精神的にも一番近い人だという事実を受け入れる準備を始めたことが示されている。

　この小説において先に言及したように、アメリーゴとシャーロットの不義が道徳的に認められないことは自明の理として扱われている。このような事

例は、その判断の材料が人の目に触れる限り、社会的規範による善悪の判断は比較的明確になる。しかし、この小説においては、そのような社会的規範で人々の目によって測られる物事の善悪はもとより、たとえ外観には見えにくく本人の心の中にしか見えないものであっても、それをも道徳を考える際の対象としているのである。つまり、自己の内面を顧みて判断する際の、善悪の規範としての道徳というものを問題にしている。その中でもここでは特に、他者を犠牲にすることの不道徳性が主人公を通して描かれ、無知とも見えるが邪気のない、そして、自己の実体に気付かなかったアメリカ娘から成長し、自己を取り巻く人間関係についてより深く学んだ後の主人公の最終的判断の様相が描き出されているのである。それは、先にも言及した主人公の一つ一つの体験の後の、悟性による最終的判断である。このいわば、主人公の人生の転換とも言うべき悟性による選択は、作者の道徳に関する信念を写すものでもある。この小説の最後で作者がマギーと夫との間の軋轢の完全な解消を表現していない事実は、ここにこそマギーの新しい人生の出発点があることを示唆するものである。そして、この地点にたどり着くまでの主人公の困難と、その困難にもかかわらず、アメリカ娘の特徴である無垢の心を失わず、自己の持てる力をふりしぼり未来に向かって歩み出そうとする姿は、本論文が扱った他の小説の主人公達にも共通する積極的意志という特徴を示すものである。

註

1 Ruth Bernard Yeazell はマギーを策略を巡らせる人物であると見ており、この主人公がケイト・クロイの持つ情熱と他人を支配する行動力を持ち、夫を取り返すために敵と戦い、勝利するという観点に立つ。cf. *Language and Knowledge in the Late Novels of Henry James* 100-30. 一方 Frederick C. Crews はマギーをキリストの

化身と見、アダムを神とみなす極端な観点を示す。cf. *The Tragedy of Manners : Moral Drama in the Later Novels of Henry James*, PP105-14.

2　*The Golden Bowl* の「序」は　主として小説の構成と視点の関係及び小説内のイメージを含む表現の問題、小説の挿絵に関する問題、小説の改定に関することなど小説芸術上の内容と形式に関する議論が主なものとなっている。

3　ラテン系の人物とアングロサクソン系の人物の文化対立の描写は、常々、作者が道徳感覚の相違を中心として表現するものであることはすでに本論で述べて来たが、これは単にヨーロッパの歴史における近代化の経験差によるものとしてのみならず、近代化以前のカトリックとプロテスタントの対立の経験も大きな要素として考えられる。しかし本章においては、あくまでJamesが扱っている小説中の描写と彼の評論に表されるものにその取り扱いの対象を限定することとする。

4　*The Golden Bowl* (G. B.), *The Wings of the Dove* (W. D.), *The Portrait of a Lady* (P. L.) に表されるmoralに関する語数は次の通り。
G. B.　moral 27, morality 2, immoral 2, immorality 3, morally 5, demoralised 1.
W. D.　moral 15, morality 3, immoral 1, immorality 1, demoralised 1.
P. L.　moral 15, morality 6, immoral 8, morally 3, demoralised 1.

5　R. B. Pippin は James の小説中で道徳を扱う際の特徴は、これを社会の風習 (mores) として扱い、本質的に社会的な面、あるいは歴史上のある特定の慣行、慣習及び暗黙の規範としての面を描き出していることだと言う (5)。

6　Jamesが不義密通と嘘をしばしば結び付けて描き、それらを行う典型的な人物としてヨーロッパ人を設定していること、あるいはJamesの実生活におけるラテン系の文学者に対して道徳上の批判を表していることについてはすでに本論第一章、第四章で取り扱っている。本論第一章PP61-62, N18. 第四章PP276-80, N22, 23を参照されたい。

7　この小説において主人公の視点からの描写が小説の後部から始まるという点で、視点の重心に関してバランスの不均衡が見られる。他の小説に見られる重心のアンバランスの具体例はすでに本論第一章N54及び第四章PP258-59で言及している。

8　この小説が完成した直後、兄のWilliamはJamesの表現法を「示唆的言及の果てしない詳細 (interminable elaboration of suggestive reference)」という言葉で揶揄している。しかし、これは兄弟愛に基づく感想を述べたものであり、文学者と心理学者・哲学者としての立場の相違をわきまえた上での発言でもある。cf. Matthiessen, *The James Family*, P339.

9　Edward Wagenknecht は Mildred S. Greene の "*Les Liaisons Dangereuses and The Golden Bowl* : Maggie's 'Loving Reason'" *MFS*, XIX (1973-74), 531-40. に表

された観点を援用し、マギーは感情を制御することを学んだ点に注目し、Jamesがフランス小説に精通していたこととの関連において、主人公の理性的態度を論じている。cf. *Eve and Henry James*, PP158-59.

10　Jamesはこの小説に関する*The Notebooks*にいわゆる盃についての記載をしていない。このことは、黄金の盃が題名でもあり、小説の中で重要な働きをするにもかかわらず、これが小説全体の中では一貫した中心的意味と役割を担っていないことを示唆するものとなっている。cf. *The Notebooks of Henry James*, PP130-32, PP187-89.

11　Matthiessenは*The Golden Bowl*をWilliam Blakeの詩行*The Book of Thel*との連想で読み解こうとする。cf. MP 83-84. Matthiessenはこの詩の後半を引用しているが念のため、この詩行全体を見てみよう。

Thel's Motto
Does the Eagle know what is in the pit?
Or wilt thou 'go ask the Mole :
Can wisdom be put in a silver rod,
Or Love in a golden bowl?

　Matthiessenは、この詩とEcclesiastesの関連に言及していないが、Blakeが聖書から題材を多く取っていること、及びこのThel's Mottoの中のpitという語がEcclesiastes 12：6のfountain、あるいはcisternと関連する語である点から、小説中のthe golden bowlはEcclesiastesの内容と関連があると思われる。cf. *The Book of Thel* from The William Blake Archive.

　またDorothy KrookもWagenknechtと同様にEcclesiastes 12：6と黄金の盃との関連を主張している。cf. *The Ordeal of Consciousness in Henry James*, P321.

　なお、Brenda Austin-Smithはこの小説の黄金の意味について「贋の黄金の盃を通して表される黄金の価値に対する懸念に焦点が当てられている」とし、伝統的な黄金の象徴的地位が崩壊したことを示唆するものと解釈する。cf. "The Counterfeit Symbol in Henry James's *The Golden Bowl*".

12　*The Golden Bowl* (G. B.) に現れる聖句、または聖書に関係する語句の出典を*The Holy Bible: Authorized King James Version*. Thomas Nelson, Inc., 2003. (B.) により下記に記す。
G. B.　"… supply the place by artificial, by make — believe ones, by any searching of the highways and hedges." (XXIII：19)
B.　"And the lord said unto the servant, Go out into the highways and hedges, and compel *them* to come in, that my house may be filled." (Luke 14：23)

G. B. "… with a small still grace …" (XXIII : 320)
B. "… and after the fire a still small voice." (King 1 19 : 12)
G. B. "… with a fair, or rather indeed with an excessive, imitation of resumed serenity." (XXIV : 76)
B. "Cast thy bread upon the waters : for thou shalt find it after many days."
　　(Ecclesiastes 11 : 1)
G. B. "… intelligent lamb." (XXIV : 83)
B. "… Behold the Lamb of God, which taketh away the sin of the world." (John 1 : 29)
B. "And looking upon Jesus as he walked, he saith, Behold the Lamb of God!" (John 1 : 36)
G. B. "… swept and garnished, …" (XXIV : 152)
B. "… empty, swept, and garnished." (Matthew 12 : 44)
　　 "… swept and garnished." (Luke 11 : 25)
G. B. "… small still passion …" (XXIV : 152)
B. "… and after the fire a still small voice." (1 Kings 19 : 12)
G. B. "I feel the day like a great gold cup that we must somehow drain together." (XXIII : 359)
B. "And the woman was arrayed in purple and scarlet colour, and decked with gold and precious stones and pearls, having a golden cup in her hand full of abominations and filthiness of her fornication :" (Revelation 17 : 4)
G. B.　The Golden Bowl (title),
B. "Or ever the silver cord be loosed, or the golden bowl be broken, or the pitcher be broken at the fountain, or the wheel broken at the cistern." (Ecclesiastes 12 : 6)
13　Edwin T. Bowden は James が Hawthorne や Bradford のような教訓的な目的で聖句を使用する作家ではないと述べている。(*The Dungeon of the Heart* 89) また Gorley Putt も James は一貫したヒューマニストであり、めったに宗教的主題を扱ったことはないと言う (*Henry James : A Reader's Guide*, 363)。
14　"Io is a maiden loved by Zeus and turned into a white heifer by Hera." cf. *The Library of Greek Mythology*, PP59-60.
15　"Ariadne is a daughter of Minos and Pasiphaë." cf. *The Library of Greek Mythology*, PP97-140.
16　本論第二章 P155、第四章 PP284-86 を参照されたい。
17　cf. *Henry James and Edith Wharton, Letters* : 1900-1905. 6. Lyall H. Powers に

第五章 『黄金の盃』 369

よって編まれた書簡集の中で、Wharton は『ある婦人の肖像』の有名な四十二章の場面よりも『黄金の盃』のブリッジパーティーの場面を高く評価している。
18　Carren Kaston はマギーが父親から離れることで、エディプスコンプレックスから解放されると述べ、マギーと父の関係とメイジーとサー・クロードの関係の類似を指摘している。cf. *Imagination and Desire in the Novels of Henry James*, PP136-38.
19　Matthiessen が一人の人物の内部にある蛇と鳩の要素を述べていることに関してここでは *The Golden Bowl* について問題にしているが、*The Wings of the Dove* に見られる蛇と鳩の要素の具体例に関しては、本論第四章P286及びN30を参照されたい。
20　James の小説の中で、男女の不義に関してこのように考えるヨーロッパ貴族の典型的人物の代表は "Madame de Mauves" のリシャール・ド・モーヴである。
21　小説の結末において、マギーとアメリーゴ及びアダムとシャーロットという2組の夫婦がそれぞれの配偶者と暮らす方向を取っているために、この小説の主題をEcclesiastes の別の聖句 "Live joyfully with the wife whom thou lovest all the days of the life of thy vanity, which he hath given thee under the sun, all the days of thy vanity :"（Ecclesiastes 9：9）との連想で捉える可能性も一見ありそうに思えるが、小説の最後でマギーと夫の今後の見通しは、アダムとシャーロットの見通しと比べてもそれ程詳しく明示されておらず、この聖句を根拠にマギーと夫が今後何の問題もなく平穏な生活をすると結論付けることは出来ないと考えられる。
22　本論第一章N4及びN5を参照されたい。
23　James の初期の作品 *The Europeans*, "Daisy Miller" 等において異文化対立の表現は人物達の外観や外から見える行動等の事象の比較にとどまり、比較的単純な描写が多い。一方、中期の作品を代表する *The Portrait of a Lady* においては自由や伝統についての考え方等、人物達の内面に関する問題、あるいは抽象的な事柄に関して異文化対立が扱われている。更に後期の作品においては異文化の問題に人物達の内面の問題や人物同士の関係が複雑に絡むため、人物達の会話や行動の描写も微妙な示唆的表現を多く含み、多様な解釈の可能性を伴うものとなっている。
24　Matthiessen はマギーの愛は献身的で抱擁力があるとする一方で、マギーが様々な愛——父に対する愛、夫に対する愛、人類愛など——を区別しないことについて "… the reader's mind is likely to be crossed also by a less pleasant aspect, …" と述べている（MP：97）。ここには Matthiessen と James の間で、愛とその区分について微妙な感受性の差異があることが示されており、その要因の一つを形成するものとして、下記の伝記に記された James の現実生活における恋愛に関する行動があったと思われる。cf. *The Life*・2, P332. また Mark Seltzer はマギーの愛について、

Crewsと同様にキリスト教の愛と結び付けて論じている。cf. *Henry James & the Art of Power*, P62.

結　論

　本論はヘンリー・ジェイムズの中期と後期の代表的な小説5編を取り上げ、「異文化対立と道徳」をキーワードとして、小説に描かれたヒロインたちの生き方を考察し、ジェイムズが描こうと目指したものの本質を捉えようとしたものである。

　ジェイムズが生涯を通して米欧の国々と接触を保ち、小説芸術家として「道徳についての深い意識」をその作品の基礎においた事実を指摘し、それを論考することは、「哲学のような小説を書いた」と言われるジェイムズの重層的な構造を持つ作品の解明に有効な方法と考えられる。

　序論で見たように、異文化の問題が本格的に研究対象として取り上げられるようになったのは20世紀になってからだと言われている。ジェイムズは後の研究者が分析した異文化の多様で複雑な諸相をすでに、その100年前に、彼の小説の中で様々な形で描き出していた。本論ではそのような諸相のうち特に異文化対立と道徳に焦点をあてたのだが、それはジェイムズの描いた異文化対立がその深層的側面において道徳に関する対立であったからである。そしてそのような道徳に関する対立を描き出す作者の信念は、彼の生まれ育った19世紀中葉のアメリカ東部に浸透していた文化とその道徳基準に依拠するところが大なのであり、本論はこのような観点に立って議論をすすめて来た。このことは、そのアメリカ東部の社会に浸透していた文化に、マシュー・アーノルドに代表されるヨーロッパ文化の影響が含まれている事実、あるいはジェイムズのヨーロッパ移住後にそこで新しく接触し、獲得した理念や知見の存在を全く無視するものでないことは言うまでもない。

本論で扱った先行研究のうち主なものについては序論で言及したが、これらの援用は、各章で扱う小説の中でそれぞれに異なる姿を見せるヒロインたちの心理と行動の意味を読み解き、かつそれらに共通するジェイムズの文学の特徴を摑む上で大いに資するものであった。このヒロインたちの描写はそれぞれに独自の個性を持ち、全く異なる背景の中で描かれており、その異文化対立と道徳の表現自体も多様である。ここでそれぞれの章で扱ったタイトルと論点、そして作者が表明した執筆目的に関連する異文化対立と道徳の様相及びその特徴を短く述べておこう。

　第一章「『ある婦人の肖像』――運命との対峙――」は、主人公、イザベル・アーチャーが物語の最終部分で行った選択に関する論議である。この「運命との対峙」という副題は主人公の人生を象徴的に表すものであり、「運命」という言葉の意味についてはすでに序論においても本論においても扱われており、特に第一章ではより詳しく述べているものである。そして主人公の最終的選択に関する論議は過去100年にわたって続行しているものであるが、圧倒的多数の研究者は「イザベルは夫の元に戻る」という解釈を支持している。しかし本論は「イザベルは夫の元を去る」という解釈に立つものである。このような立場を採る根拠の一つは、テキストの主要場面である四十二章の暖炉の前で物思いに耽る場面や、五十一章のイギリスに行くことについて夫と口論する場面、五十三章のイギリスに到着し自分の魂について熟慮する場面等に表される主人公の夫に対する認識の変化、特に夫に関する真相の発見とそれ以降の夫の道徳感覚や考え方に対する批判、及び小説後半に描かれる困難に打ち勝ち再び自己を取り戻そうとする詳細な心理描写の場面が見られることである。その上、このような主人公の道徳に関する夫への批判は小説の最後まで修正されることはなく、更に夫との生活を肯定し、あるいは耐え続けることの意志を描いた場面が皆無であることである。テキストの描写以外の根拠としては作者の創作ノートに「運命に対峙する」主人公を描

結　論　373

く意図が表されていることが挙げられる。

　この作品はいわゆる米欧の対立を描いた典型的な小説群に属するものであり、アメリカ娘の代表として描かれるイザベルとヨーロッパ化した夫との間に見られる道徳についての対立の構図が示されるのであるが、ここに扱われる道徳の様相が他の小説と異なる点は、イザベルの道徳についての感覚や考え方が「自由」という概念と関連付けられて描かれていることである。アメリカ人のイザベルが「自由と独立」を主張するのに対し、夫はヨーロッパの伝統的価値観を強調する場面が様々な比喩や語り手の説明の形を取って表現される。本章ではそのうちの特に印象的と思われるものを取り上げ、その意味するところを先行研究の吟味を加えながら論考し、結果として、F. O. マシーセンの「オズモンドの考え方と行動は自己の利益を優先する傾向が強く、他者の持つ人間としての可能性を殺すものである」という観点に最も賛意を示すものとなった。またジョットカントがイザベルの主張する自由を哲学者カントの道徳と自由に関する理念と結び付けて論じていることについて、本論はこの中に人間の自由と独立心と自律についてのジェイムズの認識とそのプラグマティズム的傾向を読み取るものである。そしてジェイムズの文学と彼の兄ウィリアムの哲学に共通性を見るリチャード・ホックスの観点は、この小説を読み解く上で重要であると判断した。特にイザベルの最後の選択の根拠として、ウィリアムのプラグマティズムの概念の一つ「信ずる意志」は、非常に有効な援用となり得ると考えた。またイザベルが人生の困難に直面し内省する重要な場面、四十九章のローマの廃墟の描写においても、プラグマティズムの「多元論」("pluralism")的観点の影響が現れていると見た。第一章ではこのような議論を総括し、ヒロイン、イザベルは夫の元を離れ、自己の選び取る人生に対峙するという解釈を結論とした。

　第二章「『ポイントンの収集品』——精神的な美の評価——」は、主人公、フリーダ・ヴェッチについての論考であり、「フリーダは小説の最後で何を

獲得したか？」が論点である。この小説における異文化対立は、イギリス国内の社会的階級及び階層間の文化対立を扱っている点で、本論で取り上げる他の小説とは趣を異にしており、このことについては序論でも述べたが、このような階級・階層の対立は、ジェイムズの小説における、いわゆるヘブライズム的価値観とヘレニズム的価値観の対立を表すものとも異なるものである。主人公フリーダはむしろこの二つの価値観を共に保持する、いわばジェイムズの理想を兼ね備える人物とも見えるのである。他の小説と違って、ここにこのような人物を描き得た理由は、この小説が米欧の文化対立を扱う代わりに「物の美と価値」に伴う道徳を問題にしているからだとも言えよう。この小説が書かれた頃ヨーロッパで盛んであった審美主義運動に作者が違和感を覚えていたことや、イギリスで過剰装飾や品のなさを克服しようとする思潮が見られたこと、あるいは1876年のロンドン万博における日本美術品展示の影響により、物的希少性と静寂と空気の調和に美を見るという考え方が生まれたこと等はこの小説の背景を理解する上で重要なこととして本論ではこれに関する事情をも取り扱った。

　作者はこの小説の「序」で「芸術品の持つ魅力が小説の中で人間の情熱や潜在力に訴える力となって描き出され、その力が道徳的展開を産み出すこと」を執筆目的としていると述べた。その目的は達成されたと思われるが、その評価は、作者自身を含め賛否両論に分かれた。その理由に、この作品がジェイムズの劇作発表後初めての作品であり、その表現において、ジェイムズの小説としては例外的とも言えるセンセーショナルな描写が目立つこと、特に主人公の道徳性を描いた行動にその傾向が強いことが挙げられる。しかし、本章は小説の最後で収集品が火事で消滅してしまうという巧みなストーリー性と共に、最終的なヒロインの真の姿が描き出され、作者が目指した審美と道徳に関する価値観が表現されているという点でこの小説を高く評価するものである。本章でその内容を詳しく吟味したビル・ブラウンの「火事は

この小説に扱われる審美の内容を浄化した」という主張と、「物が消滅する時に、真に精神的な美の鑑賞という行為によって、審美的感情が、法の上で架空な所有に代わって意味を持つ」というヴァーノン・リーの見解の援用は本章の結論を導く上で大いに資するところとなった。

　第三章「『メイジーの知った事』——不毛の浜辺の播種——」は、主人公メイジー・ファランジについて、「彼女の道徳的描写はどのように表されているか」を論じたものである。ジェイムズはこの小説の「序」において、主人公の道徳を表すことが執筆の目的であると述べているが、主人公が子供であるが故に、そして19世紀後半の腐敗したヨーロッパ社会の社交界という背景の中で、両親の保護を十分に受けることが出来ない弱い立場にいるが故に、どのようにして彼女が道徳の見本を示すことが出来るのかということが、ここにおける第一の問題点であった。この小説の中の異文化対立及び異文化比較の描写に関しては19世紀ヨーロッパの社交界における大人社会の文化と子供社会及びその周辺の文化の対立を取り上げ、更に附随してこの時代の芸術思潮の影響がメイジーの置かれた立場と彼女の姿に写し出されているというトニー・タナーとジュディス・ウルフの論を援用した。これはこの小説に描かれる大人と子供の対比をより明確に表すことに資すると思われた。この章の第一義的な問題であるメイジーの道徳性については、幼かった彼女が成長する過程で事の真実を学び、眼前の予想される困難に抗しつつ、自己の感情的好悪を制御し、自らの人生を踏み出す描写の中に作者の目的とする道徳についての表現が示されていると解釈した。この、無知な少女から真実を知る女性へと成長し困難に立ち向かう最終的選択の筋書きは、本論第一章で扱ったイザベルの物語と酷似して見えるが、イザベルが米欧の文化対立の背景の中でアメリカ人としての自由と独立にこだわりを示すのに対し、メイジーの物語は、メイジーがイギリス人であり、いわゆる米欧の異文化対立の特徴が人間関係の中に組み込まれたプロットではない点や、メイジーが子供であり

腐敗したヨーロッパ社交界にうつつをぬかす両親の犠牲者として描かれている点、あるいは彼女の周りには教条的道徳主義者である家庭教師がいる点など、物語を構成する題材は全く別なものから成り立っている点が注目される。この物語はむしろ、ジェイムズの文学全体から見ると子供を主人公にした系譜に属すという見方もでき、イザベルの物語とは異質なものを含んでいる。ここでは子供の心理と行動を通して人間一般の心に潜む心理が描き出され、このことと「異文化対立と道徳」の様相とが重層的な構造となっている点に特殊性があるものと言えよう。

第四章「『鳩の翼』——現世と死後の世界——」で扱った主人公は、アメリカ人ミリー・シールである。この物語における異文化対立はジェイムズの小説の中で最も典型的なタイプである米欧の文化対立である。作者が、実在した従妹のミニー・テンプルの魂を「芸術的な美と威厳で包み、鎮めてやりたい」という希望を持っていたことは周知の事実であるが、その希望とこの小説の執筆動機との間には密接な関連があるという立場に本章は立つものである。本章の論点は、一方では現実の世界と、他方では非現実と一般的に考えられる世界において、主人公はどのように生きたと解釈されるか、である。主人公ミリーの境遇は、億万長者で身寄りがなく不治の病に侵され、まもなく死なねばならない運命にあるという設定で描かれており、このこと自体がすでに、この主人公の存在に関して非現実的な印象を与えかねないものである。しかし彼女は、対立する構図の中で表されるケイトという人物の現実性と密接な関係を伴って描かれているために、彼女の行動やその説明の描写は十分に現実感のあるものとなっている。問題はこのヒロインがケイトとデンシャーという親しい友人に裏切られ、それが原因で死期を早め物理的な死を迎えた後に、鳩となって翼を広げケイトとデンシャーに影響を与え、この二人の関係を変えてしまったという点にある。つまり、この「鳩になって翼を広げた」という行為は、「小説とは真実を描くことであり、現実感を持って

いなければならない」と「小説の芸術」に述べられているジェイムズの考えとどのように合致するかという問題である。

　本章では、「お伽噺の魔法」の力と「偉大な悲劇の主人公が経験によって獲得する道徳的認識力」を表現したものとするマシーセンの考え方、あるいは、カーギルの『トリスタン伝説』になぞられた詩劇的特徴による主人公の精神を表現したもの、あるいはワーゲネクトを始めとする少なくない数の批評家によるキリスト教的信念の具現と見る解釈等を取り上げ、その内容を吟味した。その吟味の中にはグリーンの「デンシャーは目的を果たし、ミリーは絶望して死んだ」とミリーの精神的死を断言するものもあるが、グリーンについては、鳩の翼を広げる行為について全くこれを無視していることからも説得力に乏しいと判断した。そしてジェイムズが厳密な意味でキリスト教信者とは言い難い点を考慮に入れ、ラネイ・トゥルシーの主張である「ジェイムズは、日常的な長い習慣の中で培ってきたキリスト教的影響の濃い考え方と感覚により、物理的な死を超えて超自然の世界でなお生きることの出来るミリーの行為を描いた」とする説を最も説得力のあるものとした。このような解釈は物理的な事象を超えた理念の世界をジェイムズが否定しないとするホックスやマルコウ゠トテヴィの考え方にも共通するものであり、またジェイムズ自身のエッセイ「死後の世界はあるか」に表される考え方とも通ずるものである。この『鳩の翼』の物語は幻想的な面を保持しつつ、しかしジェイムズの意識の中では一貫して現実感を伴って描かれたものであるという観点に本章は立つものである。そしてマシーセンの言う「強い道徳思想」がミニー・テンプルをモデルとしたヒロイン、ミリーに投影されていると見るものである。

　第五章「『黄金の盃』――悟性による選択――」は、この小説の主人公マギー・ヴァーヴァーの心理と行動の描写を論じたものである。アメリカ人であるマギーがイタリア貴族の夫であるアメリーゴと道徳的事柄に関して対立

する構図は、第一章と第四章に扱った異文化対立に共通するものである。この小説が他の小説と異なる点は、ジェイムズの小説には珍しく夫婦の間に子供が存在し、小説の終わりで夫婦の間の対立に緩和の兆しが見えることである。本章で扱った議論は「マギーの夫との関係はどのように描かれ、マギーの最終的選択は何を意味するか」を主眼に置いたものである。本章は１．マギーを取り巻く状況における表現描写、２．マギーの夫との関係における問題点と、マギーの事実認識の体験に関する描写、３．マギーの選択についての描写と、これに関する研究者たちの主張の吟味及びマギーの最終的行動の意味等を主な構成要素とした。この小説では最初からマギーを取り巻く状況と、そこに参入した夫との間で道徳に関する感覚や考え方に相違がある点に注目し、ジェイムズが物語の始めから道徳の問題を中心に据えていることを確認した。そしてジェイムズの表層文化と深層文化の表現に絶妙な混合が見られ、これらが、古いイタリアの歴史的事物と近代的なロンドンの機械化された事物の対比等の、いわゆるジェイムズ独特の視覚的表現に示され、この円熟期の最後の作品において道徳の対立の描写はその完成度が高められている点を指摘した。更にこの小説が黄金に関するタイトルを持っていることに関連して、宝石が人間関係に喩えて描かれているという特徴ばかりでなく、聖書の語句が物語のストーリーと一致して表されている点で、ジェイムズの道徳感覚は意識的無意識的にキリスト教で是とする道徳の基準にほぼ依拠していることをも確認した。そしてこの小説の最後に表される、最愛の父と別れるマギーの選択は、マギーが単純素朴なアメリカ娘から、事の本質をより深く考える女性に成長し、必ずしも順風満帆が約束されているとは限らない未来に向かって積極的に踏み出す姿を描き出したと解釈した。

　本論で扱った五人のヒロインは、すべてそれまでに置かれていた状況を抜け出し、新しい世界へ踏み出す様子を見せている点では共通しているが、その様相はこれまで見て来たように少しずつ異なっている。その中で、イザベ

ルは、物語の最後の瞬間まで新しい世界へ踏み出すか否かが明確にされていない。彼女の物語においては、夫に関する真実を知った時の驚きや苦悩、あるいは彼女自身の信念等が主として叙述され、マギーの場合に見られるような、相手に対する理解や同情に叙述の多くが割かれることはない。またメイジーは子供であり、異文化対立の様相も他の小説と幾分異なるので彼女と対立する人間関係の描写の中で直接的な道徳についての叙述がなされることは少ない。フリーダとミリーについては、相手に対する献身的な道徳心が克明に描き出され、特にミリーについては命を削る程の高潔な行為が示される。これは「悲劇の度合いが強い程、その訴える力は強く、その道徳的認識力は高められる」という考え方に従えばその点で優れた作品と言い得るであろう。これに対して、マギーの描写には、相手と自己との相違を詳細に分析し、これを道徳的に解釈しようとする姿が描かれ、物語は父との別れという自己犠牲を伴う選択で終わっている。このマギーの最後の姿は、自己犠牲を伴ってはいるがミリーやフリーダの描写に表される悲壮感と比べ、暖かい抱擁力が強調されていると思われる。

　この小説に関する先行研究について、本章はフレデリック・クルーズの、マギーをキリストと同一視する見解を高く評価しない立場を取るが、マシーセンの「ジェイムズは類稀な抱擁力を持つ高潔なマギーの心を読者に伝えようとした」という観点と、ワーゲネクトの「マギーは無知なアメリカ娘から成長し、感情を制御して物事を合理的に処理することを学んだ」という批評を援用し、マギーが物語の最後で選択した行動の意味を解釈する一助とした。この小説の最後で描かれたマギーの選択は、それまでに描かれたマギーの行動や心理の詳細な描写全体を象徴するものである。マギーの慎重な行動と緻密な分析力や合理性に示される理性と、相手を思いやり、アメリカ娘の特徴である無邪気で無垢な部分を失わない感性とを併せ持つ、いわば、マギーの悟性がこの選択を可能にしているのである。

この円熟期の最後の小説はまた、作者がその人生においてアメリカとヨーロッパの両大陸で培った理性と感性の両方を主人公の第一義的属性として表現した代表的作品であると言うことが出来るのである。
　最後に本論が扱った異文化対立と道徳という主題に関連して、ジェイムズの「美的概念」という問題と「開かれた終わり」という問題について述べておきたい。
　ジェイムズが美術や芸術に造詣が深く、その美的概念を小説に表したことは本論で取り上げた。そしてこの美的概念を形成した大きな要素に、彼の生きた19世紀の時代全体の空気があることにも言及した。ここで確認したいことは、その空気は美的概念にとどまらず、彼の文学を形成する要素でもあったということである。
　また、ジェイムズの小説のほとんどが「開かれた終わり」を持つことについては本論で詳しく述べたが、これもジェイムズの作品全体に関連することである。ジェイムズの小説が「開かれた終わり」を持つことについては、ジェイムズと近しい関係を持つ兄の創設したプラグマティズムと深く関連していることも本論では議論した。つまり本論は、プラグマティズムの「多元論的宇宙」観のうちの「連続性」の概念に基づくというホックスの説を支持する立場で議論して来た。ジェイムズの小説に見られるこのような「開かれた終わり」こそが、ジェイムズの作品の解釈の多様性を産み出し、現在も盛んに見られるいわゆるポスト構造主義的観点からの論議をさえ可能にする要素となった。特に、無限の解釈の可能性を信ずる観点に立つベルやピピン、ジョットカント等の説を本論では肯定的に取り上げた。今後この「開かれた終わり」の形を持つジェイムズの小説は、更に新しい方法による解釈への発展を期待させるものと思われる。またジェイムズの作品描写には本論の序論で見たように、当然のこととして彼の時代が持つ限界性を反映する面も存在する。しかしこの「異文化対立と道徳」という問題は、「開かれた終わり」と

いう形と共に、世界全体にとってますます重要なものとなると思われる。このような時代にあって、ジェイムズの文学が示したその本質的意義は今後なお一層見直されるものと思われる。

引用文献表

Primary Sources

James, Henry. *The Ambassadors*. Ed. with an Introduction by Leon Edel. Cambridge, Mass: Houghton Mifflin Co., 1960.
―――. *The American Scene*. Bloomington and London: Indiana University Press, 1968.
―――. "The Art of Fiction." *Henry James : Selected Literary Criticism*. Ed. Morris Shapira. Cambridge: Cambridge University Press, 1981.
―――. *The Bostonians*. Oxford: Oxford University Press, 1984.
―――. "Emerson." *Henry James : Selected Literary Criticism*. Ed. Morris Shapira. Cambridge: Cambridge University Press, 1978.
―――. *The Europeans*. vol. 1. London: The Bodley Head, 1967.
―――. *The Future of the Novel*. Ed. with an Introduction by Leon Edel. N. Y.: Vintage Books, 1956.
―――. "Gabriele D'Annunzio." *Henry James : Selected Literary Criticism*. Ed. Morris Shapira. Cambridge: Cambridge University Press, 1981.
―――. "George Sand." *Henry James : Selected Literary Criticism*. Ed. Morris Shapira. Cambridge: Cambridge University Press, 1981.
―――. "Gustave Flaubert." *Henry James : Literary Criticism*. Vol. 2. New York: The Library of America, 1984.
―――. *Hawthorne*. Ed. with introduction and notes by Tony Tanner. New York: St. Martin's Press, 1967.
―――. *Henry James and Edith Wharton, Letters : 1900-1905*. Ed. Lyall H. Powers. London: George Weidenfeld & Nicolson Ltd., 1990.
―――. *Henry James : Letters*. 4 vols. Ed. with Introductions by Leon Edel. Cambridge, Massachusetts: The Belknap Press of Harvard University, 1975-84.
―――. *Henry James : Literary Criticism*. 2 vols. N. Y.: The Library of America, 1984.
―――. "Is There a Life After Death?" *In After Days Or Thoughts on the Future Life, by William Dean Howells and Henry James*. New York: Harper, 1910. 199-233.
―――. *The Letters of Henry James*. 2 vols. Ed. with an Introduction by Percy Lubbock. New York: Charles Scribner's Sons, 1920.
―――. "Nathaniel Hawthorne." *Henry James : Literary Criticism*. Vol. 1. New York: The Library of American, 1984. 458-68.

―――. *The Notebooks of Henry James*. Ed. with an Introduction by F. O. Matthiessen and Kenneth B. Murdock. Chicago: University of Chicago, 1981.

―――. "Notes of a Son and Brother." *Autobiography*. Ed. Frederick W. Dupee. New Jersey: Princeton University Press, 1956.

―――. *The Novels and Tales of Henry James* (New York Edition). 26 vols. New York: Scribner's, 1971-76. (see especially Vol. II for *The American*; Vols. III and IV for *The Portrait of a Lady*; Vols. V and VI for *The Princess Casamassima*; Vol. IX for *The Awkward Age*; Vol. X for *The Spoils of Poynton*; Vol. XI for "In the Cage", *What Maisie Knew* and "The Pupil"; Vol. XII for "The Aspern Papers" and "The Turn of the Screw"; Vol. XIII for "Madame de Mauves" and "The Madonna of the Future"; Vol. XIV for "An International Episode", "A Bundle of Letters" and "The Point of View"; Vol. XVI for "The Great Good Place"; Vol. XVII for "The Altar of the Dead", "The Beast in the Jungle" and "The Jolly Corner"; Vol. XVIII for "Daisy Miller", "Pandora", "The Marriages" and "The Real Thing"; Vols. XIX and XX for *The Wings of the Dove*; Vols. XXI and XXII for *The Ambassadors*; Vols. XXIII and XXIV for *The Golden Bowl*; and Vol. XXVI for *The Sense of the Past*.)

―――. *Portraits of Places*. Boston: James R. Osgood, 1885.

―――. "A Small Boy and Others." *Autobiography*. Ed. Frederick W. Dupee. New Jersey: Princeton University Press, 1956.

―――. *Washington Square* in *The Bodley Head Henry James*. vol. I. Edited with introduction by Leon Edel. London: The Bodley Head, 1967.

―――. *Watch and Ward*. Stroud: Sutton, 1997.

Secondary Sources

Adams, Henry. *Letters of Henry Adams, 1892-1918*. Ed. Worthington Chauncey Ford. Boston and New York: Houghton Mifflin Co., 1938.

Apollodorus. *The Library of Greek Mythology / Apollodorus*. Trans. Robin Hard. Oxford: Oxford University Press, 1998.

Armstrong, Paul B. *Henry James : The Phenomenology of Henry James*. Chapel Hill: The University of North Carolina Press, 1983.

Arnold, Matthew. *Culture and Anarchy : An Essay in Political and Social Criticism*. London: Spottiswoode, Ballantyne & Co. Ltd., 1929.

Auchincloss, Louis. *Reading Henry James*. Minneapolis: University of Minnesota Press, 1975.

Austin-Smith, Brenda. "The Counterfeit Symbol in Henry James's *The Golden Bowl*." *The Henry James Review* 25 (2004): 52-66.

Banta, Martha. *FAILURE & SUCCESS in America : A Literary Debate*. New Jersey:

Princeton University Press, 1978.
Bartlett, John. London: *A COMPLETE CONCORDANCE TO SHAKESPEARE*. The Macmillan Press LTD, 1984.
Beach, Joseph Warren. *The Method of Henry James*. Rev. ed. Philadelphia: Albert Saifer, 1954.
Bell, Millicent. "James, the Audience of the Nineties, and *The Spoils of Poynton*." *The Henry James Review* 20 (1999): 217-26.
―――. *Meaning in Henry James*. Massachusetts: Harvard University Press, 1991.
Berland, Alwyn. *Culture and Conduct in the Novels of Henry James*. Cambridge: Cambridge University Press, 1981.
Bewley, Marius. *The Complex Fate: Hawthorne, Henry James And Some Other American Writers*. With an Introduction and two Interpolations by F. R. Leavis. London: Chatto and Windus, 1952.
Blake, William. *The Book of Thel*. The William Blake Archive sponsored by the Library of Congress and supported by the University of North Carolina at Chapel Hill and the Institute for Advanced Technology in the Humanities at the University of Virginia. (http://www.blakearchive.org./)
Booth, Bradford A. "Henry James and the Economic Motif." *Nineteen-Century Fiction*, 8 (Sept. 1953): 141-50.
Bowden, Edwin T. *The Dungeon of the Heart: Human Isolation and the American Novel*. New York: The Macmillan Company, 1961.
Brown, Bill. "A Thing about Things: The Art of Decoration in the Work of Henry James." *The Henry James Review* 23 (2002): 222-32.
Burton, Richard. *Literary Likings*. Boston: Houghton Mifflin, 1898.
Cargill, Oscar. *The Novels of Henry James*. New York: The Macmillan Company, 1961.
Chase, Richard. *The American Novel and Its Tradition*. N. Y.: Doubleday Anchor, 1957.
Chatman, Seymour. *The Later Style of Henry James*. Oxford: Basil Blackwell, 1972.
Conrad, Joseph. "The Historian of Fine Consciences." *The Question of Henry James*. Ed. F. W. Dupee. London: Allan Wingate, 1948.
―――. *The Nigger of the 'Narcissus'*. London: Everyman's Library, 1967.
Crews, Frederick C. *The Tragedy of Manners: Moral Drama in the Later Novels of Henry James*. Connecticut: Archon Books, 1971.
Daugherty, Sarah B. *The Literary Criticism of Henry James*. Ohio: Ohio University Press, 1981.
Dewey, John. *Human Nature and Conduct.: An Introduction to Social Psychology*. New

York : The Modern Library, 1957.

Doren, V. Carl. *The American Novel*. New York : American Book, 1921.

Dupee, F. W. *Henry James, His Life and Writings*. Garden City, N. Y.: Doubleday, 1956.

Eagleton, Terry. *The Idea of Culture*. Oxford : Blackwell Publishing Ltd., 2002.

Edel, Leon. *Henry James : The Master*, 1901-1916. Philadelphia and New York : J. B. Lippincott. Co., 1972.

─────. *Henry James : The Untried Years, 1843-1870*. London : Rupert Hart-Davis, 1953.

─────. *The Life of Henry James*, 2 vols. Middlesex : Penguin Books Ltd., 1977.

Edgar, Pelham. *Henry James: Man and Author*. London : Russell & Russell, 1964.

Eliot, T. S. "On Henry James." *The Question of Henry James*. Ed. F. W. Dupee. London : Allan Wingate, 1948. 123-33.

Freedman, Jonathan. *Professions of Taste : Henry James, British Aestheticism, and Commodity Culture*. California : Stanford University Press, 1990.

Ford, F. M. *Portraits from Life*. Boston : Houghton Mifflin, 1937.

Fowler, Virginia C. *Henry James's American Girl : The Embroidery on the Canvas*. Wisconsin : The University of Wisconsin Press, 1984.

Gale, Robert L. *The Caught Image : Figurative Language in the Fiction of Henry James*. Chapel Hill : The University of North Carolina Press, 1964.

Goode, John. "The pervasive mystery of style : *The Wings of the Dove*." *The Air of Realty : new essays on Henry James*. Ed. John Goode. London : Methuen, 1972. 244-300.

Graham, Kenneth. *Henry James : A Literary Life*. London : Macmillan Press LTD, 1995.

Grattan, C. Hartley. *The Three Jameses, A Family of Minds : Henry James, Sr., William James, Henry James*. New York : New York University Press, 1962.

Greene, Graham. *The Lost Childhood*. London : Eyre & Spottiswoode, 1954.

Habegger, Alfred. "*What Maisie Knew* : Henry James's Bildungsroman of the artist as queer moralist." *Enacting history in Henry James : Narrative, power, and ethics*. Ed. Gert Buelens. Cambridge : Cambridge University Press, 1997.

Hall, Edward T. *The Silent Language*. New York : Anchor Books, 1990.

Hauke, Christopher. *Jung and Postmodern : The Interpretation of Realities*. London : Routledge, 2002.

Herbert, Robert L. *Seurat : Drawings and Paintings*. New Haven & London : Yale University Press, 2001.

Hocks, Richard A. *Henry James and Pragmatistic Thought : A Study in the Relationship between the Philosophy of William James and the Literary Art of Henry James*. Chapel Hill : The University of North Carolina Press, 1974.

Huntington, Samuel P. *The Clash of Civilizations and the Remaking of World Order*. New York : Simon & Schuster Paperbacks, 2003.
Hutchinson, Stuart. *HENRY JAMES : AN AMERICAN AS MODERNIST*. London : Vision and Barnes & Noble, 1982.
James, William. *A Pluralistic Universe*. New York : Longmans, Green, and Co., 1909.
─────. *Pragmatism : A New Name for Some Old Ways of Thinking*. New York : Dover Publications, Inc., 1995.
─────. *The Principles of Psychology*. 2 vols. New York : Henry Holt and Co., 1890.
─────. *The Will to Believe and Other Essays in Popular Philosophy : Human Immortality*. N. Y.: Dover Publications, Inc., 1956.
Johnson, Kendall. "The Scarlet Feather : Racial Phantasmagoria in *What Maisie Knew*." *The Henry James Review* 22(2001): 128-46.
Jöttkandt, Sigi. *Acting Beautifully : Henry James and the Ethical Aesthetic*. Albany : State University of New York Press, 2005.
─────. "Portrait of an Act : Aesthetics and Ethics in *The Portrait of a Lady*." *The Henry James Review* 25 (2004): 67-86.
Kant, Immanuel. *Fundamental Principles of the Metaphysics of Morals*. Trans. Thomas K. Abott. New York : Dover Philosophical Classics, 2005.
Kaston, Carren. *Imagination and Desire in the Novels of Henry James*. New Jersey : Rutgers University Press, 1984.
Kettle, Arnold. "An Introduction to the English Novel." *The Perspectives on Henry James's The Portrait of a Lady*. New York : New York Univ., 1967.
Krook, Dorothea. *The Ordeal of Consciousness in Henry James*. Cambridge : Cambridge University Press, 1962.
Leach, Edmund. *Culture & Communication : The Logic by which Symbols are Connected*. Cambridge : Cambridge University Press, 1976.
Levine, Jessica. *Delicate Pursuit : Discretion in Henry James and Edith Wharton*. New York : Routledge, 2002.
Mann, Thomas. *Death in Venice*. Trans. Michael Henry Heim. New York : Harper Collins Publishers, Inc., 2005.
Markow-Totevy, Georges. *Henry James*. Trans. J. Griffiths. London : The Merlin Press, 1969.
Matthiessen, F. O. *Henry James : The Major Phase*. London : Oxford University Press, 1944.
─────. *The James Family : Including Selections from the Writings of Henry James, Senior, William, Henry & Alice James*. New York : Alfred A. Knopf, 1948.
McCord, Norman. *British History 1815-1906 : The Short Oxford History of the*

Modern World. Oxford: Oxford University Press, 1991.

McLEAN, C. Robert. "The Subjective Adventure of Fleda Vetch." *Modern Judgements : Henry Jams*. Ed. Tony Tanner. Nashville: Aurora, 1970. 204-21.

Miller, Hillis. "History, narrative, and responsibility: speech acts in 'The Aspern Papers'". *Enacting history in Henry James : Narrative, power, and ethics*. Ed. Gert Buelens. Cambridge: Cambridge University Press, 1997.

Mull, Donald Locke. *Henry James's 'Sublime Economy': Money as Symbolic Center in the Fiction*. Middletown, Connecticut: Wesleyan University Press, 1973.

Murray, David. *Pragmatism : Library of American Thought*. Chicago: University of Chicago, 2003.

Nowell-Smith, Simon. Ed. *The Legend of the Master : Henry James*. N. Y.: Scribner's, 1948.

Pater, Walter Horatio. *The Renaissance : Studies in Art and Poetry*. New York: Lightning Source, Inc., 2000.

Pippin, Robert B. *Henry James & Modern Moral Life*. Cambridge: Cambridge University Press, 2000.

Poirier, Richard. *The Comic Sense of Henry James : A Study of the Early Novels*. London: Chatto & Windus, 1960.

―――. "Incommensurable Beliefs and Cultural Conflict". A Paper Presented at The University of Notre Dame, Center for Ethics and Culture, "The Dialogue of Cultures" Conference, Nov. 29-Dec. 1, 2007. http://valley-news.com/ The Valley/ Blogs/ News-Politics/Commentary/Blog~404045.aspx

Przybylowicz, Donna. *Desire and Repression : The Dialectic of Self and Other in the Late Works of Henry James*. Alabama: The University of Alabama Press, 1986.

Putt, S. Gorley. *Henry James : A Reader's Guide*. Ithaca, N. Y.: Cornell University Press, 1967.

Quinn, Hobson Arthur. *American Fiction*. New York: Viking Press, 1936.

Reid, Michael. "The Aesthetics of Ascesis: Walter Besant and the Discipline of Form in *The Golden Bowl*." *The Henry James Review* 22 (2001): 278-85.

Ringuette, Dana J. "Imagining the End: Henry James, Charles Sanders Peirce, and the 'Reach Beyond the Laboratory-Brain.'" *The Henry James Review* 20 (1999): 155-65.

Samuels, Charles Thomas. *The Ambiguity of Henry James*. Urbana: University of Illinois Press, 1966.

Sasmor, James C. *Perception May Be Reality*. N. Y.: Trafford Publications, INC., 2001.

Schneider, Herbert W. *A History of American Philosophy*. New York and London: Columbia University Press, 1969.

Seltzer, Mark. *Henry James & the Art of Power*. Ithaca and London: Cornell Univer-

sity Press, 1984.
Sherman, Stuart P. "The Aesthetic Idealism of Henry James". *The Question of Henry James*. Ed. F. W. Dupee. London: Allan Wingate, 1948.
Shine. Muriel G. *The Fictional Children of Henry James*. Chapel Hill: The University of North Carolina Press, 1969.
Stafford, William T. *The Perspective on Henry James's The Portrait of a Lady*. New York: New York Univ., 1967.
Stevens, Hugh. "Homoeroticism, identity, and agency in James's late tales." *Enacting history in Henry James : Narrative, power, and ethics*. Ed. Gert Buelens. Cambridge: Cambridge University Press, 1997.
Stewart, Edward C. and Bennett J. Milton. *American Cultural Patterns : A Cross-Cultural Perspective*. Chicago: Intercultural Press, Inc., 1972.
Sutherland, James, Ed. *The Oxford Book of Literary Anecdotes*. London: Oxford University Press, 1976.
Tanner, Tony. *Henry James : The Writer and His Work*. Amherst: The University of Massachusetts Press, 1985.
―――. *The Reign of Wonder : Naivety and Reality in American Literature*. Cambridge: Cambridge University Press, 1977.
Thayer, H. Standish. *The Pragmatism, the Classic Writings : Charles Sanders Peirce, William James, Clarence Irving Lewis, John Dewey, George Herbert Mead*. New York: Hachett Pub. Co., 1982.
Tintner, Adeline R. *The Book World of Henry James : Appropriating the Classics*. Ann Arbor: UMI Research Press, 1987.
Tocqueville, Alexis de. *Democracy in America*. N. Y.: New American Library, 1956.
Tursi, Renée. "James's Habit in 'Is There a Life after Death?'" *The Henry James Review* 23 (2002): 176-95.
Wagenknecht, Edward. *Eve and Henry James : Portraits of Women and Girls in His Fiction*. Oklahoma: University of Oklahoma Press Norman, 1978.
―――. *The Novels of Henry James*. New York: Frederick Ungar Publishing Co., 1983.
Walker, Pierre A.. Ed. *Henry James on Culture : Collected Essays on Politics and the American Social Scene*. Lincoln: University of Nebraska Press, 2004.
Warren, Jonathan. "'A sort of meaning': Handling the Name and Figuring Genealogy in The Wings of the Dove". *The Henry James Review* 23 (2002): 105-35.
Westwater, Martha. *Wilson Sisters : A Biographical Study of Upper Middle-Class Victorian Life*. Ohio: Ohio University Press, 1984.
Wilkinson, Myler. "Henry James and Ethical Moment." *The Henry James Review* 11

(1990): 153-76.
Wilson, Edmund. *The Triple Thinkers*. New York: Octagon Books, 1977.
Winters, Yvor. *In Defense of Reason*. Denver: University of Denver Press, 1947.
Woolf, Judith. *Henry James : The major novels*. Cambridge: Cambridge University Press, 1991.
Yeazell, Ruth Bernard. *Language and Knowledge in the Late Novels of Henry James*. Chicago and London: The University of Chicago Press, 1976.
―――. "Sex, Lies, and Motion Pictures." *The Henry James Review* 25 (2004): 87-96.
Young, M. George. *Victorian England : Portrait of an Age*. Oxford: Oxford University Press, 2007.
Zabel M. D. "The Poetics of Henry James". *The Question of Henry James*. Ed. F. W. Dupee. London: Allan Wingate, 1948.
阿出川　祐子『ヘンリー・ジェイムズ研究──インク壺と蝶』東京：桐原書店、1989年。
石井　敏、久米　昭元、遠山　淳『異文化コミュニケーションの理論──新しいパラダイムを求めて』東京：有斐閣ブックス、2000年。

あとがき

　本書のテーマである「異文化対立」と「道徳」の問題は、ジェイムズの時代のみならず、現代社会と密接に関連するものであることは言うまでもない。特に「異文化対立」の問題は、交通機関やコミュニケーションの発達に伴うグローバル化や民族間の政治・社会形態の再編成の問題、あるいは各国家間の相互理解の問題等と共に、ジェイムズの時代よりも一層顕在化したとさえ言えるのである。さらにこれに関連する「道徳」の問題は、同じく地球規模で非常に重要なものとなってきている。

　この草稿を書いている今日、新聞を賑わせているのは、ニューヨーク同時テロ後10年の慰霊行事のニュースであり、あるいは、日本人の識者による日本社会の倫理感覚の頽廃を憂える声であり、また、アメリカ・ハーバード大学教授による「正義の問題」や「道徳的責任」に関する講義が人気を呼び、日本の大学での彼の講義が若者に影響を与えているという話題である。このように、「異文化対立」と「道徳」の問題は、哲学や文学の学問領域ばかりでなく、現在を生きる人間にとって避けて通ることの出来ない切実な問題であることが近年改めて認識されてきている。

　ジェイムズが小説の中で描出した「異文化理解」と「道徳」に対する識見は、これとは一見無関係に見える現代の難問の解決に、異なる分野からの新しい示唆を提示するものと思われ、このような時期に文学作品を通して「異文化対立」と「道徳」に関する論議を世に問うことの意義を多とするもので

ある。

　本書は2009年に奈良女子大学に提出して受理された博士号学位請求論文「ヘンリー・ジェイムズの作品における異文化対立と道徳」に基づくものである。日本学術振興会平成23年度科学研究費補助金（研究成果公開促進費235042）が交付され、出版の運びとなった。関係各位に深謝する。

　博士論文の完成は、奈良女子大学の先生方、とりわけ審査主査の横山茂雄先生と同副査の竹本憲昭先生の比類なきご寛容とご指導の賜物であり、言葉には尽くせない感謝の気持ちでいっぱいである。また元奈良女子大学教授の風呂本惇子先生のお励ましがなかったなら私は博士論文を書き始めていなかったかもしれない。先生にお目にかかる機会は少なかったが多くのことをお教えいただいた。心よりお礼を申し上げたい。

　そもそも私が50年前にヘンリー・ジェイムズに興味を持ったきっかけについては拙著『ヘンリー・ジェイムズ研究――インク壺と蝶』に記した通りであるが、今回の博士号を目指す過程で行きづまった時には、東京大学名誉教授川西進先生にご迷惑を承知で強引にご指導を仰ぎ、挫折しそうな状況から立ち直ることが出来た。先生には厚く御礼を申し上げたい。

　前著出版後にもジェイムズを通してのすばらしい出会いがあった。ケンブリッジ大学のエイドリアン・プール教授には、論文を読んでいただいた。拙い文章を丁寧に読んで下さり、その真摯な態度に改めて驚かされた。またオックスフォード大学の学生時代にジョン・パターソン（現ケンブリッジ大学古典学教授）と結婚された夫人のアンジェラには今でもヘンリー・ジェイムズについて相談している。震災時に何回も連絡してくれるやさしい友人である。大東文化大学名誉教授の今井けい先生には、分野は異なるが博士号取得者の先輩として暖かいお励ましとアドヴァイスを戴いた。また、ジェイムズに関連するプラグマティズムと芸術論について、デューイの研究家である鈴木順

子先生（大東文化大学名誉教授）と美術論の研究家樋口桂子先生（大東文化大学教授）にお世話になった。大東文化大学で多くの立派な女性の研究者に出会えたことは、幸運であった。

　科研費申請に際して、大東文化大学学務課に、そして出版に際して国書刊行会の礒崎純一氏と伊藤嘉孝氏に大変お世話になった。感謝に耐えない。最後にコンピューターの不得意な私を支えてくれた友人の高木正治氏と甥の梅村琢磨に謝意を表す次第である。

　2011年、秋

　　　　　　　　　　　　　　　　　　　　　　　　　　阿出川　祐子

索引

(本書で取り上げたジェイムズの作品は、この索引の最後に一括して原題で掲げた。)

ア

アイデンティティ　13, 14, 19, 52, 53, 308, 311
曖昧性　ambiguity　61, 114, 133, 188, 248, 316
贖いの力　a redemptive force　305
アシンガム夫人　Assingham, Mrs.　10, 16, 58, 325, 327, 332, 333, 335, 337, 338, 341-344, 348, 351, 353, 357
アダムズ、ヘンリー　Adams, Henry　88, 91-93, 95, 132, 138
アーチャー、イザベル　Archer, Isabel　11, 12, 15, 19, 29, 30, 42, 44, 47, 56, 60-90, 92, 93, 95-136, 138-142, 180, 181, 190, 192, 195, 198, 210, 228, 229, 243, 245-247, 249, 252, 255, 289, 315, 325, 328, 329, 346, 372, 373, 375, 376
『アニエールの水浴』　Bathing at Asnieres　250
アーノルド、マシュー　Arnold, Matthew　18, 24-26, 54, 371
アームストロング、ポール　Armstrong, Paul　40, 59, 70, 134, 135, 138, 247
『アメリカ人の文化的思考法』　American Cultural Patterns : A Cross-Cultural Perspective　9
アメリカン・ヴィクトリアニズム　American Victorianism　27, 56
アメリーゴ　Amerigo, Prince　10, 16, 19, 31, 324, 325, 327-336, 338-344, 346-350, 353, 357-359, 361-364, 369, 377
アルバン山　Alban Mount　86
暗黒の家　the house of darkness　84
アングロサクソン　Anglo-Saxon　15-17, 26, 45, 278, 281, 327, 328, 366
アンダーソン、クエンティン　Anderson, Quentin　249

イ

イエゼル、ルース　Yeazell, Ruth B.　190, 360, 365
イーグルトン、テリー　Eagleton, Terry　7, 22, 24, 25, 46, 52, 55
意識と行動の概念　Consciousness and Behavior　58
意識の持続性　continuity of consciousness　48, 256, 304, 305, 307-309, 312
「意識の宗教」　"Religion of Consciousness, The"　35, 256
一元論　monism　136, 317
異文化接触　6, 52
『イメージを捉えて』　Caught Image, The　251
『岩山の乙女』　Virgins of the Rocks　78
印象派　Impressionism　59, 220, 249, 250

ウ

ヴァーヴァー、アダム　Verver, Adam　19, 177, 189, 324, 326-331, 334, 337, 339, 340, 354-356, 358, 362, 366, 369
ヴァーヴァー、マギー　Verver, Maggie

16, 19, 30, 33, 37, 49, 50, 87, 102, 112, 167, 180, 323-325, 327-365, 367, 369, 377-379
ヴィヴァス, エリジオ　Vivas, Eliseo　35, 138, 317
ヴィオネ夫人　Vionnet, Madame de　18, 112
ヴィクトリア朝　Victorian era　45, 60, 96, 98, 99, 148, 152, 174, 188
『ヴィクトリア朝の英国――時代の肖像』 Victorian England : Portrait of an Age　188, 189
『ヴィクトリア朝の人々』 Victorian People　55
ウイリアムズ, レイモンド　Williams, Raymond　7, 55
ウイルキンソン, マイラー　Wilkinson, Myler　138
ウイルソン, エドマンド　Wilson, Edmund　53, 133
ウィンターズ, アイヴォア　Winters, Yvor　143, 157, 158, 163, 179, 187, 189
ウインターボーン　Winterbourne, Frederick　320
ヴェッチ, フリーダ　Vetch, Fleda　30, 31, 40, 41, 143-146, 148-190, 352, 353, 373, 374, 379
ヴェニス　Venice　256, 257, 268-270, 272-275, 278-282, 286, 288, 289, 291-294, 297, 299, 300, 319, 339
『ヴェニスに死す』 Death in Venice　270
ウェブ, フィリップ　Web, Philip　189
ウェントワース, ガートルード　Wentworth, Gertrude　222, 322
ウェントワース氏　Wentworth, Mr.　18, 55, 222, 223
ウォーカー, ピエール　Walker, Pierre A.　13, 22, 33, 41, 53-55, 319

ウォートン, エディス　Wharton, Edith　23, 24, 33, 369
ウォーバトン卿　Warburton, Lord　11, 12, 15, 66, 69, 74, 76, 79, 82, 90, 109, 127, 134
『失われた時を求めて』 In Remembrance of Things　251
嘘　lie　30, 33, 44, 45, 49, 52, 78, 79, 116, 120, 135, 155, 205, 287-289, 295, 298, 349, 351-354, 359, 360, 364, 366,
『美しき家』 Beautiful House, The　188
ウルスン, コンスタンス・フェニモア　Woolson, Constance Fenimore　89, 280, 281
ウルフ, ジュディス　Woolf, Judith　59, 240-242, 249-251, 259, 375
運命　destiny/lot/fate　43, 44, 66, 69, 76, 86, 88, 90, 94, 95, 106, 108-111, 117, 127, 132, 134, 136, 140, 141, 167, 168, 178, 195, 229, 244, 246, 252, 253, 264, 271, 299-301, 315, 317, 340, 344, 350, 356, 357, 361, 372, 376

エ

エイブラムズ, M. H.　Abrams, M. H.　136
エデル, レオン　Edel, Leon　34, 35, 51, 54, 55, 94, 135, 138, 139, 199, 247, 281
エドガー, ペラム　Edgar, Pelham　187
エリオット, トマス　Eliot, T. S.　58, 137, 251, 267, 318
エマスン, ラルフ・ウォルドウ　Emerson Ralph Waldo　19, 23, 27, 28, 31, 54, 55, 248
エンゲルス, フリードリヒ　Engels, Friedrich　55
遠心的なものと求心的なものの抗争

centrifugal-centripetal contest 38

オ

黄金の盃 golden bowl(e) 324, 337, 341-344, 346, 347, 349, 361, 362, 367
オーエン Owen, Gereth 31, 143-145, 149, 151, 152, 154-166, 170, 173-176, 178-183, 186, 188, 189
オズモンド, ギルバード Osmond, Gilbert 16-19, 31, 42, 44, 53, 60, 63, 67, 68, 70, 71, 73-85, 95-98, 99-103, 105, 110, 111, 113, 115, 116, 118-122, 124-128, 130-133, 140-142, 197, 198, 210, 247, 249, 255, 325, 328, 329, 346, 353, 373
オズモンド, パンジー Osmond, Pansy 60, 61, 64, 76, 79, 82, 96, 99, 100, 115, 117, 121, 122, 127, 138, 140, 193, 203, 246, 249
オーチンクロス, ルイ Auchincloss, Louis 36, 37, 167-169, 176-179, 186, 188, 189, 246, 251
『オックスフォード文学者逸話集』 Oxford Book of Literary Anecdotes, The 246
オーデン, W. H. Auden, W. H. 58
オルコット Alcott, Louisa May 28
オールバニー Albany 28, 55, 99

カ

カーギル, オスカー Cargill, Oscar 144, 187, 257, 295, 317, 377
火事の意味 45, 46, 168, 169, 183
固い心(の) tough-minded 94, 138
ガーデンコート Gardencourt 122, 132
『悲しき熱帯』 Tristes Tropiques 52
カメロン, エリザベス Cameron, Elizabeth 138
感覚的経験 felt Experience 58
カント Kant, Immanuel 42, 44, 59, 100, 101, 134, 138, 139, 373
カンピオン, ジェイン Campion, Jane 247

キ

急進的な可能性と新しい間隙 new vacancy as well as radical possibility 39
『驚異の支配』 Reign of Wonderment, The 213, 216
驚異の念 wonderment 215, 216, 227, 251
『ギリシャ神話の図書室』 The Library of Greek Mythology 368
キリスト教徒 Christian 52, 137
キルケゴール Kierkegaard, Søren 42, 101, 139

ク

クウィン, アーサー・ホブソン Quinn, Arthur Hobson 187
クウィント, ピーター Quint, Peter 255, 318
偶然(性) contingency 140
偶然(性) tychism 141
グッドゥ, ジョン Goode, John 248, 317
グッドウッド, キャスパー Goodwood, Caspar 66, 69, 140
クモの巣 spider-web 137, 216
グラタン, ハートリィ Grattan, Hartley C. 187
『グランド・ジャット島の日曜日の午後』 Sunday Afternoon on the Island of the Grande Jatte 250
グリーン, グレアム Greene, Graham 19, 53, 59, 110, 140, 187, 253, 255, 264, 268, 270, 272, 274, 275, 279, 316-319, 322, 377
クルーズ, フレデリック Crews, Frederick C. 361, 365, 370, 379

クルック，ドロシー　Krook, Dorothea　35, 58, 70, 98, 104, 132, 134, 135, 367

グレアム，ケネス　Graham, Kenneth　179, 180

グレイトブックスコース　Great Books course　55

クロイ，ケイト　Croy, Kate　16, 19, 25, 31, 110, 112, 142, 186, 197, 210, 253-256, 258-261, 263-274, 279, 280-298, 302, 304, 306, 313, 314, 318, 325, 365, 376

クロード，サー　Claude, Sir　47, 198, 199, 204-206, 208, 209, 212, 214, 217, 220, 221, 223, 227, 228, 232, 235-239, 241-243, 245, 250, 369

グロリアーニ　Gloriani　149, 206, 207, 319

ケ

形而上学的　metaphysical　40, 188

芸術的感覚　artistic sense　32, 57

芸術的な　artistic　7, 57, 253, 258, 283, 310, 313, 314, 376

『芸術と人生』　*Art and Life*　190

芸術の美　32

ゲイル，ロバート　Gale, Robert　251

決定論　determinism　94, 105, 138

ケトゥル，アーノルド　Kettle, Arnold　133, 134

『ケニヨン誌』　*Kenyon Review, The*　35, 317

ゲレス夫人　Gereth, Mrs.　40, 46, 144-159, 162, 163, 167, 169-173, 175-181, 184-186, 189

『現実性の雰囲気』　*Air of Reality, The*　189, 248, 317

コ

「行為の描写――『ある婦人の肖像』における審美と倫理」　"Portrait of an Act : Aesthetics and Ethics in *The Portrait of a Lady*"　42, 132

交錯配列法　chiasmus　300, 320

考慮　care = *Sorge*　247

コスモポリタン　cosmopolitan　13, 14, 53, 54

『コールリッジの思想』　*What Coleridge Thought*　57

ゴンクール兄弟　Goncourt de Edmond & Jules　51

コンラッド，ジョーゼフ　Conrad, Joseph　27, 28, 56, 186, 187, 246

サ

サザランド，ジェイムズ　Sutherland, James　246

サスモア，ジェイムズ　Sasmor, James C.　139

『作家とその作品――ヘンリー・ジェイムズ』　*Writer and His Work : Henry James, The*　216, 249

サミュエルズ，チャールズ　Samuels, Charles T.　319, 320

山上の垂訓　the Sermon on the Mount　318

サンタヤナ，ジョージ　Santayana, George　55

サンド，ジョルジュ　Sand, George　51, 99, 107, 108

サントレ伯爵夫人クレール　Claire de Cintré　206, 207

シ

シェイクスピア　Shakespeare　134, 135

ジェイムズ，アリス　James, Alice　275, 311

ジェイムズ，ウィリアム　James, William

20, 28, 29, 34-36, 44, 56, 58, 59, 86, 92, 94, 133, 134, 136-138, 141, 142, 188, 189, 249, 300, 301, 303-308, 311, 312, 317, 320, 321, 366, 373
ジェイムズ，ウィルキー　James, Wilkie　275
『ジェイムズ・ウォートン書簡集』 *Henry James and Edith Wharton, Letters : 1900-1905*　368
「ジェイムズ兄弟———ヘンリーとウィリアム」 "Henry and William : (Two Notes)"　317
『ジェイムズ家の人々』 *James Family, The*　56, 318, 366
ジェイムズ，スティーブン　James, Steven　250
ジェイムズ，ヘンリー　James, Henry *passim*
ジェイムズ，ボブ　James, Bob　275
ジェミニ伯爵夫人　Gemini, Countess　74, 78, 85, 96, 116, 117, 119, 120, 124, 140, 141
『失楽園』 *Paradise Lost*　318
自発性　spontaneity　54, 181, 190, 214, 215, 249
シャイン，ミュリエル・グルーバー　Shine, Muriel Gruber　202, 245, 247
シャーマン，スチュアート　Sherman, Stuart P.　320
「終結の想像」 "Imagining the End"　309
重層的表現　81, 95, 97, 121, 136
ジュールダン氏　Jourdain, M.　56
ジュンヌ・フィーユ　jeune fille　246
浄化　purification　182, 183, 375
ジョットカント，シギ　Jöttkandt, Sigi　42, 44, 56, 59, 70, 100-102, 129, 130, 132-134, 136, 138, 139, 373, 380
ジョナサン，ウォレン　Jonathan, Warren　259, 260, 318
ジョンソン，ケンドゥル　Johnson, Kendall　194, 246
シール，ミリー　Theale, Mildred (Milly)　10, 19, 29-31, 37, 38, 48, 59, 95, 102, 110, 112, 132, 167, 192, 195, 210, 211, 243, 245, 252-275, 278, 279, 282-305, 307, 312-315, 317-320, 323, 325, 352, 353, 362, 376, 377, 379
信義　faith　164-166, 170, 173-176, 243
新教徒　Protestant　29, 56, 90, 137
信じる意志　the will to believe　301
『信じる意志：他』 *Will to Believe and Other Essays in Popular Philosophy : Human Immortality, The*　56
真相の発見　finding the identifications　87, 103, 111-114, 127, 141, 372
審美的な　aesthetic　6, 31, 37, 51, 56, 57, 144, 152, 162, 167, 178, 183, 187
『審美の専門家』 *Professions of Taste*　320
『人類学辞典』 *Dictionary of Anthropology, The*　51
心霊　spirit　306

ス

スタックポール，ヘンリエッタ　Stackpole, Henrietta　74, 96, 121, 122, 127
スタッフォード，W. T.　Stafford, W. T.　134
スタント，シャーロット　Stant, Charlotte　16, 19, 31, 53, 112, 255, 324, 325, 328-333, 335-341, 343, 344, 348-353, 356-358, 360-362, 364, 366, 369
スチュワート，E. C.　Stewart, Edward C.　9, 10, 13, 17, 53
ストリンガム夫人（スーザン）　Stringham,

Mrs. Susan Shepherd 211, 261-263, 265, 272, 275, 287, 289, 294, 314
ストレザー，ルイス・ランバート Strether, Lewis Lambert 17, 18, 94, 95, 112, 132, 149, 180, 206-208, 277
スペンダー，スティーヴン Spender, Stephen 58
スーラ，ジョルジュ Seurat, Georges 250

セ

『生活からの描写』 *Portraits from Life* 187
世紀末（の） fin de siècle 139
清教徒（ピューリタン） Puritan 26, 28, 29, 78, 89, 138, 221, 222, 313
清教徒の孫娘 a granddaughter of Puritans 138
聖書 212, 229, 263, 286, 306, 318, 319, 344, 354, 367, 378
「性と嘘と映画」 "Sex, Lies, and Motion Pictures" 190
世界を見たい to see the world 74, 104, 105, 110, 143, 218
セルツァー，マーク Seltzer, Mark 248, 369
『セルの書』 *Book of Thel, The* 367

ソ

想念の真理化 137, 141
ソロー Thoreau, Henry David 28

タ

体験と意識 experience and consciousness 215-217, 249
対峙する affront 43, 108, 109, 111, 117, 132, 141, 372, 373

タイナ Tina, Ms. 168
『大理石の牧神』 *Marble Faun, The* 318, 320
ダーウィニズム Darwinism 94, 138
多元論 pluralism 29, 56, 58, 86, 89, 136, 137, 311, 313, 321, 373, 380
タチェット氏 Touchett, Mr. 69, 75, 82, 99
タチェット夫人 Touchett, Mrs. Lydia 74, 88, 99, 142
タチェット，ラルフ Touchett, Ralph 64, 67, 69, 74, 79, 82, 84, 85, 96, 99, 100, 104-106, 109, 111, 115, 116, 119-121, 124, 127, 132, 141, 142, 255, 289
タナー，トニー Tanner, Tony 59, 166, 203, 213-217, 220-225, 227-229, 238, 244, 245, 249, 250, 375
ダヌンツィオ D'Annunzio, Gabriele 32, 57
ダンテ Alighieri, Dante 305

チ

チェイス，リチャード Chase, Richard 76
チャットマン，シーモア Chatman, Seymour 133
超自然（的な） supernatural 90, 180, 254-256, 266, 267, 298, 303, 305, 306, 310, 313, 317, 377
調停者 a mediator 134, 320
調停の概念 Mediation 58
『町人貴族』 *Le Bourgeois Gentilhomme* 56
『沈黙の言葉』 *Silent Language, The* 10

ツ

ツルゲーネフ，イワン Turgenev, Ivan 51

索引 401

テ

ティントナー, アデライン　Tintner, Adeline R.　139, 190
デューイ, ジョン　Dewey, John　36, 59, 308, 321
デュピー　Dupee, F. W.　143
デラシネ　déraciné　13
点画描法　Optical mixing = Pointillism　250
『伝記――ヘンリー・ジェイムズ』 Life of Henry James, The　51, 54, 55, 135, 139, 199, 248, 281, 318, 319, 321, 369
デンシャー, マートン　Densher, Merton　16, 19, 31, 59, 110, 112, 253, 255-257, 260, 261, 264, 268-276, 279, 283, 284, 286-299, 304, 305, 313, 314, 318, 325, 376, 377
『伝説の巨匠――ヘンリー・ジェイムズ――』 Legend of the Master : Henry James, The　246
「伝道の書」　"Ecclesiastes"　343, 367, 368, 369
テンプル, ミニー　Temple, Mary (Minny)　29, 89, 105, 106, 192, 252, 253, 266, 267, 313-316, 322, 376, 377

ト

統一性と不統一性　unity and inconsistencies　59
道徳感覚　moral sense　5, 10, 20, 21, 23, 24, 27, 28, 30, 31, 33, 37, 39, 45-48, 50, 57, 212, 213, 220, 221, 223, 224, 228, 236, 239, 324-328, 366, 372, 378
トゥルシー, ラネイ　Tursi, Renée　30, 47, 48, 50, 258, 300, 303, 305, 307-312, 318, 320, 321, 377
ドガ　Degas, Edgar　250

トクヴィル　Alexis de Tocqueville　6
独立心のある　independent　69, 76, 373
ドストエフスキー　Dostoevsky [Dostoevskii または Dostoyevsky], Fyodor Mikhaylovich　139, 318
ドーデ, アルフォンス　Daudet, Alphonse　51, 57
ドーティ, サラ　Daugherty, Sarah　139, 249, 251
トリストラム夫人　Tristram, Mrs.　206-208
『トリビューン』　Tribune, The　41
『トリプル・シンカーズ』　Triple Thinkers, The　133
ドーレン, カール・ヴァン　Doren, Carl Van　187

ナ

『ナーシサス号の黒人』　Nigger of the 'Narcissus', The　275

ニ

ニューサム, チャド　Newsome, Chad　112
ニューマン, クリストファー　Newman, Christopher　180, 207
ニューヨーク改訂版　New York Edition　57, 101, 108, 111, 225, 254
『人間行動とその本質』　Human Nature and Conduct　321
人間の運命　human lot　86, 88, 95
『認識する事の現実的可能性』　Perception May Be Reality　139
認識と知覚　recognitions and perceptions　334, 336, 337
認識の転換（点）　87, 103, 112-115, 141, 243

認識の深まり deepening of recognitions 31, 56, 87, 111, 113

ネ

『ネイション』 Nation, The 41

ノ

ノーエル=スミス, サイモン Nowell-Smith, Simon 246
『望みと抑圧』 Desire and Repression 229
ノートルダム寺院 Notre-Dame Cathedral 17, 277, 278

ハ

白色であること whiteness 194, 246
パース, チャールズ・サンダース Peirce, Charles Sanders 36, 58
罰 punishment 98, 104-106, 112
ハッチンスン, スチュアート Hutchinson, Stuart 135, 223, 224, 233, 235, 250, 251
パット, ゴールリィ Putt, Gorley 246, 368
バートン, リチャード Burton, Richard 186, 187, 190
バーフィールド, オーエン Barfield, Owen 57
ハベガー, A Habegger, A. 199, 200, 223, 224, 250
バーランド, アルウィン Berland, Alwyn 8, 18, 19, 54, 56
バルザック Balzac, Honoré de 182, 190, 306
反宗教性 anti-religion of renunciation 305
バンタ, マーサ Banta, Martha 139
半超自然（的な） quasi-supernatural 254, 305, 306
ハンチントン, サミュエル Huntington, Samuel 7, 8, 20, 52
「バーント・ノートン」 "Burnt Norton" 251

ヒ

碾き臼 mill 103-112, 122, 126, 131, 132, 139
ビーチ, ジョーゼフ・ウオレン Beach, Joseph Warren 187
否定と回復 the spiral return 136
『批評集』 Essays in Criticism 54
ピピン, ロバート Pippin, Robert B. 26, 39, 59, 70, 80, 100, 110, 133-135, 138-140, 248, 366, 380
『緋文字』 Scarlet Letter, The 306
開かれた終わり open-endedness 62, 133, 380
ビラム, ジョン Bilham, John 94, 132

フ

ファウラー, V. C. Fowler, Virginia C. 98, 99, 132, 135, 139
ファランジ, アイダ Farange, Ida 198, 199, 203-205, 234
ファランジ, メイジー Farange, Maisie 9, 25, 30, 46, 47, 142, 191-206, 208-221, 223-248, 250, 251, 369, 375, 379
フォーゲル, ダニエル Fogel, Daniel 136
フォースター, E. M. Forster, E. M. 37
フォード, フォード・マックス Ford, Ford Madox 187
不死 immortality 48, 304, 306-308, 311-313, 318, 321

プジィビロウィックズ, ドナ Przybylowicz, Donna 229-231, 244
ブース, ブラッドフォード Booth, Bradford 169, 182
ブラウネル, W. C. Brownell, W. C. 187, 188
ブラウン, ビル Brown, Bill 40, 41, 45, 147, 182, 184, 185, 188-190, 374
プラグマティズム pragmatism 28, 29, 34-36, 56, 58, 134, 137, 138, 141, 317, 373, 380
『プラグマティズム』 *Pragmatism* 29, 34, 56, 58, 133, 134, 136-138, 141, 301, 320, 321
プラグマティズム的 (pragmatistic) 35, 36, 44, 48-50, 56, 58, 317, 373
プラグマティズムの pragmatic 58
ブラッドフォード, ウイリアム Bradford, William 368
『フランス文化の文脈で読むヘンリー・ジェイムズ』 *Reading Henry James in French Cultural Contexts* 319
ブリッグス, エイザ Briggs, Asa 55
フリードマン, ジョナサン Freedman, Jonathan 133, 134, 320
『古いことども』 *Old Things, The* 188
古臭い道徳感覚 the old-fashioned conscience 213, 248
プルースト, マルセル Proust, Marcel 251
ブレイク, ウイリアム Blake, William 362, 367
ブーローニュ Boulogne 216-220, 228, 235, 245, 249, 250
フローベール, ギュスターヴ Flaubert, Gustave 32, 51, 276
『文化とコミュニケーション』 *Culture & Communication : The Logic by Which Symbols are Connected* 53
『文化とは何か』 *Idea of Culture, The* 7, 22
『文明の衝突』 *Clash of Civilizations and the Remaking of World Order, The* 7, 52

へ

『米国哲学史』 *History of American Philosophy, A* 56
『米国における失敗と成功』 *Failure & Success in America* 139
『米散文名作集』 *American Prose Masters* 189
ペイター, ウオルター Pater, Walter 133, 249
ヘーゲル Hegel, Georg Wilhelm Friedrich 136
ベザント, ウォルター Besant, Walter 135
蛇と花 a serpent and flowers 71, 114, 134
蛇の知恵 the wisdom of the serpent 286
ヘミングウェイ, アーネスト Hemingway, Ernest 14
『ペリクレス』 *Pericles* 135
ペリー, ラルフ Perry, R. B. 35, 317
ベルグソン Bergson, Henri 138
ベル, ミリセント Bell, Millicent 37-40, 59, 70, 82, 105, 134, 136, 140, 141, 147, 148, 188
ヘレン Helen 221
ヘロドトス Herodotus 51
弁証法 dialectic 136
『ヘンリー・アダムズの手紙』 *Letters of*

Henry Adams 138
『ヘンリー・ジェイムズ——円熟期の研究』 Henry James : The Major Phase 23, 29, 33, 56, 61, 62, 81, 93, 137-139, 249, 252, 256, 263, 267, 285, 290, 317, 318, 320, 322, 354, 362, 367, 369
『ヘンリー・ジェイムズ——読書案内』 Henry James : A Reader's Guide 246, 368
『ヘンリー・ジェイムズ——人間と著者』 Henry James : Man and Author 187
『ヘンリー・ジェイムズ研究——インク壺と蝶』 54, 59, 134
「ヘンリー・ジェイムズ研究——90年代の聴衆と『ポイントンの収集品』」 "James, the Audience of the Nineties and The Spoils of Poynton" 147
『ヘンリー・ジェイムズ後期の文体』 Later Style of Henry James, The 133
『ヘンリー・ジェイムズ小説の中の子供たち』 Fictional Children of Henry James, The 245
『ヘンリー・ジェイムズ伝——ロンドン』 Henry James : The Conquest of London 55
『ヘンリー・ジェイムズと愛の力』 Henry James & the Art of Power 370
『ヘンリー・ジェイムズと経済的主題』 "Henry James and the Economic Motif" 169
『ヘンリー・ジェイムズと現代的道徳生活』 Henry James & Modern Moral Life 26, 39, 133, 248
『ヘンリー・ジェイムズとプラグマティズム的思考』 Henry James and Pragmatistic Thought 34, 62
『ヘンリー・ジェイムズと文化』 Henry James on Culture 13, 41, 54
『ヘンリー・ジェイムズにおける意識の試練』 Ordeal of Consciousness in Henry James, The 98, 132, 367
『ヘンリー・ジェイムズに関する文芸批評』 Literary Criticism of Henry James, The 249, 251
「ヘンリー・ジェイムズの曖昧性」 "Ambiguity of Henry James, The" 133
『ヘンリー・ジェイムズのアメリカ女性』 Henry James's American Girl 98, 132
『ヘンリー・ジェイムズの喜劇的感覚』 Comic Sense of Henry James, The 140
『ヘンリー・ジェイムズの現象学』 Phenomenology of Henry James, The 247
『ヘンリー・ジェイムズの小説』(byカーギル) Novels of Henry James, The (by Cargill) 144, 257
『ヘンリー・ジェイムズの小説』(byワーゲネクト) Novels of Henry James, The (by Wagenknecht) 343
『ヘンリー・ジェイムズの小説に見られる文化と行動』 Culture and Conduct in the Novels of Henry James 8
「ヘンリー・ジェイムズの審美的理想主義」 "Aesthetic Idealism of Henry James, The" 320
『ヘンリー・ジェイムズの「崇高なる経済」』 Henry James's "Sublime Economy" 37
『ヘンリー・ジェイムズの文学における意味』 Meaning in Henry James 37, 188
『ヘンリー・ジェイムズの本の世界』 Book World of Henry James, The 139
『ヘンリー・ジェイムズ・レヴュー』 Henry James Review, The 40, 190, 250

『ヘンリー・ジェイムズを読む』 *Reading Henry James* 36

ホ

ポアリエ, リチャード Poirier, Richard 20, 134, 140
ホイッスラー, J. M. Whistler, J. M. 319
ボウデン, E. T. Bowden, E. T. 344, 368
ホーソン, ナサニエル Hawthorne, Nathaniel 54, 139, 306, 313, 318, 320, 368
ホックス, リチャード Hocks, Richard 33-36, 44, 47, 50, 57, 58, 62, 86, 92, 94, 95, 133, 134, 136-138, 140, 141, 249, 254, 258, 268, 289, 297, 303-307, 309, 310, 312, 317, 318, 320, 373, 377, 380
ホール, E. T. Hall, E. T. 10-13

マ

マイルズ Miles 192, 202
マーク卿 Mark, Lord 16, 112, 197, 198, 210, 260, 261, 270, 272-274, 278-280, 285, 286, 291, 314
『マクベス』 *Macbeth* 135
マクリーン, ロバート Robert C. McLEAN 178, 179, 182, 187
マシーセン, F. O. Matthiessen, F. O. 23, 24, 29, 33-35, 41, 47, 50, 56, 58-63, 81-83, 88, 89, 93, 98, 100, 133, 134, 137-139, 243, 252-257, 263, 264, 268, 284-286, 289, 290, 302, 303, 305-307, 313, 316-320, 322, 343, 354, 362, 366, 367, 369, 373, 377, 379
「マタイ伝」 "Matthew" 286, 318, 319, 368
マネ Manet, Édouard 249, 250

マルコウ=トテヴィ, ジョルジュ Markow-Totev, Georges 47, 100, 133, 139, 258, 303-307, 309, 312, 318, 320, 377
マル, ドナルド Mull, Donald 37
マール夫人 Merle, Mme. 16, 18, 31, 53, 64, 76, 82, 83, 88, 96, 110, 112, 113, 115, 116, 118, 119, 128, 140-142, 197, 198, 210, 271, 329

ミ

『見事に振る舞う』 *Acting Beautifully : Henry James and the Ethical Aesthetic* 56
ミセス・ウィックス(ウイックス先生) Wix, Mrs. 55, 158, 198, 199, 204-205, 208, 209, 211-215, 217, 219-225, 228, 235-237, 239, 240-245
ミセス・ビール(ミス・オーヴァモア) Beale, Mrs. (Overmore, Miss) 203-205, 208, 209, 211, 212, 214, 220, 221, 223, 236-239, 245, 248
ミード Mead, George Herbert 36, 59
ミラー, ヒリス Miller, Hillis 61, 133
ミルトン Milton 318

モ

モーヴ(マダム・ド・モーヴ;ユーフィミア) Mauves, Mme. Euphemia de 78
モーヴ, リシャール・ド Mauves, Richard de 369
モナ, ブリッグストック Mona, Brigstock 25, 147, 152-156, 158, 161, 163-165, 170, 173-176
物の美と価値 the beauty and value of the Things 45, 46, 144, 145, 152, 166, 181, 374
「物の持つ意味——ヘンリー・ジェイムズ

の作品に見られる装飾芸術」 "A Thing about Things : The Art of Decoration in the Work of Henry James" 40, 147, 190
モーパッサン, ギ・デュ Maupassant, Guy de 51
モリエール Molière 56
モリス, ウイリアム Morris, William 189

ヤ

柔らかな心（の） tender-minded 94, 138, 217, 228
ヤング, G. H. Young, G. H. 188

ユ

唯物論 materialism 134, 138
『優美な追及』 Delicate Pursuit 55
ユージェニオ Eugenio 12, 275, 276, 278, 279, 318
ユージニア Eugenia 222
ユング Jung, Carl Gustav 51

ラ

ラウダー夫人 Lowder, Mrs. 260, 266, 272, 290, 292-296
ラスキン, ジョン Ruskin, John 51
ラボック, パーシィ Lubbock, Percy 58, 317

リ

リアリズム realism 199, 247, 264, 267, 268, 306, 316
リー, ヴァーノン Lee, Vernon 40, 183, 190, 375

リーヴィス, F. R. Leavis, F. R. 224, 225, 244, 250
リゲテ, ダナ Ringuette, Dana 309, 310
リーチ, エドマンド Leach, Edmund 53
良心の要請 call for conscience 70, 100
リリアン Lilian 74
倫理 ethics 26, 36, 60, 99-101, 135, 139, 179

ル

ルーカス, ジョン Lucas, John 189
ルーク卿 Luke, Lord 95, 132, 263, 271, 273, 293, 300, 301, 305, 314, 320
『ルネッサンス』 Renaissance, The 133, 249

レ

レヴィ=ストロース, クロード Lévi-Strauss, Claude 52
歴史感覚 sense of history 136
レバイン, ジェシカ Levine, Jessica 55
連続性の概念 Continuity 36, 56, 58

ロ

ローマの廃墟 ruins of old Rome 85-89, 93-95, 137, 264, 373
『ロミオとジュリエット』 Romeo and Juliet 135
ロング, ロバート Long, Robert E. 320

ワ

ワイルド, オスカー Wilde, Oscar 148
ワーゲネクト, エドワード Wagenknecht, Edward 47, 257, 305, 317, 366, 367, 377, 379

A

"Alphonse Daudet"（1897）「ドーデ論」 57, 319
"Altar of the Dead, The"（1895）「死者の祭壇」 319
Ambassadors, The（1903）『使者たち』 17, 18, 36, 43, 51, 94, 112, 132, 133, 138, 140, 149, 206, 208, 277, 278, 306, 319
American, The（1877）『アメリカ人』 43, 53, 133, 206-208, 254, 316
American Scene, The（1907）『アメリカの情景』 53, 93
"Art of Fiction, The"（1884）「小説の芸術」 32, 45, 56, 57, 71, 135, 136, 152, 215, 217, 247-249, 254, 312, 316, 322, 377
Aspern Papers, The（1888）『アスパンの手紙』 133, 168, 319
Awkward Age, The（1899）『やっかいな年頃』 26, 191, 193, 202, 247, 248

B

Beast in the Jungle, The（1903）『ジャングルの野獣』 36
Bostonians, The（1886）『ボストン人』 193, 194, 319
"Bundle of Letters, A"（1880）「手紙の束」 9, 53

D

"Daisy Miller"（1878）「デイジー・ミラー」 12, 37, 193, 318, 320, 369

E

"Emerson"（1888）「エマスン論」 23, 27, 54, 266, 311, 313, 318, 322
Europeans, The（1878）『ヨーロッパ人』 18, 55, 56, 133, 135, 222, 322, 369

F

"France"（1915）「フランス」 21, 42
Future of the Novel, The（1899）『小説の未来』 136, 137

G

"Gabriele D'Annunzio"（1914）「ダヌンツィオ論」 31, 57, 78, 248, 277, 319
"George Sand"（1876）「ジョルジュ・サンド論」 57, 107, 319
Golden Bowl, The（1904）『黄金の盃』 5, 10, 16, 17, 19, 33, 47, 48, 51, 58, 87, 112, 133, 135, 138, 167, 177, 186, 189, 193, 321, 323-325, 328, 329, 366, 367, 369, 377
"Great Good Place, The"（1900）「こよなき良き所」 317
"Gustave Flaubert"（1878）「フローベール論」 57, 248, 277, 319

H

Hawthorne（1879）『ホーソン伝』 15, 139, 320, 368
Henry James, Letters（1984）『ヘンリー・ジェイムズ書簡集』（by エデル） 23, 51, 139, 247, 252, 311, 317, 319, 321, 322
Henry James: Literary Criticism（1984）『ヘンリー・ジェイムズ批評集』 57

I

"International Episode, An"（1879）「国際エピソード」 9, 52
"In the Cage"（1898）「檻の中」 193
"Is There a Life After Death?"（1910）「死後の世界はあるか」 30, 81, 300-304, 307-311, 318, 320, 377

J

"Jolly Corner, The" (1908)「なつかしの街角」 256

L

"Lesson of Balzac, The" (1905)「バルザックの教訓」 140
Letters of Henry James, The (1920)『ヘンリー・ジェイムズの書簡』(by ラボック) 91, 317
"Long Wards, The" (1916)「長い病棟」 8, 21, 42, 52

M

"Madame de Mauves" (1875)「マダム・ド・モーヴ」 78, 369
"Madonna of the Future, The" (1875)「未来のマドンナ」 51
"Marriages, The" (1892)「結婚」 246

N

"Nathaniel Hawthorne" (1897)「ナサニエル・ホーソン」 320
Notebooks of Henry James, The (1947)『創作ノート』 37, 61, 63, 103, 104, 107-109, 111, 115, 117, 131, 132, 141, 155, 188, 223, 247, 317, 367, 372
"Notes of a Son and Brother" (1914)「息子・弟としての覚書」 27

P

"Pandora" (1885)「パンドラ」 246
"Point of View, The" (1883)「視点」 9, 53, 193
"Poor Richard" (1885)「かわいそうなリチャード」 316

Portrait of a Lady, The (1881)『ある婦人の肖像』 11, 17, 39, 42, 43, 50, 51, 55, 56, 60, 61, 63, 70, 72, 78, 82, 92, 95, 107-110, 112, 117, 132, 133, 140, 142, 180, 187, 192, 193, 197, 210, 229, 246, 247, 249, 252, 255, 271, 289, 323, 325, 328, 329, 360, 366, 369, 372
Portraits of Places (1883)『各地の点景』 246
Princess Casamassima, The (1886)『プリンセス・カサマシマ』 25, 55, 187, 193, 194, 319
"Pupil, The" (1892)「教え子」 191, 193, 202, 247

R

"Real Thing, The" (1892)「ほんもの」 35, 36, 138
Roderick Hudson (1875)『ロデリック・ハドソン』 51, 56, 57, 318

S

Sense of the Past, The (1917)『過去の感覚』 93, 256
"Small Boy and Others, A" (1913)「少年と他の人々」 21, 27, 55, 57, 246
Spoils of Poynton, The (1897)『ポイントンの収集品』 25, 32, 36, 39, 40, 45, 51, 138, 143, 147, 149, 180, 186-190, 352, 373

T

Tragic Muse, The (1890)『悲劇の美神』 321
"Turn of the Screw, The" (1898)「ねじの回転」 192, 202, 248

W

Washington Square（1880）『ワシントン・スクエア』 189, 319
Watch and Ward（1878）『後見人と被後見人』 246
What Maisie Knew（1897）『メイジーの知った事』 25, 26, 45, 46, 142, 143, 158, 188, 189, 191, 192, 194, 197, 198, 203, 208, 210, 217, 229, 239, 243, 246-249, 251, 375
Wings of the Dove, The（1902）『鳩の翼』 12, 13, 16, 25, 38, 47, 48, 51, 80, 95, 110, 112, 133, 135, 138, 142, 167, 186, 187, 192, 197, 210, 211, 252-258, 264, 272, 276, 278, 281, 291, 296, 303-307, 311-314, 321, 323, 325, 328, 352, 366, 369, 376, 377

著者略歴

阿出川祐子（あでがわ・ゆうこ）
1970年奈良女子大学大学院修士課程修了。1973年ミシガン州立大学大学院修士課程卒業（M. A.）。1974年ドイツ ハイデルベルク大学ドルメチャー・インスティテュート留学期間修了。1980年4月より1年間イギリス ケンブリッジ大学に visiting scholar として在籍（ダーウインコレッジ・メンバーシップを与えられる）。1998年4月より1年間イギリス ケンブリッジ大学に visiting scholar として在籍（ダーウインコレッジ永久メンバーシップを与えられる）。2009年9月より6ヶ月間イギリス ケンブリッジ大学に visiting scholar として在籍。2009年9月奈良女子大学学位取得　博士（文学）。現在、大東文化大学外国語学部教授。著書に『ヘンリー・ジェイムズ研究──インク壺と蝶──』（桐原書店）、訳書に『ヨーロッパ人』（ぺりかん社）など。

ヘンリー・ジェイムズの作品における異文化対立と道徳

2012年2月24日初版第1刷発行

著者　　阿出川祐子

発行者　　佐藤今朝夫
発行所　　株式会社国書刊行会
〒174-0056　東京都板橋区志村1-13-15
TEL. 03-5970-7421　FAX. 03-5970-7427
http://www.kokusho.co.jp

装丁　　臼井新太郎
印刷所　　株式会社シナノパブリッシングプレス
製本所　　株式会社ブックアート

ISBN978-4-336-05470-8　C0098
乱丁本・落丁本はお取り替え致します。